Ariane Rüdiger

Aktion Eisprung

Roman

Denen, die ihre Träume leben – auch wenn der Weg dahin steinig und kurvenreich ist.

Erste Auflage September 2006

Umschlag und grafische Realisierung von Sergio Vitale.

Druck und Weiterverarbeitung: Druckhaus Köthen
ISBN 3-89656-135-9
Printed in Germany

Bitte fordern Sie unser Gesamtverzeichnis an:
Querverlag GmbH, Akazienstraße 25, D-10823 Berlin
http://www.querverlag.de

Prolog

Franz-Josef Hartenstein saß auf seinem gemütlichen Lehnstuhl am Fenster und sah hinaus auf den Hof. Er lauschte den Geräuschen, die hereindrangen: Jemand dengelte eine Sense, der neue Traktor tuckerte schwerfällig, die Hühner gackerten. Und in der Küche, wo seine Frau das Essen vorbereitete, klapperte es. Eigentlich ging ihn das alles nichts mehr an. Er war zu alt für die schwere Arbeit. Aber er konnte nicht anders, als mitzuhören. Dabei zuckten Bilder durch seinen Kopf, aus der Zeit, als er noch dort unten dabei war.

Das war einmal sein Hof gewesen. Jetzt gehörte er seinem Sohn, Ferdinand Hartenstein, und danach würde er bestimmt dessen Sohn, Alois, gehören, seinem Enkel, der vor ihm stand und ihm jetzt auffordernd die Arme entgegenstreckte.

Alois sah zu seinem Großvater auf wie zu einem Berg. Der Berg hatte zwei starke Arme, und die hoben ihn jetzt hoch. Nachdenklich schaute Alois, der gerade einmal fünf Jahre alt war, seinen Großvater an.

„Opa?"

„Ja?"

„Hast du die Oma so lieb wie der Papa die Mama?"

Franz-Josef Hartenstein zwirbelte seinen ergrauten Schnurrbart und dachte, dass Kinder von der Liebe nichts verstanden. Und dass das gut war, weil die Liebe, die Alois meinte, wenn er von Papa und Mama sprach, nichts mit der Liebe zu tun hatte, die einen anfallen konnte wie eine Krankheit. Die Liebe, die Alois meinte, war in Wirklichkeit ein Netz aus materiellen Verstrickungen, aus Gewohnheiten und Pflichten, aus dem man sich kaum befreien konnte, sollte die andere Liebe wirklich ein oder ein zweites Mal im

Leben an einem vorbeistolpern. Das war einfach nicht vorgesehen.

„Natürlich", sagte er und lächelte milde.

„Und wenn ich mal groß bin, dann habe ich auch eine Frau?"

„Aber selbstverständlich", sagte Franz-Josef Hartenstein. „Und du wirst sie ganz schrecklich lieb haben."

„Kriege ich dann auch Kinder?", fragte Alois.

„Aber klar kriegst du Kinder. Und wenn du einen Sohn hast, dann heißt er wahrscheinlich Ferdinand oder Franz-Josef. Wie der Papa und der Opa. Männer heiraten Frauen, und dann kriegen sie zusammen Kinder. So ist das nun mal auf der Welt."

Einen Moment lang dachte der kleine Alois nach. Dann fragte er: „Gibt es auch Männer, die Männer heiraten? Oder Frauen, die Frauen heiraten?"

Franz-Josef Hartenstein zog die Stirn in Falten und zögerte einen Moment. Wo hatte der Junge denn das aufgeschnappt? Oder entsprang seine Frage einfach dem logischen Hartenstein'schen Geist, auf den er sich selbst viel zugute hielt? Er entschied sich für die zweite Alternative. Seine Stirn glättete sich, und er lächelte wieder. Wonach Kinder alles fragten! „Nein, Alois. Männer heiraten Frauen und Frauen Männer. Die Frauen kriegen die Kinder, und die Männer arbeiten. Und dann geht alles wieder von vorn los!"

Alois sah seinen allwissenden Großvater staunend an. Er freute sich, dass die Welt so übersichtlich eingerichtet war, und bohrte nicht weiter nach. Warum hätte er an der Antwort zweifeln sollen?

Eine folgenreiche Landpartie

Susanna schaute in den Spiegel und fuhr forschend durch ihr wuscheliges Wirrhaar. Am Haaransatz entdeckte sie schon wieder einen Streifen Graublond. Ansonsten war ihr Haar rötlich, aber die Tönung wuchs aus. Ich hätte zum Friseur gehen sollen, ich sehe aus wie ein alternder Fuchs, dachte sie. Doch Hadern half jetzt auch nichts mehr. Sie versetzte der Gummi-Tarantel, die von der rechten Spiegelecke hing, einen Stups, sodass die vor dem Spiegel hin- und herschwang. Dann drehte sie sich entschlossen weg, warf das Regencape über und griff nach der wasserdichten Fahrradtasche, die fertig gepackt neben der Tür stand.

Schließlich tastete sie noch nach Tusnelda, der Gummi-Eule. Tusnelda war ihr Talisman, den sie fast immer bei sich trug. Diesmal steckte das ernst dreinblickende Federvieh in der Außentasche des Regencapes. Natürlich war es kindisch, einen Talisman mit sich herumzuschleppen, das war auch Susanna klar, aber irgendeine Macke durfte doch jeder Mensch haben, oder etwa nicht? Und ihre Macke waren nun mal Gummitiere, die aus *Harry Potter*, *Krieg der Welten* oder sonstigen abstrusen Horror- oder Fantasy-Produktionen stammten.

„Es geht los. Also bis heute Abend!", rief sie ins Wohnzimmer hinüber.

„Nimmst du wirklich das Rad? Und welches?", fragte ihre Freundin Karen ungläubig. „Es kann jeden Moment anfangen zu schütten. Warum fährst du nicht mit dem Smart?" Sie legte die Zeitung zur Seite, stand vom Sofa auf und sah skeptisch zum Fenster hinaus.

Susanna ignorierte den Hinweis auf die Paar-Kutsche, die selten benutzt in der Tiefgarage stand. „Na und? Ich bin doch nicht aus Zucker! Ich nehme das Tourenrad, das mit den halbbreiten Reifen." Susanna sah prüfend am Cape und den eng anliegenden Radlerhosen hinunter. Nein, in diesem Aufzug brauchte sie vor schlechtem Wetter wirklich keine Angst zu haben.

Im Hobbyraum, wie Karen das vollgestopfte Zimmer neben der Küche nannte, standen noch drei Räder. Deshalb war die Frage der Fahrradauswahl durchaus von Belang.

Karen seufzte. Eigentlich konnte man Susanna kaum sportlich nennen. Jedenfalls nicht im klassischen Sinn. Sie ging jeder organisierten körperlichen Ertüchtigung aus dem Weg. Dafür aber spazierte sie schnellen Schrittes stundenlang durch Parks und Straßen oder fuhr selbst bei grauenhaftem Wetter mit dem Fahrrad los. Allein. Sie brauche das zum Nachdenken, behauptete Susanna.

Karen, für die Sport grundsätzlich auch etwas mit Geselligkeit zu tun hatte, bedauerte das. Aber so war Susanna nun einmal. „Warum überkommen dich deine sportlichen Bedürfnisse nur bei Regen?", grummelte sie. Sie selbst wäre gern eine Stunde oder zwei auf ihr geliebtes Motorrad gestiegen und Richtung Voralpen gekurvt, aber bei diesem Wetter war das zu gefährlich.

Susanna hörte sie schon nicht mehr. Sie strampelte zum Bahnhof und nahm einen Zug bis Seeshaupt. Während der Fahrt schaute sie zum Fenster hinaus, an das zuerst einige dicke Tropfen klatschten, aus denen dann rasch ein dichter Regenvorhang wurde, der sich vor das Alpenpanorama schob. Die Straße würde also doch glatt sein, und sie hätte vielleicht besser das Mountainbike genommen, das nicht so leicht rutschte.

Von Seeshaupt aus nahm Susanna die Landstraße gen Süden. Rasch war ihr Regenzeug patschnass, doch sie kümmerte sich nicht darum. Während sie gleichmäßig in die Pedale trat, dachte sie an den bevorstehenden Nachmittag. Ihr Vater, Alois Hartenstein, hatte Geburtstag. In der hoffentlich wirklich wasserdichten Tasche, die schwer an der rechten Seite des Gepäckträgers baumelte, steckte sein Geschenk. Ein dickleibiges Buch über Modellflugzeuge.

Susanna wunderte sich immer wieder, wie ein erwachsener Mann sein Herz an aus Balsaholz gefertigte Miniaturflugzeuge verlieren konnte. Ihr Vater hätte auch Golf spielen können oder reiten. Aber nein, er verkroch sich in den Keller und fummelte an zerbrechlichen, feinmechanischen Strukturen herum, als gäbe es nichts Schöneres auf der Welt. Was dem einen seine Eule, war dem anderen eben sein Modellflugzeug, dachte sie und grinste.

Dann ließ sie die vergangene Woche vorbeiziehen. Ihr fiel nichts Besonderes dazu ein, und genau da lag das Problem. Jede Woche ähnelte der kommenden und der übernächsten und so weiter. Susanna langweilte sich im Büro tödlich. Daran konnte auch der nette schwule Kollege, Mario, mit dem sie das Zimmer teilte, nichts ändern.

Die Restrukturierung nach der Beinahe-Pleite ihrer Firma vor zwei Jahren hatte ihre beruflichen Pläne mächtig zusammenschrumpfen lassen. Eigentlich – so hatte ihr Marc, der abgelöste Chef, versprochen – hätte sie eine kleine Horrorfilmabteilung aufbauen sollen. Aber das war Schnee von gestern. Sun Pictures, ihre Firma, machte jetzt auf Mainstream, und zwar ausschließlich. Zum Gähnen.

Susanna seufzte und trampelte kräftiger, da es noch stärker regnete und sie so schnell wie möglich ankommen wollte. Ich bin undankbar, dachte sie. Schließlich hatte sie einen Job, um den sie viele beneideten: Sie arbeitete in einer Firma, die mit Filmrechten handelte. Das hörte sich glamourös an, aber im Grunde bestand ihre Tätigkeit hauptsächlich aus Am-Computer-Sitzen und Telefonieren. Ab und zu fuhr sie mit zu einem Filmfest oder bekam Premierenkarten geschenkt. Bei solchen Gelegenheiten konnte sie gefeierte Stars aus der Nähe bewundern.

Und das nach vier Jahren Filmhochschule! Jämmerlich!

Natürlich hatte sie anfangs Regisseurin werden wollen, aber außer einem lesbischen Kurzfilm, der nur bei einigen einschlägigen Festivals gezeigt worden war, hatte sie nichts Eigenes mehr produziert. Und wahrscheinlich wird das auch in Zukunft so bleiben, dachte sie grimmig. Dabei bin ich doch eigentlich ein kreativer Mensch!

Sollte ihr Dasein ewig so weitergehen? Langeweile bis ans Ende ihrer Tage? Routine, nur noch unterbrochen durch den Wechsel auf einen anderen Schreibtischstuhl bei einer anderen Firma? Hatte das Leben wirklich nicht mehr zu bieten? Darüber dachte sie nach, während immer mehr Regen in die Kapuze des Ponchos lief und auch den letzten Rest von Wohlgeordnetheit aus ihrem Haar tilgte.

Wütend trat sie in die Pedale. Irgendetwas musste noch auf sie warten, da hinten, hinter der Krümmung der Zeit, die die Zukunft vor ihr verbarg. Etwas radikal Anderes, und am besten etwas, dessen Sinn sofort einsichtig war, etwas Konkretes. Ja, dachte sie, das ist es: Ich sehne mich nach Wirklichkeit, von der mehr bleibt als eine Zahlenkolonne am Monatsende und vielleicht ein Haufen Zelluloid. Etwas zum Anfassen.

Vielleicht sollte ich es mal mit Töpfern versuchen, schoss es ihr durch den Kopf, oder mit Holzbildhauerei. Sie grinste zynisch und verwarf diese Idee sofort wieder. Eine entfernte Bekannte töpferte. Jetzt stand ihre Wohnung voller selbst gebrannter Scheußlichkeiten. Nein, danke.

Zumal sie ja schon die Gummitiere besaß. Die Tarantel am Spiegel, Tusnelda in ihrer Tasche, einige Dinosaurier, einen Mini-King-Kong, einen Raben, der auf dem Spülkasten im Klo saß, die Fledermaus über dem Sofa, ein Krokodil mit einem wahrlich Furcht einflößenden Gebiss, eine dunkelgrüngraue Kröte, eine Ratte, die sie Karen einmal zum Spaß aufs Kopfkissen gesetzt hatte, und so weiter. Die Tiere und natürlich auch das Dracula-Gebiss und das Blut-Spray im Badezimmer erinnerten sie auf Schritt und Tritt an ihren geplatzten Traum von der Horror-Fantasy-Filmabteilung.

Jetzt strampelte Susanna in das Dorf, in dem ihre Eltern wohnten. Noch ein paar Kurven und einen kleinen Hügel hinauf, dann wäre sie da. Der Anstieg wirkte so harmlos, aber er hatte es in sich. Susanna keuchte, als sie auf dem Parkplatz vor der Doppelgarage das Fahrrad abstellte. Sie schüttelte sich wie ein nasser Hund, das Wasser spritzte von ihrem Regenponcho nach allen Seiten. Der Parkplatz war noch leer. Vielleicht kämen ja gar keine Gäste heute, nur Familie. Das wäre ihr gerade recht.

Susanna griff nach der Fahrradtasche und schlenderte langsam zum Haus hinüber. Eigentlich, dachte sie, war das zweistöckige Gebäude viel zu groß für ein alterndes Ehepaar. So viel Platz! Dass ihre Eltern sich nicht verloren darin fühlten.

Früher, als sie noch ein kleines Kind war, hatten sie, ihr Bruder und ihre Eltern weiter unten im Ort gewohnt, direkt neben dem Firmengelände. Und das lag wiederum neben dem Bauernhof, den noch ihre Großeltern bewirtschaftet hatten. Ihr Vater hatte diesen Hof an einen Aussiedler, der Landwirtschaft betreiben wollte, verkauft und auf dem Nachbargrundstück seine Baufirma aufgebaut, sehr zum Ärger der übrigen Familie. Als er meinte, lang genug geschuftet und genügend Geld verdient zu haben, gab Alois Hartenstein sein Bauunternehmen auf, und die beiden zogen hierher. Da studierte Susanna schon. In dem neuen Haus hatte sie nie gewohnt. Es hatte etwas seltsam Unnahbares, fand sie. Sie nannte es „die Burg". Susanna wischte sich eine Haarsträhne aus dem Gesicht und läutete.

Franziska Hartenstein öffnete die Tür. „Kind, wie siehst du denn aus!", sagte sie, als sie ihre Tochter in den Flur zog. „Auf dem Fahrrad durch den Regen, also ich weiß nicht. Und dann dieser Haarschnitt!"

„Ich hatte keine Zeit für den Friseur", log Susanna. In Wirklichkeit hatte sie einfach keine Lust gehabt. „Wo ist Papa?"

„Im Keller. Die Gäste kommen gleich. Hast du wenigstens was Trockenes zum Anziehen?"

Susanna nickte flüchtig. Sie hängte ihren Regenponcho an die Garderobe, kramte eine Hose aus der Fahrradtasche, die, o Wunder, tatsächlich dicht gehalten hatte, und verschwand im Bad. Dann lief sie die Kellertreppe hinab und öffnete eine schwere Stahltür. Dahinter befand sich die Werkstatt, ein halb unterirdisch gelegenes Kämmerchen mit einem winzigen Fenster, durch das viel zu wenig Licht fiel. Alois Hartenstein stand im kalten Schein einer Neonlampe vor seiner Werkbank und feilte konzentriert an etwas herum, das wohl demnächst die Tragfläche eines seiner Modelle werden würde.

Wie kann man sich nur in diesem Verlies verkriechen, dachte Susanna, während sie „Herzlichen Glückwunsch!" sagte und ihrem Vater ein Geburtstagsküsschen auf die Wange drückte. „Dein Geschenk ist oben."

„Danke." Hartenstein warf seiner Tochter einen kurzen Blick zu, lächelte und schmirgelte weiter. „Ich muss das jetzt noch schnell fertig machen. Danach komme ich."

Oben klingelte es. Susanna hörte, wie ihre Mutter jemanden begrüßte, und dann redeten mehrere Stimmen durcheinander.

„Ich bleibe lieber noch hier", sagte Susanna. Sie hasste es, in Begrüßungsorgien in dem engen Flur verwickelt zu werden, bei denen alle durcheinander redeten, tropften und sich gegenseitig auf den Füßen herumtraten. Sie würde jetzt warten, bis die Ankömmlinge im Wohnzimmer verschwunden wären.

Neugierig musterte Susanna das Werkstück, an dem ihr Vater arbeitete. „Was wird das?"

„Eine Cessna, ein Viersitzer. Genauer gesagt, die rechte Tragfläche einer Cessna. Ziemlich häufige Maschine, wird hier hauptsächlich von Freizeitfliegern genutzt. Siehst du, die Tragflächen sind oben an der Passagierkabine angebracht, nicht unten." Er zeigte auf den Bauplan. „Deshalb fliegt sie etwas schwerfälliger, als wenn die unten wären, aber auch stabiler."

Susanna strich über das Balsaholz, das ihr Vater mit feinem Schmirgelpapier bearbeitete.

„Bis das Modell fertig ist, dauert es noch eine Weile. Wahrscheinlich schaffe ich es erst im Frühjahr. Deine Mutter möchte nicht, dass ich andauernd hier unten hocke." Er wandte ihr sein faltiges Gesicht zu und sah sie forschend an. „Was macht das Filmgeschäft?"

Susanna ärgerte sich. Eigentlich, fand sie, hätte ihr Vater jetzt fragen müssen, wie es Karen ging. Aber das tat er nicht. Das tat er nie. Er wurde einfach nicht fertig damit, dass sie Frauen liebte. Obwohl er nun wirklich Zeit genug gehabt hatte, sich damit zu arrangieren. Schließlich waren Karen und sie schon über zehn Jahre ein Paar, und Susanna hatte nie ein Geheimnis daraus gemacht.

Aber nein, er redete lieber über das Filmgeschäft und sprach von ihr gern als „unserer Regisseurin", obwohl er genau wusste, dass sie keine war. Sie vermutete, dass er ihr damit schmeicheln wollte, aber sie ärgerte sich nur darüber, dass er einen Teil ihres Lebens ignorierte, um den anderen auszuschmücken. Sie fühlte sich verkannt. Karen fuhr deshalb nicht mit hierher. Doch obwohl Susanna wieder einmal innerlich grollte, hatte sie auch diesmal keine Lust, sich mit ihrem Vater über dieses heikle Thema zu streiten.

„Ach, das. Geht schon", sagte sie einsilbig.
„Geht schon? Das war doch mal dein Traumjob."
„Was heißt denn schon Traumjob?", erwiderte Susanna mürrisch.
„Ich wüsste, was es für mich heißt. Wenn ich noch mal zu wählen hätte, würde ich Pilot werden." Alois Hartenstein strich liebevoll über die zukünftige Tragfläche.
Susanna musterte ihren Vater mit plötzlich neu aufkommendem Interesse. Es erstaunte sie, dass er ihr etwas bisher Unbekanntes über sich selbst offenbarte. Für sie hatte er immer mit beiden Beinen auf dem Boden gestanden. In einem Cockpit konnte sie ihn sich kaum vorstellen. „Baust du deshalb Flugzeuge?", fragte sie.
Alois Hartenstein nickte bedächtig. „Wahrscheinlich. Unerfüllte Träume fressen einen auf, weißt du?"
„Es ist doch viel schlimmer, wenn man nichts mehr zum Träumen hat", sagte Susanna. Wie sie, zum Beispiel. Aber das dachte sie bloß.
Ihr Vater warf ihr einen strengen Blick zu. „Man hat immer was zu träumen. In deinem Alter sowieso. Mit dem Modellbau habe ich doch auch erst als Pensionär angefangen. So, fertig für heute." Hartenstein legte sein Handwerkszeug weg.
Hintereinander stiegen sie die Treppe hinauf und gingen ins Wohnzimmer. Am festlich gedeckten Kaffeetisch saßen Susannas Bruder Ferdinand, genannt Ferdi, seine Frau Clara und ihre Tochter Jenny. Dazu Gruber und Loisacher, zwei Freunde ihres Vaters, und noch einige andere, an die Susanna sich nicht erinnerte. Gruber baute auch Flugzeugmodelle, daher kannten sich die beiden.
Susanna nickte in die Runde. Ferdi wurde Vater immer ähnlicher, stellte sie verwundert fest. Besonders, seit er sich ebenfalls einen Schnurrbart stehen ließ. Sein Spitzname passt eigentlich nicht mehr zu ihm, dachte Susanna, ich sollte ihn Ferdinand nennen. Ferdi erwiderte flüchtig ihren Gruß.

Früher hätten wir uns umarmt, dachte Susanna mit einem Anflug von Traurigkeit. Doch seit sie mit Karen zusammen war, eine Beziehung, die sich allein aufgrund ihrer Dauer beim besten Willen nicht mehr als Affäre betrachten ließ, wusste Ferdi anscheinend nicht mehr, was er mit ihr anfangen sollte, und Susanna ging es ähnlich. Sie waren sich fremd geworden.

Schwägerin Clara begrüßte sie umso überschwänglicher. „Schön, dich zu sehen!", strahlte sie, nahm Susanna in den Arm und pflanzte ihr ein nach Parfum duftendes Bussi auf die Wange.

Underdogs müssen zusammenhalten, schoss es Susanna durch den Kopf, als sie die Umarmung erwiderte. Die Angeheiratete und die Lesbe.

Dann kam Jenny angelaufen. „Hast du mir was mitgebracht?", fragte die Kleine schelmisch.

Susanna nickte und kramte tief aus den Taschen ihrer Jeans ein Plastikröhrchen Seifenblasen. „Gleich gehen wir pusten", versprach sie.

Dann setzte sie sich auf den freien Platz zwischen ihrer Mutter und Loisacher, der früher beim örtlichen Bauamt gearbeitet hatte, und nickte freundlich zu Franz Gruber hinüber. Susanna mochte Gruber mehr als Vaters übrige Freunde. Er hatte ein weiches Gesicht und lächelte ständig milde, so als könnte ihn nichts mehr erschüttern. Früher hatte er Ferdi und ihr immer Schokolade mitgebracht oder etwas anderes.

„Kennen Sie mich noch? Georg Loisacher", stellte sich Susannas Nachbar vor, ein hagerer Mann in hellbraunem Anzug, zu dem er völlig unpassend ein rotes Karohemd trug. „Sie sind doch jetzt Filmregisseurin."

Loisacher war einer von denen, die früher ständig stinkende Stumpen rauchten, wenn sie zu Besuch waren. Susanna seufzte. „Nein, bin ich nicht", erwiderte sie. „Auch wenn

Papa das sagt. Ich weiß, er meint es nur gut, aber ich handele mit Filmrechten bei einer kleinen Firma."

„Ach so." Loisacher klang enttäuscht und wandte sich seinem Nebenmann zu, mit dem er ein Gespräch über ein Bauvorhaben am Ort begann. Im Nu redeten alle durcheinander. Während die untere Hälfte des Tischs von Loisacher abwärts sich über die örtlichen Planungen stritt, lauschte die obere Franziska Hartensteins Gartenplänen. Das war ihr Lieblingsthema. Sie verbrachte viel Zeit im Garten, und ständig änderte sie die Bepflanzung ihrer Rabatten und der Balkone oder probierte neue Blumensamen aus. Gerade berichtete sie ausführlich über eine besondere Sorte Ranunkeln, die sie in einem Versandkatalog entdeckt hatte.

Susanna interessierte sich für Gartengestaltung nur sehr mäßig, zumal sie bloß einen kleinen Balkon hatte. Sie unterdrückte ein Gähnen und stocherte lustlos in ihrem Kuchen herum.

Jenny saß auf dem Schoß ihres Großvaters, einem ihrer Lieblingsplätze. „Jenny-Schätzchen, lass mich doch mal ein bisschen in Ruhe meinen Kuchen essen! Geh spielen!", sagte der. Das Mädchen stieg von seinem Schoß herunter und lief zu Susanna. „Gehen wir jetzt Seifenblasen machen?", bettelte sie.

Susanna ergriff dankbar die Hand, die ihr Jenny entgegenstreckte, und stand auf. Sie war froh, der Runde entrinnen zu können. Im Garten öffnete sie die längliche Dose mit der Seifenblasen-Flüssigkeit und tauchte die Schlinge hinein. Als sie sie herauszog, glitzerte darin eine bunt schillernde Schicht. Sanft pustete Susanna. Eine dicke Blase schwebte langsam hinab und zerplatzte an Jennys Schienbein. Dann machte sie noch eine ganze Reihe kleiner Blasen und schaute ihnen nach, wie sie emporstiegen, vom Wind erfasst wurden und sich eine nach der anderen in nichts auflösten. Jenny quietschte vor Vergnügen und wollte auch pusten.

Plötzlich fragte das Mädchen: „Spielst du oft mit Kindern?"
„Nicht so oft."
„Und warum nicht?"
„Ich habe keine Kinder, Jenny."
„Und warum?"
Susanna zuckte mit den Schultern. Ganz einfach, weil sie Lesbe war. Aber sie hielt Jenny für zu jung, um ihr das zu erklären. Eigentlich hätte die Sache damit erledigt sein können, fand Susanna.
Doch das Kind gab keine Ruhe. Nach einigem Pusten sagte Jenny: „Aber dann kriegst du sicher noch eins?"
„Keine Ahnung." Susanna war mittlerweile leicht genervt.
Jenny starrte sie mit großen Augen an.
Susanna seufzte. „Komm, wir gehen wieder rein." Sie griff nach Jennys Hand.
„Schon?"
„Ja. Die anderen warten sicher auf uns."
Jenny folgte ihr unwillig und kuschelte sich drinnen auf Claras Schoß. Plötzlich beneidete Susanna ihre Schwägerin.

Als sie gegen halb sechs wieder abfuhr, hallten Jennys Fragen noch immer in Susannas Kopf wider. Sie überlegte, ob sie jemals eine definitive Entscheidung über das Kinderkriegen getroffen hatte und wann das gewesen sein könnte.
Als Kind hatte sie sich um dieses Thema keine Gedanken gemacht. Man heiratete, und dann bekam man Kinder. Bevor man verheiratet war, musste man sich damit nicht befassen. Susanna lächelte schräg. Das war jedenfalls die offizielle Version im Dorf und bei ihr zu Hause. Die Wirklichkeit sah wahrscheinlich auch in ihrer Jugend schon anders aus, aber darüber wurde nicht gesprochen.
Als Jugendliche interessierte sich Susanna kaum für Männer, weshalb sie weder erwünschte noch unerwünschte Schwangerschaften hatte und auch nicht die Pille nahm. Für

die paar Knutschereien mit ihren verpickelten männlichen Altersgenossen im Gebüsch, die sie allesamt im Grunde uninteressant fand, brauchte man das nicht. Sie erinnerte sich, dass einem dieser Jungen ein Schneidezahn gefehlt hatte und dass sie versucht hatte, ihre Zunge beim Küssen durch den Zwischenraum zwischen seinen restlichen Vorderzähnen zu quetschen, aus Neugier, ob das funktionieren würde. Ansonsten hatte sie alle Details vergessen.

Dann, nach dem Abitur, zog sie nach München, jobbte ein Jahr lang und tauchte ein in die Lesbenbewegung, die damals vor allem ein Teil der Frauenbewegung war. Sie traf sich mit den anderen in Frauenzentren und Projekten, weniger in Bars oder Kneipen, wo die so genannte Szene tobte, mit der aber die Bewegungsfrauen, wie sie sich nannten, eigentlich nichts zu tun haben wollten.

In ihren Kreisen diskutierte man heftig über Matriarchate oder feministische Ästhetik, machte Urlaub in Frauenferienhäusern, erlernte Selbstverteidigung gegen aggressive Männer, und so weiter. Kinder kriegte in dieser Zeit in ihrem Umfeld keine, und es war auch keine ihrer Freundinnen wild darauf, dieses Thema zu debattieren. Darum ging es zwischen ihnen einfach nicht. Eher ums Gegenteil.

Natürlich gab es auch ein paar Lesben, die Kinder hatten, meist aus gescheiterten Kurz-Ehen. Manche hatten deswegen ein schlechtes Gewissen, und einfacher wurde ihr Leben durch den Nachwuchs auch nicht, besonders wenn er männlich war. Susanna konnte sich daran erinnern, wie einmal der Sohn einer Frauenferienhaus-Gästin im Urlaub die Altersgrenze von sechs Jahren überschritt. Er wurde von da an als bedrohlicher Repräsentant des Patriarchats empfunden. Am Morgen nach seinem Geburtstag mussten er und seine Mama abreisen.

An der Filmhochschule gab es ebenfalls spannendere Themen als die Vermehrung. In dieser Zeit verlor Susanna den Kontakt zu den so genannten Bewegungslesben und landete, mitgeschleppt von zwei Kommilitoninnen, doch in der verpönten Szene. Sie fand die Frauen dort gar nicht übel. Es gab also noch anderes, als nächtelang über die sprachlich korrekten Ausdrucksformen feministischen Bewusstseins zu diskutieren. Tanzen zum Beispiel. Flirten. Susanna tat es reichlich, und an Kinder dachte sie dabei erst recht nicht.

Dann kam Karen. Sie interessierte sich kein bisschen für das Thema Nachwuchs, sondern für Fußball. Aber durch Karen und ihren ersten Job wurde Susannas Leben ruhiger – einerseits.

Andererseits hatte sie, sobald sie die Stelle antrat, einfach keine Zeit mehr – weder für durchtanzte noch für durchdiskutierte Nächte. Sie wollte schließlich ihren Traum, die Horrorfilmabteilung, realisieren. Ihre ersten Jahre im Beruf waren angefüllt mit Arbeiten, Lernen und Hoffen. Hoffen auf den Horrorfilmbereich. Damit kann ich ja nun aufhören, dachte Susanna resigniert.

Immerhin wusste sie nach dieser Inventur ihrer Vergangenheit, dass sie sich tatsächlich noch niemals definitiv entschieden hatte, kein Kind zu bekommen. Sie hatte sich einfach gar nicht mit der Kinderfrage auseinander gesetzt. Bis jetzt.

Susanna dachte daran, wie Jenny heute Seifenblasen himmelwärts gepustet hatte. Sie mochte die Kleine, weil sie so lebendig war. Wahrscheinlich auch jeden Tag anders und furchtbar anstrengend, aber auf jeden Fall lebendig. Und damit alles, was Lizenzverträge und Abrechnungen und Bilanzen, ja selbst Filmrollen oder DVDs, nicht waren.

Plötzlich lockte sie die Aussicht, dass sie, Susanna Hartenstein, prinzipiell fähig war, ebenfalls etwas so Lebendiges wie Jenny zu erschaffen. Nicht nur theoretisch, sondern ganz praktisch. Sie musste sich nur dafür entscheiden. Mit frischem Elan trat sie in die Pedale, und mit jedem

Tritt erschien ihr die neu entdeckte Möglichkeit reizvoller. Schließlich hatte sich die Welt geändert. Es gab inzwischen lesbische Mütter, die ihre Kinder ganz bewusst mit ihrer Partnerin bekommen hatten und aufzogen. Zwar kannte sie keine persönlich, aber das würde sich sicher ändern lassen. Beruflich segelte sie momentan ziellos dahin. Was also sollte sie davon abhalten, ein Kind zu bekommen?

Bei dieser Frage fiel ihr Karen ein. Karen, die sie liebte und die sich ansonsten vor allem für Fußball und ihr Motorrad interessierte. Einmal angenommen, sie brächte das Thema auf den Tisch: Passte ein Kind in ihr gemeinsames Leben? Würde Karen mitmachen? Oder wäre sie entsetzt? Und dann? Dann werde ich sie eben überzeugen, dachte Susanna im Takt ihrer Beine, dann werde ich sie eben überzeugen, dann werde ich sie eben überzeugen …

„Was hältst du davon, Tusnelda?", fragte sie bestätigungsheischend, als sie endlich in der S-Bahn saß, und zog die Gummi-Eule aus ihrem Versteck. Tusnelda war eine weise Ratgeberin, sehr nachdenklich und extrem schweigsam. Das hatte Vorteile: Widerspruch war von ihr nicht zu erwarten. Vielmehr unterstützte sie Susannas innerste Bestrebungen samt und sonders, ohne viel Worte zu machen. So auch diesmal. Nun hatte Susanna eine Verbündete: Ihr Traum war auch Tusneldas Traum, und zwei waren stärker als eine.

Karen saß auf dem schon etwas abgeschabten Ledersofa, genau unter der schwarzen Fledermaus, einem von Susannas Gruseltieren, die an einem Gummiseil von der Decke hing. Sie drückte an einem Gummiball herum, der angeblich die Handmuskeln stärkte, und wartete. Die Wohnzimmertür stand offen, damit sie bemerkte, wenn Susanna zurückkam. Über den Super-Size-LCD-Bildschirm an der ansonsten kahlen Wand flimmerte ein Fußballspiel. Wegen ihres Berufs legte Susanna Wert auf eine erstklassige audiovisuelle

Ausstattung, und Karen profitierte davon, denn Fußballspiele ließen sich auf einem fast einen Meter breiten LCD und mit aus sechs Boxen schallendem Suround-Sound einfach besser genießen als mit einem normalen Fernseher.

Da hörte Karen Schlüssel klappern. Schon zog Susanna die Schuhe aus und kam mit langen, federnden Schritten auf sie zu. „Hallo, Süße", sagte Susanna und schaltete beiläufig den Fernseher aus.

„He!", beschwerte sich Karen. „Da läuft die Bundesliga!"

Susanna lächelte zu Karen hinunter. „Hat alles Zeit bis später. Halt mich fest." Sie entledigte sich ihres Fahrrad-T-Shirts. Dann küsste sie Karen und schob ihr eine Hand unter die Bluse. Karen erwiderte den Kuss. Der Gummiball ploppte auf den Boden. Karen zog Susanna an sich und ließ ihre Finger über deren vom Fahren kühle Haut gleiten. Sie roch nach frischer Luft und Schweiß.

Karen grinste. Das war Susannas Art anzukommen. Und warum auch nicht? Es gab schließlich weitaus unangenehmere Willkommensrituale. Der Fußball konnte tatsächlich warten.

Später lag Karen ermattet, aber glücklich auf dem Sofa. Susanna hatte sich zusammengerollt und döste, den Kopf auf Karens Bauch gebettet. Sie liebte Sex mit Susanna. Auf die Dauer eher mehr als weniger, was sie selbst erstaunlich fand. Den berühmten Tod in den Betten, vor dem sich so viele Leute fürchteten, waren sie jedenfalls noch nicht gestorben. Es deutete auch nichts darauf hin, dass das in absehbarer Zeit passieren würde. Während Karen gedankenverloren eine von Susannas Haarsträhnen zwirbelte, erinnerte sie sich daran, wie alles angefangen hatte.

Marianne, ihre Ex, hatte sie nach vier Jahren nervenzerfetzender Streitigkeiten und anschließenden Versöhnungen endgültig verlassen. Danach hatte Karen vorläufig keine

Lust auf Gesellschaft mehr und verkroch sich monatelang hinter Büchern über Deckungsbeitragsrechnung und andere Scheußlichkeiten, denn sie stand vor dem Betriebswirtschafts-Examen.

An einem Abend im Januar hielt Karen es in ihrer Bude nicht mehr aus. Viel zu lange war sie auf keinem Fest mehr gewesen, hatte sie nicht mehr getanzt.

Sie griff nach einer Ankündigung, die sie aus dem örtlichen Terminblatt gerissen hatte. Darin war von einem neuen „kuscheligen Partyvergnügen für jederfrau" die Rede. Das hörte sich gut an.

Karen warf einen kritischen Blick in den Spiegel: Immerhin, die Schatten vom Heulen und nächtelangen Lernen waren weg. Zwar blickten ihre braunen Augen noch etwas matt aus ihrem schmalen Gesicht, aber wenigstens schaute sie wieder ein bisschen neugierig in die Welt. Ihr Haarschnitt war keiner mehr: Die hellbraune Mähne hing formlos bis zum Kragen. Daran ließ sich jetzt nichts ändern. Wenigstens bewirkte das Muskeltraining, zu dem sie sich trotz allem einmal pro Woche schleppte, dass sie sich einigermaßen gerade hielt. Sie war mittelgroß, wirkte aber größer, weil ihre Schultern nicht wie bei so vielen schlaff herunterhingen.

Eigentlich würde ich gern wieder Fußball spielen, dachte Karen, als sie sich in eine eng geschnittene Jeans und ein weißes T-Shirt zwängte und dabei die Stollenschuhe anstarrte, die in einer Ecke lagen. Bis Marianne sie verließ, war sie Mittelstürmerin bei Dynamo Pasing, einem ziemlich guten Frauen-Fußballteam gewesen, aber Trennung und Examen hatten ausgereicht, auch dieses Hobby an den Nagel zu hängen.

Schließlich zog Karen die dicke, schwarze Lederjacke über und machte sich auf den Weg. Eine halbe Stunde später betrat sie die etwas angejahrte Kellerbar, in der die Disco stattfand. Misstrauisch spitzte sie die Ohren. Nein, sie spielten hier zum Glück keine nervtötenden deutschen Schlager, sondern ganz normalen Discosound. Sie kaufte eine Eintrittskarte und suchte sich einen strategisch günstigen Platz an der Bar, von dem aus sie die Tanzfläche und den Eingang im Auge behalten konnte.

Es war elf. Gerade begannen die ersten Frauen, zaghaft zu tanzen. Karen bestellte Bier und starrte sehnsüchtig zu den wenigen Tänzerinnen hinüber. Im Rhythmus der Musik wippte sie mit der Fußspitze, blieb aber sitzen. Sie war es nicht mehr gewohnt, dieses Sehen und Gesehen-Werden. Fürs Erste reicht es, dass ich überhaupt hier bin, dachte sie.

Dann kamen drei penetrant gut gelaunte Frauen hereingeschneit. Sie steuerten zielstrebig die Barhocker rechts neben Karen an. Eine Rothaarige mit Stoppelschnitt, kantigem Gesicht, frecher Stupsnase, tiefgrünen Augen und einem breiten Lächeln gefiel Karen besonders. Sie hatte sich ein Spinnennetz auf die rechte Wange gemalt. Abgefahren, dachte Karen. Total abgefahren.

Karen bemühte sich, nicht allzu auffällig zu der Frau hinüberzustarren. Früher hätte ich sie ganz einfach angemacht, grübelte Karen und rutschte unruhig auf ihrem Barhocker hin und her. Früher, bevor ich Marianne kannte, Marianne und ihre sehr genauen Vorstellungen darüber, wo man hinging und wo nicht, was man sagte und was nicht, mit wem man sich traf und mit wem nicht. Das habe ich nun davon, dachte Karen. Jetzt sitze ich hier und weiß nicht, was ich sagen soll. Und wenn ich endlich wüsste, was ich sagen soll, dann wüsste ich nicht, wie ich es sagen soll, damit sie mich nicht für total bescheuert hält.

Aus Verlegenheit schnorrte Karen von ihrer Nachbarin auf der anderen Seite eine Zigarette. Das entpuppte sich als ein Fehler. Erstens hustete Karen, als sie daran zog. Kein Wunder, sie hatte keinen Tabak mehr angerührt seit der Trennung und früher auch nur sporadisch geraucht, wenn sie ausging.

Zweitens lächelte nun die Nachbarin, die ihr Bier in unglaublicher Geschwindigkeit in sich hineinschüttete, Karen mitleidig an. Scheiße, dachte Karen. Auch das noch. Sie glaubt jetzt wahrscheinlich, dass ich gerade eine der armseligsten Methoden ausprobiert habe, um jemanden kennen zu lernen.

„Gefällt's dir hier?", fragte ihr Gegenüber tatsächlich. Dann ließ sie auf ihre Kosten ein zweites Bier für Karen kommen, obwohl deren Glas noch halb voll war.

„Geht so", sagte Karen einsilbig. Sie wollte dieses Missverständnis nicht vertiefen, sondern die Gruppe auf der anderen Seite weiter beobachten. Dort hob gerade die Spinnenfrau das Glas und nippte mit ihren sinnlichen Lippen an einer knallroten Flüssigkeit.

„Biste öfter hier?", fragte die Frau, von der Karen geschnorrt hatte.

Karen schüttelte den Kopf. „Ganz selten."

„Na, dann kannste doch jetzt mal ein bisschen öfter kommen, wo wir uns gerade so schön kennen lernen." Die Fremde grinste breit.

„Glaub ich eher nicht, ich stehe nicht so auf Disco", antwortete Karen mürrisch. Dann verschwand sie Richtung Klo. Als sie wiederkam, war die Frau mit den Zigaretten verschwunden. Wahrscheinlich verbucht sie mich unter Totalschaden, dachte Karen.

Sie atmete auf und nahm ihren Platz wieder ein. Nebenan wurde ständig gekichert. Die Rothaarige und die beiden anderen sprachen durcheinander, lachten, prosteten sich zu. Karen versuchte zu verstehen, was sie redeten, doch die Musik übertönte das Gespräch, obwohl sie direkt nebenan standen.

Karen war jetzt wütend auf sich. Warum schaffte sie es nicht zu tanzen, obwohl sie Lust hatte? Warum konnte sie die rothaarige Frau nicht einfach ansprechen, die ihr so höllisch gut gefiel? Und warum musste sie ausgerechnet von einer schnorren, die sie überhaupt nicht leiden konnte? Ehe sie noch mehr Unsinn anrichtete, ging sie besser nach Hause. Sie war wohl nach dem Marianne-Schock einfach noch nicht reif für öffentliche Auftritte.

Hastig kippte sie ihr Bier herunter und wollte dem Ausgang entgegenstreben. Dabei blieb sie mit dem Fuß am Bein des benachbarten Barhockers hängen. Der fiel nach vorne und stieß an die Rothaarige, die daraufhin ihr Getränk verschüttete.

„Entschuldigung", murmelte Karen. Sie spürte, wie ihr der Schweiß ausbrach. Ausgerechnet die interessanteste aller anwesenden Frauen musste sie besudeln, nur weil sie nicht im Stande war, ihre Füße richtig zu setzen.

Auf dem engen Top der Rothaarigen prangte nun ein roter Fleck, unter dem sich, wie Karen deutlich erkennen konnte, eine Brustwarze abzeichnete. Die Frau warf Karen einen halb verärgerten, halb erstaunten Blick zu. Dann winkte sie ab und lächelte, wobei sich das Spinnennetz verzog. „Schon gut, ist ja fast nichts passiert!"

Einen Moment erwog Karen, sie zu einem Getränk einzuladen, aber dann ließ sie es bleiben. Wer weiß, was dabei wieder passieren würde! Sie wollte jetzt schleunigst zurück in ihre Klause, weg von den Menschenmassen hier. Es waren einfach zu viele für eine, die sich über Monate hinweg isoliert hatte.

Auf der Treppe drehte sich Karen um. Täuschte sie sich, oder schaute ihr die Rothaarige tatsächlich nach? Nein, tat sie nicht. Warum auch? Warum sollte sich diese Frau ausgerechnet für sie interessieren, die nicht einmal an der Bar entlanggehen konnte, ohne jemanden anzurempeln? Die hatte bestimmt reichlich Auswahl.

Draußen sog Karen gierig die frische Luft in ihre vom Kneipendunst gesättigten Lungen. Es war kalt, aber das machte ihr nichts aus. Halb eins und damit anderthalb Stunden – nicht schlecht für den ersten Ausflug einer durch Trennung traumatisierten Prüfungslesbe, dachte sie. Und der Rothaarigen würde sie wahrscheinlich nie wieder begegnen.

Hier irrte Karen. Als sie einige Tage später ins Kino ging, stand die Traumfrau aus der Kellerbar am Einlass, diesmal allerdings ohne Spinnennetz.

„Sieh an, die Remplerin", sagte die Rothaarige und zwinkerte, während sie Karens Ticket abriss. Ehe Karen eine passende Erwiderung einfiel, wurde sie im Strom der nachdrängenden Besucher in den Kinosaal geschoben. Nach der Vorstellung war die Frau verschwunden.

Zwei Tage später ging Karen wieder ins Kino. In dasselbe, natürlich. Tim, ihr bester Freund, begleitete sie. Mit seinen langen, blonden Haaren erinnerte er an einen kitschigen Rauschgoldengel, fand Karen, aber das sagte sie ihm nicht. Tim war hetero und ständig unglücklich verliebt. Sie kannten sich vom Studium her, das er abgebrochen hatte. Seitdem jobbte er mal hier, mal da und versuchte, vorläufig herauszufinden, was ihm Spaß machte.

„Wo ist sie denn nun?", fragte Tim ungeduldig, als sie an der Kasse anstanden. „Und was sehen wir uns überhaupt an?"

„Zweimal keine Ahnung. Ich hoffe, sie reißt wieder Karten ab." Karen sah sich suchend um.

„Du weißt noch nicht mal, was läuft?"

„Nein. Ich weiß, dass sie hier arbeitet. Das reicht in diesem Fall."

„Glaub bloß nicht, dass ich diese Frau kommentiere. Am Ende bin ich schuld, wenn es mit euch schief geht. Ich werde mich nur zu dem Film äußern, den wir dann sehen." Tim verschränkte abwehrend seine langen Arme.

Aber seine Ängste waren überflüssig, denn die rothaarige Unbekannte tauchte nicht auf.

„Vielleicht hat sie ihren freien Tag", mutmaßte Karen ratlos.

„Vielleicht hat sie gemerkt, dass du sie vorführen willst, und versteckt sich", erwiderte Tim, aber dafür schickte ihm Karen nur einen genervten Blick.

„Sollen wir nicht einfach Kaffee trinken gehen?", schlug Tim vor.

Karen schüttelte unerbittlich den Kopf. „Kommt nicht in Frage. Wer weiß, vielleicht leuchtet sie den Leuten im Saal mit der Taschenlampe den Weg zum Platz. Bitte, komm doch mit. Ich will so gern wissen, was du von ihr hältst."

Tim verdrehte die Augen.

Das Unternehmen endete als totaler Misserfolg. Nicht nur, dass die Rothaarige sich nicht blicken ließ. Sie landeten auch noch in einem Thriller, in dem permanent geschossen wurde und literweise roter Farbstoff floss. Tim hasste solche Filme. „Gleich geh ich raus", zischte er. „Du weißt doch, ich kann kein Blut sehen."

„Dann geh doch!", giftete Karen, um sich anschließend dafür zu entschuldigen.

„Das mache ich nicht noch mal mit!", zischte Tim, blieb aber wenigstens sitzen. „Such dir eine andere Jury!"

Eine Woche hielt es Karen aus. In dieser Zeit bildete sie sich mehrfach ein, die Rothaarige auf der Straße gesehen zu haben, aber jedes Mal entpuppte sich das als Irrtum. Also ging sie noch einmal ins Kino. Diesmal allein, denn Tim hatte sich geweigert. Schließlich war das der einzige Ort, an dem sie einigermaßen sicher sein konnte, sie zu treffen.

Doch die Fremde aus der Disco war auch diesmal nirgends zu entdecken. Karen spürte, wie die Spannung aus ihrem Körper wich. Sie ließ Kopf und Schultern hängen. Wer weiß, vielleicht war die Frau verreist? Na klar! Das musste es sein! Sie hatte Urlaub! Jeder hatte schließlich irgendwann Urlaub. Oder, und dieser unerfreuliche Gedanke machte Karen sehr zu schaffen, sie jobbte hier nur unregelmäßig. Oder sie war gefeuert worden. Aber wer würde eine so wunderbare Frau entlassen? Und wie sollte sie die Rothaarige dann wiederfinden?

Inmitten dieser trübseligen Gedanken sagte jemand hinter ihr: „Heute schon was verschüttet?"

Karen drehte sich um. Da saß sie. Breit grinsend wie in der Disco, kaute sie ein Kaugummi und schaute Karen sichtlich amüsiert an.

„Hast mich wohl hier drin nicht erwartet?", fragte sie. „Aber auch das Abreißpersonal pflegt manchmal einen Film zu gucken. Schließlich haben wir freien Eintritt, und das Gehirn will beschäftigt werden."

Karens Herz raste. Verzweifelt suchte sie nach einer witzigen oder wenigstens intelligenten Erwiderung, aber ihre Zunge klebte am Gaumen wie festgeleimt.

„Ach, übrigens: Ich heiße Susanna Hartenstein", stellte sich die Fremde vor.

„Karen Küppers", würgte Karen heraus. Dann begann der Hauptfilm und erlöste sie davon, Konversation zu machen. Aber was würde geschehen, wenn er zu Ende war, fragte sie sich unaufhörlich.

Das hätte sie sich sparen können „Gehen wir noch wohin?", raunte die Rothaarige ihr ins Ohr, sobald der Abspann lief.

Karen atmete auf. „Von mir aus gern. Schlag was vor!"

Susanna grinste. „Ich habe schon eine Idee. Ganz in der Nähe."

Sie landeten in einer Bar in der Innenstadt, wo hauptsächlich Filmleute verkehrten. Eine Seite des Raums hatte Wände aus doppeltem Glas, zwischen denen bunte Flüssigkeiten und Luftblasen perlten. An eine andere Wand wurden Videos projiziert.

„Das sind Trailer der Filme, die demnächst anlaufen", erklärte Susanna.

„Kennst du dich mit Film aus?"

„Du meinst, über das Ticket-Abreißen hinaus? Ich habe gerade die Filmhochschule abgeschlossen. Das Treffen in der Disco neulich war meine kleine, ganz private Examensfeier."

Plötzlich stand ein gedrungener, vollbärtiger Mann im Holzfällerhemd neben Susanna. „Hallo", nickte er zu ihr hinunter. „Wir sehen uns ja am ersten März. Oder hast du den Brief noch nicht bekommen?"

„Welchen Brief?"

„Die Zusage. Du kriegst den Job."

Susanna strahlte. „Es klappt also wirklich? Megageil! Ich habe einen Job!" Sie machte Karen mit dem Mann bekannt. Er hieß Marc. Den Nachnamen erwähnte Susanna nicht, aber der war für Karen wahrscheinlich auch nicht wichtig.

Marc streckte Karen eine sorgfältig manikürte Hand mit einer protzigen Pilotenuhr am Gelenk entgegen, die so gar nicht zu seiner sonstigen Erscheinung passte. Und dann klingelte das Ding auch noch.

„Eingebautes Handy", sagte er. „Entschuldigt mich bitte. Das ist aus Amerika, das Geschäft ruft."

„Dieser Mister Wichtig ist also dein zukünftiger Chef?", fragte Karen etwas ratlos.

Susanna nickte. „Er hat eine kleine Firma, Sun Pictures, die mit Filmrechten handelt. Er ist ziemlich ehrgeizig. Will an die Börse und so. Ich kann da vielleicht irgendwann meinen eigenen kleinen Bereich aufbauen. Horror und SciFi."

„Horror und SciFi?"

„Ja. Killertomaten, mutierte Rieseninsekten, Vampire, Außerirdische. Das Abseitige fasziniert mich. Was dagegen?"

„Gar nicht", beeilte sich Karen zu versichern. „Deswegen das Spinnennetz?"

Susanna grinste. „Die Dekoration muss doch zur Persönlichkeit passen. Als Examensarbeit habe ich einen kleinen Gespensterfilm gedreht. Und bin immerhin durchgekommen."

„Dann wirst du also Regisseurin?"

„Das wollen alle", sagte Susana nachdenklich. „Aber am Ende schaffen es nur eine Hand voll. Man braucht nicht nur Phantasie. Auch Geld und Beziehungen. Eigentlich träume ich natürlich davon, mein eigenes Drehbuch zu schreiben oder Regie zu führen. Aber jetzt lerne ich erst mal bei Marc das Lizenzgeschäft. Dann sehe ich weiter. Und wovon träumst du?"

Karen träumte gerade davon, wie es sich anfühlen würde, Susannas Lippen zu küssen. Aber für solche Bekenntnisse war der Abend entschieden zu jung.

„Ich war gut im Fußball", sagte sie. „Landesliga. Bei Dynamo Pasing."

„War?"

Karen beschloss, es bei der halben Wahrheit zu belassen. „Ich habe aufgehört, wegen der Prüfungen."

„Steigst du wieder ein?"

„Klar. Sobald das Examen vorbei ist." Das hatte sie in diesem Moment beschlossen.

„Was ist das für ein Examen?"

Karen zuckte mit den Schultern. „Ich bin demnächst Betriebswirtin."

„Eine zukünftige Managerin also." Susanna lächelte ironisch. „Von deinem Geld kannst du ja dann meine Filme sponsern."

Karen schüttelte überzeugt den Kopf. „Ich, eine Managerin? Den ganzen Tag am Schreibtisch? Nie! Ich brauche

Menschen um mich herum, und ich kann vor allem nicht dauernd still sitzen."

„Musst du ja nicht. Du stellst dir einfach so ein Ding ins Büro. Zum Fahrradfahren im Stehen, meine ich. Man trifft sowieso die besseren Entscheidungen, wenn das Gehirn genug Sauerstoff hat, habe ich gelesen."

„Ergometer heißt das. Und Managerin werde ich bestimmt nicht."

„Egal. Dann suche ich eben einen anderen Sponsor." Susanna winkte nach der Bedienung. „Eine Flasche Sekt, bitte. Weil wir uns wieder getroffen haben und ich endlich meinen Traumjob habe. Auf die Horrorfilmabteilung!"

Karen und Susanna redeten nicht mehr viel an diesem Abend, dazu war die Musik einfach zu laut. Schweigend tranken sie Sekt und schauten in die Menge der Gäste. Manchmal zeigte Susanna auf jemanden und brüllte einen Namen, den Karen aus der Zeitung kannte.

Gegen Mitternacht brachen die beiden Frauen auf. Draußen kritzelte Karen ihre Telefonnummer auf einen Zettel und reichte ihn Susanna. „Wenn du mal wieder Lust auf Kino hast."

Susanna hauchte Karen ein Küsschen auf die Wange, machte aber keine Anstalten, Karen ihre Nummer mitzuteilen. „Ich melde mich!", rief sie. Dann gingen sie in entgegengesetzte Richtungen.

Karen hatte befürchtet, sie werde lange warten müssen. Aber Susanna rief schon zwei Tage später an. „Darf es auch ein Video sein? Um acht bei mir?", fragte sie.

Als Karen durch die Tür von Susannas Loft schritt, hätte sie beinahe wieder kehrtgemacht. Direkt in der Tür, vor ihrer Nase, baumelte eine riesige, schwarze Spinne. Dieselbe übrigens, die jetzt am Spiegel im Flur hing. „Igitt!", kreischte Karen damals, während sie das Vieh inzwischen keines Blicks mehr würdigte.

Susanna lachte. „Das ist doch nur Thekla, mein Gummitier. Ich hab noch mehr davon. Die Horrorsache, du weißt schon."

Karen nickte verwirrt und sah sich um. Susanna hauste in einem Loft mit kahlen, weißen Wänden, deren Eintönigkeit von diversem Gummi-Viehzeug aufgelockert wurde, das sie effekthascherisch dort befestigt hatte. Außerdem zogen sich an den Wänden offen die Rohrleitungen entlang, auf denen triumphierend eine King-Kong-Figur saß und auf sie herunterstarrte. Dann gab es noch ein paar riesige Kinoplakate. Düster erinnerte sich Karen, dass eines irgendwelche zähnefletschenden Kürbisse zeigte und ein anderes eine gigantische Ameise, die gerade genüsslich einen Menschen verspeiste. Wirklich anheimelnd.

„Das hier war mal eine kleine Textilfabrik. In zwei Jahren wird das Gebäude abgerissen. Und zwischendurch wohne ich hier", erklärte Susanna, als sie Karen durch die eiskalten und viel zu hohen Räume führte.

Der Rundgang endete in einem kleinen, vom übrigen Loft abgegrenzten Zimmer, das erheblich wärmer war als der Rest. In der Ecke glühte ein Elektroheizer vor sich hin. „Mein Boudoir. Früher war hier das Büro", sagte Susanna. Jetzt standen dort ein Bett, über dem eine Gummi-Fledermaus flatterte, ein Regal mit Büchern, Videokassetten und ein Fernseher nebst Videorekorder. Damals gab es noch keine DVDs.

Karen pellte sich endlich aus ihrer Winterjacke. Bisher hatte sie das Ding anbehalten, um nicht zu schlottern vor Kälte. Sie setzte sich mangels anderer Sitzgelegenheiten aufs Bett.

Susanna musterte derweil prüfend ihren beachtlichen Filmbestand. „Also? Was möchtest du sehen? Einen klassischen Lesbenfilm? *Thelma und Louise* vielleicht?"

„Irgendwas, was dir gefällt", sagte Karen diplomatisch.

„Wie du meinst. Aber beschwer dich nicht, du hast es selber so gewollt!" Susanna griff nach einer Videokassette. „Rate, was es ist!"

„Woher soll ich das wissen? Ein Frauenfilm wahrscheinlich."

Susanna legte den Film in das Gerät und drückte auf den Abspielknopf. Dann löschte sie das Licht bis auf einen winzigen Spot neben dem Bett. Schon flimmerte der Titel über den Bildschirm: *Die Gruft der Vampire*.

„Lesbischer Vampirfilm vom Feinsten", sagte Susanna träumerisch. „Mach Platz!"

Karen rutschte mit unguten Gefühlen etwas weiter in die Mitte des Betts. Stand Susanna etwa auf Beiß- und Quäl-Orgien? Aber die Sorge war unbegründet. Als die bildschöne Vampirin ihrem ersten Opfer in den Hals biss, spürte sie, wie Susannas Hand zärtlich nach ihrer griff.

„Diese Stelle finde ich wahnsinnig aufregend", sagte Susanna, ohne Karen anzusehen.

„Warum?"

„Weil die Vampire tun, was sie nun mal tun müssen. Das Nachtgelichter lebt seinen Traum, auch wenn es sie am Morgen das Leben kostet. Alles hat halt seinen Preis."

„Und der Preis ist heiß", kalauerte Karen.

„Stimmt. Sehr heiß sogar. Und weißt du was? Ich werde ihn mir jetzt holen." Susanna beugte sich zu Karen hinüber, grinste und enthüllte dabei zwei verlängerte Eckzähne.

Karen schrak zurück, obwohl sie die Dracula-Gebisse vom Fasching kannte. „Du küsst mich erst, wenn du das Ding rausgenommen hast!", kommandierte sie. „Da gibt es keinen Kompromiss. Und beeil dich damit, ich kann es kaum noch erwarten."

Der Rest war einfach. Während die Vampirin zuerst viele Jungfrauen aussaugte, aber am Ende doch mit einem Pfahl im Herzen zu Staub zerfiel, liebten sich Karen und Susanna leidenschaftlich, beinahe wortlos und fast ohne die üblichen Unsicherheiten eines ersten Mals. Sie schienen in dieser Beziehung großartig zueinander zu passen. Es fühlte sich gut an. Sehr gut. Und absolut horrorfrei, wie Karen beruhigt feststellte.

Sie blieben zusammen. Karen schaffte ihr Examen und stieg wieder bei Dynamo Pasing ein, wo sie schnell ihre alte Position als Mittelstürmerin zurückeroberte. Seitdem kämpfte sie in jeder Saison und bislang vergeblich um den Aufstieg in die Frauen-Bundesliga. Ihr Geld verdiente sie mit einem Job im Call Center – Arbeit, bei der sie nicht denken und keine Verantwortung tragen musste. Das war sicher keine Lösung für immer, aber die passende für jetzt. Als der Mietvertrag für Susannas Loft auslief, suchten Karen und Susanna sich gemeinsam eine Wohnung. Und da waren sie nun.

Während Karen noch darüber nachdachte, wie es gekommen war, dass sie jetzt mit Susanna auf dem Sofa lag, hupte unten ein Auto. Das Geräusch holte sie in die Gegenwart zurück. Sie strich zärtlich eine Haarlocke aus Susannas Gesicht. Ihre Lust war ihnen bis heute treu geblieben. Sie hatte allen Grund, glücklich zu sein, dachte Karen, gerade als ihre Freundin die Augen öffnete und sich streckte.

Susanna setzte sich auf. „Hör zu, ich muss dir was sagen!"

„Hast du schlecht geträumt?", fragte Karen. Susanna hatte manchmal Alpträume, was Karen bei deren Interesse an Gruseligem nicht wunderte.

„Nein. Scherz beiseite, es ist wirklich wichtig."

„Gut. Raus damit."

„Ich glaube, ich will ein Kind. Mit dir."

Karen lächelte etwas verkrampft. Das konnte schließlich nur ein Scherz sein. „Und ich will die größte Harley Davidson, die es gibt", hielt sie dagegen.

Susannas Augen verdüsterten sich. Dazwischen erschien eine ärgerliche Falte. „Es ist mein Ernst. Ich will wirklich ein Kind."

„Ich aber nicht", sagte Karen bestimmt. „Das ist keine gute Idee."

„Warum eigentlich nicht?"

„Ein Kind passt doch gar nicht zu unserem Leben. Wir haben in all den Jahren noch nie über dieses Thema gesprochen. Immer nur von der Befreiung vom Patriarchat und wie hinderlich Kinder dabei sind. Wie kommst du überhaupt so plötzlich darauf? Und wo soll es eigentlich herkommen, dieses Baby? Ich kann dir jedenfalls keins machen." Karen stand auf und ging zum Fenster hinüber. Missmutig starrte sie hinaus.

„Hör zu, ich weiß, das ist alles etwas überraschend. Sogar für mich. Ich ... ich musste erst mal drauf kommen, dass ich das überhaupt kann. Als Lesbe, meine ich. Dass es nicht einfach selbstverständlich für mich sein muss, keine zu haben."

„Ja, und?"

„Und das ist mir heute passiert."

„Heute? In fünf Minuten, oder wie?"

„Beinahe. Auf der Fahrt hierher."

„Du triffst innerhalb von ein paar Stunden eine Entscheidung, die unser ganzes Leben auf den Kopf stellen würde, und ich muss einfach so mitmachen! Das kann doch nicht dein Ernst sein!"

„Natürlich musst du nicht. Ich sage dir nur, dass ich es möchte."

„Aber es würde unser Leben bloß komplizieren! Wir haben doch keine Ahnung von Kindern. Dafür von Fußball und Gummitieren, Horrorfilmen und Motorrädern. Prima Sozialisationsumgebung für so ein Kind also! Und außerdem wären wir vollkommen isoliert von den anderen

Lesben. Wir würden den ganzen bürgerlich-patriarchalen Kleinfamilien-Scheiß reproduzieren. So hast du das doch immer genannt, oder irre ich mich da?"

„Man kann seine Meinung auch ändern! Wir wären doch längst nicht mehr die Einzigen!"

„Na und? Seit wann interessiert dich denn, was die anderen machen? Ich kenne übrigens kein einziges Lesbenpaar mit selbst gemachten Kindern."

„Ich ja auch nicht persönlich. Aber es gibt sie! Außerdem will ich doch kein Kind, weil jemand anders auch eins hat. Ich will es meinetwegen. Für uns. Weil ich glaube, dass es schön ist. Nicht wie meine öden Lizenzverträge, die sowieso am nächsten Tag vergessen sind. Die kleine Jenny ..."

In Karens Augen blitzte es. „Aha! Clara hat dir also diesen Floh ins Ohr gesetzt! Soll ich dir mal was sagen? Du leidest unter einem Anfall von Geschwisterneid. Du willst haben, was dein Bruder auch hat. Ob es zu uns passt oder nicht. Und deswegen soll ich mein Leben umkrempeln? Kommt gar nicht in Frage!" Sie starrte Susanna mit zusammengekniffenem Mund an.

Susanna schwieg betroffen. Aber nicht, weil ihr Entschluss schwankte, sondern weil sie in diesem Moment begriff, dass es viel schwieriger werden würde, Karen von ihrem Plan zu überzeugen, als sie angenommen hatte. Aber sie würde es versuchen. So lange, bis sie es geschafft hatte. Oder bis sie selbst kein Kind mehr wollte. Vielleicht überzeugte Karen am Ende ja sie. Deren bisherige Argumente allerdings würden sie nicht von ihrem Kinderwunsch abbringen. Da musste sie sich schon etwas anderes einfallen lassen.

Karen entdeckt die Zeit

Karen kaute noch immer am Kinderschock vom Wochenende, als sie montags auf dem Weg von der Arbeit ihr Lieblings-Sportgeschäft betrat. Eigentlich wollte sie nach ihrer Sechs-Stunden-Frühschicht im Call Center sofort nach Hause. Aber dann schlenderte sie doch zur nächsten Ecke, wo die Schaufenster von Sport-Schnuck lockten. Der Laden führte so ziemlich alles, was man benötigte, um Sport zu treiben. Nur bei Fitnessgeräten war die Auswahl ziemlich begrenzt, fand Karen. Wenn sie erst einmal vor den Auslagen stand, musste sie einfach hinein. Und war sie erst einmal drin, kam sie gegen den Kauftrieb nicht mehr an. Schon gar nicht, seit sie Manfred, genannt Fred, kannte.

Fred betreute einen Teil der Schuhabteilung, zu der auch die Stollenschuhe fürs Fußballspielen gehörten. Deshalb hatte Karen ihn kennen gelernt. Sie hielt ihn für den besten Sportverkäufer weit und breit. Er konnte die Schuhgröße eines Kunden erraten, einfach, indem er intensiv dessen Füße anstarrte.

Mittlerweile hatte sich zwischen Karen und Fred eine Art Freundschaft entwickelt. Eine Stippvisiten-Freundschaft, aber immerhin.

Sie fand Fred im ersten Stock, wo er gerade ein Regal mit Stollenschuhen umräumte.

Fred richtete seinen schlaksigen Körper zu voller Größe auf „Hallo, junge Frau!", sagte er und drückte Karen ein flüchtiges Küsschen auf die Wange. „Dröhnt es noch in den Ohren von den lieben Anrufern? Oder hast du schon was Geiles ausgesucht?", fragte er.

„Weder noch. Und du mit deinen Mitte zwanzig musst gerade reden! Von wegen junge Frau!", sagte Karen mürrisch.

„Nervt dich was?" Fred verzog das Gesicht zu einer fragenden Grimasse.

„Stell dir vor, meine Freundin will plötzlich unbedingt ein Kind mit mir." Karen errötete. Eigentlich hatte sie das gar nicht erzählen wollen, jedenfalls nicht Fred. Aber nun hatte sie es doch getan.

„Ist doch voll cool. Meine Freundin will bald auch eins, hat sie neulich gesagt."

„Das ist etwas ganz anderes!", fuhr Karen auf. Es wurde Zeit, das Gesprächsthema zu wechseln. Fred war, bei aller Liebe, eben doch ein Hetero-Mann.

„Wieso, ihr könnt doch jetzt heiraten und alles", sagte Fred verwirrt. „Aber egal. Jeder, wie er will. Ich finde Kids jedenfalls megageil. Ich glaube, ich will mal drei oder vier."

„Gibt's irgendwas Neues, vielleicht was Kleineres, nicht so Teures, was du mir zeigen könntest?", fragte Karen, um endlich zur Sache zu kommen.

„Was Kleines haben wir nicht. Dass musst du schon selbst machen." Fred lachte. Aber sein Scherz zündete nicht, stattdessen verzog Karen finster das Gesicht. Sofort wechselte Fred die Tonart. „Es gibt neue Handtrainer. Echt cool. Ein Metallbügel zum Zusammendrücken. Kostet nicht viel, ist aber sehr wirksam. Bergsteiger lieben die Dinger."

„Und wo finde ich die?"

„Im zweiten Stock."

„Okay. Mach's gut. Bis demnächst. Ich gehe nach oben!" Karen atmete auf, als sie Fred den Rücken zukehren konnte. Wenigstens musste sie jetzt nicht mehr über Kleinkinder debattieren.

„Nächstes Mal trinken wir Kaffee zusammen!", rief ihr Fred nach. Das sagte er immer, aber dann reichte die Zeit doch nicht. Auch jetzt musste sich Fred dringend um einen Kunden kümmern.

Karen stieg in den zweiten Stock hinauf und erstand einen der neuen Handtrainer. Er kostete wirklich nicht viel. Susanna würde sich trotzdem ärgern, sah Karen voraus. Sie ärgerte sich immer, wenn Karen dem chaotischen Inhalt des Hobbyraums ein weiteres, in ihren Augen nutzloses Stück hinzufügte. Dort standen neben den vier Fahrrädern, für die im Keller kein Platz war, die aber immerhin gelegentlich noch benutzt wurden, unter anderem ein uralter Flipper und eine zusammenklappbare Tischtennisplatte, die sie fast nie aufgebaut hatten.

Und wenn schon, dachte Karen, sollte sich Susanna doch aufregen. Schließlich hingen auch überall ihre Gummi-Scheusale in den Ecken, an Decken und Wänden, so dass uneingeweihte Besucher oft einen Schreck bekamen. Nur im Hobbyraum nicht, das hatte Karen sich verbeten. Da gammelte nur eine lebensgroße Figur von Mr. Spock aus *Raumschiff Enterprise* vor sich hin.

Ansonsten Sport pur: Auf dem Boden kullerten diverse, unterschiedlich platte Bälle durcheinander. Daneben lagen zwei Paar Schlittschuhe mit kaputten Kufen. In einer Ecke erinnerte traurig ein leckes Gummiboot nebst zwei Paddeln, von denen eines abgebrochen war, an einen ziemlich heißen Sommer einige Jahre zuvor. Auf einem Laufband mit zerbröselndem Gummibelag stand ein ausrangierter Stepper, darauf lag ein kaputter Drachen, dem vor drei Jahren die stürmischen Herbstwinde den Garaus gemacht hatten. Und, ach ja, die Taucherflossen! Sie lehnten an der Wand, gleich neben dem undichten Schnorchel. Dazu noch ein kaputtes Skateboard, ein Paar Boxhandschuhe, mehrere Federballschläger mit zerrissener Bespannung, diverse kleine Bälle aus Vollgummi, die irrwitzig weit sprangen, wenn man sie auf den Boden warf, ausgeleierte Deuserbänder, eine Frisbeescheibe mit verbogenem Rand, jede Menge Tischtennisbälle in verschiedenen Stadien der Zersplitterung oder Zerquetschung, Arm- und Beinmanschetten mit verschiedenen Gewichten für das Krafttraining. Und wer weiß was noch alles.

Mit dem Gummiboot, einem unschlagbaren Sonderangebot, wollte Karen eigentlich die Voralpenseen erobern. Aber es war schrecklich umständlich, das Ding in ihrem winzigen Auto zu transportieren, es anschließend aufzupusten und zu Wasser zu lassen. Und als während des Anlandens ein spitzer Stein seinen dünnen Boden perforierte, packten sie das Boot zusammen, verstauten es im Hobbyraum und beachteten es nicht weiter. Karen seufzte. So viele ungenutzte Möglichkeiten in einem einzigen Zimmer!

Heute würde also der Handtrainer dazukommen, wobei sich Karen schwor, wenigstens ihn regelmäßig zu benutzen. Aber das hatte sie sich bei den anderen Sportgeräten auch vorgenommen. Egal, dachte Karen, für irgendwas muss ich mein Geld ja ausgeben.

Bevor sie in die Wohnung ging, machte sie einen Umweg über die Tiefgarage. Dort stand neben dem Smart ihr Motorrad, das sie heftig liebte. Sie strich über den rot lackierten, vollen Tank. Sie brauchte die Maschine nur anzulassen und konnte losfahren. Warum eigentlich sollte sie sich heute nicht noch eine Stunde den Abendwind um die Ohren wehen lassen?

Susannas Trench hing schon an der Garderobe, als Karen nachmittags die Wohnungstür öffnete. Normalerweise arbeitete sie wesentlich länger. Auf dem Wohnzimmertisch entdeckte Karen einen Stapel Bücher, der am Morgen noch nicht da gewesen war. Karen warf einen Blick auf das Cover des zuoberst liegenden Werks und erschrak: Ein feistes Kleinkind strahlte sie an. Der Titel passte zum Bild: *Schwangerschaft und Geburt*. Karen legte das Buch zur Seite und las den nächsten Titel: *Sprechen Sie mit Ihrem Kind – Kommunikation im Mutterleib*. Den Rest sparte sie sich. Sie ahnte schon, was es war. Nämlich mehr davon.

Karen zog die Brauen hoch. Das Tempo, in dem Susanna die Realisierung ihres Kinderwunschs anging, missfiel ihr ganz entschieden. Hatte sie nicht deutlich erklärt, dass sie sich nicht weiter dafür interessierte, sogar überhaupt keine Lust auf ein Kind hatte? Gereizt bearbeitete sie mit der Linken den Handtrainer in ihrer Jackentasche.

Wo steckte Susanna überhaupt? Karen erwischte ihre Partnerin dabei, wie sie gerade versuchte, im Schlafzimmer mit Reißzwecken ein Plakat mit einem grinsenden Babygesicht an der Wand neben ihrem Bett zu befestigen. Und zwar genau neben dem Plakat, das E.T., den Außerirdischen, abbildete. Karen fand diese Kombination grauenhaft und außerdem, dass das Baby E.T. ähnlich sah.

„Hallo", sagte sie. „Ist das jetzt dein neuer Kunstgeschmack?"

Susanna schaute flüchtig zu ihr hinüber. „Könntest du mal die linke Ecke halten, damit ich sehe, ob es gerade hängt?"

Karen hielt unwillig das Plakat fest. „Findest du das nicht ein bisschen übertrieben? Ich meine, es sieht so aus, als wäre für dich die Sache beschlossen, aber für mich ist einfach gar nichts klar. Im Gegenteil."

Susanna ignorierte Karens Einwand und betrachtete ihr Werk. „So, das sieht jetzt gut aus."

„Hast du überhaupt gehört, was ich eben gesagt habe?" Karen spürte, wie sie wütend wurde.

„Natürlich müssen wir darüber reden", sagte Susanna beschwichtigend. „Dringend sogar." Dann ging sie auf Karen zu und gab ihr einen Kuss. „Ich habe übrigens heute Nacht geträumt, ich würde stillen."

Karen verdrehte die Augen. „Na und? Was willst du mir damit sagen?"

„Ich war in der Stadtbücherei, um nachzusehen, was sie zum Thema Kinderkriegen im Regal haben." Eine Menge, wahrscheinlich. Das konnte Karen schon an dem Bücherstapel erkennen.

„Und das Poster?", fragte sie.

„Das gab es kostenlos zum Mitnehmen."

„Was nichts kostet, ist auch nichts wert", giftete Karen. „Dieses Plakat ruiniert unsere Schlafzimmereinrichtung, es passt zu nichts! Und ich will immer noch kein Kind!"

„Das ist ja eine richtige Überraschung!", keifte Susanna zurück. „Ist dir eigentlich noch nicht aufgefallen, wie unzufrieden ich in letzter Zeit bin?"

„Natürlich. Ich bin schließlich weder blind noch blöd. Ist doch klar: Aus der Horrorabteilung wird nichts, und du langweilst dich bei Sun Pictures. Aber du glaubst hoffentlich nicht allen Ernstes, ein Kind würde das alles wieder in Ordnung bringen! Such dir lieber einen neuen Job!"

„Und du glaubst, das reicht? Neue Firma, neues Glück? Du spinnst ja! Woanders spielt sich genau dasselbe ab. Ich werde verrückt, wenn ich das noch dreißig Jahre machen muss, bei meiner jetzigen Firma oder woanders. Das kann es einfach nicht gewesen sein! Ich meine, es gibt doch noch ein Leben außerhalb des Büros."

„Nach dem du bisher keine übermäßige Sehnsucht hattest", konterte Karen bissig.

„Na und? Man kann sich verändern, oder nicht? Denk doch mal an uns! Ich finde es schade, dass wir kein gemeinsames Ziel haben. Ein Projekt. Irgendwas, das wir zusammen machen und das mehr ist als nur ein Hobby. Etwas mit Sinn. Deshalb beneide ich Clara und Ferdi um Jenny. Sie wissen wenigstens, warum sie morgens aufstehen."

„Weißt du das etwa nicht mehr?", fragte Karen, nun doch erschrocken.

„Nur manchmal."

Karen starrte einen Moment auf den Boden. Sie suchte verzweifelt nach einem Mittelweg zwischen Kind und kein Kind. „Hör zu, ich habe eine Idee", lenkte sie schließlich ein. „Lass uns einfach noch drei, vier Jahre warten. Vielleicht habe ich dann auch Lust auf diese Kindersache. Jetzt fühle ich mich einfach … noch nicht alt genug für so was."

Susanna schüttelte den Kopf. „Noch nicht alt genug? Wie alt willst du denn werden, bis du reif genug bist? Fünfzig? Siebzig? Neunzig? Ich bin jetzt Ende dreißig. Höchstens noch fünf Jahre wird es funktionieren, schätze ich. Ein Kind kann man nicht beliebig vor sich herschieben."

Karen seufzte tief. Das war es also: Die biologische Uhr saß Susanna im Nacken. Sie hatte schon viel darüber gelesen, hauptsächlich im Zusammenhang mit verzweifelten Heterofrauen, aber nun stand sie diesem Phänomen leibhaftig gegenüber. „Du glaubst, dann geht es nicht mehr?"

Susanna warf ihr einen Blick voller Unverständnis zu. „Was heißt denn glauben? Ich rede nicht über irgendeinen Horror-Fantasy-Quatsch mit Quantenäonen und Reisen in andere Zeitdimensionen, sondern über Biologie. Naturgesetze, verstehst du? Es wird mit jedem Jahr unwahrscheinlicher."

„In Amerika kriegen jetzt Fünfzigjährige Kinder!", widersprach Karen.

„Das ist mir doch egal. Ich will jetzt eins, ohne Hormonspritzen!"

Karen sträubte sich, biologische Uhr hin oder her. „Ich kann das einfach nicht so schnell entscheiden! Wenn überhaupt! Lass mir Zeit", bat sie.

Susanna nickte. „Gut. Von mir aus. Ich lasse dir Zeit. Aber ich werde mich weiter damit auseinander setzen. Wenn es sein muss, erst mal allein."

Dann entdeckte Susanna den Handtrainer, den Karen aufs Bett geworfen hatte. „Was ist das schon wieder?", fragte sie ungehalten.

„Damit stärkt man seine Hände. Siehst du, so!" Karen zeigte Susanna, wie das Gerät funktionierte. „Willst du auch mal?"

Susanna schüttelte heftig den Kopf. „Schon wieder ein überflüssiges Sportgerät, das nie benutzt wird!" Böse funkelte sie Karen an. „Das ist genau, was ich in Zukunft nicht mehr will! Hobbys, die wir nie ausüben. Berge von Dingen, die am Ende unbeachtet in irgendeiner Ecke liegen. Das ist alles so sinnlos!"

„Handtraining ist nicht sinnlos", entgegnete Karen mürrisch. „Es sorgt dafür, dass man kräftige Hände und Unterarme bekommt. Deine Gummimonster, die überall in der Wohnung herumhängen, sind doch noch viel sinnloser! Ich gehe jetzt übrigens Motorrad fahren!"

Sie riss die Schranktür auf und warf sich in die Lederkombi. Dann rannte sie in die Garage. Nur weg von dieser Babyfrage! Sie warf das Motorrad an und lenkte es auf die Straße. Sie brauchte nur das Motorengeräusch zu hören, schon ging es ihr besser. Sie drehte kräftig auf und fuhr eine Runde um die Innenstadt, dann bog sie von der breiten Ringstraße ab und raste gen Süden, Richtung Berge. Es würde noch eine ganze Weile hell sein.

Sie fuhr auf die Garmischer Autobahn und gab richtig Gas. Wenn sie so durch die Gegend sauste, kamen ihr alle Probleme plötzlich klein und unwesentlich vor. Es gab nur sie, die Maschine und den Verkehr. Als sie bei Einbruch der Dunkelheit wieder nach Hause kam, hatte sie sich beruhigt.

Während Karen den Keller stürmte, ließ sich Susanna aufs Bett fallen. Wütend starrte sie die Wand an, an der nun neben E.T., dem heimwehkranken Außerirdischen, ein Baby prangte. Plötzlich zweifelte sie daran, ob es ihr gelingen würde, Karen zu überzeugen. Und wenn nicht? Dann, dachte sie, kann ich immer noch endlich ein Drehbuch schreiben. Oder Karen verlassen.

Die zweite Alternative erwog sie nicht ernsthaft. Sie hielt ihre Beziehung zu Karen für einen Glücksfall. Warum sollte nun dieses Glück plötzlich gefährdet sein, bloß, weil sie sich ein Kind wünschte? Worin doch im Prinzip auch nichts weiter lag als ein weiterer Ausdruck ihrer Zuneigung. Aber Karen würde das sicher bald begreifen!

Na schön, Familienidylle hatte schließlich bisher nicht auf ihrem Programm gestanden. Wer weiß, grübelte Susanna, vielleicht stimmte Karens Geschwisterneid-Theorie sogar. Vielleicht quälte sie gerade ein Anfall präklimakterischer, von Hormonen ausgelöster Torschlusspanik, der in ein paar Monaten sang- und klanglos ausgestanden wäre. Das hielt sie zwar für unwahrscheinlich, aber ganz sicher war sie sich nicht. Sie würde es herausfinden müssen.

An diesem Abend fuhr Karen wie jeden Montag, Mittwoch und Freitag zu einem abgelegenen Sportplatz im Münchner Westen. Dort trainierte Dynamo Pasing, ihr Verein. Ihr Team war recht erfolgreich und stand im oberen Tabellendrittel der bayerischen Frauen-Landesliga. In dieser Saison würden sie vielleicht sogar den Aufstieg in die Zweite Bundesliga schaffen. Die Chancen standen gut.

Karen zog sich gerade ihr Trikot über, als Hella Traber, die Trainerin, den Umkleideraum betrat. Ihr folgte eine zweite Frau.

„Alle mal herhören", kommandierte Hella. „Heute trainiert Heike Gellert zum ersten Mal mit. Bisher war sie Mittelstürmerin. Damit wir endlich den Aufstieg schaffen."

Kritisch musterte Karen die Neue. Kurze, kräftige Beine. Ein Gerd-Müller-Typ. Im Mittelfeld würde sie eher zu langsam sein. Aber vor dem Tor könnte ihr ihre kleine Statur helfen, sich zwischen den Abwehrleuten hindurchzuwieseln. Außerdem war Heike jung, jedenfalls jünger als sie selbst. Dass Hella schon länger eine weitere Stürmerein suchte, hatte Karen bisher verdrängt. Jetzt, da die Neue vor ihr stand, funktionierte das nicht mehr.

Plötzlich fühlte sich Karen bedroht. Schließlich war sie Mittelstürmerin. Hatte Hella diese Frau etwa geholt, um sie zu ersetzen? Karen spürte, wie sie sich straffte. Meinen Posten, du kleiner Kläffer, kriegst du jedenfalls nicht, dachte sie. Sie würde diese Heike mit Argusaugen beobachten.

Die übrigen Frauen redeten aufgeregt durcheinander. Die Trainerin hob die Hand, und es wurde still. Die Neue lächelte zaghaft in die Runde. Hella fuhr fort: „Heike bringt Erfahrung aus der Ersten Bundesliga mit. Wir können was von ihr lernen. Sie hat ihren alten Verein in Cottbus verlassen, weil sie in München ihr Studium beenden möchte und ihr Freund hier lebt. Und jetzt raus mit euch, wir haben zu tun!"

Das Gemurmel verebbte. Karen lief mit den anderen hinaus und begann die übliche Platzrunde auf der Aschenbahn. Hella Traber ließ die Spielerinnen zuerst laufen, ordnete dann Gymnastik und Solo-Ballübungen an und teilte schließlich die Frauen zum Dribbeln in Paare ein.

Karen beobachtete Heike genau. Sie dribbelte mit Susan Sonderberg. Susan, lang und dünn, hatte als Abwehrspielerin Steherqualitäten, die man ihr auf den ersten Blick nicht ansah. Doch Susan hatte es trotzdem schwer, die Neue aufzuhalten. Heike Gellert jonglierte den Ball geschickt um Susans Füße herum und hielt ihn gleichzeitig aus der Reichweite ihrer langen Beine. Es hatte den ganzen Tag geregnet. Bei jedem Schritt versanken die Schuhe tief im Matsch, doch der schwere Boden schien Heike nichts auszumachen. Meist ging sie als Siegerin aus den Zweikämpfen um den Ball hervor.

Karen war so sehr damit beschäftigt, Heike Gellert im Auge zu behalten, dass sie sich nicht auf ihr eigenes Spiel konzentrieren konnte. Sie übte mit Jessica Schwarz, Lesbe wie sie und eine Art Sportfreundin. Es gab noch mehr Lesben bei Dynamo Pasing, aber mit denen hatte Karen persönlich nichts zu tun. Beim Training war die sexuelle Orientierung kein Thema. Hier wird gespielt, nicht geflirtet, hieß Hella Trabers unausgesprochene Devise, und daran hielten sich alle. Karen hatte Jessica eines Samstagabends in einer Szenekneipe angetroffen, das brachte das Eis zwischen ihnen zum Schmelzen.

„Hat dir die Neue den Atem verschlagen, oder warum bist du so fußlahm?", maulte Jessica, als sie Karen den Ball ohne viel Mühe abnahm.

„Weder noch", murmelte Karen und strengte sich an. Endlich schaffte sie es, an Jessica vorbeizuziehen.

Während des anschließenden Übungsspiels ließ Hella Karen und Heike als Mittelstürmerinnen der beiden Trainingsteams gegeneinander antreten. Karen staunte, wie schnell die Neue war. Aber ihr fehlte noch der Draht zu den Mitspielerinnen. Heike ahnte nicht, wie sie sich in bestimmten Situationen verhalten würden. Wie sollte sie auch? Sie kannte ja die Frauen nicht. Ein unschätzbarer Vorteil für mich, dachte Karen, aber er schützte sie allenfalls vorübergehend. Schon bald würde Heike die Absichten der anderen ebenfalls erahnen.

Karens Team gewann 2:1. Sie hatte das entscheidende Tor geschossen und fühlte sich deshalb etwas sicherer. So einfach kriegst du mich nicht, dachte sie mit einem finsteren Blick in Heike Gellerts Richtung.

„Kommst du noch auf ein Bier mit?", fragte Jessica anschließend. Karen nickte.

Sie waren auf dem Weg ins Vereinsheim, als Heike Karen ansteuerte. „Du spielst wirklich gut! Ich glaube, es wird noch ewig dauern, bis Hella mich einsetzt", sagte sie versöhnlich.

Schleimerin, dachte Karen. Heike Gellert war die Frau, die versuchte, sie von ihrem angestammten Platz zu verdrängen. Eine Rivalin. Karen knurrte: „Das fürchte ich auch! Aber du hast ja noch viel Zeit bis zum Examen und zur Hochzeit. Nicht wahr?"

Heikes Augen zogen sich zu schmalen Schlitzen zusammen. „Wir werden ja sehen", sagte sie kühl und ließ Karen stehen.

Karen lief rot an. Aus den Augenwinkeln bemerkte sie, dass die Trainerin die Szene beobachtet hatte und jetzt missbilligend den Kopf schüttelte.

„Bist ja mal wieder superdiplomatisch heute", murmelte Jessica Karen zu, während sie die Tür des Vereinsheims aufhielt.

Das Gebäude, ein graubrauner Klotz aus den Fünfzigern, war nicht schön, aber zweckmäßig: Der Geselligkeit diente ein düsterer Raum mit eckigen Tischen und trübem Licht, am Frontende befand sich ein Tresen. Langsam schlenderte Karen mit Jessica zu einem freien Tisch.

„Was hältst du denn von der Neuen?", fragte Karen, die sich inzwischen beruhigt hatte.

„Gute Beine mit reichlich Muskeln. Aber an Einfühlungsvermögen fehlt es ihr noch. Wie dir, meine Liebe. Die Szene eben hättest du dir sparen können!"

„Ach, hör doch auf! Meinst du, Hella hat sie geholt, um ..." Karen schluckte.

„... um dich zu ersetzen?", vollendete Jessica. „Bist du deshalb ausgerastet?"

Karen nickte.

„So ein Unsinn. Das glaube ich nicht. Warum denn? Du bist bei den anderen anerkannt, jedenfalls, solange du Szenen wie eben bleiben lässt, und du bist schnell."

„Und über dreißig."

Ungläubig starrte Jessica Karen an. „Die Traber ist doch nicht vom Jugendwahn befallen!"

Karen seufzte. Jessica war fünfundzwanzig! Zehn Jahre jünger als sie selbst, eine Ewigkeit im Leistungssport. Aber es war ja nicht nur das. Die Diskussionen der letzten Tage nagten an ihr. „Im Moment fühle ich mich wie auf einer Kreuzung, auf die von allen Seiten Autos zufahren, während ich in der Mitte stehe und mich nicht rühren kann", sagte sie leise.

Jessica musterte ihre Freundin besorgt. Karen war kein Jammerlappen. Wenn sie klagte, ging es ihr wirklich schlecht. „Ärger mit Susanna?", fragte sie und zielte damit instinktiv in die richtige Richtung.

„Wir haben eine ernsthafte Meinungsverschiedenheit."

Jessica lächelte wieder. „Lass mich raten: Karibik oder Mittelmeer?"

„Schön wär's. Nein, diesmal sind es keine Kinkerlitzchen. Kind oder kein Kind, heißt die Frage."

Jessica starrte Karen ungläubig an. „Kinder? Ihr beiden?"

„Eben."

„Das ist ja Wahnsinn! Und der Fußball?"

„Würdest du das bitte Susanna ausrichten? Vielleicht hilft es." Karen lächelte säuerlich. „Ich zweifle allerdings daran. Sie scheint in einer Art Sinnkrise zu stecken."

Jessica versuchte es mit Galgenhumor. „Warum adoptiert ihr kein Haustier? Katzen können achtzehn, zwanzig Jahre alt werden, erzählen mir meine Freundinnen immer. Aber sie kosten viel weniger als ein Kind, vor allem Nerven."

„Sehr witzig. Verstehst du, ich will mit euch zusammen in die Frauen-Bundesliga aufsteigen, statt Windeln zu waschen! Aber Susanna scheint das alles plötzlich egal zu sein. Von einem Tag auf den anderen!" Karen trank hastig einen Schluck Bier.

„Susanna ist ja auch nicht in der Landesliga wie wir. Sie spielt überhaupt keinen Fußball", gab Jessica zu bedenken.

Dann stand Hella Traber neben Karen.

„Küppers, ich würde gern mit dir reden", sagte sie. Wenn die Trainerin jemanden mit dem Nachnamen anredete, bedeutete das nichts Gutes.

Karen folgte ihr zu einem freien Tisch und ließ sich ihr gegenüber auf einen Stuhl fallen.

Hella kam sofort zur Sache. „Ich habe dein … Gespräch kann man es ja kaum nennen … mit Heike Gellert beobachtet. Spar dir in Zukunft solche Gehässigkeiten. Wer in meinem Team spielen will, verhält sich fair. Auch nach dem Training!", zischte sie. Ihre Augen funkelten wütend.

Karen spürte, wie ihr das Blut ins Gesicht schoss. Sie schämte sich.

Hella sah sie weiter unverwandt an. „Ich brauche eine zweite Sturmspitze, verstehst du? Was ist, wenn du ausfällst? Dir ein Bein brichst? Überstunden machen musst? Ich kann mich nicht ausschließlich auf dich verlassen. Nicht, wenn wir wirklich aufsteigen wollen."

„Ich mache keine Überstunden", erwiderte Karen trotzig. Eine Call-Center-Schicht dauerte sechs Stunden. Nicht mehr und nicht weniger. Man konnte diesen trübseligen Job am Ausgang vergessen und sich bis zur nächsten Schicht anderen Dingen widmen.

„Du wirst nicht dein ganzes Leben in einem Call Center arbeiten", fuhr die Trainerin mit ihrer Gardinenpredigt fort. „Du bist schließlich keine zwanzig mehr und hast studiert. Du musst irgendwann richtig Geld verdienen. Und du wirst ganz sicher nicht noch Jahrzehnte lang Fußball spielen. Reich wirst du mit Frauenfußball übrigens sowieso nicht, noch nicht mal als Weltmeisterin. Aber das hast du ja sicher schon gemerkt."

Karen schluckte und krächzte tonlos: „Na klar weiß ich das. Du willst mich bloß loswerden."

Hella Traber schüttelte den Kopf. „Nein, Karen! Ich bin nur Realistin. Irgendwann mit Mitte dreißig haben die Mädels genug."

„Ich aber nicht", widersprach Karen heftig.

Hella Traber schaute Karen durchdringend an. Die Wut war anscheinend weg, registrierte Karen, stattdessen sah die Traber jetzt traurig aus.

„Hör mir doch endlich mal zu!", sagte die Trainerin, als hätte sie es mit einem trotzigen Kleinkind zu tun. „Niemand will dich loswerden. Aber du wirst älter, und irgendwann ist Schluss. Das wirst du so wollen, nicht ich. Und dafür muss ich vorsorgen. Kapiert?"

Karen starrte stumm auf den Tisch.

Hella Traber seufzte. „Wie dem auch sei: Keine solche Szenen mehr! Sonst landest du auf der ewigen Reservebank. Wir sind hier nicht beim Hahnenkampf. Ist das klar?" Die Trainerin stand auf und starrte von oben auf Karen hinunter.

Karen fühlte sich, als wäre Hella der Hahn und sie selbst ein winziger Regenwurm, auf den Hella jederzeit mit scharfen Fängen niederstoßen konnte. „In Ordnung, Boss", murmelte sie.

Als Karen spät nach Hause kam, schlief Susanna schon. Sie setzte sich noch eine Weile ins Wohnzimmer, schaltete den Fernseher ein, den Ton aus und starrte auf das Geflimmer, ohne wirklich etwas wahrzunehmen.

Was war nur plötzlich los? Geriet gerade ihr Leben aus den Fugen? Warum mussten ihr die wichtigsten Dinge in ihrem Leben, Susanna und Fußball nämlich, gleichzeitig solche Schwierigkeiten machen? Fehlte nur noch, dass ihr Motorrad kaputtging.

Ich glaube, das hat alles etwas mit Zeit zu tun, dachte Karen. Mit der verdammten Zeit, die einfach so vergeht und einen altern lässt.

Bisher war Karen die Zeit ziemlich egal gewesen. Sie floss vorbei, das war es auch schon. Aber plötzlich drängte sie sich in ihr Leben wie ein ungebetener Gast, der lange still in der Ecke gesessen hatte und nun versuchte, alles neu zu bestimmen: Susanna wollte ein Kind, weil sie fürchtete, sie werde sonst zu alt dafür. Hella holte eine Ersatz-Mittelstürmerin, weil sie fürchtete, Karen werde mit den Jahren des Fußballspielens überdrüssig werden. Das durfte doch alles nicht wahr sein!

Karen ging ins Bett. Morgen würde alles wieder von vorne anfangen. Sie wäre wieder einen Tag älter. Und das bedeutete, einen Tag näher an all den Entscheidungen, die nun von ihr verlangt wurden. Karen schob diesen gemeinen Gedanken in den hintersten Winkel ihres Gehirns und schlief dann ein.

Weihnachten mit Lesbenmüttern

Fortan unterspülte das Thema Kind wie eine tückische Strömung die vermeintlich so sicheren Fundamente der Beziehung zwischen Karen und Susanna. Oberflächlich betrachtet war alles wie immer. Aber im Hintergrund bohrte in beiden die Frage: Kind oder kein Kind? Susanna suchte nach Wegen, Karen vom Kinderkriegen zu überzeugen – Karen sammelte Argumente für das Gegenteil.

Sie hoffte außerdem auf die segensreiche Wirkung von Zeit und Ablenkung, zum Beispiel durch ein Filmprojekt. So etwas würde Susanna restlos ausfüllen, vermutete sie, und dadurch von der Kinderidee abbringen. Schließlich war Susanna eigentlich ausgebildete Regisseurin, und vielleicht wollte sie ja nur deshalb ein Kind, um ihre verkannte Kreativität endlich auszuleben.

Susannas erster Streifen, eine verzwickte lesbische Liebesgeschichte, war ein paar Mal bei alternativen Festivals gelaufen. Dann verschwand der Film in der Versenkung. Vielleicht, hoffte Karen, könnte sie Susanna dafür begeistern, noch einen Film zu drehen. Zum Beispiel eine lesbische Vampirschnulze, vielleicht sogar ein zeitgemäßes Remake von *Gruft der Vampire*.

Karen wartete geduldig auf einen passenden Moment, um ihren Angelhaken auszuwerfen. An einem trüben Novemberabend hielt sie die Gelegenheit für günstig. Sie und Susanna sahen eine komplizierte Familiengeschichte im Fernsehen, die von einer lesbischen Tochter handelte und vor scheußlichen Klischees nur so strotzte.

Gelangweilt absolvierte Karen nebenbei ein paar Beinübungen mit den neuen Knöchelmanschetten mit integriertem Gewicht, über die Susanna bereits ausführlich gelästert hatte. Sonderangebot, natürlich. Fred hatte sie darauf aufmerksam gemacht. Er wusste schließlich, was Karen mochte.

„Grauenhafter Streifen", stieß Karen hervor, als der Film endlich vorbei war.

„Diese Regisseurin hat absolut keine Ahnung!", schnaubte Susanna.

„Ich möchte wetten, du könntest das zehnmal besser", sagte Karen listig. „Zum Beispiel wäre die Zeit endlich reif für eine Neuauflage dieses lesbischen Vampirthemas. Weißt du noch?"

Susanna grinste. „Natürlich weiß ich noch!"

„Schreib doch einfach ein Drehbuch!"

Susanna schüttelte den Kopf „Ausgerechnet jetzt, wo ich über ein Kind nachdenke?"

„Versuch es einfach!", insistierte Karen. „Es kann doch wohl nicht sein, dass du 24 Stunden am Tag darüber nachdenkst, ob, wann, warum und wie du ein Kind kriegst. Zumal ich immer noch nicht will."

„Erstens vergisst du, dass ich auch noch arbeite, und zweitens kann ich das durchaus!" Susanna blitzte Karen an.

„Ich dachte, der Job langweilt dich?"

„Natürlich langweilt er mich. Ich hab's!" Susannas Augen blitzten. „Man kann das eine ja mit dem anderen verbinden. Ich könnte einen Dokumentarfilm über meine Schwangerschaft drehen! Aber allein schaffe ich das nie."

Karen starrte Susanna alarmiert an. Nein, so hatte sie das nicht gemeint! „Moment mal! Wir haben uns doch noch nicht entschieden, ob wir ein Kind bekommen!"

Susanna seufzte. „Ich weiß. Aber ich möchte wirklich dringend, Karen. Es hat mich gepackt! Und ich möchte dich so gern überzeugen. Verstehst du das denn nicht?"

Karen versetzte der Fledermaus über dem Sofa einen ärgerlichen Klaps. „Ich verstehe das durchaus, nur hat es mich eben nicht gepackt."

Susanna warf ihr einen traurigen Blick zu. „Freut es dich denn überhaupt nicht, dass ich uns für fähig halte, zusammen aus einem hilflosen Winzling einen erwachsenen Menschen zu machen? Findest du das gar nicht interessant?"

„Natürlich ist es schön, dass du mir vertraust. Und natürlich ist es wahrscheinlich auch schön, wenn aus einem Baby ein Erwachsener wird. Zumindest schöner, als wenn ein Baby immer ein Baby bliebe." Karen stand auf und lief hinter dem Sofa hin und her. „Obwohl man durchaus auch auf andere Ideen kommen könnte, wenn man Leuten mit Kindern zuhört. Aber du musst doch zugeben, dass wir das niemals geplant hatten."

„Wir haben gar nichts geplant. Das ist es ja", erwiderte Susanna ungehalten. „Nichts, rein gar nichts. Wir leben, als gäbe es keine Zukunft."

Karen stöhnte. Schon wieder ging es um Zeit! Warum mussten sie plötzlich die Zukunft planen, obwohl sie es doch nie getan hatten und trotzdem glücklich gewesen waren! Die Gegenwart fand doch jeden Tag statt! Sie versuchte es mit einem anderen Argument: „Hast du dich mal gefragt, ob wir uns ein Kind überhaupt leisten können? Wir zahlen beide reichlich Steuern. Wir verdienen nicht sehr viel. Alles wird ständig teurer. Wie soll das funktionieren?"

Susanna nestelte an ihren Fingernägeln. „Ich habe genug gespart, um zwei Jahre durchzuhalten. Auch dann, wenn du das Baby und mich überhaupt nicht unterstützen würdest."

„Natürlich würde ich dich unterstützen!", fuhr Karen auf. „Ich bin doch kein Unmensch."

„Aber du verdienst ja fast nichts im Call Center! Du müsstest dir einen anderen Job suchen."

„Du kannst mich doch nicht zwingen, etwas anderes zu arbeiten! Nur, weil du ein Kind willst! Und zumal es kaum Arbeitsplätze gibt."

„Deshalb sage ich ja, ich käme auch ohne deine Unterstützung zurecht. Und nach den zwei Jahren Mutterschutz würde ich wieder arbeiten."

„Wenn du einen Krippenplatz findest!"

Susanna hatte genug. Sie sprang vom Sofa und starrte Karen ärgerlich an. „Ich würde schließlich als Alleinerziehende gelten, die haben Vorrang. Und das käme angesichts deiner Haltung wahrscheinlich der Realität auch ziemlich nahe! Du willst einfach nicht. Andere schaffen das doch auch!" Dann stapfte sie trotzig ins Schlafzimmer. Auf der Schwelle drehte sie sich um. „Übrigens, ich gehöre ab sofort zur Gruppe ‚Lesben und Kinder'. Sie trifft sich jede Woche. Und ich gehe diese Woche zum ersten Mal hin. Da höre ich hoffentlich, welche tollen Erfahrungen andere gemacht haben, nicht nur Gejammer. Du kannst gern mitkommen."

Karen starrte Susanna stumm nach und ließ sich ratlos wieder aufs Sofa fallen. Sie schaffte es einfach nicht nachzugeben. Sie hatte zu viel Angst vor dem Endgültigen, das ein Kind verkörpern würde. Das Endgültige war ihr Horror. Die King-Kongs, Fledermäuse, Killertomaten und Brontosaurier, mit denen Susanna die Wohnung verunzierte, waren dagegen ein Streichelzoo.

Müde versuchte sie, sich eine Zukunft mit Kind vorzustellen: Krabbelgruppe und Kindergarten, Elternabende, Klassenreisen und massenweise heterosexuelle Mitmenschen, denen sie wahrscheinlich sich selbst permanent erklären müssten. Kurz: Alles, worauf sie eigentlich prima verzichten konnte. Und keine Möglichkeit, der Verantwortung auszuweichen.

Wütend zerrte Karen die Fledermaus an ihrem Gummiseil nach unten und ließ sie dann los. Sie knallte klatschend unter die Decke und flog anschließend wild auf und ab. Natürlich könnte sie Susanna immer noch verlassen, wenn sie das Leben mit Kind nicht aushielte. Aber das wäre etwas vollkommen anderes, als wenn ihre Beziehung jetzt zerbräche. Und außerdem wollte sie ja mit Susanna leben, nicht sich von ihr trennen – jetzt genau so wenig wie vor der Kinderfrage.

Susanna fühlte sich etwas zittrig, als sie die Räume des Lesbenzentrums betrat. Sie musste nicht lange nach der Gruppe suchen, sie stand sozusagen schon mittendrin. Die Lesbenmütter tagten in einem großen Raum direkt an der Eingangstür des Ladenlokals, das den städtischen Lesben als Anlaufstelle diente.

Als Susanna hereinkam, wandten sich ihr alle Köpfe zu. „Willst du zu den lesbischen Müttern?", fragte eine Frau, die etwas älter als die anderen wirkte. Die Gruppe saß im Kreis auf Klappstühlen.

„Ja, klar", sagte Susanna. Mit einer Mischung aus Hoffnung und Skepsis musterte sie die Runde und stellte beruhigt fest, dass die Frauen alle ganz normal wirkten, nicht muttchenhaft oder merkwürdig.

„Da drüben sind noch ein paar Stühle." Die Frau, die sie angesprochen hatte, deutete nach rechts hinten. Susanna schnappte sich einen Klappstuhl und setzte sich zu den anderen, die ihr Platz gemacht hatten. Erwartungsvolle Blicke trafen sie.

„Ich heiße Susanna Hartenstein", stellte Susanna sich vor. Mit irgendetwas musste man ja anfangen. „Und wer seid ihr?"

Brav nannten die Frauen eine nach der anderen ihren Namen, aber Susanna vergaß die meisten sofort wieder. Namen konnte sie sich noch nie merken, schon gar nicht, wenn sie aufgeregt war.

„Und warum bist du hier?", fragte eine Dunkelhaarige mit Streichholzhaarschnitt. Hieß sie nun Dora oder Dana oder Donna, überlegte Susanna.

„Ich will natürlich ein Kind", sagte Susanna beinahe trotzig. „Oder kann man hier auch was anderes erledigen?"

Die Ältere lächelte aufmunternd. „Wie weit sind denn deine Pläne gediehen?"

„Noch nicht sehr weit. Planungsstadium, würde ich sagen."

„Planungsstadium? Habt ihr schon einen Vater?", fragte eine Blonde mit rundlichem Gesicht – hieß sie nun Jutta oder Jule?

„Nein", sagte Susanna. „So weit sind wir noch lange nicht."

„Macht nichts", winkte die Frau ab, deren Vorname mit J anfing. „Männer gibt es wie Sand am Meer."

„Stimmt zwar. Aber sie verhalten sich eher wie eine Fata Morgana: Sobald du ihnen zu nahe trittst, zum Beispiel, indem du Spendersamen von ihnen willst, verschwinden sie." Die Bemerkung kam von einer dürren Frau, die zwei Stühle weiter saß. Sie hieß Sibylle. Wer weiß, warum sich Susanna ausgerechnet ihren Namen gemerkt hatte. Die anderen kicherten.

„Und was erwartest du von der Gruppe?", fragte die Ältere.

„Also, eigentlich wäre ich schon zufrieden, wenn ihr meine Freundin davon überzeugen könntet, dass wir ein Kind kriegen."

„Wie? Die will gar nicht?" Auf dem Gesicht der dürren Sibylle malte sich ungläubiges Erstaunen. „Und wir sollen sie überzeugen? Kommt sie denn mal mit, oder wie soll das gehen?"

„Sie will noch nicht", sagte Susanna hoffnungsfroh und betonte das „noch" überdeutlich. „Aber irgendwann kommt sie bestimmt. Und ich dachte, ihr könntet mir dann dabei helfen, sie zu überzeugen. Oder darf man hier nur mitmachen, wenn beide wollen?"

„Nein. Natürlich nicht. Du darfst gern allein kommen. Ansonsten: Viel Spaß bei der Überzeugungsarbeit. Ich musste mir eine neue Freundin suchen!" Sibylle blickte sie herausfordernd an.

„Hör auf, sie zu demoralisieren! Wir schaffen das schon!", widersprach die Ältere und lächelte Vertrauen heischend. Anscheinend war sie hier so eine Art informelle Vorsitzende. „Wir schaffen alles: überteuerte Samenbanken, nervtötende Samenspender, widerborstige Familien, träge Eierstöcke, gemeine Gynäkologinnen. Und die Behörden. Ja, die auch noch! Einfach alles. Oder widerspricht da eine?" Sie grinste in die Runde.

„Genau", echote es aus verschiedenen Richtungen. „Dazu sind wir schließlich hier!"

Susanna schaute verwirrt von einer zur anderen. „Wie viele von euch haben eigentlich Kinder?"

Fünf Finger hoben sich. „Ich habe sogar zwei!", sagte die Ältere und schob das Kinn nach vorne. Wahrscheinlich stand sie deshalb im Rang des Alpha-Weibchens.

Dass es so viele hier geschafft hatten, beruhigte Susanna. Den Rest des Abends beschränkte sie sich aufs Zuhören, während die anderen sich über die Ereignisse der letzten Woche austauschten. Eine Samenlieferung war vergammelt eingetroffen, ein Kind hatte die Tochter einer der Mütter angepöbelt, weil sie keinen Vater hatte, und das Jugendamt machte einer anderen Mutter zu schaffen, die sich angeblich nicht ausreichend um ihren Sohn kümmerte. Alles wurde besprochen, jede bekam Tipps.

Die Wochen vergingen. Susanna hatte nun schon mehrfach an der Lesbenmütter-Gruppe teilgenommen und fühlte sich dort mittlerweile gut aufgehoben. Sie wünschte sich nichts sehnlicher, als dass auch Karen die Frauen dort endlich kennen lernte.

„Willst du nicht einmal mitkommen?", fragte sie immer wieder. Doch Karen blieb standhaft bei ihrem Nein. Sie fand, dass es sowieso schon schlimm genug war mit dem Kinderwahn.

Denn Susanna war inzwischen so besessen von ihrem Plan, dass sie sogar beim Sex vom Kindermachen redete. Das mochte unter Heteros ja üblich sein, beim lesbischen Sex allerdings fand Karen das hochgradig unangebracht.

Als Karen eines Abends Susannas Möse streichelte, fragte Susanna ganz in Gedanken: „Sag mal, kannst du dir vorstellen, dass da wirklich ein Kind durchpasst?"

Ein anderes Mal küsste Karen Susannas Brüste. Und was tat Susanna? Sie schwelgte in der Vorstellung, dass sie sogar Milch produzieren würde, sobald sie ein Baby hätte.

Als Susanna dann direkt nach dem Orgasmus murmelte: „Ich stelle mir gerade vor, wie Sperma in mich fließt und mich befruchtet", reichte es Karen. Abrupt zog sie sich zurück. „Sperma? Kannst du, verdammt, an nichts anderes mehr denken? Ich bin deine Geliebte und eine Frau. Und ich habe kein Sperma, weder jetzt noch irgendwann!"

Susanna erschrak. Jetzt hatte sie Karen verletzt. Die drehte sich schweigend weg und versuchte zu schlafen. Als Susanna die Hand nach ihr ausstreckte, fuhr sie auf und zischte: „Lass mich!"

An diesem Abend wälzte sich Susanna noch lange unruhig hin und her. Sie steckte in der Falle. Denn während sich ihre Gewissheit, unbedingt ein Kind zu wollen, immer mehr verfestigte, geschah bei Karen anscheinend das Gegenteil. Hier gab es keinen Kompromiss. Sie konnten schließlich kein halbes Kind bekommen.

Kurz vor Weihnachten unternahm Karen einen neuen Rettungsversuch für ihr gewohntes Lesbenleben. An einem kalten Samstagmorgen saßen die beiden Frauen am Frühstückstisch. „Was hältst du davon, wenn wir heute dein Weihnachtsgeschenk aussuchen?", fragte Karen.

„Und wo?"

Karen zwinkerte geheimnisvoll. „Lass dich überraschen!"

Sie stiegen in den Smart. Karen steuerte den Osten der Stadt an.

„Du willst doch nicht etwa zur Trabrennbahn?", fragte Susanna misstrauisch. Pferdesport war ihr ein Graus.

Karen schüttelte stumm den Kopf und fuhr auf den Parkplatz gegenüber dem Tierheim. „Aussteigen!", kommandierte sie.

„Was willst du in dieser gottverlassenen Gegend?", fragte Susanna verständnislos. Aber Karen war schon ausgestiegen und überquerte die Straße. Susanna folgte ihr widerstrebend.

Das Tierheim bestand aus mehreren Gebäuden mit einem Innenhof, auf dem eine junge Frau in einem Overall herumlief.

„Wir wollen zu den jungen Hunden", rief Karen ihr zu.

Susanna tauchte mit tief gefurchter Stirn neben ihr auf. „Ich weiß wirklich nicht, was wir hier sollen", maulte sie.

Die Frau führte Karen und Susanna einen langen Gang mit Hundekäfigen entlang, in denen erwachsene Vierbeiner jaulten, kläfften oder apathisch in der Ecke lagen. Dann kamen sie zum Welpengehege.

Die ganze Fahrt über hatte Karen sich diesen Moment vorgestellt: Susanna würde sich sofort in einen jungen Hund verlieben, Karen würde aufatmen und den Welpen in ihre Wohnung aufnehmen, egal, wie hässlich das Vieh wäre. Und damit wäre das Problem gelöst. Ein Baby und ein Hund zusammen – das ging nicht! Das müsste auch Susanna einsehen.

Aus den Augenwinkeln warf Karen Susanna einen prüfenden Blick zu. Gerade bückte sie sich und streichelte ein braunes Fellbündel, das krummbeinig und zielsicher auf sie zugewackelt war. Nun leckte der junge Hund Susannas Finger ab. Susanna lächelte zum ersten Mal an diesem Morgen. Gewonnen!, dachte Karen.

„Such dir einen aus!", sagte sie generös.

Susanna schaute verständnislos zu Karen auf. „Wieso soll ich einen aussuchen? Ich will doch keinen Hund!"

Karen errötete. Susanna hatte mit einem Satz ihr Kartenhaus in sich zusammenstürzen lassen. Sie dachte nicht eine Sekunde daran, von Baby auf Welpe umzusatteln. Was für eine Idiotin ich doch bin, dachte Karen. Wie hatte sie nur annehmen können, Susanna auf diese Weise umzustimmen?

„Sorry, Kleiner", sagte Susanna bedauernd und erhob sich. Der Welpe warf ihr einen sehnsuchtsvollen Blick nach, dann trollte er sich zu den anderen.

Karen machte derweil neben ihrer Niederlage auch noch der Kaufzwang zu schaffen. Er befiel sie, sobald der Verkäufer eines Geschäfts sich um sie gekümmert hatte. Außerdem kosteten hier die Waren noch nicht einmal etwas und warben durch herzzerreißendes Gejaule darum, mitgenommen zu werden. Bedrückt schlich Karen durch die Gänge mit verwaisten Hunden und Katzen. Auf dem Hof entdeckte sie ein Gebäude mit der Aufschrift „Kleintiere".

„Haben Sie auch Hamster?", fragte sie.

Die Frau vom Tierheim musterte Karen ärgerlich. Sie hatte schon genug Zeit verschwendet. „Hamster? Natürlich haben wir Hamster. Im Kleintierhaus, erster Stock. Und Sie sind sich sicher, dass Sie einen wollen?"

Karen nickte heftig. Augenblicklich ging es ihr besser.

Susanna verdrehte die Augen zum Himmel. „Wie alt werden Hamster?", fragte sie entnervt.

„Höchstens vier Jahre. Draußen oft nur eins", antwortete die Frau vom Tierheim.

„Wir werden ihn auf dem Balkon halten", sagte Susanna mürrisch. „Dann kommt es vielleicht gerade hin."

Die Tierpflegerin warf ihr einen bösen Blick zu und ging mit Karen zum Kleintierhaus hinüber, einem zweistöckigen, geduckt wirkenden Bau. Sie stiegen hinauf zu den Hamstern, wo die Frau zielstrebig einen der Käfige ansteuerte. „Den hier hat uns ein Mädchen erst gestern gebracht. Sie ist allergisch und musste ihn abgeben. Das Tier ist gesund und kommt aus guten Händen."

Karen betrachtete den Nager. Er stand auf seinen Hinterbeinen und streckte seine Schnauze neugierig durch das Käfiggitter. Sein Fell war hauptsächlich weiß, nur auf der Brust prangte ein auffälliger brauner Fleck.

„Den nehme ich", sagte Karen.

Die Frau vom Tierheim lächelte zum ersten Mal, seit sie sich mit Karen und Susanna beschäftigte. Sie öffnete den Käfig, holte den Hamster heraus und setzte ihn in eine mit Holzwolle gepolsterte Kiste. „Er braucht einen Käfig und Hamsterfutter. Beides sollten Sie möglichst schnell besorgen. Gibt's in jeder Zoohandlung."

Karen nickte beflissen. Als sie zum Auto kam, lehnte Susanna an der Karosse und starrte wütend in die Ferne.

„Eins sage ich dir", zischte sie dann. „Für dieses Vieh bist ausschließlich du zuständig. Inklusive Unterhaltungsprogramm, füttern und Käfig reinigen. Und wenn du glaubst, deswegen möchte ich kein Kind mehr, dann … dann …" Tränen rannen über Susannas Wangen.

„Aber ich kann ihn doch jetzt nicht einfach zurückbringen!" In Karen bohrte das schlechte Gewissen. Sie konnte es nur einem recht machen: dem Hamster oder Susanna, und sie hatte sich für den Hamster entschieden. Diesmal jedenfalls.

„Habe ich das verlangt?", schniefte Susanna. „Du hast nur schon wieder versucht, meinen Kinderplan zu sabotieren!"

Hilflos nahm Karen Susanna in den Arm. Der Tierheim-Coup war ein kompletter Reinfall. „Es tut mir Leid", flüsterte sie und musste ebenfalls heulen. Während sie ihre Lebenspartnerin an sich drückte, fragte sie sich verzweifelt, ob es noch einen Weg gab, das heraufdämmernde Verhängnis zu verhindern, ohne Susanna zu verlieren.

Später saß der Hamster in seinem nagelneuen Käfig. Daneben hatte Karen die Futterschachteln aufgebaut. Es schien dem Nager in seiner neuen Behausung zu gefallen, obwohl er sich für sein Spielzeug nicht im Geringsten interessierte.

„Ich werde dich Spot nennen", flüsterte Karen ihm zu. „Wegen des braunen Punkts. Susanna wird sich schon an dich gewöhnen." Dann streckte sie ihren Zeigefinger durch die Gitterstäbe, um den Hamster zu streicheln. „Komm her, Spot", lockte sie.

Spot schnupperte interessiert an dem fremden Objekt und entschloss sich dann, einen Fresstest zu wagen. Wer weiß, vielleicht schmeckte ja das rosa Ding, obwohl er es nicht kannte.

„Au!", schrie Karen. „Das Biest hat mich gebissen!"

„Ich dachte, das Biest heißt Spot? Das hast du nun davon!" Susanna betrachtete mitleidslos die winzige Wunde und sprühte dann Desinfektionsmittel darauf, das heftig brannte. Die nächsten Stunden vergingen in verbissenem Schweigen.

Aber als Karen und Susanna abends im Dunkeln beieinander lagen, drehte sich Susanna zu Karen um und streichelte ihr Gesicht. „Sorry für vorhin", sagte sie. Es war Wochenende, und Wochenenden, fand Susanna, sollte man nicht mit Streit vergeuden, besonders, wenn man noch Großes miteinander vorhatte.

Karen rückte hoffnungsfroh näher an Susanna heran.

„Hast du schon mal über Weihnachten nachgedacht?", fragte Susanna unschuldig.

Augenblicklich sank Karens Stimmung wieder. Ausgerechnet Weihnachten! Sie hasste Weihnachten. Mit diesem Fest konnte sie einfach nichts anfangen. Trotzdem wiederholte es sich jährlich, und jedes Mal musste man sich überlegen, wie man diese Tage verbringen sollte, an denen sich meistens schon aus Wettergründen jede interessante Aktivität verbot.

„Keine Ahnung", sagte Karen.

„Ich habe eine Idee."

Karen seufzte ergeben. Die Aussicht, Susanna womöglich einen Wunsch zu erfüllen, der kein Kinderwunsch war, erfreute sie. „Welche denn?", fragte sie gespannt.

„Wir laden die Frauen aus der Lesbenmütter-Gruppe zu einer kleinen Weihnachtsfeier ein. Wer will, kann mit Kindern kommen. Damit du dir endlich ein vorurteilsfreies Bild von lesbischen Müttern machen kannst."

Karen schluckte. Dann ergab sie sich in ihr Schicksal. „Also gut", murmelte sie. „Aber nur, weil du heute auch mit ins Tierheim gekommen bist."

Susanna rückte noch näher an Karen heran. Karen schmiegte sich an ihren warmen, vertrauten Körper, den sie so sehr mochte. Susanna umarmte sie und fuhr mit ihrer Hand zielstrebig Karens Rücken hinab. Aber bevor Karen sich ihren Berührungen vorbehaltlos hingab, musste sie etwas klären.

„Susanna?"

„Ja?"

„Lass das Sperma heute aus dem Spiel. Okay?"

„Versprochen", flüsterte Susanna und biss Karen ins Ohrläppchen.

Ein paar Tage vor dem geplanten Fest saß Karen neben Spots Käfig und beobachtete, wie der Nager sich an einer Möhrenscheibe zu schaffen machte. Sie mochte ihn inzwischen wirklich gern. Karen überlegte, was sie mit Spot anfangen sollte, wenn die vielen Gäste kamen. Das bedeutete für ein so kleines Tier sicher erheblichen Stress.

Susanna, die neben ihr saß, dachte an ganz andere Dinge. „Wie wäre es, wenn wir für Weihnachten Plätzchen backen würden?", zwitscherte sie. „Außerdem brauchen wir dringend einen Weihnachtsbaum. Den holen wir auf dem Wochenmarkt."

Karen warf Susanna einen erstaunten Seitenblick zu. „Wozu denn den Weihnachtsbaum? Wir hatten doch noch nie einen!" Sie fand, dass ihr Wohnzimmer auch so schon klein genug war. „Die Dinger fangen spätestens nach einer Woche an zu nadeln, sind feuergefährlich, und niemand weiß nach den Feiertagen, wohin damit!"

„Wo Kinder sind, muss auch ein Weihnachtsbaum sein. Sonst sind sie enttäuscht und nerven", beharrte Susanna. Diese Aussicht brachte Karen zum Einlenken.

Am nächsten Tag kam eine Weihnachtskarte von Clara Hartenstein. „Eigentlich hätte ich sie einladen müssen", sagte Susanna. „Ich mag sie, und sie ist immer nett zu mir. Und Jenny würde auch gut zu den anderen Kindern passen."

„Willst du denn, dass sie von der Lesbenmütter-Gruppe erfährt?", fragte Karen.

„Nein. Ich glaube, das will ich nicht. Ich werde niemandem aus der Familie davon erzählen, bis ich entweder schwanger bin oder den Plan aufgegeben habe."

Am Tag vor dem Heiligen Abend erstanden sie eine rund anderthalb Meter große Fichte nebst einem bleischweren Ständer, Kerzen und allerlei Baumschmuck. Den Baum stellten sie in einer Ecke des Wohnzimmers auf und behängten ihn mit allem, was sie hatten. Danach wurde gebacken. Über der ganzen Wohnung schwebte der süßliche Duft von Lebkuchengewürz. Karen musste zugeben, dass die Vorbereitungen sogar sie erfreuten.

Susanna beobachtete mit Vergnügen, wie Karen begeistert Plätzchen ausstach, Orangeat zerkleinerte und rote Marmeladenflecken als Verzierung auf den Plätzchen platzierte. Sie erhoffte sich viel von diesem Tag. Wenn Karen erleben würde, wie wenig ihre lesbischen Mütter dem Klischee vom spießigen Weiblein entsprachen, könnte sie sich vielleicht auch besser vorstellen, selbst ein Kind aufzuziehen. Abends steckten sie die Kerzen zum ersten Mal an, und es sah großartig aus.

Die Gäste kamen am ersten Feiertag um drei. Sie fluteten die Wohnung beinahe gleichzeitig mit ihren krakeelenden Kindern und bunt verpackten Geschenken. Die Frauen stellten sich und ihre Kinder zwar vor, doch Karen konnte sich die Namen nicht merken, denn sie war vollauf damit beschäftigt, Mäntel in den Schrank zu hängen und Kinder aus eng sitzenden Anoraks zu schälen. Die Horde stürmte das Wohnzimmer und bewunderte pflichtschuldigst den Weihnachtsbaum. Darunter legte jede ihre Geschenkpäckchen: ein Kinder- und ein Erwachsenengeschenk. Während des Kaffetrinkens sollte jedes Kind und jede Erwachsene mit verbundenen Augen ein Geschenk aus dem Berg herausziehen.

Karen zählte insgesamt vier Kinder und acht Frauen. Nicht alle Paare waren gemeinsam erschienen, was den Durchblick erschwerte. Es gab Mütter, Co-Mütter und Noch-nicht-Mütter. Karen versuchte erst gar nicht, sich das alles zu merken. Die Kinder hießen Marla, Melissa, Jimmy und Anthony.

Im Nu war jeder verfügbare Sitzplatz belegt. Auf dem Fußboden kroch oder lief, wohin man trat, ein Kleinkind.

So empfand es jedenfalls Karen, die so viel Umtrieb nicht gewohnt war. Sie musste höllisch aufpassen, keins der Kinder umzurennen, wenn sie in die Küche hastete, um zusammen mit Susanna Kaffee, Tee oder Plätzchen herbeizuschaffen. Alles wurde in rauen Mengen verschlungen. Die Geschenke waren mittlerweile bis auf das für Susanna bestimmte nicht mehr unter dem Baum zu sehen. Mitten im Gewühl stand Spots Käfig auf dem Tisch. Der Hamster schien sich an dem Gewusel um ihn herum nicht zu stören.

Der erste Teil des Nachmittags verging mit Auspacken, Essen, Trinken und Gesprächen über alles Mögliche, nicht nur über Samenspende-Methoden und Papierwindeln. Die Kinder krabbelten am Boden herum und beschäftigten sich mit ihrem neuen Spielzeug. In der Ecke lag ein großer Berg bunten Geschenkpapiers.

Karen entspannte sich ein wenig. Gleich, wenn es richtig dunkel war, würden sie die Kerzen am Weihnachtsbaum anzünden. Irgendwie war es sogar idyllisch. Vielleicht, dachte Karen, hat Susannas Kinderidee doch etwas für sich, und schickte ein Lächeln zu ihr aufs Sofa.

Dann hieb der achtzehn Monate alte Jimmy, ein temperamentvoller Junge, der eher trägen Marla einen seiner nagelneuen Holzbausteine auf den Kopf. Marla sah Jimmy einen Moment lang erstaunt an, als ob sie gar nicht verstehen könnte, was passiert war. Nach einer Weile – sie dachte wohl darüber nach, ob sich der Aufwand auch lohne – begann sie ohrenbetäubend zu kreischen. Es dauerte nur Sekunden, dann stimmte Jimmy mit ein. Sein Gebrüll war anders, mehr stakkatohaft.

Jimmys Mutter, Sabine, versuchte, den Jungen zu beruhigen. „Die Marla ist eine schreckliche Zimperliese", sagte sie zu Dora Steffens, Marlas Mutter, die ihre Tochter auf dem Arm hatte und sie ebenfalls tröstete.

„Und dein Jimmy ein unerträglicher Rüpel!", konterte Dora. „Das finde ich aber gar nicht, die Marla heult doch immer gleich", mischte sich eine weitere Frau ein, die, so glaubte Karen sich zu erinnern, Jimmys Co-Mutter war und Angela hieß. Daraufhin zog sich Dora Steffens mit ihrer immer noch schreienden Tochter zur Balkontür zurück.

Als Nächstes fiel Karen auf, dass die beiden anderen Kleinkinder plötzlich nicht mehr zu sehen waren: ein Junge und ein Mädchen. Sie hießen Anthony und Melissa, so viel wusste Karen noch.

Karen ahnte Böses. Sie schaute zuerst in die Küche. Dort war nichts zu entdecken. Dann ins Bad. Schließlich ging sie ins Schlafzimmer. Hier roch es merkwürdig.

Dann sah sie Anthony: Gerade griff der Bengel nach ihrem nagelneuen elektronischen Notizbuch, das auf dem niedrigen Nachttisch lag. Warum bloß hatte sie das Ding nicht weggeräumt!

„Hallo, Anthony!", säuselte Karen. „Das ist aber ein schönes Spielzeug. Komm, gib es der Karen! Die zeigt dir, wie es geht." Hilflos streckte sie den Arm aus.

Anthony starrte sie mit unverhohlener Neugier an. Gleichzeitig nagte er an einer Ecke des Geräts herum. Es schien ihm nicht zu munden. Mit einer ungelenken Bewegung knallte er den elektronischen Adressspeicher auf den Parkettfußboden. Das Glas splitterte, irgendwas piepste, und dann war Ruhe.

„Scheiße!", fluchte Karen. Sie erfasste die Situation damit haargenau. Vor Susannas Bett saß nämlich halb ausgezogen Melissa und wühlte interessiert in der braunen Pampe in ihrer Windel. Dann verstrich sie eine Hand voll an der weißen Wand.

„Das darf doch nicht wahr sein", murmelte Karen.

Sie eilte ins Wohnzimmer. Dort sah sie, wie Dora Steffens für Marla den Hamsterkäfig öffnete. „Schau mal, ein kleines

Hamstilein", zwitscherte Dora und versuchte, Spot zu fassen zu bekommen. Der verschwand bis auf weiteres in seiner Hütte.

Karen winkte hektisch Susanna herbei. „Würdest du mir bitte unauffällig folgen!"

Als Susanna der Verheerungen im Schlafzimmer ansichtig wurde, kicherte sie nur. Das Ganze schien sie überhaupt nicht aufzuregen, was Karen maßlos ärgerte. Schließlich befahl Susanna ihr auch noch: „Kehr bitte die Scherben zusammen, damit sich nicht noch jemand schneidet!"

Danach klemmte Susanna sich den Jungen unter den Arm und ging ins Wohnzimmer. Karen hörte sie sagen: „Claudia, komm mal ins Schlafzimmer. Melissa hat die Hose voll und verteilt gerade alles an den Wänden. Und Geli, Jule, euer Sohn hat Scherben produziert."

Allgemeines Gelächter.

Karen war inzwischen mit dem Aufkehren fertig und beobachtete, was im Wohnzimmer geschah. Claudia erhob sich seelenruhig. „Da hinten?", fragte sie und griff in ihre große Tasche – alle Mütter trugen große Taschen mit sich herum, fiel Karen erst jetzt auf –, zog eine neue Windel heraus und verschwand.

„So was passiert aber auch immer nur, wenn ich allein unterwegs bin", hörte Karen die Mutter murmeln, als sie die Bescherung an der Wand sah. Sie war allein hier, ihre Freundin besuchte deren Eltern. Auch Dora war mit Marla, aber ohne ihre Lebenspartnerin da. Die weilte gerade bei ihren Kindern aus erster Ehe, welche bei ihrem geschiedenen Gatten lebten.

Geli, Anthonys Mutter, war auf der Toilette. Jule Jochems, seine Co-Mutter, eine Frau mit stabiler Statur und glattem Blondhaar, fragte: „Was hat mein Kleiner denn zerdeppert?"

„Meinen nagelneuen PDA!", meldete Karen wütend.

„PDA? Was ist denn das?" Jule gehörte eher der Ökospiri- und nicht der High-Tech-Fraktion an.

„Ein elektronisches Notizbuch! So ein kleiner Rechner für die Jackentasche. Mit allen Adressen, allen Telefonnummern und allen Terminen!", keifte Karen. Sie konnte die technische Ignoranz mancher Lesben nicht begreifen, die ein Ergometer für eine Taschenuhr und einen PDA für etwas Sozialpädagogisches hielten.

„So was muss man doch wegräumen, wenn Kinder kommen", belehrte Jule sie. „Kinder wollen schließlich spielen und wissen gar nicht, was so ein DPA ist. Göttin sei Dank sind wir versichert. Ruf mich einfach an."

Karen verzichtete darauf, Jule zu erklären, dass PDA und DPA nicht dasselbe waren, und dass ihre Versicherung sicherlich nicht für die Reparatur der Nachrichtenagentur DPA bezahlen würde, weil sie erstens nicht kaputt war und das zweitens wohl zu teuer gekommen wäre. Sie überließ diese Aufgabe dem Versicherungsagenten, glücklich darüber, dass Jule Jochems sich und ihr Kind immerhin einer Haftpflichtversicherung anvertraut hatte. So gab es wenigstens Hoffnung auf Ersatz.

Der Rest des Nachmittags verging ohne Zwischenfälle. Als endlich alle um den Baum mit den brennenden Kerzen saßen und Weihnachtslieder sangen, was Karen schon Jahre nicht mehr getan hatte, war sie mit der Welt wieder einigermaßen versöhnt.

Doch die Ruhe erwies sich als trügerisch. Denn kaum war die Feier beendet, ereilte Karen der bisher größte Schock des Tages: Spots Käfigtür stand noch immer offen, und das Tier war nicht mehr in seiner Hütte.

„Susanna!", rief Karen.

„Was ist denn jetzt schon wieder passiert?" Susanna stand gerade vor dem Spiegel und dachte darüber nach, ob ihre rote Haarfarbe schon wieder aufgefrischt werden musste.

Gabi, neben Sibylle die zweite Noch-nicht-Mutter, die heute gekommen war, hatte etwas in dieser Richtung angedeutet.

„Spot ist weg." Karen standen Tränen in den Augen.

„Der wird sich schon finden", murmelte Susanna. „In dem Chaos hier kann er sich doch prima verstecken. Wie hat es dir überhaupt gefallen?"

Karen antwortete nicht. Stattdessen durchwühlte sie das Sofa, schaute hinter den Fernseher, unters Sofa, suchte zwischen Filmkassetten und CDs und in den Blumentöpfen. Irgendwo musste Spot doch sein!

„Ich fand es toll, trotz der Zwischenfälle. Endlich mal was los in der Bude!", verkündete Susanna frohgemut.

Karen schwieg trotzig und beschloss, erst einmal aufzuräumen. Dann wäre es leichter, Spot zu finden. Sie stopfte die Papierberge, in denen Bauklötze, Bilderbücher, Kerzen und Blumensträuße verpackt gewesen waren, in eine große Plastiktüte und versenkte diese draußen in einer der Mülltonnen.

Doch das Aufräumen half nicht. Spot blieb verschwunden. Karen öffnete sämtliche Schränke, schaute in jeden Schuh, öffnete alle Schubladen und prüfte sogar, ob der Hamster vielleicht ins Klo gefallen war und nun hilflos im Siphon um sein Leben schwamm. Nichts.

Der Rest von Weihnachten verging ohne besondere Ereignisse. Karens Freund Tim kam kurz zu Besuch, ging aber bald beleidigt wieder, weil Karen angesichts des Hamsterverlustes nicht genügend Aufmerksamkeit für seine aktuelle verkrachte Liebesgeschichte erübrigen konnte. Stattdessen nickte sie nur geistesabwesend und fragte dann: „Hast du eine Idee, wo ich noch nach Spot suchen könnte?"

Auch Fußballfreundin Jessica blieb nicht lange. Sie lauschte zuerst interessiert, dann genervt dem Katastrophenbericht, um schließlich die Geduld zu verlieren. „Du hast mich jetzt schon zum dritten Mal gefragt, ob ich in allen Ritzen meines Sessels nachgetastet habe", zeterte sie und sprang auf. „Er ist nun mal nicht drin in meiner Sesselritze!" Dann verschwand sie irgendwohin, wo kein animalischer Trauerfall zu verarbeiten war.

Sogar Karens normalerweise unerschütterlicher Schlaf wurde von dem Hamster-Debakel beeinträchtigt. Am 27. Dezember erwachte sie um fünf Uhr morgens vom Röhren des Müllwagens und dem Geklapper der Tonnen. Normalerweise ignorierte sie den wöchentlich wiederkehrenden Krach einfach. Aber als sie diesmal das Geschepper draußen hörte, ahnte sie plötzlich, was geschehen war: die Papierberge in der Plastiktüte, die sie gestern in den Müll geworfen hatte! Darin musste Spot stecken!

Wie elektrisiert sprang Karen aus dem Bett, rannte zum Balkon, riss die Tür auf und rief so laut sie konnte: „Warten Sie, bitte warten Sie, in einer Tonne steckt mein Hamster! Mein Hamster Spot!" Aber das Motorgeräusch machte jede Verständigung unmöglich.

Die Müllmänner brüllten etwas, das entfernt wie „Frohe Weihnachten!" klang, und winkten, wahrscheinlich aus Rührung über die seltene Anteilnahme, die heute eine junge Frau ihrer Arbeit entgegenbrachte.

Karen sah gerade noch, wie einer von ihnen die letzte volle Tonne auf die bewegliche Plattform wuchtete. Sie wurde nach oben geliftet und spuckte ihren Inhalt in den Müllwagen. Der Müllmann hob sie wieder herunter und stellte sie zu den bereits geleerten Tonnen. Dann gab der Wagen Gas und fuhr davon.

„Alles wegen dieser blöden Kinderwunsch-Gruppe!", schniefte Karen. Susanna schwieg betroffen. Das gemeinsame Weihnachtsfest, ihre große Hoffnung, hatte Karen also nicht umgestimmt. Im Gegenteil.

Kurztrip nach Ibiza

Beim ersten Treffen der Lesbenmütter-Gruppe im neuen Jahr herrschte bedrückte Stimmung. Susanna saß in sich zusammengesunken da und zerknautschte ein Papiertaschentuch. „Ich bin vollkommen ratlos! Sie will immer noch nicht! Sie hasst die Vorstellung, ein Kind aufzuziehen!" Wütend schaute sie sich um. „Und nach dieser blöden Weihnachtsfeier ist es noch schlimmer geworden!"

Die anderen schwiegen betroffen. Schließlich sagte Dora verlegen: „Die Sache mit dem Hamster hätte ja nun wirklich nicht passieren müssen."

„Nett, dass dir das auch auffällt!", giftete Susanna. „Jetzt, wo es zu spät ist. Warum hatten wir bloß keinen Bernhardiner! Zu dem wärst du sicher nicht in die Hütte gekrochen! Aber der arme Hamster konnte sich ja nicht wehren!"

„Warum hat sich denn Karen wegen des DPA noch nicht gerührt?", fragte Jule leise. „Ich habe es doch schon der Versicherung gemeldet."

„Es heißt PDA, nicht DPA, verdammt noch mal!", schnauzte Susanna sie an. „In welchem Jahrhundert lebst du eigentlich?" Dann sah sie verlegen auf den Fußboden. Sie hasste überkandidelte Auftritte, und nun leistete sie sich gerade selbst einen. „Entschuldige. Ich richte es Karen aus, vielleicht beruhigt sie das ein bisschen."

„Und die Wand – notfalls würde ich sie euch einfach frisch weißeln", schlug Claudia vor.

„Aber darum geht es doch gar nicht", seufzte Susanna. „Wahrscheinlich hätte Karen das Weihnachtsfest mit der Gruppe, sogar wenn nichts passiert wäre, ganz furchtbar gefunden. Sie will eben keine Co-Mutter sein, keine lesbischen Mütter um sich haben, und sie will schon gar nicht, dass ich Mutter werde!" Susanna blickte verzweifelt in die Runde. „Warum versteht mich hier eigentlich keine? Kennt ihr nur Leute, die es ganz wunderbar finden, dass ihr ein Kind wollt?", fragte sie provozierend. „Anscheinend ist die Welt voll von Fans der lesbischen Mutter! Nur ich lebe unglücklicherweise auf einem Eiland der Uneinsichtigen. So ein Pech aber auch! Sonst müsstet ihr doch begreifen, wie schrecklich das alles für mich ist!"

Christa Göbel, die Ältere mit den zwei Kindern, die sie noch dazu allein aufgezogen hatte, sagte unwirsch: „Natürlich kann ich mir vorstellen, wie du dich fühlst. Aber ist das ein Grund, gleich aufzugeben? Die Frau, mit der ich mein erstes Kind aufziehen wollte, ist schon abgehauen, als es unterwegs war. Das ganze Projekt war ihr auf einmal zu stressig. Und? Du siehst ja, ich lebe noch!"

„Tatsächlich?", fragte Susanna sarkastisch. „War es knapp?"

„Knapp! Also, hör mal! Ich wollte unbedingt ein Kind, lesbisch hin oder her. Also habe ich dafür gesorgt, dass ich eins bekomme, und habe es aufgezogen. Basta." Christa Göbels Stimme zitterte etwas. Das „basta" klang weniger überzeugt als vorgesehen: nach langen, einsamen Abenden und klammer Kasse.

„Das heißt, deine Freundin war von Anfang an dagegen, und du hast es trotzdem gemacht?", fragte Susanna aus purer Bosheit. Christa erzählte diese Geschichte fast bei jedem Treffen in einer kürzeren oder längeren Variante. Die anderen konnten sie schon nicht mehr hören.

„Dafür war sie jedenfalls nicht. Sie war irgendwie … indifferent. Aber ich wollte einfach nicht mehr warten. Na ja, und dann kam es eben, wie es gekommen ist."

„Dann hat das Kind eure Beziehung zerstört", steuerte Susanna Christa geschickt auf das Finale zu.

„Natürlich hat sie das! Pah, Beziehung!", grummelte Christa und richtete sich in Erinnerung an den längst vergangenen Ärger kerzengerade auf. „Ein Kind zu haben, war mir eben wichtiger als diese merkwürdige Beziehung."

Dora intervenierte, ehe Christa ihre Theorie über die Nebensächlichkeit von Beziehungen im Vergleich zu dem Glück, ein Kind aufzuziehen, weiter ausbreiten konnte. „Moment mal!", sagte sie scharf. „Für dich, Christa, stimmen diese Prioritäten vielleicht, aber doch nicht automatisch für alle anderen! Ich jedenfalls würde kein Kind auf die Welt bringen wollen, wenn meine Partnerin nicht mitmacht. Ich liebe sie schließlich!"

„Ohne Jule könnte ich mir überhaupt nicht vorstellen, Anthony aufzuziehen!" Geli Zimmerer, die leibliche Mutter von Anthony, griff nach Jule Jochems Hand. Unisono schüttelten beide die Köpfe. Auch Sabine und Angela, die Eltern von Jimmy, warfen sich demonstrativ empörte Blicke zu.

„Und was heißt das nun?", fragte Susanna. „Für mich, meine ich?"

„Was das heißt, musst natürlich du entscheiden", sagte Dora Steffens wenig hilfreich. „Für mich würde es allerdings bedeuten, dass ich mich zwischen meiner Partnerin und meinem Kinderwunsch würde entscheiden müssen."

Susanna starrte auf den Boden, breites Fischgrätparkett, wie sie zum ersten Mal wahrnahm, das gab es nur noch selten. Sie ließ die Worte der anderen in sich nachhallen. Sie hatte darüber schon einige Male nachgedacht, das Thema aber immer wieder weggeschoben. Weit, weit weg.

„Aber ich liebe Karen!", widersprach sie schwach.

„Und wenn Karen dich auch liebt, dann wird sie bei dir bleiben, wenn du schwanger wirst", meldete Christa Göbel im Brustton der Überzeugung.

Susannas Stimmung sank gegen null.

Da meldete sich zum Glück die dürre Sibylle Mandl. Sie rutschte schon eine ganze Weile unruhig auf ihrem Stuhl hin und her, als könnte sie es kaum erwarten, endlich etwas loszuwerden. „Keine Ahnung, was ich an deiner Stelle tun würde, Susanna", sagte sie und lächelte nach Aufmerksamkeit lechzend. „Aber ich möchte noch was erzählen, bevor ich gehe. Und das wird bald sein, ich bin nämlich müde." Sie gähnte demonstrativ.

Susanna winkte resiginert ab. „Von mir aus lasst uns über was anderes reden!"

Sibylle wuchs in ihrem Stuhl um mindestens zehn Zentimeter, legte eine Kunstpause ein, in der jedes andere Geräusch erstarb, und verkündete: „Es hat geklappt."

Sofort jubelten und johlten alle durcheinander. Susanna aber fühlte sich wie platt gewalzt von dieser gewichtigen Nachricht. Schon wieder eine! Ausgerechnet die dürre Sibylle mit dem Waschbrettbauch, die aussah, als verbrächte sie ihre Freizeit ausschließlich im Fitness-Studio, war schwanger! „Wenn es ein Mädchen wird, nenne ich es Ulrike", schob Sibylle nach. „Nach der Folkerts."

Kalter Neid bohrte in Susanna. Heute war es Sibylle. Morgen würde es vielleicht Jule oder Geli oder sonst eine sein, die mit der frohen Botschaft in die Gruppe schneite. Während sie weiter hier herumsaß und den anderen zusah und -hörte, wie sie Pläne machten und umsetzten. Während ihre Zeit verrann, aber sie selbst nichts tun konnte, weil Karen nicht mitspielte. Karen. Ausgerechnet Karen, die sie liebte! Dieselbe Karen trennte sie jetzt von dem, was sie sich wünschte. Hatte Dora vielleicht Recht? Würde sie sich am Ende wirklich entscheiden müssen zwischen Karen und einem Kind? Was für ein Irrsinn! Das kann ich nicht, dachte Susanna, das kann ich absolut nicht.

Aber du musst, sagte ein anderer Teil von Susanna. Denn so geht es nicht weiter. Sonst wirst du noch eine frustrierte Zicke. Eine, die sich zwischen Gummi-Horrorfiguren und Papp-Raumschiffen zu Hause einmauert und den Mond anheult, weil sie nicht taff genug war, einen Konflikt durchzustehen.

An diesem Abend verließ Susanna die Gruppe deprimiert. Sie trödelte auf dem Heimweg. Karen schlief schon, als sie nach Hause kam. Leise zog sich Susanna aus und legte sich neben sie, ohne die Nachttischlampe in Gestalt eines prächtigen Tyrannosaurus Rex anzuknipsen. Statt der unzähligen Zähne seines natürlichen Vorbilds hatte er kleine Leuchtdioden im Maul.

Aber Susanna konnte nicht einschlafen. Sie lauschte auf Karens Atem. Manchmal grunzte Karen ganz leise, der einzige Begriff, der, so fand Susanna, einigermaßen auf deren ganz besonderes Schlafgeräusch passte. Meistens bewirkte dieses Grunzen, dass Susanna sich aufgehoben fühlte und entspannte.

Heute allerdings stellte sich das heimelige Gefühl nicht ein. Stattdessen grübelte Susanna, wie sie es schaffen sollte, herauszufinden, was ihr wichtiger war: die Frau, die da friedlich neben ihr lag, oder ihr Traum von einem Baby, den sie eigentlich nur mit Karen realisieren wollte. Der für sie überhaupt nur mit Karen realisierbar war. Oder würde es auch mit einer anderen Frau funktionieren?

Susanna erschrak. So weit ging sie also schon. Sie dachte bereits an den Ausstieg aus der Beziehung, während sie gleichzeitig neben Karen im Bett lag. Sie beschloss, dass etwas geschehen musste.

Am besten fahre ich ein paar Tage weg, um Abstand zu gewinnen. Ich kann keine vernünftige Entscheidung treffen, während ich Karen beim Schlafen zuhöre, morgens mit ihr frühstücke, sie ansehe, sie berühre, dachte Susanna. Ich muss allein sein dafür. Damit ich spüre, wie es ist. Damit ich weiß, was mir fehlen würde ohne sie.

Also buchte Susanna in aller Heimlichkeit eine Woche Ibiza im Mai. Früher ging es nicht, aus beruflichen Gründen. Sie würde ein Zimmer in einer gigantischen Bettenburg bewohnen, was ihr eigentlich zutiefst widerstrebte, aber das Angebot war günstig. Schließlich brauchte sie zum Nachdenken keinen Luxus. Zu viel Ablenkung störte da bloß.

Bis dahin blieb alles, wie es war. Von der Reise erzählte Susanna Karen nichts. Sonst hätte ihr Plan nicht funktioniert. Ab und zu gab es ein kleines Wortscharmützel, aber im Grunde vermied Susanna Auseinandersetzungen um das heikle Thema Kind. Karen schöpfte daraus Hoffnung. Sie glaubte noch immer, mit der Zeit werde schon Gras über die Sache wachsen.

An einem heißen Nachmittag im Mai stellte Susanna ihren Koffer erschöpft auf den abgetretenen Teppichboden eines Hotelzimmers auf Ibiza. Das El Puerto lag nah am Hafen und war genau so hässlich wie auf dem Foto im Prospekt.

Susanna trat auf den kleinen Balkon und schaute sich um. Überall um sie herum sah sie die gleichen Balkone. Wie ein Bienenstock, dachte Susanna. Für fleißige Urlaubsbienen, die Geld ins Land brachten und es dabei gleichzeitig zerstörten. Mit einem Knall schloss sie die Balkontür wieder. Sie hatte hier wenigstens etwas zu erledigen.

Allerdings musste sie dazu erst einmal Energie tanken. Susanna legte sich auf das schmale Bett, rollte sich zusammen, schlief ein und sah sich in ihrem schwarzen Ledermini auf dem Balkon ihres Hotelzimmers stehen. Um ihren Hals hing ein Schild mit der Aufschrift: „Großer Spermawettkampf – der Beste wird gewinnen. Das stärkste Sperma für mein Kind!" Von den anderen Balkonen aus versuchten Männer, sich mit Seilen auf ihren Balkon herüberzuschwingen. Unten, vor dem Haus, hatten sich massenweise Frauen versammelt. Als Susanna genauer hinsah, erschrak sie: Alle sahen haargenau aus wie Karen. Die Karen-Klone schrien: „Egoistin, Egoistin, Egoistin!" – so laut, dass Susanna davon erwachte.

Sie sah sich verwirrt um und brauchte einen Moment, bis sie sich zurechtfand. Dann stand sie auf und trank im Bad ein Glas Wasser. Kein Wunder, dass sie Alpträume hatte, nach diesem Abschied!

Erst am Morgen der Abreise hatte Susanna Karen eröffnet, sie werde eine Woche lang auf Ibiza über sich und ihr Leben nachdenken.

„Ibiza? Ausgerechnet Ibiza! Insel des Nightlife und der Discos! Was willst du da, wenn du angeblich Ruhe brauchst? Und überhaupt: Warum sagst du mir das erst jetzt?" Fassungslos starrte Karen sie an.

„Es war ein supergünstiges Angebot, und ich sage es dir erst jetzt, weil ich unbedingt allein nachdenken muss! Du hättest doch sonst bestimmt mitfahren wollen."

„Na und? Was ist denn dabei, wenn ich mit dir in den Urlaub will?" In Karens Augen schimmerten Tränen. „Und überhaupt: Nachdenken! Worüber denn?" Eine Antwort schien sie nicht zu erwarten. Breitbeinig stand sie in der Wohnzimmertür, die Arme verschränkt. „Aber bilde dir bloß nichts ein: Ich kann mich auch wunderbar allein unterhalten!" Dann drehte sie Susanna den Rücken zu, knallte die Tür ins Schloss und drehte den Fernseher auf volle Lautstärke.

Susanna schämte sich entsetzlich. Sie verhielt sich extrem unfair, und das wusste sie auch. Aber sie kniff die Lippen zusammen, verzichtete auf weitere Erklärungen und machte sich auf den Weg. Nein, harmonisch konnte man diesen Abschied nicht nennen.

Nun, wo ich endlich allein hier im Hotel sitze, bekomme ich also Alpträume, dachte Susanna. Und dazu Angst: Was, wenn Karen sie wegen dieser Eskapade verließ?

Dann muss ich mich wenigstens nicht mehr entscheiden, dachte Susanna, aber dieser Gedanke versetzte sie noch mehr in Panik, statt sie zu beruhigen. Mühsam riss sie sich zusammen. Sie hatte beschlossen, hier eine Entscheidung zwischen Karen und dem Kind zu treffen, und genau das würde sie tun.

Susanna zog sich etwas über und ging hinaus. In ihrem Zimmer fühlte sie sich eingesperrt, ihre Gedanken liefen Amok. Auf der Straße, wo die Menschen entlang der Hafenmole an kleinen Tischen Aperitifs nahmen, während sie einen seltsam blassen Sonnenuntergang beobachteten, würde es ihr sicher besser gehen.

Aber es wurde nicht besser. Susanna spazierte eine Weile ziellos herum, immer einen seltsamen Druck auf der Brust, kehrte dann in einem Restaurant ein, aß Pizza, die angebrannt war und viel zu salzig, und kehrte resigniert ins Hotel zurück. Beinahe wäre sie in der Hotelbar gelandet, um ihre Panik durch ein paar Getränke zu betäuben, entschied sich aber dann doch für ihr Zimmer. Aus ihrem Gepäck holte sie Tusnelda, die sie natürlich dabei hatte. Sie hielt sich an dem Gummitier fest, während die Angst weiter an ihr nagte. Finster entschlossen, setzte sie sich auf den Balkon und starrte auf den von bunten Lichtern illuminierten Hafen hinaus. Die Lichter spiegelten sich auf dem Wasser. Es war eine klare Nacht, und Susanna sah viel mehr Sterne als in München. Wahrscheinlich war die Luft hier sauberer. Plötzlich fand sie es schön hier, und ihre Angst flaute ab. Gegen halb elf wurde sie zu ihrem eigenen Erstaunen müde und legte sich schlafen.

Der nächste Tag brachte keine neuen Einsichten. Susanna frühstückte in einem gigantischen Speisesaal. Dort verkroch sie sich, begleitet von Tusnelda, die in ihrer Tasche steckte, an einem Zweiertisch in einer Nische. Anschließend lief sie den ganzen Tag allein am Strand entlang, unterbrochen nur von einem kurzen Mittagsimbiss an einem Kiosk und einem Nickerchen hinter einem schattigen Felsen. Doch noch immer konnte sie keinen vernünftigen Gedanken fassen, geschweige denn etwas entscheiden.

Vielmehr stritten sich in ihr ununterbrochen zwei innere Stimmen, die sich ständig dieselben ausgeleierten Pros und Kontras an den Kopf warfen. Eine wollte unbedingt sofort zu Karen zurück und argumentierte schlicht: Aber ich liebe sie doch. Wir kommen wunderbar miteinander zurecht, wir streiten uns selten, warum also sollte ich sie verlassen um eines Traums willen, der bis vor kurzem keine Rolle für mich spielte? Außerdem: Wieso sollte man in eine Welt mit Atombomben, Umweltverschmutzung und Überbevölkerung auch noch Kinder setzen?

Die andere Stimme konterte: Ich bin noch nicht einmal vierzig, langweile mich im Büro aber hemmungslos. Dabei könnte es sein, dass ich hundert werde und bis siebzig arbeiten muss, sagen die Statistiker. Jahrzehnte voller Langeweile, das ist doch einfach nicht auszuhalten! Jetzt bin ich noch jung genug, um etwas anderes zu tun. Mein Körper funktioniert, und ich sehne mich nach Leben, nach etwas, das nicht aus Papier oder Zelluloid ist. Ganz egal, was andere wollen. Und was den Weltuntergang angeht: Vielleicht wird mein Kind ja zu denen gehören, die dabei mithelfen, ihn zu verhindern.

Mehr schien es zu diesem Thema nicht zu sagen zu geben. Susanna seufzte. Sie ging früh ins Bett und hoffte auf weiterführende Inspirationen. Aber es stellten sich keine ein, sondern sie schlief nur schlecht.

Der dritte Tag auf der Insel verlief ungefähr wie der zweite, nur dass Susanna, wenn sie nicht gerade die immer gleichen Argumente gegeneinander abwog, zwanghaft an Karen denken musste. Was sie jetzt wohl trieb? Wo sie gerade steckte? Ob Dynamo Pasing wohl das wichtige Spiel am vergangenen Wochenende gewonnen hatte?

Am vierten Tag, den Susanna, von Missmut gepeinigt, fast vollständig vor dem Fernseher verbracht hatte, beschloss sie, dass nun etwas geschehen müsse. Sie litt unter einem sich ständig intensivierenden Gefühl von Unwirklichkeit, so als würde sie sich von den Rändern her auflösen, und das fand sie unerträglich. Wahrscheinlich lag es daran, dass sie seit Tagen kaum ein Wort geredet hatte. Heute würde sie ausgehen und einfach jemanden kennen lernen. Irgendjemanden. Ein menschliches Wesen, das der Sprache mächtig war. Mehr, schätzte sie, wäre nicht nötig, damit sie die Beine wieder auf den Boden bekam.

Susanna schlenderte eine Weile unentschlossen die Mole entlang. Dann erstand sie eine bunte Postkarte, die sie Clara schicken wollte. Einige Bars gefielen ihr, aber alle Tische draußen waren bereits besetzt. So landete sie schließlich am Tresen einer Kneipe, deren Gäste etwas älter wirkten als die der anderen Lokale, wo das Durchschnittsalter bei etwa Mitte zwanzig lag. Sie bestellte ein Bier und beschloss, hier sitzen zu bleiben und den Abend zu genießen, wie das alle anderen auch taten. Dann zog sie die Karte aus der Tasche und überlegte lange. Sollte sie Clara vielleicht doch einweihen, damit sie wenigstens mit einer aus der Familie reden konnte? Sie entschied sich dagegen. Wer weiß, welche Folgen unbedachte Eröffnungen haben würden! Sie schrieb kurz angebunden: „Liebe Clara, viele Grüße vom Kurzurlaub auf Ibiza! Ich hoffe, es geht euch gut! Viele Grüße – Susanna."

Dann betrachtete sie die anderen Gäste. Sie wollte endlich mit jemandem sprechen. Warum nicht einfach mit dem Mann, der neben ihr an der Bar saß? Hätte Susanna sich nicht so unendlich einsam gefühlt, hätte sie wahrscheinlich keinerlei Notiz von ihm genommen. Aber nun tat sie es.

Ihr Nachbar sah nicht besonders aus. Susanna schätzte ihn auf Mitte vierzig. Sein schmales Gesicht zierte ein Schnurrbart, er trug einen kleinen Bauch vor sich her und hatte eine große Glatze, umgeben von einem Kranz ehemals wohl strohblonder Haare. Auf seiner Hakennase hing schief eine randlose Brille, wie sie jetzt alle trugen. Vor ihm stand ein Bier. Und am rechten Ringfinger entdeckte Susanna einen Ehering. Der Mann wirkte nicht im Mindesten bedrohlich. Vor ihm lag eine deutschsprachige Tageszeitung. Fremdsprachenkenntnisse brauchte sie also nicht, um mit ihm zu reden.

Susanna holte tief Luft, umklammerte die Plastikeule in ihrer Hosentasche und wagte dann den ersten Satz. „Sind Sie auch allein hier?"

Der Mann nickte schweigend und trank einen Schluck.

Nicht aufgeben, dachte Susanna, immerhin hat er sich bewegt. „Ich komme aus München, und Sie?"

„Pirmasens. Ursprünglich Nordsee. Jetzt Pirmasens", sagte der Mann lakonisch. Diesmal drehte er den Kopf und musterte Susanna, als wäre sie ein fremdartiges Tier, von dem er nicht wusste, ob es gefährlich wäre oder sich eventuell als Braten eignete.

Für Susanna war Pirmasens ein schwarzes Loch am äußersten Ende des Weltalls, ferner als alles, was *Raumschiff Enterprise* jemals angesteuert hatte. „Erzählen Sie mir was über Pirmasens", verlangte sie.

„Perle des Pfälzerwaldes, heißt es immer, und an dessen Rand gelegen. Ziemlich mickrige Perle, wenn Sie mich fragen. Man muss nichts über Pirmasens wissen. Kennen Sie die Gegend?"

Rand stimmte also immerhin, wenn auch nicht des Weltalls, dachte Susanna. „Nein", sagte sie. Wortkarg sein konnte sie genauso gut.

„Wein, Saumagen, Bundeskanzler. Des Pfälzerwalds Exportartikel."

„Mmh." Je weniger sie sagte, desto mehr schien er aufzutauen. Das war einfacher als vermutet.

„Es ist schön im Pfälzerwald. Man kann wandern, meilenweit. Ohne jemandem zu begegnen."

„Das Gegenteil von Ibiza."

„So ungefähr." Der Mann trank wieder einen Schluck und blickte missbilligend nach draußen, wo gerade eine Gruppe lärmender Jugendlicher mehrere Tische belegte und die Bedienung zur Verzweiflung trieb.

„Ich fühle mich zu alt für diese Insel", bekannte Susanna in einem Anfall von Wahrheitsliebe.

„Ach nee. Und warum sind Sie dann hier?", fragte der Mann nun plötzlich interessiert.

Susanna zuckte mit den Schultern. „Zufall. Das Reisebüro hatte hier noch einen Platz frei."

„Na, dann prost! Muss wohl der gleiche Anbieter gewesen sein."

Susanna lachte zum ersten Mal, seit sie auf der Insel war. „Ich heiße übrigens Susanna", sagte sie.

„Anton." Der Mann erwiderte ihr Lächeln.

„Prost, Anton." Susanna hob ihr Glas. „Seltener Name. Und nicht sehr friesisch."

„Meine Mutter hatte eine Vorliebe für Kästner. Sie war Deutschlehrerin. Deshalb Anton. *Pünktchen und Anton*, nach Kästners Jugendroman. Es gibt schlimmere Namensvettern."

Sie saßen schweigend noch eine Weile nebeneinander und tranken. Susanna fühlte sich besser. Antons Bierglas war als erstes leer, und er bestellte auch kein weiteres. „Morgen wieder hier?", fragte er, während er seine Rechnung beglich.

„Von mir aus." Susanna war froh über seinen Vorschlag. Nun hatte sie ein Ziel am Ende des Tages. Sie gab mehr Trinkgeld als gewöhnlich und ging nach Hause.

Am nächsten Abend saß Anton tatsächlich wieder an der Bar. Es war Susannas fünfter Tag auf Ibiza, und damit blieb ihr nur noch wenig Zeit, um eine Entscheidung zu treffen. Am siebten Abend ging ihr Rückflug.

Sie redeten über alles Mögliche. Das Wetter. Was sie den ganzen Tag über getan hatten, nämlich nicht viel. Die Unerträglichkeit der hormonstrotzenden Jugend und die Tücken des Älterwerdens. Ihre Berufe. Anton war freier Versicherungsmakler. „Ich verkaufe den Leuten die Illusion von Sicherheit, lebe also von einem gigantischen Betrug. Wenn etwas passiert, wollen meine Kunden, dass ein Mann mit einer Aktentasche kommt, den Schaden aufnimmt, und übermorgen ist alles so, wie es vorher war. Dabei ist das Unersetzliche nun einmal nicht versicherbar. Es brennt auch nicht."

„Wir handeln also beide mit Illusionen", sagte Susanna nachdenklich. „Schließlich gehen die Leute ins Kino, weil sie in eine Welt wollen, in der alles anders ist. Brutaler und hässlicher oder sanfter und freundlicher, das ist eigentlich egal. Hauptsache anders. Nicht so wie ihr Leben. Vielleicht färbt so was ab."

„Kann schon sein", sagte Anton.

„Haben Sie eigentlich Kinder?"

„Zwei." Anton drehte an seinem Ehering herum. „Tolle Frau, tolle Kids. Aber einmal im Jahr muss ich raus, meine Ruhe haben und machen, was ich will. Wenigstens eine Woche lang. Das haben wir so vereinbart. Wir sind tolerant." Er grinste, und plötzlich lag etwas Anzügliches in seinem Blick.

Susanna hätte Anton derartige Freizügigkeit nicht zugetraut. Nun ärgerte sie sich über sich selbst. Wahrscheinlich betrachtete er sie ab sofort als Urlaubsabenteuer. Das Sahnehäubchen seiner Ferienwoche. Ein abwechslungsgeiler Ehemann war wirklich das Letzte, was sie brauchte. Für so etwas hatte sie keine Zeit. Von Lust ganz zu schweigen. Susanna verabschiedete sich abrupt und dachte, dass Karen sich jetzt vermutlich totlachen würde. Sie hielt nämlich Susannas Menschenkenntnis schon immer für unterdurchschnittlich.

„Kommst du morgen wieder?", fragte Anton, aber sie antwortete nicht.

Frustriert legte Susanna sich schlafen. Sie träumte von einem Brunnen, der die Form eines steil in den blauen Himmel über Ibiza ragenden Pimmels hatte. Aus diesem stieg unaufhörlich eine Fontäne auf, die sich dann in das Brunnenbecken ergoss. Und plötzlich erklang aus dem Off Christa Göbels Stimme: „Wenn Karen dich liebt, bleibt sie auch mit dir zusammen, wenn du schwanger bist!"

Susanna erwachte schweißgebadet. Plötzlich wusste sie, was sie tun würde. Und dafür war ein notgeiler Eheurlauber genau der Richtige. Auch der Zeitpunkt war günstig. Allerdings bezweifelte Susanna, ob sie die Chance nicht bereits verspielt hatte, als sie so abrupt verschwunden war. Andererseits, Anton hatte gefragt, ob sie wiederkäme.

Susanna setzte sich vor den Spiegel und unterzog ihren Körper einer detaillierten Inspektion. Auf ihrer Stirn entdeckte sie die eine oder andere Falte. Um ihre Mundwinkel zeigte sich ein leicht resignierter Zug, der sie fast untrüglich als Spezies über dreißig auswies. Aber jünger schätzte sie Anton bestimmt sowieso nicht. Dann gab es da noch den kleinen Speckring um die Taille. Und Krähenfüße um die Augen gleich massenweise. Egal. Mit Anton konnte sie bestens mithalten.

Als nächstes musterte sie ihre Oberschenkel. Von jugendlicher Frische keine Spur. Susanna fragte sich, ob sie etwa Zellulitis habe, wusste aber keine Antwort.

Dann entledigte sich Susanna ihres Oberteils. Befriedigt stellte sie fest, dass ihre Brüste auch ohne BH noch eine sehr appetitliche Form hatten und dass ihre Haut glatt war. Nach einem letzten kurzen Blick auf ihr Hinterteil, für den sie sich beinahe den Rücken verrenkt hätte, gab sich Susanna als Gesamtnote eine Drei minus und ärgerte sich gleichzeitig darüber, dass sie sich wider besseres Wissen an den vermuteten Schönheitsidealen eines seinerseits absolut nicht schönen Mannes maß.

„Was meinst du, Tusnelda, kriege ich ihn rum?", fragte sie zum Tisch hinüber, auf dem ihr Talisman vor sich hindöste. Die Eule reagierte nicht, was Susanna wie üblich als Zustimmung interpretierte.

Inzwischen war es Spätnachmittag. Susanna badete ausgiebig. Sie entschied sich für ein eng anliegendes weißes Top und eine schwarze Jeans, die ihre Figur vorteilhaft betonten. Bei Sonnenuntergang brach sie auf.

Auf dem Weg zur Bar fragte Susanna sich, ob Anton überhaupt dort sein würde. Aber die Sorge war unbegründet. Er saß schon da, auf demselben Barhocker, auf dem er auch gestern gesessen hatte. Wie das Denkmal des einsamen Trinkers, dachte Susanna. Ihr fiel ein Stein vom Herzen.

„Also doch!", sagte Anton lächelnd, als er sie erblickte. „Wie geht es uns heute, schöne Frau?"

„Jetzt noch viel besser", säuselte Susanna, und das stimmte sogar.

Anton bestellte ihr ein Bier. Bisher hatte Susanna immer selbst gezahlt. Aber heute galten die Regeln des klassischen Balzrituals, nicht die der autonomen Frauenbewegung.

Sie redeten nicht viel an diesem Abend. Über der Bar lief der Fernseher; sie starrten hinein und machten ab und zu eine Bemerkung zum Programm. Irgendwann legte Anton seine Hand auf Susannas Bein. Susanna freute sich über den Fortschritt. Er hatte verstanden und spielte mit. Nun folgte der nächste Zug: Sie rückten näher zusammen, Susanna lächelte ihn auffordernd an, und irgendwann küsste er sie endlich. Gegen zehn drängte Anton zum Aufbruch in sein Hotel. Es war so hässlich wie ihres, lag aber auf der anderen Seite des Ortes.

Einmal angekommen, vergeudeten die beiden keine Zeit, schließlich wussten sie, wozu sie hergekommen waren. Anton drückte Susanna an sich und schob sie in Richtung Bett. Susanna heuchelte Begeisterung, um ihn anzustacheln.

Sie zogen sich hastig aus, und Susanna verschwand auf die Toilette. Als sie zurückkehrte, war Anton gerade dabei, ein Präservativ überzuziehen.

Susanna erschrak. Das würde ihre Pläne komplett zunichte machen. „Ich mache es aber lieber ohne", sagte sie zuckersüß. „Du doch sicher auch?"

Anton warf ihr einen unergründlichen Blick zu. „Nein", sagte er dann.

Susanna beobachtete besorgt, dass seine Erektion sich etwas abschwächte.

„Ohne fühlt sich doch viel besser an!", setzte Susanna nach, verfehlte aber die angestrebte Wirkung.

„Und es ist auch viel gefährlicher, nicht wahr? Oder sollte ich sagen, nützlicher?", orakelte Anton düster. Er schien nun gar nicht mehr lüstern zu sein, sogar ein bisschen wütend. Seine Erektion war fast verschwunden. „Was ist zum Beispiel, wenn ich HIV-positiv bin? Oder dir ein Kind mache? Oder verhütest du etwa? So als Lesbe?"

Susanna starrte Anton mit großen Augen an. Plötzlich hatte sie Angst. Woher wusste er, wie sie lebte?

„Hier, das ist dir beim Ausziehen aus der Tasche gefallen", sagte Anton leise und hielt Susanna ihre geöffnete Brieftasche hin. Obenauf steckte ein Foto: Karen und sie eng umschlungen an einer Mauer lehnend. Susanna hatte das Bild vor Jahren im Urlaub mit dem Selbstauslöser geschossen und trug es seitdem immer bei sich.

„Was willst du eigentlich von mir?", schnauzte Anton. „Ich interessiere dich doch überhaupt nicht, als Mann, meine ich."

Susanna stand nackt und schweigend mitten im Zimmer. *Game over*, dachte sie, griff nach ihrem Slip und zog ihn über.

„Du liebst diese Frau, stimmt's?" Anton deutete auf das Foto, auf dem Karen und sie glücklich aussahen. Glücklich, jung und verliebt.

„Sie heißt Karen", sagte Susanna trotzig.

Anton war aufgestanden und hatte sich vor ihr aufgebaut. „Liebst du sie? Sag schon."

Susanna nickte.

„Warum dann das hier?"

„Was geht dich das an? Leben wir im achtzehnten Jahrhundert? Vielleicht bin ich bi und wir haben eine offene Beziehung? Du fährst ja auch Frauen aufreißen nach Ibiza." Susanna hatte ihre Fassung wiedergefunden.

Anton schaute zu Boden. „Es geht mich natürlich nichts an. Ich meine nur."

„Ich habe dich aber nicht nach deiner Meinung gefragt."

„Das interessiert mich nicht. Warum willst du unbedingt dein Glück zerstören?" Es klang fast flehentlich.

„Warum willst du das überhaupt wissen? Warum können wir nicht einfach Sex haben, wie wir es ursprünglich vorhatten?"

Anton schwieg und musterte Susanna. Er sah traurig aus, aber auch entschlossen. „Weil auf der Welt auch so genug schief geht. Ich habe keine Lust, noch mehr kaputtzumachen."

„Ich will doch nur ein Kind", sagte Susanna leise.

„Ich weiß. Aber ohne Liebe ist alles nichts. Auch ein Kind nicht. Nicht das, was es sein könnte, jedenfalls."

„Ach ja?", höhnte Susanna wütend. „Tolle Frau. Tolle Kinder. Toleranz. Da kann so eine Lesbe natürlich nicht mithalten."

Anton schluckte. „Was weißt du schon von mir! Aber gut, ich sage dir, was los ist. Vielleicht glaubst du mir dann wenigstens. Verheiratet und Kinder stimmt. Der Rest nicht."

Anton schlang die Arme um seinen nackten Oberkörper, als könnte er sich so schützen. „Ich wollte unbedingt Kinder, meine Frau nicht. Schließlich hat sie mitgemacht, meinetwegen, aber für sie hat es nie gestimmt. Unsere Gefühle sind daran kaputtgegangen. Ich fahre allein nach Ibiza. Oder sonst wohin, wo es einfach ist, jemanden zu finden. Was sie macht, weiß ich nicht. Mit mir schläft sie jedenfalls schon seit Jahren nicht mehr."

„Nie?"

„Nie. Wir regeln den Alltag, wir erziehen unsere Kinder, und wir können nicht auseinander. Eine Trennung würde uns finanziell ruinieren. Das ist alles. Weißt du jetzt genug?"

Susanna musste schlucken. Vielleicht war es doch keine gute Idee, ein Kind mit einem Fremden zu zeugen, jetzt und hier und ohne dass Karen es wusste. Vielleicht war es sogar ausgesprochener Schwachsinn, eine Ausgeburt ihres blödsinnigen Traums in der vorigen Nacht. Nein, ganz bestimmt. Es war der größte Schwachsinn, der ihr jemals eingefallen war, und ausgerechnet ein Fremder aus Pirmasens musste ihr das sagen. Sie schämte sich.

„Ich gehe jetzt wohl besser." Susanna wollte schnellstens in ihr winziges Hotelzimmer und sich vor der Welt verstecken.

„Mach's gut", sagte Anton tonlos.

Plötzlich tat er ihr Leid. Susanna ging auf Anton zu und legte ihre Hand auf seine stoppelige Wange. Es fühlte sich merkwürdig an. Sie hatte jahrzehntelang keinen Mann mehr so berührt. „Danke", sagte sie, „danke für ein paar ziemlich unbequeme Einsichten."

„Schon gut." Anton starrte an ihr vorbei zum Fenster hinaus. Vielleicht war er in Pirmasens, bei der Frau, die nichts mehr von ihm wissen wollte.

Susanna verließ Antons Hotelzimmer, ohne sich noch einmal umzudrehen.

Eine Karriere geht zu Ende

Zuerst war Karen einfach nur wütend. Mit geballten Fäusten starrte sie aus dem Wohnzimmerfenster auf ihre Lebenspartnerin hinab, die entschlossenen Schritts der U-Bahn-Station entgegenstrebte, um nach Ibiza zu fliegen.

Als Susanna außer Sichtweite war, lief Karen ziellos durch die Wohnung und zerrte so heftig an der Fledermaus über dem Sofa, dass die Gummischnur riss. Sie warf das hässliche Ding ins Hobbyzimmer, wo es zuerst am Kopf von Mr. Spock hängen blieb und dann auf den Hamsterkäfig fiel, der nach Spots Verschwinden ebenfalls im Hobbyraum gelandet war.

Karen fürchtete inzwischen ernsthaft, Susannas Kinderprojekt werde, wenn kein Wunder geschah, ihre Beziehung zerstören. Anscheinend hatte ihre Hinhaltetaktik das Gegenteil von dem bewirkt, was sie eigentlich anstrebte, nämlich schlicht und einfach so mit Susanna weiterzuleben wie bisher. Dachte Susanna am Ende schon über eine Trennung nach? Würde sie sich demnächst eine andere suchen, eine, die ebenfalls Kinder wollte oder vielleicht sogar schon hatte?

Karen blieb nachdenklich vor dem Telefon stehen. Sie musste raus hier, weg von all den Verwicklungen, irgendwohin, wo sie willkommen war und vielleicht auch um Rat fragen konnte. Einen Moment stand sie unschlüssig vor dem Apparat, dann griff sie nach dem Hörer und wählte die Nummer ihrer Mutter.

Nein, Frau Küppers hatte nichts dagegen, dass ihre Tochter auf einen Kurzbesuch bei ihr in Moers vorbeikam. Karen atmete auf. Für sie waren die seltenen Besuche zu Hause Entspannung pur und damit ganz das Gegenteil von

Susannas Heimfahrten. Frau Küppers lebte seit dem Tod ihres Mannes allein. Sie freute sich ohne Vorbehalte, wenn Karen kam, und sie hatte die seltene Gabe, Menschen so zu nehmen, wie sie nun einmal sind. Mit Karens Coming-out kam sie zurecht, ohne sich sehr aufzuregen. Und sie schien Karen deshalb auch die Richtige zu sein, um über das Kinderproblem zu sprechen. Ihre Mutter würde weder Susanna noch sie verurteilen oder zu bevormunden versuchen.

Karen beschloss, Sonntag loszufahren und bis Dienstag Urlaub zu nehmen. Sonst lohnte sich die lange Anreise bis fast in die Niederlande nicht. Am liebsten wäre sie sofort aufgebrochen, aber das ging nicht. Dynamo Pasing bestritt heute, am Samstagnachmittag, eine wichtige Partie: Ihr Team trat gegen den Tabellenführer an. Dynamo stand inzwischen auf Platz drei, und wenn sie dieses Spiel gewännen, winkte ihnen ein Aufstiegsplatz. Verlören sie, fielen sie unter Umständen auf den fünften Rang zurück. Dann wären die Aufstiegsträume für diese Saison wieder einmal ausgeträumt.

Karen runzelte die Stirn und griff nach einem ziemlich ausgeleierten Deuserband, an dem sie halbherzig herumzerrte. Sie war nicht in Form. Susannas Abreise hatte sie aus dem Tritt gebracht. Und das, während Heike Gellert nur darauf lauerte, endlich ihre Chance zu bekommen. Bisher betrachtete die Neue die Punktspiele noch von der Reservebank, aber wenn Karen Hella Traber enttäuschte, würde die Trainerin Heike Gellert sofort gegen sie einwechseln – darauf hätte sie sogar gewettet. Selbst wenn sie alles richtig machte, würde das irgendwann passieren, es war der unvermeidliche Lauf der Dinge. Aber sie könnte ihren Abstieg zur Nummer zwei hinauszögern, vielleicht wenigstens, bis sie aufgestiegen waren. Eine Saison lang wollte Karen Bundesliga-Mittelstürmerin sein. Darauf kam es ihr an.

In der halb depressiven, halb wütenden Stimmung vom Morgen würde sie allerdings kaum Tore schießen. Also legte sie das Deuserband Mr. Spock um den Hals und verordnete sich zur Belebung eine halbstündige Jogging-Runde durchs Viertel. Danach fühlte sie sich etwas besser. Gegen halb zwei wurde es Zeit, sich auf den Weg zu machen. Karen packte die Sporttasche und zog los.

Im Team wussten alle, worum es bei diesem Spiel ging. Statt des üblichen Gekichers herrschte in der Kabine gespanntes Schweigen, während sie sich die Trikots überstülpten und die Schuhe anzogen. Susan Sonderberg zerrte ihre Haare so fest zum Pferdeschwanz, als hinge der Sieg nur davon ab. Jessica spuckte auf die Sohlen ihrer Stollenschuhe, weil das angeblich Glück brachte.

Und Heike Gellert? Die Neue, beobachtete Karen, steckte einen roten Plastikelefanten in ihre Hosentasche. Wahrscheinlich DDR-Plaste, dachte Karen gehässig. Plaste und Elaste aus Schkopau. An dem Schild war sie in ihrer Kindheit oft genug vorbeigefahren. Als es die Mauer noch gab und dahinter sicher verschlossen Heike Gellert, ihre Rivalin.

„Alles herhören!", rief Hella Traber. „Ihr wisst, worum es heute geht! Strengt euch also an!"

Zustimmendes Gemurmel.

„Und jetzt das Dynamo-Pasing-Lied!", befahl die Trainerin.

Einige verdrehten die Augen. Seit dem letzten Trainerseminar waren bei Hella gruppendynamische Methoden angesagt. Hella Traber hatte dort ihre musikalische Ader entdeckt, und seitdem grölte das Team vor jedem Spiel befehlsgemäß ein von der Trainerin eigens dafür verfasstes Lied über die Heldentaten von Dynamo Pasing.

Hella Traber verstand zwar wenig von Metrik und Versmaß, fand aber ihr Werk durchaus gelungen. Der Refrain, so glaubte sie, stimme das Team kampfeslustig und schweißte es zusammen. Deshalb hatte sie den Zweizeiler gleich fünf Mal im Lied untergebracht.

Wir sind Dynamo Pasing, ho ho ho, wir spielen unsere Gegner ganz einfach k.o.!", grölten die Frauen durcheinander und rissen die Arme nach oben.

„Los, warmlaufen!", befahl Hella, nachdem auch Strophe fünf absolviert war. Aufgekratzt trabte ihr Team auf den Platz.

Draußen entdeckte Karen unter dem spärlichen Publikum Heike Gellerts Verlobten. Es ärgerte sie, dass er schon wieder da war. Wie immer, wenn sie spielten. Als wäre Heike bereits im Einsatz.

Susanna dagegen besuchte die Spiele von Dynamo Pasing nur selten. Und jetzt, dachte Karen säuerlich, liegt sie bestimmt mit einer anderen am Strand, statt mich in diesem entscheidenden Moment anzufeuern! Stechende Eifersucht durchfuhr sie.

Ausgerechnet auf dem Spielfeld über Susannas Befindlichkeit nachzugrübeln, half ihr sicher nicht. Karen verdrängte mühselig das Phantombild ihrer heftig flirtenden Freundin und versuchte, sich zu konzentrieren.

Die Gegnerinnen hatten Anstoß. Dynamo Pasing geriet sofort gehörig unter Druck, wehrte sich aber nach Kräften. Die Minuten vergingen unter dem Ansturm der gegnerischen Mannschaft quälend langsam.

Immerhin blieb es wegen der Pasinger Abwehr, die allen Attacken standhielt, vorläufig beim 0:0. Doch wenn die Pasinger Abwehrfrauen den Ball endlich weit in die gegnerische Hälfte schlugen, versackte er, statt im Tor zu landen. Das lag unter anderem an Karen, der Sturmspitze.

Die wischte sich den Schweiß aus dem Gesicht und schüttelte den Kopf. Sie erwischte die Bälle, die vor dem gegnerischen Strafraum ins Leere gingen, einfach nicht. Sie lief und lief, ohne dass es etwas bewirkte. Karen verfehlte unzählige Pässe der Außenstürmerinnen. Wenn sie den Ball endlich auf dem Fuß hatte, zog sie ihn am Tor vorbei. Und gab sie den Ball ab, landete er meistens bei der gegnerischen Abwehr, statt bei einer Spielerin des Pasinger Teams.

Sie war einfach nicht bei der Sache, so sehr sie sich auch bemühte. Immer wieder durchzogen trübe Gedankenfetzen ihr Gehirn wie Nebelbänke und lenkten sie ab. Gebetsmühlenartig fragte sie sich: Was macht Susanna auf Ibiza? Was wird geschehen, wenn sie zurückkommt? Und wird sie überhaupt zu mir zurückkommen?

Gerade flog wieder der Ball von rechts außen millimetergenau vor Karens Füße. Aber sie war nicht im richtigen Laufrhythmus. Und statt des Balls schwebte vor ihren Augen ein Bild, das sie geradezu wahnsinnig machte: Susanna, schon etwas braun gebrannt, am Strand mit einer südländischen Schönen. Sie bremste umständlich ab, schaute unschlüssig hin und her – und lenkte den Ball der Torhüterin direkt in die weit geöffneten Arme. Die Torfrau grinste breit, als sie den läppischen Schuss auffing.

Mona, die ihr den Pass zugeschoben hatte, rannte auf Karen zu und brüllte: „Menschenskind, reiß dich zusammen!" Dann sprintete sie zurück in die Hälfte von Dynamo Pasing, wo sich Ungutes zusammenbraute.

Diesmal stand die Pasinger Abwehr nicht, wahrscheinlich, weil alle damit gerechnet hatten, dass Karen ein Tor schießen würde. Aber das hatte sie nicht, und deshalb war sie plötzlich unglaublich wütend. Auf sich selbst, auf die anderen, auf ihre Gegnerinnen und dann auf die ganze Welt. Gründe gab es genug: Sie hatte mehrere glasklare Chancen verspielt. Susanna war einfach abgehauen. Alles lief schief. Und jetzt würden sie auch noch verlieren! Aber nicht, wenn sie es verhindern konnte, egal wie!

Beflügelt von Adrenalin und Aggressionen, fegte Karen mit riesigen Schritten über die Grenze ihres eigenen Strafraums. Dort kämpften drei Angreiferinnen gegen nur zwei Pasinger Abwehrspielerinnen. Sie näherte sich der Schlacht von hinten. Jetzt stand sie direkt hinter der Gegnerin, die nach einer freien Teamkollegin suchte, um sie anzuspielen.

Hinten rechts raste tatsächlich eine heran! Karen und die gegnerische Spielerin sahen sie gleichzeitig. Bekäme diese Frau den Ball, hätte sie freie Bahn. Ein Gewaltschuss aus der zweiten Reihe, und aus wäre es mit Pasings Aufstiegsträumen.

Karen entschied blitzschnell, dass nur noch rohe Gewalt ein Debakel verhindern konnte. Es war ihr sowieso gerade danach zumute, um sich zu schlagen. Das passte gut. Sie holte aus und trat der Gegnerin schräg vor ihr, bevor die den Ball abgeben konnte, von hinten in die Kniekehle. Die Frau schrie auf und sackte zusammen. Der Angriff war gestoppt.

Karen triumphierte: Gerettet! Aber dann rannten zwei Sanitäter auf den Platz und kümmerten sich um die wimmernde Frau, die gekrümmt auf dem Boden lag und blutete. Karen hörte, wie der eine murmelte: „Schöne Sauerei. Fleischwunde und Bänderriss. Das wär's für diese Saison."

Karen sah zu, wie die Verletzte mit schmerzverzerrtem Gesicht auf die Trage gelegt wurde. Quälende Scham überrollte sie. Was hatte sie bloß angerichtet! Sie, die sonst doch auf Fairness schwor! Eigentlich wollte sie sich entschuldigen. Aber noch nicht einmal das brachte sie fertig. Sie stand einfach nur da und schwieg. Als die Schiedsrichterin grimmig blickend auf sie zumarschierte, wusste Karen, was geschehen würde. Die Unparteiische musterte sie mit einem verächtlichen Blick und zückte die rote Karte. Karen trottete vom Spielfeld. Sie war beinahe erleichtert, vom Platz gestellt zu werden. Die Strafe besänftigte ihr tobendes schlechtes Gewissen.

Am Rand stiefelte Hella Traber außer sich hin und her, starrte ungläubig auf das Geschehen, gestikulierte wild und schrie etwas, das Karen nicht verstand. Die anderen Spielerinnen von Dynamo Pasing warfen Karen böse Blicke zu.

Einige der spärlichen Zuschauer pfiffen sie aus. Sie, die Mittelstürmerin des Heimvereins!

Dann musste sie tatenlos zusehen, wie die Torschützenkönigin der Gegnerinnen den Elfmeter seelenruhig im Netz versenkte. Es stand 1:0 für die anderen. Fünf Meter weiter saß Heike Gellert und musterte Karen mit einer Mischung aus Verachtung und Neugier, als wäre sie ein besonders ekliges Insekt. Jetzt hast du gewonnen, dachte Karen bitter. Am liebsten wäre sie im Boden versunken.

In der Halbzeitpause sprach niemand mit ihr. Sie verkroch sich auf die hinterste Bank der Umkleidekabine. Vorne diskutierte Hella mit den anderen die Strategie für die zweite Hälfte. Dynamo Pasing spielte jetzt zehn gegen elf und hatte einen Rückstand von einem Tor aufzuholen. Und Heike Gellert würde stürmen.

Tatsächlich schoss die Neue den Ball kurz vor Schluss aus zwanzig Meter Entfernung genau in die linke obere Ecke des gegnerischen Tors. Das Spiel endete 1:1. Heike wurde umarmt, geküsst und hochgehoben. Der Aufstieg war noch in Reichweite. Es gab Hoffnung. Aber nicht für Karen. Die schlang die Arme um sich, weil sie fror. Dabei schien ihr die Maisonne mitten ins Gesicht.

Karen fühlte sich schrecklich einsam. Sogar Jessica ließ sie im Stich. „Warum, verdammt, müssen alle leiden, nur weil du Liebeskummer hast!", murmelte sie im Vorbeigehen und verschwand.

Dann kam auch noch Hella Traber und baute sich vor ihr auf. Karen duckte sich, als erwartete sie Prügel. „Hast du dazu irgendwas zu sagen?", fragte die Trainerin. Karen schwieg. „Dann eben nicht. Von jetzt an ist Heike erste Wahl." Die Trainerin starrte ratlos auf ihre ehemalige Starstürmerin herunter. „Mensch, Karen! Was ist nur los mit dir?"

Aber diese Frage wollte Karen nicht beantworten. Gedemütigt schlich sie nach Hause. Sie wusste, sie würde Heike

Gellert nun nie mehr einholen. Die Neue war einfach besser, ein echter Profi eben. Während ich immer nur so tue als ob, dachte Karen niedergeschlagen, um mich dann ausgerechnet im wichtigsten Moment von eifersüchtigen Halluzinationen aus der Bahn werfen zu lassen.

Zu Hause verdämmerte sie Stunden vor dem Fernseher und ging dann ins Bett. Obwohl sie sich einbildete, nicht müde zu sein, schlief sie sofort ein. Kurz nach Sonnenaufgang packte sie ein paar Sachen in das winzige Gepäckfach ihres Motorrads und fuhr los. Am Spätnachmittag erreichte sie Moers, wo ihre Mutter ein kleines Ziegelhaus bewohnte.

Karen umarmte ihre Mutter. Gierig sog sie den Duft nach Kaffee und selbst gebackenem Kuchen ein, der typisch war für zu Hause.

„Rührkuchen", sagte Frau Küppers, „den magst du doch!" Sie lud Karen drei Stück auf den Teller und musterte ihre Tochter besorgt. Sie hatte Ringe unter den Augen und sah bleich aus.

„Wie geht es Susanna?", fragte sie dann.

„Susanna ist weg", sagte Karen leise.

„Verreist? Geschäftlich?"

„Nein. Für eine Woche nach Ibiza. Zum Nachdenken, sagt sie."

„Und du fährst stattdessen lieber quer durch Deutschland zu deiner alten Mutter?" Frau Küppers warf ihrer Tochter einen misstrauischen Blick zu.

„Sie hat mich nicht gefragt, ob ich mitkomme."

„Es ist doch alles in Ordnung bei euch?"

„Ich weiß nicht", log Karen.

„Ich weiß nicht, ich weiß nicht!" Frau Küppers Stimme kippte eine Tonlage nach oben vor Aufregung. „Du wirst doch wissen, ob du dich mit Susanna gestritten hast!"

Plötzlich war Karen nur noch ein heulendes Häufchen Elend. Erschrocken setzte sich Frau Küppers neben sie und nahm sie in den Arm. Dann berichtete Karen stockend, was geschehen war – von Susannas Kinderwunsch bis zum Platzverweis.

Frau Küppers hörte aufmerksam zu. Sie war immer davon ausgegangen, dass es in lesbischen Beziehungen fairer zuging als in heterosexuellen. Schließlich ging es dabei um zwei Frauen. Da musste man, so glaubte sie, wenigstens nicht um den Abwasch streiten. Aber sie verstand ja nicht wirklich etwas davon, obwohl ihr Karen das eine oder andere erzählt hatte.

„Meinst du, ich kann Susanna davon abbringen?", fragte Karen.

Frau Küppers schüttelte den Kopf. „Wenn sie unbedingt ein Kind will, wenn das wirklich ihre erste Wahl ist, wird sie auch eins kriegen. Mit dir oder ohne dich."

Karen starrte auf den Tisch. „Also kann ich nur mitspielen oder sie verlieren?"

„Das weiß ich nicht. Es kommt drauf an, wie dringend es für sie ist. Was du für sie bedeutest. Und sie für dich. Aber warum willst du eigentlich kein Kind?"

Karen zuckte mit den Schultern. „Ich habe das einfach nie eingeplant. Neben Arbeit und Fußball ist dafür kein Platz in meinem Leben, glaube ich. Und finanziell könnte es eng werden. Aber der Fußball fällt nun ja weg."

„Nur wegen der Sache mit dem Platzverweis? Weil du mal nicht die Nummer eins bist?"

Karen starrte auf den Tisch und schüttelte den Kopf. „Nein. Ich bin zu alt. Und ich glaube, ich habe einfach keine Lust mehr zuzugucken, wie eine nach der anderen mich überrundet. Das habe ich durch diese Sache kapiert."

„Schade eigentlich. Ich hätte dich gern im Fernsehen als deutsche Meisterin gesehen."

„Nett, dass du das sagst. Ich mich auch. Aber die Kindergeschichte ... was meinst du denn nun dazu?"

„Ich meine gar nichts", wehrte Frau Küppers ab. „Ihr seid doch erwachsene Frauen. Das ist ganz allein eure Angelegenheit. Nur eines: Am Geld sollte es nicht scheitern, wenn sonst alles klar ist. Das kriegt ihr schon hin."

„Meinst du?", fragte Karen unsicher.

„Ja. Meine ich." Frau Küppers tätschelte den Rücken ihrer Tochter. „Noch Kuchen?"

Am Dienstag fuhr Karen wieder zurück. Bevor sie auf das Motorrad stieg, lieh sie sich von ihrer Mutter eine Schere und schnitt den kleinen Plastikball mit der Aufschrift Dynamo Pasing vom Lenker. Er kullerte zu Boden, und Karen versenkte ihn mit einem gezielten Tritt im nächsten Gully. „Das war also das", sagte sie. Während sie Richtung München brauste, dachte sie darüber nach, was ihr wirklich etwas bedeutete.

Wichtig war ihr zum Beispiel ihre Arbeit. Bisher hatte man davon allerdings nichts gemerkt, weil sie immer Fußball als ihre eigentliche Aufgabe betrachtet hatte; nur so konnte sie das Call Center ertragen. Aber nun gab es keinen Fußball mehr, und infolgedessen würde sie auch eine neue Arbeit brauchen. Nicht sofort, aber über kurz oder lang. Sie seufzte. Wenigstens darüber würde Susanna entzückt sein. Sie konnte den Job noch nie leiden, weil sie Karen für unterfordert hielt.

Überhaupt, Susanna. Karen vermisste sie heftig. Wie sollte sie es jemals ertragen, ganz ohne sie zu leben? Würde sie, Karen, am Ende doch eine passable Co-Mutter abgeben? Oder vielleicht sogar Spaß an so einem Winzling haben? Karen lief beim Gedanken an Susannas potenzielle Mutterschaft und ihre Rolle dabei ein Schauder über den Rücken. Von der Mittelstürmerin zur Co-Mutter! Ihre Traumkarriere war das ganz entschieden nicht.

Aber vielleicht hatte Susanna ja bereits alles entschieden. Vielleicht würde sie nach der Rückkehr von Ibiza nur noch ihre Koffer packen und dann verschwinden. Nein, das durfte nicht sein!

Susanna zu verlieren, schlussfolgerte sie, wäre letzten Endes schlimmer für sie, als mit Susanna ein Kind aufzuziehen. Zumal es nicht wirklich auszuschließen war, dass tatsächlich auch sie mit der Zeit Freude daran hätte. Sie wusste es einfach nicht. Man musste es wohl ausprobieren, um das herauszufinden.

An dem Tag, an dem Susanna zurückkehren wollte, war Karen finsterster Stimmung. Aus purer Verzweiflung putzte sie die komplette Wohnung und staubte sogar die scheußliche Gummitarantel am Spiegel und den Saurier auf dem Nachttisch ab, die sie eigentlich noch nie leiden konnte. Dann kaufte sie einen Strauß Frühlingsblumen und stellte ihn im Wohnzimmer auf.

Am frühen Nachmittag hielt Karen die Warterei nicht mehr aus. Sie erkundigte sich telefonisch nach eingehenden Flügen von Ibiza und entschloss sich, Susanna abzuholen. So musste sie wenigstens nicht wie auf heißen Kohlen in der Wohnung herumsitzen. Sie nahm die S-Bahn, weil sie sich zu zittrig fühlte, um mit dem Smart zu fahren. Pünktlich zur Ankunft der Nachmittagsmaschine wartete sie am Flugsteig.

Doch jedes Mal, wenn sich die Glastür zischend öffnete, die den offenen vom Kontrollbereich trennte, wurde Karen enttäuscht. Susanna kam nicht.

Also war Susanna in der Abendmaschine. Wenn sie überhaupt kam, sagte ein Teufel in ihrem Gehirn und jagte ihr damit einen höllischen Schrecken ein. Sie schickte ihn in die Wüste und ging Kaffee trinken. Als die Maschine endlich gelandet war, stellte Karen sich zuvorderst an die Absperrungen des Empfangsbereichs. Endlich, nach quälenden Minuten, sah sie Susannas Rotschopf aus der Menge leuchten. Karen atmete auf. Wenigstens war sie hier.

Susanna wirkte nicht erholt und entspannt, sondern eher angestrengt, registrierte Karen und setzte ihr liebstes Lächeln auf. Wenn das Spiel verloren war, wollte sie wenigstens eine gute Verliererin sein.

„Was machst du denn hier?", rief Susanna überrascht, als sie Karen winken sah.

„Dich abholen. Was sonst?"

Sekunden später lagen sie sich in den Armen.

„Schön, wieder zu Hause zu sein", sagte Susanna leise.

„Schön, dass du wieder bei mir bist!" Die Panik, die Karen den ganzen Tag umgetrieben hatte, legte sich. Die Fragen blieben, aber sie mussten warten. Schweigend ließen sich die beiden Frauen von den Rollbändern zur S-Bahn tragen, fuhren in die Stadt, stiegen die Treppen zur Wohnung hinauf.

Karen öffnete und zog Susanna an der Hand hinter sich her. Susanna konnte gerade noch die Wohnungstür hinter sich schließen, da spürte sie schon Karens Lippen auf ihren. Susanna presste Karen an sich und ließ sich zu Boden gleiten, den Rücken an die Wand gelehnt. Sie sog den Duft ihrer Haut ein, den sie so sehr liebte. Endlich, dachte sie.

Die beiden gingen nicht ins Schlafzimmer und zogen sich nur zur Hälfte aus. Sie trieben es einfach dort, auf dem Fußboden im Flur, und es störte sie auch nicht, dass sie laut wurden dabei, egal, wer gerade im Treppenhaus sein mochte. Sie hatten einiges nachzuholen. Sie liebten die Angst umeinander weg, rissen die Mauern ein, die sie um sich gebaut hatten. Sie nahmen einander mit jeder Pore wieder in Besitz.

Später lehnten sie ermattet an der Wand. Karen spielte mit Susannas schlanken Fingern. „Ich bin nicht mehr im Team", sagte sie beiläufig.

„Was ist passiert?" Susanna zog ihre Hand weg und musterte Karen aufmerksam.

„Die Traber hat mich aus der ersten Wahl geworfen. Weil ich beim letzten Spiel eine Gegnerin in die Kniekehle getreten habe und vom Platz gestellt wurde. Ich habe beschlossen, das war's."

„Warum? Du wolltest doch unbedingt aufsteigen!"

Karen zuckte mit den Schultern. „Jetzt will ich eben nicht mehr."

„Fußball war dir doch so wichtig. Ohne wirst du dich langweilen."

Karen schluckte. „Schon möglich. Aber ich glaube das nicht. Wir haben doch andere Pläne."

„Andere Pläne?"

„Dein Baby. Oder hast du das auf Ibiza ad acta gelegt?"

„Nein, oder vielleicht doch. Ich ... es geht nicht ohne dich", sagte Susanna leise. „Ich will es eigentlich nur mit dir, und wenn du nicht willst ..." Susanna schluckte.

Ehe Susanna den Satz vollenden konnte, sagte Karen: „Dann lieber mit mir."

„‚Dann lieber mit mir?' Hast du das eben wirklich gesagt?"

„Ja." Plötzlich zweifelte Karen nicht mehr. Sie wusste, was gerade zwischen ihnen geschah, war unwiderruflich.

„Und was ist mit deiner Freiheit? Den großen Motorradtouren? Den Abenteuern?"

Karen sah Susanna an. „Motorrad kann ich auch in der Umgebung fahren, das tue ich doch sowieso meistens. Und ansonsten glaube ich, diese Art von Freiheit bedeutet mir nicht mehr so viel. Es ist auch Freiheit, wenn wir uns entscheiden, gemeinsam ein Kind aufzuziehen. Ein vollkommen unbekanntes Abenteuer übrigens. Nicht mehr so zigarettenreklamemäßig. Einen neuen Job will ich auch."

Susanna sah Karen ungläubig an. Erst allmählich begriff sie, dass die es wirklich ernst meinte. „Wunderbar", sagte sie schließlich. „Eine größere Freude hättest du mir nicht machen können." Sie umarmten sich.

„Und ab morgen suchen wir einen Samenspender. Einen, der uns beiden gefällt", sagte Karen.

Auf Spermajagd

Susanna saß in der Straßenbahn und dachte über Sperma nach, was sie vorher noch nie getan hatte. Wirklich selten war das Zeug ja nicht. Bei über sechs Milliarden Menschen, von denen rund die Hälfte Männer sind, wohnten in der unmittelbaren Umgebung jeder Frau genug Spermaproduzenten.

Dennoch war es schwierig, an den Wundersaft heranzukommen, weil er unter den Menschen nicht gleich verteilt war: Heteropaare hatten eine zuverlässige Quelle direkt im Haus, den männlichen Partner nämlich. Aber nur, wenn seine Spermien gut genug waren. Und das waren sie angeblich oft genug nicht – weil die Männer auf Sitzwärmern im Auto hockten und Laptops auf dem Schoß trugen. Dadurch wurden ihre Hoden heiß und ihre Spermien lahm. Das wusste Susanna von einer früheren Kollegin, die ewig gebraucht hatte, bis sie schwanger war. Andererseits bekam heute kein Manager mehr beim Autofahren einen kalten Hintern, und die Vielbeschäftigten konnten auch unterwegs im Internet surfen. Wahrscheinlich war ihnen das wichtiger.

Aber Heteros kamen als Samenquelle sowieso nicht in erster Linie in Frage, fand Susanna. Die andere Möglichkeit waren Schwule. Sie schwammen geradezu in Sperma, nutzten es aber ausschließlich zu luststeigernden Zwecken. Deshalb war es ihnen wahrscheinlich egal, wie viele bewegliche Spermien sich darin tummelten. Sie konnten es sich leisten, die Ressource unbesorgt zu verschwenden.

Und wir, die Lesben?, dachte Susanna. Wir leben in einer spermafreien Zone. Das bemerkte man aber eigentlich gar nicht. Ein leerer Kühlschrank war schlimmer. Nur wenn man sich vermehren wollte, wie Karen und sie jetzt, wurde der sonst durchaus wohlige Zustand plötzlich zum Problem.

Susanna seufzte. Von der vielgepriesenen modernen Medizin erwartete sie hier kaum Abhilfe. In Deutschland wurden Lesbenpaare von den Samenbanken nicht bedient. Die Hetero-Doktoren hierzulande wollten anscheinend keiner Frau helfen, die sich für ein männerloses Leben entschieden hatte.

Außerdem fand Susanna Samenbanken sowieso widerlich, sie erinnerten sie an ihre Kindheit neben dem Bauernhof, als einmal jährlich der Besamer zu Landwirt Huber kam. In dessen Spritze steckten Spermien, die der Bauer aus einem Katalog ausgesucht hatte. Seine Kühe warfen immer nur Traumkälber vom selben Superbullen. Ich will aber kein Hochleistungsbalg, sondern ein ganz normales Kind, dachte Susanna.

Aber das war schließlich nicht der einzige Weg. Wir Lesben sind hartnäckig, dachte Susanna. Wir lassen uns nicht einschüchtern, nur weil die Gesellschaft dagegen ist, dass wir uns vermehren. Es war geradezu pervers, überlegte sie weiter. Alles schrie nach Kindern, aber unsere wollen die Heteros nicht. Wahrscheinlich aus Angst, dass sie alle lesbisch oder schwul werden oder neurotisch. Auch das war hirnrissiger Blödsinn. Susanna kannte alle Studien diesbezüglich – die meisten stammten aus den USA –, man konnte sie im Internet finden, wenn man lang genug suchte. Sie grinste. Immerhin gab es Gruppen wie die Lesbenmütter, die mit Rat und Tat halfen.

Susanna war inzwischen beim Gruppentreffen angekommen. „Karen macht jetzt mit", verkündete sie stolz und strahlte in die Runde.

„Na also!", „Endlich!", „Herzlichen Glückwunsch!", erklang es von allen Seiten.

„Nur, wo kriegen wir das Sperma her?", fragte Susanna in die Runde. Leider waren die Ideen der Frauen weitaus weniger einfallsreich, als sie gehofft hatte.

„Geh doch zu einer Samenbank", riet Dora.

„In Holland vollkommen problemlos", fügte Jule Jochems hinzu. „Und durchaus bezahlbar."

„Wenn der Samen nicht im Zoll hängen bleibt und vergammelt wie meine Lieferung!", warf Sibylle Mandl ein, deren Bauch sich mittlerweile schon sichtbar rundete. „Sie haben den transportablen Trockeneisbehälter geöffnet und falsch wieder verschlossen. Ich empfehle inzwischen nur noch deinen Lieblingsschwulen."

„Damit viel Vergnügen! Du wirst staunen, wie schnell dein schwuler Bekanntenkreis schrumpft, sobald du die Samenfrage stellst", winkte Jule indigniert ab. Und der ist ohnehin eher winzig, dachte Susanna stumm.

„Da ist das Internet ja noch besser. Oder eine Anzeige in der Zeitung", stimmte Geli Zimmerer, die Co-Mutter von Anthony, bei. „Aber eine Samenbank ist eindeutig die beste Methode. Da bleiben dir unangenehme Überraschungen erspart." Geli war so durchdrungen von Begeisterung, dass sie in einem Samenbank-Werbespot hätte mitspielen können.

„Die nehmen nämlich nur erstklassige Spender. Sozusagen mit Prüfsiegel. Wir konnten uns am Ende kaum entscheiden: zwischen einem Doktor der Physik, dessen Hobbys Reiten und Extremklettern waren, und einem sehr erfolgreichen Anwalt mit fünf Fremdsprachen, der auch noch Cello spielte", berichtete Geli und schaute zu Jule hinüber.

„Und? Wen habt ihr genommen?", fragte Sibylle.

„Keinen von beiden. Einen Triathleten, wegen Gesundheit und Ausdauer. Er ist Sportlehrer."

Vor Susannas innerem Auge tauchte einen Moment Bauer Huber auf, der mit abwägendem Blick in den Samenkatalog starrte, ehe er seine Portion bestellte. „Samenbank kommt für mich nicht in Frage", winkte sie entschieden ab. „Ich bin doch keine Zuchtkuh!"

Empörtes Gemurmel erhob sich, aber Susanna blieb bei ihrer Meinung. Es schauderte sie, wenn sie daran dachte, zusammen mit Karen die Fotos, Lebensläufe und andere Daten ihr vollkommen unbekannter Männer zu prüfen, um herauszubekommen, welcher das optimale Erbgut für ihren Nachwuchs hätte.

„Ich weiß überhaupt nicht, was du willst. Bei mir hat es prima geklappt. Der Vater ist sogar bereit, Marla irgendwann einmal kennen zu lernen", bemerkte Dora Steffens schließlich leicht verärgert.

„Hoffentlich bekommt das arme Kind dann keinen Schreck!", giftete Susanna.

„Dafür entschuldigst du dich jetzt sofort!", fuhr Dora auf.

„Entschuldigung", sagte Susanna halbherzig.

Dora warf ihr einen empörten Blick zu, gab sich aber zufrieden.

„Bei mir war's der Nachbar. Er weiß es nur nicht, es ist ja nur ein Mal passiert. Im Übrigen ist er längst ausgezogen", sagte Sabine Semmler und grinste Angela an.

Na also, dachte Susanna. Es geht auch anders. Beruhigt lehnte sie sich zurück. Außerdem teilte Karen ihre Meinung: „Ich finde, das Kind sollte von jemandem abstammen, den wir beide wenigstens etwas mögen", hatte sie gestern erst gesagt.

Karen und sie einigten sich darauf, zunächst unter ihren Bekannten nach einem Spender zu suchen. An einem Abend kurz darauf schrieben die beiden eine Liste möglicher Spermaspender. Sie fiel jämmerlich kurz aus.

„Eindeutig Männer-Mangelsyndrom", seufzte Karen und drückte ihren Handtrainer zusammen. Sie hatte ein Bewegungsdefizit, seit sie nicht mehr Fußball spielte, und konnte deshalb kaum auf einem Stuhl sitzen, ohne wenigstens mit den Händen irgendein Fitnessgerät zu betätigen.

„Unsinn!", widersprach Susanna. „Uns fehlen nicht Männer, sondern nur Sperma, dessen Produktion sie monopolisiert haben. Ein Treppenwitz der Biologie, sozusagen." Sie kaute nachdenklich auf ihrem Bleistift. „Warum sind wir eigentlich keine Dickmaulrüssler? Das ist zwar nur ein Pflanzenschädling, aber er kann sich ohne Männchen fortpflanzen. Oder Schnecken! Wenn wir Schnecken wären, dann wäre auch alles viel einfacher. Die Schnecke ist nämlich ein Zwitter."

„Wir sind aber weder Dickmaulrüssler noch Schnecken!", bemerkte Karen trocken und presste den Handtrainer bis zum Anschlag. „Wen fragen wir nun zuerst?"

Susanna betrachtete die Liste. Ganz oben stand Tim, Karens Studienfreund. Dann folgte Paul Schwarz, Jessicas Bruder, den sie über Jessica flüchtig kannten und, gemessen an anderen Hetero-Männern, nett fanden. Schließlich noch Mario, der schwule Kollege Susannas. Und das war auch schon alles.

„Warum bloß sind wir nicht im schwul-lesbischen Sportverein?" Susanna starrte träumerisch in die Luft. „Da wimmelt es von Schwulen, und unsere Liste sähe garantiert anders aus."

„Weil du Sport im Verein schrecklich findest. Schon vergessen? Und tanzen wollte ich nicht, weil mir beim Wiener Walzer immer schwindelig wird. Wir haben alle Chancen verpasst, schwule Bekannte zu sammeln."

Susanna sah Karen tadelnd an. „Na und? Woher sollten wir wissen, dass wir darauf eines Tages vielleicht angewiesen sein würden? Wir könnten übrigens auch meinen Bruder fragen, aber dann müsstest du das Kind austragen."

„Ich?" Karen schüttelte den Kopf. „Kommt nicht in Frage!"

„Das hatte ich schon befürchtet."

„Oder wir adoptieren ein Kind", konterte Karen schnippisch. „Dann brauchen wir nämlich gar kein Sperma, und vielleicht auch keine Babywindeln."

Susanna blitzte sie an. „Adoptieren? In Deutschland? Du spinnst wohl! Wir sind schließlich weder berühmt wie Patrick Lindner noch pflegeerfahrene Sozialpädagoginnen. Kannst du mir also verraten, woher wir ein Adoptivkind bekommen sollen? Außerdem hasse ich es, wenn Amtsträger in meinem Privatleben herumschnüffeln!" Zwischen Susannas Augen zeigte sich eine Zornesfalte.

„Schon gut! War ja nur eine Idee. Wen also zuerst?"

Susanna klopfte mit dem Finger auf Tims Namen.

Tim hatte sich seit Weihnachten, als er nach dem verlorenen Hamster suchen musste, nicht mehr blicken lassen. Inzwischen war schon Mitte Juni. „Wahrscheinlich wieder eine verkrachte Liebesgeschichte", mutmaßte Karen.

„Wahrscheinlich bist du ihm so auf die Nerven gefallen, dass er dir jetzt aus dem Weg geht!"

Karen zog einen Schmollmund. „Oder deine Horrortiere stören ihn, und er kommt deshalb nicht mehr. Er ist doch irgendwie zart besaitet."

Die beiden luden Tim telefonisch für den kommenden Samstagabend zum Essen ein, um ihn einzuweihen.

„Ist die Staatstrauer um den Hamster endlich beendet?", fragte er.

„Ja. Nur der Käfig steht noch im Hobbyraum. Du brauchst keine Angst zu haben, dass ich dich wieder in die Sofaritze scheuche", versprach Karen.

„Dann komme ich gern", sagte Tim.

Ihr Freund hatte sich verändert, jedenfalls äußerlich, registrierte Karen, als Tim die Treppe hinaufstieg. Er hatte sich die Haare kurz schneiden lassen und trug eine Jacke, die zu Karens größter Verwunderung in etwa dem gerade modischen Schnitt entsprach.

„Du siehst ja richtig gut aus!", staunte sie.

Tim verzog den Mund zu einem schiefen Lächeln. „Du tust gerade so, als wäre ich früher in Kartoffelsäcken und Müllbeuteln herumgelaufen! Aber es gibt tatsächlich Neuigkeiten."

„Heraus mit der Sprache! Wer ist es diesmal?" Karen knuffte Tim in die Seite. Doch Tim begrüßte zuerst Susanna und warf einen tiefen Blick in den Nudeltopf. Es gab Spaghetti mit selbst zubereitetem Pesto, Susannas Spezialität.

Als die Schüsseln auf dem Tisch dampften, verkündete Tim: „Ich habe mich verliebt!"

Karen warf Susanna einen viel sagenden Blick zu.

„Und wer ist die Dame diesmal?", fragte Susanna neugierig.

„Es ist keine Dame."

„Tu nicht so geheimnisvoll! Doch nicht etwa wieder ein Schulmädchen!" Karen konnte sich noch gut an Tims letzte unglückselige Geschichte erinnern. Die Eltern seiner siebzehnjährigen Freundin hatten Tim aus dem Haus geworfen, weil sie ihn für zu reif für ihre Tochter hielten. Davor hatte er eine Beziehung zu einer verheirateten Frau, die am Ende zu ihrem Mann zurückkehrte, und so weiter und so fort. Er hatte für Frauen einfach kein Händchen.

Tim lächelte in sich hinein. „Nein. Ganz und gar nicht. Es ist ein Kerl. Na, was sagt ihr nun?"

Karen und Susanna schwiegen betroffen. Für Spermasucherinnen war Tims Nachricht nicht per se eine gute. Schwule im Coming-out, besonders, wenn sie schon über dreißig waren wie Tim, fanden es bestimmt weitaus reizvoller, sich in Saunas, Discos und Open-Air-Cruising-Areas zu verausgaben, als ihr Sperma zwei Lesben zu Vermehrungszwecken zu spenden.

Tim blickte perplex von einer zur anderen. „Ja, freut ihr euch denn nicht? Wo bleibt euer Jubel? Die Willkommensgrüße? Ich bin jetzt einer von euch, ihr trüben Tassen! Ich entdecke einen neuen Kontinent! Die queere Welt!"

„Natürlich freuen wir uns!" Karen lächelte halbherzig. „Es kommt nur so … überraschend. Und was für ein Typ ist es?" Sie hoffte, der Lover wäre vielleicht kinderlieb, was ihre Chancen eventuell erhöht hätte.

„Er sieht super aus! Ein richtiger Partytyp, und von Treue hält er nicht viel. Ehrlich gesagt, finde ich das im Moment gerade richtig für mich. Wo es doch so viel zu erforschen gibt."

„Wie heißt er denn?", fragte Susanna zaghaft.

„Torsten. Torsten ohne H. Das ist ihm wichtig. Timm schreibe ich ab sofort übrigens mit zwei M. Damit es nicht so allerweltsmäßig aussieht."

„Aha. Mit zwei M also." Karen kaute mechanisch auf ihren Spaghetti herum und grübelte darüber nach, wie sehr sich Timm in so kurzer Zeit verändert hatte und was das für das Kinderprojekt bedeutete. Tief in Gedanken sagte sie: „Meinst du, dieser Torsten würde eventuell auch Samen spenden?"

Timms Gesicht verzog sich zu einem einzigen großen Fragezeichen. „Wieso sollte Torsten Samen spenden? Und wem überhaupt?"

Karen errötete, aber nun war es zu spät.

Susanna warf Karen einen entsetzten Blick zu. Dann bemühte sie sich hektisch, die Dinge klar zu stellen. „Natürlich meinen wir nicht Torsten. Wir haben ihn ja noch nicht mal kennen gelernt. Es geht um dich. Wir wollten dich um ein paar Tropfen Sperma bitten. Wir wollen nämlich gern ein Kind."

„Und weil du unser Freund bist, haben wir als Erstes an dich gedacht", fügte Karen hinzu. „Jetzt sogar unser schwuler Freund."

„Du musst dich ja nicht sofort entscheiden", säuselte Susanna.

Timm schluckte und stocherte in den Nudelresten auf seinem Teller. Dann holte er tief Luft und sagte: „Also, danke, es ist ja sehr nett, dass ihr an mich denkt bei dieser wichtigen Sache. Ein wirklicher Vertrauensbeweis."

Karen und Susanna schöpften Hoffnung.

Timm räusperte sich und drehte umständlich eine einzelne Nudel auf seine Gabel. „Aber wenn ich ehrlich bin, passt euer Projekt im Moment nicht in meinen neuen Lebensentwurf. Seht mal, ich bin im Moment wie Kolumbus. Auf Entdeckungsreise. Ich bin verliebt, und obendrein lerne ich jede Menge tolle Typen kennen. Und dann plötzlich so viel Verantwortung!"

Susanna gab nicht so schnell auf. Immerhin war Timm der Mann in der Pole-Position, der Michael Schumacher ihrer Sperma-Ralley. Da lohnte es sich zu kämpfen. „Kolumbus hätte auf seiner Weltreise sicher problemlos auf ein paar Tropfen Sperma verzichtet, meinst du nicht?", fragte sie aufmunternd. „Wir wollen das Kind ja allein erziehen und dich überhaupt nicht am Ausgehen hindern. Im Gegenteil. Wir wollen auch nicht dein Geld. Wir wollen nur dein Sperma."

„Trotzdem", beharrte Timm. „Ich bin schon vierunddreißig, und erst jetzt fängt mein neues Leben an! Ich habe also kaum noch Zeit. Jedenfalls fühle ich mich so."

„Wieso hast du plötzlich keine Zeit? Ich meine, die meisten werden doch achtzig oder so", fragte Karen besorgt. „Bist du krank?"

„Natürlich bin ich kerngesund. Aber wie lange noch! In ein paar Jahren wachsen mir wahrscheinlich die ersten grauen Haare. Ich werde Falten kriegen. Ich werde immer müder werden und mehr schlafen müssen. Hämorrhoiden, Hühneraugen, Hüftarthrose! Das ist meine Zukunft! Wo ich doch gerade erst richtig zu leben anfange! Nein, ich brauche noch ein paar wilde Jahre. Ihr könnt mich ja in zwei Jahren noch mal fragen. Oder besser in zehn."

„Ich wusste gar nicht, dass du Hypochonder bist", sagte Karen trocken.

Susanna schüttelte den Kopf. „Zehn Jahre? So lange kann ich nicht warten. Dann bin ich wahrscheinlich unfruchtbar."

„Ich meine ja nur. Ist doch nicht so schlimm, dass ich nicht will. Es gibt noch so viele andere Männer! Irgendeiner wird schon passen", sage Timm leichthin. „Ich drücke euch jedenfalls die Daumen!" Dann rülpste er leise. „Die Spaghetti waren übrigens prima!"

Als Nächstes versuchten sie es mit Jessicas Bruder. Paul Schwarz war Sozialpädagoge und Vater zweier Kinder. Also taugte er wenigstens im Prinzip zum Spender. Karen lud ihn zusammen mit Jessica zum Essen ein. Es gab wieder Spaghetti mit Pesto und als Nachtisch Eis mit heißen Himbeeren.

Der Abend verlief in aufgeräumter Stimmung. Zumindest bis zum Dessert. Paul schob sich gerade einen extra vollen Löffel der süßen Eis-Himbeer-Pampe in den Mund, als Susanna mit ihrer Anfrage herausrückte.

Paul Schwarz verschluckte sich. Er musste husten, rotweiße Soße triefte dabei aus seinem rechten Mundwinkel, und als er sich endlich wieder beruhigt hatte, lächelte er ein wenig melancholisch. Er habe absolut nichts gegen Samenspenden und lesbische Mütter, sagte er, und das klang sogar wahrhaftig. Nur habe er leider auch keinen Samen.

Jessica starrte fassungslos ihren Bruder an. „Aber wieso nicht? Du hast doch zwei Kinder. Sind die … ?"

„Natürlich sind die von mir. Ich habe mich nach Matthias' Geburt sterilisieren lassen. Ich wollte nicht, dass meine

Frau jahrelang Hormone schlucken muss. Das müsste euch frauenbewegten Frauen doch einleuchten!" Er blickte Beifall heischend in die Runde.

Karen und Susanna nickten betreten. Ja, das leuchtete ihnen natürlich ein. Pauls Entscheidung zeugte von seiner wahrhaft emanzipierten Gesinnung. Nur nützte die ihnen rein gar nichts.

Jessica war wütend. „Du – sterilisiert?", fragte sie. „Und sagst kein Wort? Noch nicht mal mir, deiner Schwester?"

„Weil es dich nichts angeht", erwiderte Paul. „Ulrike und ich haben es überhaupt niemandem erzählt. Die Ärzte sagen übrigens, es sei gegebenenfalls reparabel. Aber nur um zwei Freundinnen von dir, Jessica, die ich – entschuldigt – doch relativ flüchtig kenne, Samen zu spenden, wäre mir das zu aufwändig."

Dann angelte er weiter seelenruhig Himbeeren aus dem Eis, als wäre nichts gewesen. Schließlich waren die unerfüllbaren Erwartungen der anderen nicht sein Problem. Danach ging der Abend, der so fröhlich begonnen hatte, bald und in gedämpfter Stimmung zu Ende.

Später zog Karen mit einem Bleistift einen feinen Strich durch Pauls Namen.

Als letzte Option blieb Susannas schwuler Kollege Mario Vittorini. Sie teilte sich mit ihm einen Büroraum. Gemeinsam lästerten sie über Kollegen und den Chef, tranken ab und zu nach der Arbeit Espresso in einem kleinen Bistro in der Nähe oder gingen auf ein schnelles Glas Rotwein in die nächste Trattoria.

Mario gefiel Susanna. Aus seinem dunklen, etwas unregelmäßig geformten Gesicht strahlten zwei hellblaue, wache Augen, die deswegen sofort die Aufmerksamkeit auf sich zogen. Außerdem schätzte Susanna seine Fröhlichkeit, die ihr half, den Büroalltag zu überstehen. Ein Kind, das Mario ähnelte, würde sie bestimmt mögen. Soweit Susanna wusste, war er im Moment ohne Partner. Sie glaubte, dass das die Chancen für ihr Anliegen eher erhöhte. Immerhin würde kein Lover energisch Einspruch erheben, und in den wilden Jahren steckte er wohl auch nicht mehr.

Dennoch war sie unsicher. Ihr Plan sprengte den Rahmen jeder Bürobekanntschaft bei weitem. Würde Mario sich überhaupt darauf einlassen, dass ihre Beziehung zueinander den eng abgezirkelten Bereich von Arbeit und After-Work-Drink überschritt?

Susannas Bedenken entpuppten sich als unbegründet. Mario freute sich, als sie vorschlug, am Wochenende zusammen mit Karen ein griechisches Restaurant zu besuchen. Lächelnd sagte er: „Dann lerne ich deine Frau endlich auch mal kennen! Das hätten wir schon längst tun sollen!" Susanna atmete auf. Die erste Hürde war überwunden.

Der Abend begann fröhlich. Mario hatte Urlaubsbilder aus Florida mitgebracht, wo er im Winter einen Freund besucht hatte. Die Fotos zeigten ihn in Gesellschaft braun gebrannter, gut aussehender junger Männer am Strand. Auf einigen der Bilder legte einer von ihnen seinen Arm um Marios Schultern. Die Männer lächelten schneeweiß und makellos wie in einem Werbefilm. Im Hintergrund das Meer. Palmen. Strand.

Zu viel Sonne, zu viel Lächeln, zu viel Strand, dachte Susanna. Diese Bilder waren irgendwie unwirklich. Oder kam das nur daher, dass sie Florida nicht kannte? Und dass Lesben sich hierzulande kaum in vor Lebenslust strotzenden Grüppchen unter Palmen versammelten, schon allein deshalb, weil es hier keine Palmen gab?

Die Bedienung nahm ihre Bestellungen auf. Dann zog Mario eine kleine, weiße Box aus seiner Tasche, in der drei Tabletten lagen. „Krank?", fragte Susanna. Sie dachte an die Erkältung, die gerade grassierte.

„HIV", erwiderte Mario und starrte die Tabletten auf seiner Handfläche an. „Aber ich bin noch gesund. Alle Werte im grünen Bereich." Er warf die Tabletten in den Mund und trank in großen Schlucken sein Wasserglas leer, wobei sein ausgeprägter Adamsapfel hektisch auf und ab hüpfte, und wischte sich den Mund ab. „Dank der Dinger da wird das hoffentlich noch lange so bleiben. Außerdem finden die Forscher ganz bestimmt bald etwas, das dem Scheißvirus endgültig den Marsch bläst!"

Das sollte wohl fröhlich und optimistisch klingen, aber Marios Worte wirkten eher verzweifelt und verloren. Ein Mann und viele Tabletten kämpften gegen ein tückisches Virus, das in seiner Blutbahn kreiste und unberechenbar auf seine Chance wartete.

Susanna starrte erschrocken und gleichzeitig fasziniert die kleine, weiße Box an, die noch immer auf dem Tisch lag. Marios Lebensversicherung. „Hast du es schon lange?", fragte sie.

„Ich weiß es seit einem halben Jahr. Aber meine T-Zellen sind noch gut beieinander."

„Tut mir Leid", sagte Susanna.

„Mir auch. Der Präser ist gerissen." Mario lächelte schief. „So was kommt vor."

„Eigentlich wollten wir dich fragen, ob du uns Samen spendest. Für unser Wunschkind", sagte Susanna in Gedanken. Im gleichen Moment wusste sie, sie hätte besser geschwiegen.

Marios Gesicht entgleiste zu einer traurigen Grimasse. „Samenspender? Ich? Für euch? Vielleicht hätte ich es sogar gemacht. Kinder mag ich nämlich sehr. Aber es geht nicht." Er hatte Tränen in den Augen.

„Entschuldige, ich habe dich verletzt. Ich hätte es dir gar nicht sagen sollen. Das macht alles nur schlimmer." Susanna schaute Hilfe suchend zu Karen hinüber. Die kramte bleich und schweigend nach einem Taschentuch. Über ihre Wange zog sich eine feuchte Spur.

Mario wischte sich mit dem Handrücken über die Augen. Ein paar Sekunden später schaffte er es, wieder ein Lächeln auf sein Gesicht zu zaubern. „Schon in Ordnung. Ihr konntet es ja nicht wissen. Danke jedenfalls für das ehrenvolle Angebot. Aber jetzt lasst uns den Abend genießen, wir können es doch sowieso nicht ändern."

Und so erzählte Mario weiter von Florida, während er seinen Fisch zerteilte und Bissen für Bissen in sich hineinschob.

Karen stocherte in ihrer Moussaka. Sie hörte Mario nur halb zu, der Anekdote an Anekdote reihte. Er redete, als fürchtete er, es könnte ein Moment der Stille entstehen, in dem ihn Gedanken überwältigten, die er so in Schach hielt.

Susanna säbelte lustlos an einem Kaninchenbraten herum. Sie lächelte mechanisch, doch ihr Gesicht blieb starr und ihre Augen schauten traurig.

Karen dachte darüber nach, wie absurd die Situation war: Drei Menschen in den Dreißigern saßen voller Angst an einem schön gedeckten Tisch. Einer fürchtete, sein Leben zu verlieren, die beiden anderen, dass sie kein neues zustande bringen würden. Sie hätte gern mit Mario darüber gesprochen, wie er mit der Angst vor Krankheit, Alleinsein und Schmerzen umging. Wie er die einsamen Nächte überstand. Hatte er überhaupt einsame Nächte seitdem?

Sie hätte auch gern darüber geredet, was es bedeuten würde, wenn Susanna und sie keinen Samenspender fänden, egal, wie sie es anstellten. Immerhin war Marios Name der letzte auf ihrer Liste. Würden sie also ohne Kind einfach weiterleben wie bisher? Oder würde die Enttäuschung sie auseinander treiben, weil sie beim Anblick junger Eltern unweigerlich an ihren gescheiterten Plan denken müssten?

Aber keiner der drei traute sich zu, eines dieser Themen anzuschneiden. Die Angst, noch mehr zu verletzen, war zu groß. So dümpelten sie traurig lächelnd in den seichten Gesprächsgewässern rund um Florida, Fisch und Urlaubsflirts und gingen früh nach Hause.

Dort angekommen, warf Karen die Liste potenzieller Samenspender in den Müll, weil kein Name übrig war. Sie mussten sich etwas anderes einfallen lassen.

Von Zentauren und neuen Nachbarn

„Lesbisches Paar sucht Samenspender", dazu noch eine Chiffrenummer. Mehr, so fanden Karen und Susanna, war nicht nötig, um ihr Anliegen den Lesern des Anzeigenteils eines Szeneblatts zu schildern. Alles Weitere, so fürchteten sie, konnte missverstanden werden. Weil ihre Anzeige in keine der übrigen Rubriken passte, wählten sie „Sonstiges". Das Inserat würde in der Oktober-Ausgabe erscheinen. Bis dahin waren es noch Wochen.

In der Zwischenzeit dehnten Karen und Susanna ihre Jagdgründe auf das Internet aus. Dort entdeckten sie nach einigem Googeln *Babettes Babyland – das Paradies für Lesbenmütter*. Auf der Startseite schwebten rosig leuchtende Kleinstkinder über einem hellblauen Himmel mit Rautenmuster, was die Vermutung nahe legte, die Betreiber stammten aus der Nähe, zumindest aber aus Bayern. Den unteren Bildrand entlang schlängelten sich energisch bunt schillernde Spermien, die aussahen wie exotische Aquariumsfische.

„Na endlich!", triumphierte Susanna.

Man konnte einen „Mütter"- und einen „Spender"-Button anklicken. Die Mütterseite war gefüllt mit Anzeigen von Lesbenpaaren, die wie Karen und Susanna auf der Suche nach Sperma waren. Die Spenderseite war fast leer.

„Wie im richtigen Leben", murmelte Susanna.

Sie überflogen die wenigen Offerten. Anscheinend inserierten hier nur zwei Männer, obwohl in der Rubrik sieben Anzeigen standen. Ein Mann hatte sich höchstwahrscheinlich drei-, der andere viermal verewigt.

„Zuerst den Vierer?", fragte Karen. Susanna war einverstanden. Der Mann, der sich mal Rolf, mal Willi, mal Peter und mal Heinz nannte, war mehrfacher Vater mit eifersüchtiger Gattin. Angeblich fand er sein höchstes „seelisches Glück" darin, Lesben zu den ersehnten Spermien zu verhelfen. Er verlangte Diskretion und akzeptierte nur richtigen Sex, gern auch zu dritt. Schließlich wolle er auch etwas davon haben, schrieb er in nur wenig abgewandelten Formulierungen, und das war's dann auch schon.

Karen und Susanna schüttelten einmütig die Köpfe.

Der zweite Inserent nannte sich mal Nordhengst, mal Wilder Hengst und mal Zuchthengst. Er prahlte in ziemlich einfallslosen Variationen, er könne jederzeit, sei obendrein studiert und damit gebildet, erfolgreich – er gab einmal Arzt, einmal Anwalt und einmal Geschäftsmann als Beruf an – und sehe glänzend aus. Weil seine Spermaproduktion geradezu immens sei, dazu in „1a Spermaqualität" wolle er gern Frauen, deren Männer nicht so tolle Hechte waren oder die gleich gar keinen Partner hatten, zu einem Kind verhelfen. Gerne auch Lesben bundesweit. Ein aktueller HIV-Test sei vorhanden. Der Pferdemensch war unverheiratet und mobil, woher er kam, verriet er aber nicht.

Susanna dachte nach. Dann sagte sie: „Was soll's? Versuchen wir es einfach mit dem Zentauren. Er klingt jedenfalls besser als der barmherzige Samariter: Wenigstens will er nicht mit uns ins Bett."

Sie klickte auf den Antwort-Knopf neben dem Inserat des Wilden Hengstes und schrieb: „Lieber Pferdemensch, wir sind zwei Lesben aus München. Wir wollen ein Kind und suchen einen Spender, der sich nicht in die Erziehung einmischt. Er sollte aber bereit sein, unser Kind später einmal kennen zu lernen, wenn es will. Finanzielle Interessen haben wir nicht. Wenn Du Lust hast, antworte, gern mit Bild."

Die Rückmail kam am nächsten Tag. „Bin bereit, Euch zu treffen", schrieb der Wilde Hengst. Dann folgte eine Handynummer. Ein Foto fehlte.

Sie verabredeten sich per Mail in einem Café in der Innenstadt, das auch für Ortsfremde leicht zu finden war. Schließlich wussten sie nicht, von wo er anreiste. „Erkennungszeichen: Tarantel neben der Kaffeetasse", schrieb Susanna.

„Spinnst du?", fragte Karen. „Willst du ihn loswerden, bevor er da ist? Nimm doch lieber deine Eule."

„Härtetest", sagte Susanna. „Wenn er kommt, hat er die erste Hürde bereits überwunden. Das Vieh hängt sowieso am Spiegel. Ich muss es nur einstecken."

Als Susanna gerade den Rechner abschalten wollte, klingelte das Telefon. Es war Clara. „Kommst du dieses Jahr zu Alois' Geburtstagsfeier?", fragte sie.

Susanna schluckte. „Nein. Wir stecken im Moment zu tief in allen möglichen Projekten."

„Jenny wird aber traurig sein", sagte Clara, und man hörte, dass sie mindestens genauso traurig war.

„Ich weiß", antwortete Susanna und fühlte sich mies dabei, dass sie Clara mit der Familienhorde allein ließ. „Wahrscheinlich dauert es nicht mehr lange, dann haben wir wieder mehr Luft. Dann können wir uns auch gern mal hier treffen."

„Was ist das bloß für ein geheimnisvolles Projekt?", fragte Clara.

„Ich möchte nicht darüber sprechen, wenn es so weit ist, erfährst du es."

„Na gut", sagte Clara Hartenstein. „Dann wünsche ich euch viel Glück dabei, was immer es auch sein mag." Sie klang deutlich reservierter als am Anfang.

Susanna verabschiedete sich und legte auf. „Ich hoffe nur, wir finden bald einen Spender, sonst verliere ich noch meine einzige Verbündete in der Familie", sagte sie seufzend.

„Du könntest sie ja einweihen", schlug Karen vor.

„Nein, besser nicht. Vielleicht erzählt sie es ja doch Ferdi, und dann weiß es bald das ganze Dorf. Er kann Mutter gegenüber einfach den Mund nicht halten. Und die ist schließlich im Kirchenchor …"

Hoffnungsfroh begaben sich Karen und Susanna ein paar Tage später zu dem Treffen mit dem Pferdemann. Als sie zum verabredeten Zeitpunkt in das Café kamen, entdeckten sie nur einen weiteren Gast. An einem Tisch in der hintersten Ecke las ein Mann mit Halbglatze und grauem Anzug Zeitung.

„Ob er das ist?", murmelte Karen.

Susanna warf einen misstrauischen Blick in seine Richtung. „Wohl kaum. Im Inserat stand ‚gut aussehend'. Unserer kommt sicher noch."

Die beiden Frauen setzten sich an die Bar und behielten gespannt die Tür im Auge. Plötzlich stand der Mann aus der Ecke neben ihnen. Er war klein und dürr. Sein bleicher Teint wirkte ungesund. Außerdem hatte er Mundgeruch.

„Seid ihr die beiden, die auf meine Anzeige geantwortet haben?", fragte er.

Susanna nickte betreten. Nein, mit einem wilden Hengst hatte dieses Individuum nicht die entfernteste Ähnlichkeit. Eher schon mit einem abgehärmten Karrengaul.

Der Mann grinste. „Na prima! Und wo ist die Tarantel? Nennt mich Michael."

„Hier." Susanna legte das Gummitier auf den Tresen. „Alles ganz harmlos. Wir haben dich vorhin gar nicht gesehen", log sie und lächelte schief.

Michael ließ sich auf dem Barhocker neben ihnen nieder. „Das macht nichts. Da, mein letzter HIV-Test." Er kramte emsig ein abgegriffenes Papier aus der Innentasche seines Jacketts.

„Scheinst ja Routine zu haben." Susanna nahm ihm den Zettel aus der Hand. Das Datum des Tests lag einen Monat zurück.

„Stimmt", sagte Michael und lächelte ein schmallippiges Lächeln.

„Und was machst du so? Ich meine, wenn du nicht Samen spendest", fragte Karen aus purer Verlegenheit.

„Vieles. Ich bin eigentlich Ingenieur. Aber meine Firma hat dichtgemacht. Und jetzt bin ich sozusagen arbeitslos."

Karen und Susanna stutzen. Ingenieur? Dieser Beruf war doch in den Inseraten gar nicht vorgekommen. Egal. Ihnen ging es ja hauptsächlich um etwas anderes.

„Ich kriege jetzt nur noch Arbeitslosenhilfe. Deshalb habe ich mir einen Job erfunden, sozusagen. Einen krisensicheren." Er stieß ein kurzes, wieherndes Lachen aus. „Samenspender. Pro Schuss hundert Euro. Das Geschäft läuft prächtig, seit die Lesben ihre Lust auf Babys entdecken und die Männer reihenweise unfruchtbar werden."

Karen überlegte, wie viel er wohl umsetzte: einen Schuss pro Woche? Pro Monat? Vielleicht sogar pro Tag? Und wie viele Kinder hatte er dann? Hunderte? Tausende? Oder nur ein paar Dutzend? Verschickte er auch Werbepost?

„Von Geld hast du aber in deinen Anzeigen nicht gesprochen", sagte Susanna leicht verärgert.

„Von Geld spricht man nicht, das hat man", erwiderte er, nun ganz Geschäftsmann.

„So. Hat man das." Susanna kniff den Mund zusammen und fummelte an den Beinen der Gummispinne herum. Wenn sie nervös war, brauchte sie immer etwas, um ihre Finger zu beschäftigen, und dieser Michael machte sie definitiv nervös.

„Hundert Euro sind ein vernünftiger Preis", warb Michael. „Von irgendwas muss ich schließlich leben. Immerhin ernähre ich eine Familie."

Karen und Susanna warfen sich einen Blick zu. Schon wieder eine Lüge! Im Inserat hatte gestanden, er sei unverheiratet. Karen überlegte, ob sie die Verhandlungen sofort abbrechen sollte. Aber sie fand, das war Susannas Angelegenheit.

„Mir scheint, ihr zögert. Wie habt ihr euch denn die Sache vorgestellt? Vielleicht finden wir ja einen Kompromiss, wenn ich euch zu teuer bin."

„Wir haben uns vor allem vorgestellt, dass uns der Spender gefallen muss. Tut er das, möchten wir gern, dass er uns Samen spendet. Den füllen wir in eine Einwegspritze. Den Rest übernehmen wir in Eigenregie", sagte Susanna bestimmt.

„Verstehe. Und hier liegt ein Ansatzpunkt." Listig kniff Michael die Augen zusammen. „Irgendwie muss der Samen ja aus dem Spender heraus, nicht wahr? Bei geeigneten Modalitäten kriegt ihr Rabatt, denn der Preis scheint euch ja im Magen zu liegen."

Susanna musterte Michael mit zusammengekniffenen Augen. „Geld ist Nebensache, habe ich gedacht. Und was das andere angeht, also wie der Samen aus dem Spender rauskommt: Wir haben bisher angenommen, das würde unser Spender schon schaffen. Er wird schon wissen, wie es geht, glaubten wir. Vor allem so ein wilder Hengst wie du! Aber vielleicht sind wir da einfach ein bisschen naiv!"

Der Schlag saß. Michael errötete: „Ich schaffe von null auf hundert in drei Minuten. Garantiert. Aber Sexmagazine sind im Dienstleistungsgeschäft zu langweilig zum Anregen. Am einfachsten wäre, ich guckte euch zu. Dann ist der Samen superfrisch, und es kostet nur die Hälfte. Ihr habt euren Spaß und ich auch. Und sparen tut ihr obendrein. Na, was sagt ihr?"

So nicht, dachte Susanna. Und dann fiel ihr auf, dass Michael mit seinen schmalen Lippen wie ein Breitmaulfrosch aussah. Mit dieser Tierart hatte sie sich im Leistungsfach Biologie einmal intensiv befassen müssen, weil ihr Lehrer Spezialist für Lurche und Frösche war. Wenn sie Pech hatten, würden Michaels Kinder allesamt so breitmaulfroschartig aussehen wie er. Vielleicht gab es schon ganze Clans von kleinen Breitmaulfröschen hierzulande. Wer weiß, ob man in zwanzig Jahren nur durch eine beliebige deutsche Stadt laufen musste, um reihenweise Gestalten zu entdecken, deren Aussehen frappierend an ihn erinnerte. Besonders, wenn Michael sein Geschäftsmodell ausbaute. Wie bei den Kälbern von Bauer Huber. Die ähnelten auch alle demselben Bullen. Man konnte nicht behaupten, dass Susanna diese Aussicht begeisterte.

Karen nestelte nervös an einem Bierdeckel. Sie versuchte sich vorzustellen, wie Michael in einer halbdunklen Zimmerecke hockte und an seinem Schniepel herumfuhrwerkte, während sie und Susanna … Ihr wurde schlecht.

„So haben wir uns das aber nicht vorgestellt", sagte Susanna unwirsch und zu Karens großer Erleichterung. „Im Übrigen: Wenn alle wilden Hengste so wild wären wie du, dann wären Pferde wahrscheinlich längst ausgestorben!"

Wutentbrannt sprang Michael vom Barhocker. „Seht doch zu, wo ihr eure Spermien herbekommt! Von mir jedenfalls nicht!", keifte er und verließ das Café, ohne sich noch einmal umzudrehen. Seine Rechnung überließ er Karen und Susanna.

Nun blieb den beiden nur noch, auf den Erfolg ihrer Anzeige in der Szenepresse zu hoffen. Doch auch hier tat sich nichts. Ihr Inserat erschien zwar tatsächlich in der Oktoberausgabe zwischen der Verkaufsofferte einer Videosammlung und der Suche nach gebrauchten Sextoys aus den Siebzigern für eine private Sammlung. Sie erhielten aber keine einzige Antwort.

Susanna versank angesichts des erneuten Misserfolgs in Resignation. Dass zwei weitere Frauen aus der Lesbenmütter-Gruppe mit Hilfe einer niederländischen Samenbank schwanger geworden waren, hob ihre Stimmung auch nicht gerade. Schließlich war dies die einzige Methode, die sie aus Prinzip ablehnte. Aber anscheinend auch die einzige, die funktionierte! Es war zum Verzweifeln.

Karen fühlte sich hilflos und überfordert. Es fiel ihr von Tag zu Tag schwerer, Susanna aufzumuntern. Inzwischen litt sie selbst sehr darunter, dass ihr gemeinsamer Plan sich so schwer realisieren ließ. Außerdem saß sie noch immer im Call Center fest, aber solange sie keinen Spender hatten, schaffte sie es einfach nicht, auch noch einen Job zu suchen. Es war ja auch nicht nötig, denn für sie reichte das Geld, das sie dort verdiente.

Nur Mario traf den richtigen Ton bei Susanna. Seit dem schicksalsträchtigen Gespräch beim gemeinsamen Abendessen verbrachten die beiden oft die Mittagspause gemeinsam. Dass sie Dinge voneinander wussten, die sie vor vielen Menschen verbargen, schweißte sie zusammen.

Mario erkundigte sich immer wieder nach dem Fortgang des Kinderprojekts. Als Susanna ihm auf einer Parkbank von Michael, dem Breitmaulfrosch, berichtete, lachte er nur. „Geduld! Ein paar Monate sind doch nichts, wenn man bedenkt, dass es um eine Entscheidung fürs Leben geht!"

„Wahrscheinlich hast du Recht", sagte Susanna nachdenklich. „Nur wissen wir bald nicht mehr, wo wir suchen sollen."

„Wenn mir jemand über den Weg läuft, der gern Samen spenden will, sage ich euch sofort Bescheid! *Take it easy, Baby!* Oft findet man doch genau dann, was man sucht, wenn man gerade nicht sucht."

„Etwas anderes wird uns bald auch nicht mehr übrig bleiben", mutmaßte Susanna düster.

In derselben Woche bezogen zwei neue Nachbarn die Wohnung nebenan. Die Neulinge, zwei Männer, waren etwa Mitte dreißig und eindeutig schwul. Vorher hatte in der Nachbarwohnung eine alte Dame mit einer Katze gewohnt, die man kaum bemerkte. Nach dem Umzug war es mit der Ruhe auf der Etage vorbei, zumindest am Wochenende.

Denn samstags schwoll der Geräuschpegel drüben oft geradezu Furcht erregend an: vielstimmiges Geschrei, gefolgt von Gerumpel und noch mehr Geschrei. Der infernalische Krach begann ungefähr um drei Uhr nachmittags und endete gegen halb sieben. Karen und Susanna, die um diese Zeit gern lesend im Wohnzimmer saßen, hielten sich die Ohren zu.

Manchmal begegneten sie den Krachmachern im Treppenhaus. Eigentlich wirkten sie nicht unsympathisch. Einer war dunkelhaarig, groß, hatte etwas hängende Schultern und trug eine braune Hornbrille, der andere war rothaarig, etwas kleiner, muskulös und hatte einen Schnurrbart. Auf dem Türschild standen ihre Namen: Frank Selter und Stefan Riedl. Manchmal rätselten Karen und Susanna, welcher Name zu wem gehörte. Weiter war die Bekanntschaft bisher nicht gediehen. „Wer so viel Krach macht, kann kein netter Mensch sein!", urteilte Karen kategorisch. Sonst hätte sie die beiden vielleicht längst eingeladen.

„Es geht schon wieder los!", stöhnte sie eines Samstags im November. Soeben donnerte etwas dumpf knallend an die Wand. Dann quietschte es schrill, es folgte ein weiterer Schlag. Das Finale bildete ein kurzer, scharfer Knall, der sich anhörte wie ein Schuss.

Karen sprang auf. „Es reicht jetzt!" Sie ballte die Fäuste und runzelte die Stirn. „Ich gehe rüber und beschwere mich."

„Warte, ich komme mit!" Susannas Augen glitzerten neugierig. „Dann wissen wir endlich, wie es in der Wohnung aussieht."

Finster blickend postierten die beiden Frauen sich vor der Tür der Nachbarwohnung und klingelten Sturm. Niemand öffnete. Wahrscheinlich hatten die da drin ihr Klingeln einfach überhört, denn gleichzeitig knallte es immer wieder.

Sie klingelten noch einmal. Endlich erschien ein rotblonder Schopf im Türspalt. „Ja?", sagte der Rothaarige und dann, als er Karen und Susanna erkannte: „Sieh an, die liebe Nachbarschaft! Wollt ihr reinkommen?"

Karen runzelte die Brauen. „Wir wollen vor allem, dass dieser Krach endlich aufhört. Das ist ja nicht zum Aushalten!" Der Mann kratzte sich verlegen am Kopf.

Dann hörte Karen zwei Kinderstimmen durcheinander schreien, unterbrochen von der Stimme des Dunkelhaarigen: „Was ist denn, Frankie? Besuch?"

Der Rothaarige hieß also Frank, dann war der andere Stefan, folgerten Karen und Susanna.

„Nicht wirklich. Aber vielleicht doch?" Frank musterte Karen und Susanna von oben bis unten. „Kommt ihr nun rein, oder wollen wir lieber auf der Schwelle stehen bleiben und uns beschimpfen?" Er lächelte auffordernd.

„Aber nur einen Moment", sagte Susanna und spähte neugierig in die Wohnung, deren Tür Frank jetzt ganz geöffnet hatte.

„Toll renoviert!", entfuhr es Karen. Der ehemals düstere Flur bildete nun mit dem Wohnzimmer zusammen einen großen, sehr hellen Raum. An der Wand, die an Karens und Susannas Wohnung angrenzte, zog sich ein halbhohes, vollgestopftes Bücherregal entlang. Über dem Regal war ein Basketballkorb befestigt. In der Mitte des Zimmers stand ein Tischfußballspiel. Dann gab es noch zwei abgeschabte Polstersessel und ein Sofa.

Plötzlich schrie eine schrille Kinderstimme: „Hände hoch, oder wir erschießen euch!" Karen entdeckte hinter den Sesseln zwei Jungen. Einer zielte mit einem Spielzeug-Trommelrevolver auf sie und drückte ab. Es knallte. Wie vorhin, als sie vor der Tür standen.

„Ihr müsst jetzt umfallen, ihr seid tot!", schrie der andere Junge, von dem vorläufig nichts zu sehen war.

„Schluss jetzt, ihr Rabauken!", befahl der Dunkelhaarige, der nach Susannas Logik Stefan heißen musste, und kroch hinter dem Sofa hervor. „Das sind übrigens meine Söhne Markus und Klaus." Die Jungen kamen ebenfalls aus der Deckung.

Karen grinste. „Hallo! Ich bin Karen. Und das ist Susanna."

„So was Ähnliches hatten wir uns schon gedacht. Steht ja auf dem Klingelschild. Und auf dem Briefkasten."

„Schlau sind die Jungs auch noch!", flachste Karen.

„Trinken wir einen Espresso aus unserer supergeilen, nagelneuen Espressomaschine? Oder soll es eher ein Cappuccino sein? Oder Latte Macchiato?", schlug Frank vor. „Dann können wir die Sache mit dem Krach in Ruhe besprechen."

Die beiden Frauen nickten sprachlos über so viel Auswahl und steuerten den Bistrotisch in einer Ecke der Küche an. Daneben stand tatsächlich ein silberglänzendes Gerät, das auf Knopfdruck selbsttätig alle möglichen Kaffeespezialitäten produzierte. „Unser einziger wirklicher Luxus", grinste Stefan und betätigte zielsicher verschiedene Knöpfe, was das Entstehen von vier Espressos zur Folge hatte.

Dann erledigten sie die Problemfragen in null Komma nichts: Stefan und Frank versprachen, den Basketballkorb an einer anderen Wand zu befestigen und den Jungen keine Zündplättchen mehr in der Wohnung zu erlauben. Damit war die Sache für Karen und Susanna erledigt.

Danach begann der interessante Teil. Schließlich gab es einiges zu besprechen, wenn ein schwules und ein lesbisches Paar nebeneinander wohnten.

Frank arbeitete als Systemingenieur für eine Informationstechnik-Firma, die digitale Speichersysteme bei Industriekunden aufstellte und wartete, und war deshalb viel unterwegs. Stefan unterrichtete an einem städtischen Gymnasium. Nachmittags saß er zu Hause und korrigierte oder bereitete seinen Unterricht vor. Wenn die beiden nicht arbeiteten, kümmerten sie sich um Stefans Söhne, die mindestens jedes zweite Wochenende zu Besuch kamen, häufig auch öfter.

„Ganz bekommen wir die beiden nicht. Wegen homosexuellen Lebensstils und Berufstätigkeit", erklärte Frank. In seiner Stimme schwang Bitterkeit mit. „Zahlen dürfen wir aber, und nicht zu knapp."

„Spiel hier nicht den Märtyrer!", widersprach Stefan. „Ich müsste meinen Job aufgeben, wenn die beiden Jungen ständig hier wären. Dann dürftest du mich durchfüttern. Und ich bin gefräßig, wie du weißt."

„Deine Söhne erst!"

„Du bist ja nur neidisch, dass du keine hast."

„Dafür hatte ich zehnmal mehr Männer als du, so als Urschwuler."

„Ich hatte nur einen. Lass mich rechnen: Zehnmal eins ist zehn? Stimmt das? Dann liegst du aber erheblich unter Durchschnitt." Stefan grinste.

„Wie habt ihr euch denn kennen gelernt, wenn du gar nicht schwul warst?", fragte Karen neugierig.

„Wir haben zufällig im gleichen Volkshochschulkurs gesessen. ‚Bewusste Entspannung' hieß er, glaube ich. Eine Idee unserer Gattinnen. Sie fanden uns zu verspannt. Dabei ist es passiert. Als Dreingabe zum tiefen Durchatmen sozusagen." Stefan pflanzte Frank ein Küsschen auf die Wange.

„Aber ich dachte, du warst gar nicht verheiratet?", fragte Karen verwirrt bei Frank nach.

„Verheiratet nicht. Eine Gattin hatte ich trotzdem, im übertragenen Sinne. Der gute Adam war Brite und ein bisschen hysterisch rollenfixiert. Ich durfte die Küche nur im

Notfall betreten, obwohl ich doch eigentlich gern koche. Aber er hielt das für sein Hoheitsgebiet. Na, dann bin ich eben in die Volkshochschule gegangen. Er ist jetzt wieder auf seiner Insel und strickt Schafwollpullover. Hoffe ich jedenfalls."

„Bei mir haben sich im Entspannungszustand wohl die homosexuellen Triebe gemeldet. Wir sind sozusagen über das Studienziel hinausgeschossen", sagte Frank versonnen. „Und wie war das bei euch?" Frank sah Karen und Susanna auffordernd an.

„Wir? Wir sind auch schon länger zusammen", berichtete Karen zurückhaltend. „Ich jobbe in einem Call Center."

„Und ich bei einer Filmfirma. Kinder haben wir keine", ergänzte Susanna. Fast hätte sie hinzugefügt: „Vielleicht bald." Doch dann entschied sie sich, dieses Thema nicht anzuschneiden. Vorläufig jedenfalls. Wenn sie Stefan und Frank besser kannten, war dafür immer noch Zeit.

„Schade eigentlich", sagte Stefan nachdenklich. „Warum sterben so viele Lesben aus, während die Heterohyänen mit den Lockenwicklern und dem Nudelholz ihre Gene selbstverständlich und ungehemmt in die Zukunft transferieren?"

„Tun sie ja gar nicht mehr", sagte Karen, die gerade einen Artikel über Demografie gelesen hatte.

Susanna hätte an diesem Punkt fast eine Bemerkung über Männer gemacht, die ihr Sperma bewachten, als wäre es der Heilige Gral, aber sie verkniff sich das.

Dann standen Klaus und Markus neben ihnen. Klaus flüsterte etwas in Markus' Ohr. Markus, anscheinend der Ältere von beiden, bettelte: „Spielt ihr mit uns Tischfußball? Nur eine Runde!"

Bei Karen rannten sie damit offene Türen ein. Tischfußball war besser als gar kein Fußball. „Was sagt der Papa dazu?"

Stefan schmunzelte. „Es steht sowieso noch eine Revanche aus. Heute Morgen haben wir haushoch gegen die Jugendliga verloren."

„Machst du auch mit, Susanna?", fragte Karen.

Susanna seufzte. Sie spielte nicht besonders gern, egal was. Aber diese Umstände waren eine Ausnahme wert. „Von mir aus", sagte sie. „Am Tisch dauert die Halbzeit ja nicht unbedingt fünfundvierzig Minuten."

Klaus, Stefan und Susanna bekamen die roten Figuren, die übrigen drei die blauen. In der nächsten Viertelstunde jagten sie den Ball durch das Spielfeld, dass es nur so schepperte. Es war genau so laut wie jeden Samstag, aber diesmal störte das Karen und Susanna nicht. Die Blauen gewannen 10:8. Die Roten forderten Revanche und verloren noch einmal.

Als die beiden Frauen gingen, verabschiedete sich Stefan mit den Worten: „Nächsten Samstag wieder? Die Jungs lieben das."

„Na klar", sagte Karen grinsend. „Schon aus pädagogischen Gründen." Es schadete bestimmt nichts, dachte sie, wenn sie die beiden Männer gelegentlich bei der Kindererziehung beobachtete. Schließlich hatte sie auf diesem Gebiet keinerlei Erfahrung, obwohl sie wahrscheinlich demnächst vor derselben Aufgabe stünde.

Sie spielten tatsächlich am nächsten Samstag wieder. Und am übernächsten. Und an dem darauf, diesmal allerdings nur mit Stefan und Frank. Es machte Spaß. Aber seltsamerweise trafen sie sich nie bei Karen und Susanna, immer nur bei Frank und Stefan. Es ergab sich einfach so. Sie spielten die ganze Vorweihnachtszeit hindurch und veranstalteten sogar noch ein spezielles Weihnachtsturnier am ersten Feiertag.

„Stefan und Frank sind wirklich nett!", sagte Karen, als sie und Susanna am Tag darauf auf dem Sofa lümmelten. „Wir hätten sie schon längst mal einladen sollen."

„Stimmt. Außerdem sind sie kinderlieb."

„Also? Worauf wartest du noch?"

„Soll ich sie etwa einladen und bei der Gelegenheit fragen, ob sie Samen spenden? Laden wir jetzt nur noch Männer ein, wenn sie uns ihre Körperflüssigkeiten zur Verfügung stellen sollen?"

„Red keinen Blödsinn. Sind sie vielleicht schlimmer als der Breitmaulfrosch? Und natürlich können wir sie auch so einladen."

„Natürlich. Aber ich weiß nicht, ob wir sie fragen sollen. Sie sind unsere Nachbarn. Was ist, wenn sie absagen? Wir können uns ja kaum aus dem Weg gehen."

„Müssen wir doch nicht. Timm ist schließlich auch immer noch mit uns befreundet. Ich finde, wir sollten es versuchen. *No risk, no fun!*"

„Na schön", sagte Susanna.

Am nächsten Tag klingelten sie wieder drüben. „Wir wollten euch etwas fragen, aber nicht auf dem Flur", sagte Susanna, als Frank öffnete. „Kommt ihr heute Abend zu uns zum Essen?"

„Warum denn so förmlich?" Frank drehte sich um und rief: „Stefan, ein Wunder ist geschehen: Eine offizielle Einladung nach nebenan! Hast du heute Abend Zeit?"

Stefan sah von einem Berg Arbeiten auf, die er gerade korrigierte. „Von mir aus. Was gibt es denn?"

„Es gibt tiefgefrorene Entenbeine mit Rotkohl", sagte Karen.

Abends saßen sich das lesbische und das schwule Paar am Esstisch gegenüber, über dem die Fledermaus an einem neuen Gummiseil schwebte. Darunter dampfte appetitlich die Platte mit den Entenkeulen.

„Nette Haustiere habt ihr!", sagte Frank. „So anheimelnd."

„Das ist wegen der Horrorfilme", erklärte Susanna. „Ich stehe auf so was. Oder besser gesagt, ich habe mal auf so was gestanden. Ich glaube, das hat keine Zukunft."

„Hätte ich dir gar nicht zugetraut. Du wirkst immer so ernsthaft." Frank warf Susanna einen interessierten Blick zu.

Die vier aßen mit gutem Appetit. Als sie schließlich auch den Nachtisch, Birne Helene, noch verdrückt hatten, war es bereits elf und Susanna hatte das heikle Thema Samenspende noch nicht angeschnitten. Stefan sah auf die Uhr. „Ich glaube, wir müssen bald los. Ich habe stapelweise unkorrigierte Hefte mit in die Ferien genommen und muss morgen leider arbeiten."

„Moment", bremste Susanna. „Das Wichtigste kommt erst noch."

„Das Wichtigste? Der Nachtisch ist doch schon gegessen." Stefan sah Susanna verwirrt an. „Habt ihr jetzt auch eine Espressomaschine?"

„Nein. Wir wollten euch heute fragen, ob einer von euch uns Samen spendet."

„Oh", sagte Stefan verblüfft. „Eine wirklich umwerfende Weihnachtsüberraschung."

Frank starrte vor sich hin und zwirbelte seinen Schnurrbart, als könnte er auf diese Weise eine Entscheidung finden. „Das ist eine große Frage", sagte er schließlich philosophisch.

„Ich brauche dazu mindestens zwei Wochen Bedenkzeit", verlangte Stefan. „Und überhaupt, wie habt ihr euch das eigentlich vorgestellt?"

Susanna war erleichtert. Immerhin hatten die beiden nicht sofort abgesagt. „Ich möchte das Kind austragen", erklärte sie. „Karen wird Co-Mutter. Ich glaube, mir wäre es recht, wenn das Kind auch Kontakt zu euch hat. Ihr wohnt ja sowieso nebenan, alles andere wäre doch irgendwie viel zu kompliziert. Und verlogen."

„Was sagt ihr den lieben Verwandten und dem Standesamt?", fragte Stefan.

„Vater unbekannt. Dann müsst ihr nicht zahlen. Dem Kind sagen wir, wer sein Vater ist, sobald es danach fragt."

„Vater unbekannt gilt nur, bis jemand die Gene am Schnuller mit denen des potenziellen Vaters vergleichen lässt", wandte Frank ein.

„Wer soll das denn tun? Ich bestimmt nicht!", sagte Susanna empört.

„Die lieben Großeltern zum Beispiel. Oder die Schwiegereltern. Oder ihr selbst. Wer weiß, auf welche seltsamen Ideen man kommt, wenn die Kasse leer ist", orakelte Stefan.

„Deine Befürchtungen sind verständlich, aber unnötig. Ich habe gespart, und Karen arbeitet schließlich auch! Außerdem ist die ganze Sache für uns genauso riskant", argumentierte Susanna. „Ihr könntet schließlich auch einen Test veranlassen und uns dann Schwierigkeiten beim Jugendamt machen. Zwei Lesben nehmen dem rechtmäßigen Vater das Kind weg, das wäre sicher für so manchen ein gefundenes Fressen. Schon hättet ihr ein Kind mehr!"

Frank schüttelte den Kopf. „Das ist ja wie russisches Roulett mit sechs Patronen."

„Ohne Einsatz kein Gewinn. Außerdem müsste der Spender zum HIV-Test", sagte Karen. „Am besten beide, damit wir wissen, dass nicht einer den anderen infiziert, während Susanna versucht, schwanger zu werden."

„Das wäre kein Problem. Machen wir sowieso einmal im Jahr", winkte Stefan ab.

„Und die Methode?", fragte Frank.

„Wir dachten an die Einwegspritze. Die Bedingungen sind ja denkbar günstig, bei den kurzen Entfernungen."

„Soweit in Ordnung", bestätigte Stefan. „Wenn wir uns prinzipiell dafür entscheiden."

„Und wer würde nun spenden?"

„Ich nicht", verkündete Frank. „Ich habe es nicht so mit der Vermehrung. Da ist Stefan Spezialist."

„Bist du dir sicher?", fragte Stefan. „Vielleicht willst du ja zum Ausgleich auch mal ein Kind, nachdem ich schon zwei habe."

„Glaube ich kaum", sagte Frank und zupfte an seinem Schnurrbart.

Plötzlich war es still. Die vier saßen schweigend noch eine Weile da, bis sie ihre Gläser geleert hatten.

„Soweit ist dann ja alles klar. Wir gehen jetzt", sagte Stefan. „Wenn weißer Rauch durchs Schlüsselloch dringt, dürft ihr klingeln."

Karen und Susanna blieben zurück. Endlich gab es wieder Hoffnung. „Diesmal klappt es. Du wirst sehen", sagte Karen, obwohl sie sich dessen keinesfalls sicher war.

Susanna musterte sie zweifelnd. „Warum bist du ausgerechnet jetzt so optimistisch? Und wenn sie uns nun auch enttäuschen? Das werden die zwei längsten Wochen meines Lebens!"

Sie mussten nicht so lange warten. Weißer Rauch war zwar nicht zu sehen, aber drei Tage später standen Stefan und Frank mit einer Flasche Sekt vor der Tür. „Auf unseren Plan", sagte Stefan feierlich. „Wir machen mit."

Susanna fiel erst Stefan und dann Frank um den Hals.

Karen griff nach der Sektflasche und verschwand in die Küche, um Gläser zu holen. Sie beschlossen, dass das große Abenteuer schon im nächsten Monat beginnen sollte.

Später lagen Karen und Susanna, beschwipst von Sekt und Glück, dicht nebeneinander im Bett. Karen schob ihren Oberschenkel zwischen Susannas Beine und spürte, wie Susanna sie an sich zog. Endlich, dachte sie. Endlich fühlt es sich wieder gut an. Ungetrübt von Sorgen. Wild und sanft und sehr gegenwärtig.

„Du wirst sehen, jetzt ist alles ganz einfach", sagte Karen.

„Meinst du?", fragte Susanna, während sie mit ihren Fingerspitzen Karens Rücken entlangfuhr und befriedigt registrierte, dass Karen eine Gänsehaut bekam.

„Bestimmt!", bekräftigte Karen zwischen zwei Küssen.

Wie man sich irren kann!

Achterbahnfahrt im Hormonexpress

Susanna hatte sich die künstliche Befruchtung Marke Eigenbau so einfach vorgestellt: Man nehme ein bisschen Sperma, fülle es in eine Spritze, injiziere es in die Vagina, und fertig ist der neue Erdenbürger. Supersimpel. Doch der Unterschied zwischen Theorie und Praxis entpuppte sich, wie so oft, als frustrierend.

In Wirklichkeit nämlich, so wurde sie von den Frauen aus der Lesbenmütter-Gruppe aufgeklärt, seien Spermien kapriziös. Sie wollten richtig behandelt werden. War es ihnen zu kalt oder zu heiß, zuckelten sie fußlahm dahin und verendeten, bevor sie etwas bewirken konnten. Ihre Lebensdauer war nämlich auf einige Stunden beschränkt. Klebrig waren sie auch noch: War die Spritze zu dick, mit der sie an den Ort der Tat verfrachtet wurden, verkleisterten sie die Kanüle. Und wartete man zu lange mit dem Spritzen, verklumpten sie zu einem pappigen Matsch, der zu nichts mehr taugte.

Schon eine ganze Weile, seit sie nämlich verkündet hatte, sie habe einen Spender gefunden, hagelten von allen Seiten gute Ratschläge auf Susanna nieder. Die umklammerte mit der Rechten in der Hosentasche Tusnelda, ihre Eule, und versuchte zuzuhören.

Christa, die immerhin zwei Kinder hatte, wusste es natürlich wie immer am besten: „Du musst einfach mit dem Spender Sex haben, nichts anderes. Funktioniert zuverlässig seit Millionen von Jahren!".

Diesem Rat wollte sich aber keine der anderen anschließen.

„Sie gehört noch zu einer anderen Generation", flüsterte Sibylle Susanna zu. „Damals war die Spritzenmethode halt einfach undenkbar."

Susanna nickte. Seit sie selbst ihrem Wunschkind einen Schritt näher gekommen war, hatte sich ihr Neid auf Sibylles Schwangerschaft verflüchtigt. Jetzt diente sie Susanna als leuchtendes Beispiel für das, was sie demnächst erreichen wollte.

Mona, eine Aschblonde im zweiten Monat, die kurz nach Susanna zu der Gruppe gestoßen war, weil sie mit ihrer Lebenspartnerin im Kriegszustand lebte und Unterstützung suchte, belehrte sie: „Ihr müsst auf jeden Fall mit Eiklar trainieren! Das klebt wie Sperma. Und nimm die dünnste Kanüle, die du kriegen kannst. Sonst reicht der Druck nicht."

„Übrigens steigert es die Chancen, wenn du erregt bist!" Dora zwinkerte anzüglich grinsend.

Jule zog aus ihrem Rucksack einen kleinen Plastikbehälter. „Guck mal, was ich rein zufällig dabei habe: eine Original-Samenverpackung aus den Niederlanden. Ich habe sie natürlich ausgekocht. Kannst du haben, brauche ich ja jetzt nicht mehr. Sie ist ideal als Transportbehälter."

Am nächsten Tag erstand Susanna eine Kiste Öko-Eier und eine schlanke Einwegspritze.

„Karen, mein Schatz, du musst üben!", säuselte sie.

„Muss ich? Aber ich wollte gerade Staub saugen!" Karen war das Ganze ziemlich peinlich.

„Das kann warten!", insistierte Susanna und zeigte Karen, was sie tun sollte. „Aber das ist doch albern!", meckerte die.

„Das ist nicht albern, das ist Training!", klärte Susanna sie auf. „Du musst es können, wenn es drauf ankommt!" Dann schlug sie ein Ei auf und trennte Eigelb von Eiweiß. „Los, mach schon! Zieh das Eiweiß in die Spritze."

Karen seufzte. Mühsam versuchte sie sich an der ungewohnten Aufgabe, aber das Eiklar wollte nicht, wohin es sollte. Es war zäh und zog Fäden. Irgendwann hatte Karen es endlich doch geschafft. Anschließend drückte sie das Zeug ins Spülbecken, so fest sie konnte.

Susanna runzelte die Stirn. „Kümmerliche zwei Zentimeter! Damit kommen wir nicht weit. Du musst besser werden! Streng dich an, ich dachte immer, du wärest Leistungssportlerin!"

„Ich kann es ja mal mit Fußbällen probieren, vielleicht klappt das besser!", murrte Karen. Dann machte sie weiter. Ihre Technik verbesserte sich zusehends. Am Ende schaffte sie zehn Zentimeter. „Das reicht dann wohl", sagte sie zufrieden.

Susannas Zyklus hatte die Regelmäßigkeit eines Schweizer Uhrwerks. An einem Januarabend hielt sie den richtigen Zeitpunkt für gekommen. „Es wird ernst!", sagte sie nervös. „Ich frage bei Stefan an, ob er produzieren kann."

Karen lächelte unsicher. „Gut. Ich bereite alles vor. Bis gleich."

Aufgeregt klopfte Susanna bei Stefan und Frank an. „Könntest du bitte ...?", fragte sie etwas verlegen und drückte Stefan den Spermabehälter aus Holland in die Hand, den Jule ihnen geschenkt hatte.

„Also dann! Die Aktion Eisprung kommt ins Rollen! Frisch ans Werk!" Stefan lächelte schräg.

„Aufgeregt?"

„Es geht. Frank? Hattest du nicht ein paar Hefte gekauft?"

Frank tauchte mit einer Plastiktüte in der Hand auf. Er zog ein Hochglanzmagazin heraus, auf dessen Cover sich ein nackter Mann in eindeutiger Pose rekelte. „Was Knackigeres habe ich nicht bekommen."

Stefan betrachtete das Titelbild. „Wird schon reichen. Es dauert nicht lange!" Stefan griff nach der Plastiktüte und verschwand im Badezimmer.

„Soll ich warten?", fragte Susanna.

„Ich bringe euch das Zeug rüber: Lieferung frei Haus. Als kleiner Beitrag zum großen Glück." Frank zwinkerte verschwörerisch.

„Bis dann", sagte Susanna und verschwand.

Frank blieb allein zurück. Ihm war merkwürdig zumute, was ihn selbst überraschte. Drinnen, im Bad, war Stefan jetzt dabei, sich selbst zu befriedigen. Frank fragte sich, welches Bild er wohl dabei ansah. Ob er auch den Kerl im String-Tanga so toll fand? Oder stand er eher auf den Ledermann am Motorrad? Er nahm sich vor, Stefan später zu fragen.

Dann lauschte er angespannt. Er glaubte, Stefan keuchen zu hören, aber sicher war er sich nicht. Hatte Stefan schon das Stadium erreicht, in dem seine Oberschenkel ganz leicht zitterten, in dem er sich vollkommen dem überließ, was geschah? Kam er gerade? Warum, verdammt, muss ich hier draußen hocken, dachte Frank mürrisch, holte sich im Kühlschrank einen Apfelsaft und beruhigte sich wieder: Es war ja wahrscheinlich nur dieses eine Mal.

Ein paar Minuten später kam Stefan mit gerötetem Kopf aus dem Badezimmer. „Voilà!", sagte er und hielt Frank den Behälter hin, in dem sich nun Sperma befand.

„Wie war's?" Frank lächelte halbherzig.

„Ein bisschen einsam, ohne dich."

„Freut mich, dass du mich immer noch einem Plastikbehälter und Pornoheften vorziehst." Frank pflanzte Stefan ein Küsschen auf die erhitzte Wange, schnappte sich den Spermabehälter und klingelte drüben.

„Danke! Drück uns die Daumen!" Karens Stimme war ganz piepsig vor Aufregung, als sie Frank den Behälter abnahm.

„Viel Glück!" Frank lächelte und versuchte, fröhlich zu klingen, aber er war es nicht. Wenn die Sache klappte, dann würde daraus ein Kind entstehen. Dann wäre Stefan dreifacher Vater. Dreifacher! Susanna wäre Mutter, Karen wäre Co-Mutter.

Und ich, dachte Frank, was wäre ich? Ich wäre das fünfte Rad am Wagen. Er spürte, wie Groll in ihm aufstieg. Frank begriff, dass er eifersüchtig war, nicht nur auf die Minuten im Bad, sondern plötzlich auf alles, einschließlich der potenziellen Vaterschaft Stefans.

Gleichzeitig fand er seine Gefühle absolut unpassend, absurd und lächerlich. Er hatte es ja schließlich abgelehnt, aktiv an dem Kinderprojekt mitzuwirken! Er war selbst schuld an seinen Gefühlen. Und auf keinen Fall würde er Stefan damit behelligen.

Währenddessen verschwand Karen im Schlafzimmer. Zuvor hatte sie das Sperma in die Einwegspritze gezogen und war nun froh, dass sie geübt hatte.

Susanna lag im Bett, die Decke über sich gezogen. „Nicht trödeln", flüsterte Susanna. „Du weißt ja, warum!"

„Ich bringe dich nur ein bisschen in Stimmung!" Karen schob die Hand unter die Decke. Sie zeichnete die Konturen von Susannas Brüsten nach, ließ die Hände an ihr hinabgleiten. Nein, an mangelnder Erregung würde dieser Versuch sicher nicht scheitern.

Susanna schloss die Augen. Während Karens Berührungen fordernder wurden, sah sie vor sich Bilder vom Sex mit Karen. Darunter mischten sich Erinnerungen an andere leidenschaftliche Begegnungen. Sie nannte das ihr besonderes Gedächtnis für Sex, ein inneres Archiv der Lust, und heute schien es, als drängten alle intensiven Eindrücke, die sie jemals auf diesem Gebiet gesammelt hatte, in ihr Bewusstsein.

Karen war in ihr und strich gleichzeitig über ihre dunkle, geschwollene Klit. Susanna stöhnte. „Mach es jetzt!", sagte sie leise.

Karen presste das Sperma aus der Spritze so fest sie konnte. Diese Handlung kam ihr im Verhältnis zu dem, was daraus entstehen sollte, banal vor. Lächerlich geradezu. Dann legte sie die Spritze zur Seite, während Susanna die Beine in die Luft hob, damit die kostbaren Spermien hübsch dahin flossen, wo hoffentlich schon ein gieriges Ei auf sie wartete.

Zweieinhalb Wochen später war die Enttäuschung groß. Es hatte ganz offensichtlich nicht geklappt, und das fühlte sich unglaublich frustrierend an.

„Na und?", tröstete Karen Susanna. „Neues Spiel, neues Glück."

Sie versuchten es weiter, und zwar fortan möglichst an allen fruchtbaren Tagen. Davon gibt es pro Monat ungefähr sieben. Wann immer möglich, masturbierte Stefan im Badezimmer, Frank lieferte den Samen ab, wenn er nicht gerade geschäftlich unterwegs war, und Karen spritzte das Zeug in Susannas Möse.

An Tagen, an denen Stefan, wie er es scherzhaft nannte, „Dienst hatte", ging im Bett anschließend nichts mehr. Wenn Stefan aus dem Bad kam, fühlte er sich richtiggehend ausgepumpt. So sehr sich Frank auch bemühte, Stefan streichelte ihm höchstens über den Kopf und sagte: „Weißt du, Frank, ich möchte jetzt einfach nur noch fernsehen, vielleicht ein Bier trinken und dann schlafen."

Vielleicht hätte er etwas öfter seine Müdigkeit überwunden, wenn er geahnt hätte, was in Frank vorging. Der wurde nämlich mit jeder Lieferung in die Nachbarschaft missmutiger. Gleichzeitig schämte er sich seiner Gefühle. Er fand sie kleinbürgerlich-spießig und im Grunde seiner selbst unwürdig.

Wenn Stefan ihn anlässlich seiner schlechten Laune fragte, welche Laus ihm denn über die Leber gelaufen sei, antwortete er nur: „Du weißt doch, die blöden Kunden. Wie immer!", lächelte ziemlich künstlich und biss die Zähne zusammen. Mit jedem Zyklus, um den das Ganze sich in die Länge zog, wurde es schlimmer.

Auch an Karen und Susanna nagte die Zeit. Samenspende stellt man sich schließlich als einmaligen Akt vor, nicht als Daueraufgabe. Das Vorspiel bei Samenlieferung sparten sich die beiden mittlerweile. Susanna hatte schon während des zweiten Zyklus verkündet: „Es ist mir einfach zu viel, eine ganze Woche pro Monat jeden Abend Sex zu haben!", und damit war die Sache ausdiskutiert.

Die Prozedur fand jetzt öfter auf dem Sofa statt, während irgendein Schinken aus Susannas Filmsammlung lief. Mal drohten riesige Spinnen die Menschheit zu vernichten, mal raste ein entgleister Asteroid auf die Erde zu, mal planten finstere Mächte eine Attacke auf die Biosphäre, während gleichzeitig die Spermien auf den Weg zu Susannas Eiern geschickt wurden.

„Richtigen Sex", wie Karen inzwischen Begegnungen ohne Spermaspritze nannte, hatten sie immer seltener. Sie waren einfach zu sehr auf das Kinderprojekt fixiert. Aber vergeblich: Der Frühling kam und dann der Sommer, und noch immer hatte es nicht geklappt.

Karen und Susanna sehnten sich nach einem Urlaub. Doch die eigentlich vorgesehene Reise ans Mittelmeer fand nicht statt. Die Frauen aus der Lesbenmütter-Gruppe hatten geunkt: „Wenn du wegfährst, gerät nur der Zyklus durcheinander. Und dann dauert es noch länger, bis es klappt!" Außerdem hätte Susanna im Urlaub womöglich ihre fruchtbaren Tage außerhalb der Reichweite der Stefan'schen Samenproduktion verbringen müssen und so einen ganzen Monat verloren. Also urlaubten Karen und Susanna in Balkonien und atmeten die ozongeschwängerte heiße Luft der Münchner Straßen. Das Höchste der Gefühle waren Tagesausflüge in die Umgebung.

Frank allerdings ging es viel schlechter. Er war inzwischen nur noch genervt. Wie sehr, wurde ihm klar, als er wieder einmal in Norddeutschland „auf Montage" war. So nannte er es, wenn er in einer anderen Stadt eine der Maschinen seiner Firma installierte, auf der die Kunden anschließend ihre unermesslichen Datenberge ablegten. Oder wenn er dafür sorgen musste, dass ein aus unerfindlichen Gründen defektes Speichergerät, das seine Firma geliefert hatte, wieder ordentlich funktionierte.

Dabei war immer äußerste Eile angesagt: Innerhalb weniger Stunden musste der Fehler behoben sein, denn wenn die Daten nicht verfügbar waren, versank die gesamte Firma des Kunden regelmäßig in tiefster Verzweiflung, weil das Geschäft praktisch stillstand. Jede Minute konnte schlimmstenfalls Millionen kosten.

Auf so einem Noteinsatz befand sich Frank diesmal. Aus irgendeinem Grund rückte das Speichersystem eines wichtigen Kunden die darauf hinterlegten Daten nicht mehr heraus. Das war besonders misslich, weil es sich bei den Daten unter anderem um den Katalog eines Online-Verkaufssystems handelte und nun niemand mehr bei der Firma über das Internet etwas bestellen konnte. Außerdem hatte der Kunde seine Daten nicht ausreichend gesichert. Das kam, wie Frank wusste, leider immer wieder vor. Frank musste deshalb alles versuchen, um die Maschine, ein schon etwas betagteres Modell, wieder zum Laufen zu bringen.

Schon um fünf Uhr morgens stieg er ins Auto. Die Fahrt würde etwa vier Stunden dauern, er wäre also morgens um neun vor Ort, wie es im Wartungsvertrag mit diesem Kunden versprochen war. Weil er nicht wusste, wann er seine

Arbeit beendet haben würde, plante er, auswärts zu übernachten.

Beim Fahren hatte Frank reichlich Zeit nachzudenken. Seine Gedanken kreisten nimmermüde nur um ein Thema: das Kinderprojekt. Während die Landschaft an ihm vorbeisauste, verfluchte er den Tag, an dem er sich darauf eingelassen hatte. Wie sehr hatte sich seitdem sein Leben verändert! Alles drehte sich nur noch um den Befruchtungsstatus von Susanna, oder zumindest kam es ihm so vor. Er hatte davon nichts, wirklich rein gar nichts. Er würde noch nicht mal behaupten können, dass das Kind, das vielleicht eines Tages dabei herauskäme, etwas mit ihm zu tun hätte.

Und was war aus seinem sonst so agilen, liebestollen Stefan geworden? Er liegt reglos neben mir wie ein Kartoffelsack, dachte Frank frustriert, weil er sich für diese beiden Schnallen leer pumpt, bis absolut nichts mehr übrig bleibt. Wütend hupte er einen Schleicher von der Überholspur und ärgerte sich gleich darauf über sein unbeherrschtes Verhalten.

Frank runzelte die Stirn. Vielleicht müsste er sich einmal etwas Gutes tun, um sich besser zu fühlen. Zwei Wochen war es jetzt her, seit er und Stefan zum letzten Mal Sex gehabt hatten, eine unermessliche Zeitspanne für ihre Verhältnisse! Nach dem letzten gemeinsamen Sex folgten sieben Tage Lieferung nach nebenan, und dann musste Stefan auch schon auf eine Klassenfahrt. Und nun war er, Frank, verreist. Und dann kam wahrscheinlich schon wieder die fruchtbare Phase. Ob die beiden Frauen eigentlich ahnten, was in ihm vorging, wenn er ihnen lächelnd den Spermabehälter in die Hand drückte? Wenn er beim Tischfußball extra hart spielte und den Ball in Karens oder Susannas Tor versenkte? Wahrscheinlich nicht, und das war gut so. Oder vielleicht auch nicht.

So ging es jedenfalls nicht weiter. Frank fühlte sich einsam, hässlich, abgelehnt. Wie es einem eben geht, wenn einen niemand anfasst, obwohl es jemanden gibt, der das eigentlich tun sollte.

Seit er Stefan kannte, lebte Frank monogam, aber er konnte auch anders! Ha! Schließlich hatte er jahrelang zu den Schwulen gehört, die keine feste Beziehung, dafür aber viele lockere Affären und One-Night-Stands hatten. Er wusste, wie man sich in der Szene bewegte. Meist erkannte er mit einem Blick, wer zu einem kleinen Abenteuer im Darkroom bereit war und wen man besser in Ruhe ließ.

Und dieses Wissen sollte ich vielleicht einfach mal auffrischen, dachte er. Als er an der Autobahnraststätte in der Nähe seiner Ausfahrt anhielt, kaufte er auf dem Herrenklo eine Doppelpackung Präservative.

Die Reparatur des Speichersystems dauerte bis in den späten Abend. Während er arbeitete, tauchte neben ihm alle paar Minuten der Informationstechnik-Chef auf und jammerte. Wenn Frank den Schaden, dessen potenziell desaströse Auswirkungen hauptsächlich auf die Schlampigkeit des Managers zurückzuführen waren, nicht einigermaßen zufrieden stellend beheben würde, dann würde man den Mann feuern, das wusste Frank genau. Und der Manager wusste es auch. „Wenn Sie dann fertig sind, lade ich Sie zu einem schönen Essen ein“, säuselte er gerade.

„Danke, ich habe schon was vor“, wehrte Frank ab und dachte an seine Einkäufe auf der Hinfahrt. Das beflügelte ihn zu Höchstleistungen.

Tatsächlich schaffte er es bis zehn Uhr abends, die Sache in den Griff zu bekommen. Er tauschte nicht nur mehrere defekte mechanische Teile aus, sondern schrieb zusätzlich eine automatische Datensicherungsroutine und schärfte dem Manager ein, sie auch zu benutzen, damit so etwas nicht noch einmal passierte.

Zufrieden stieg er dann in sein Auto und fuhr in die Innenstadt. Vor einigen Jahren war er schon einmal hier gewesen und kannte sich ein bisschen aus. Zielsicher steuerte Frank das Viertel an, in dem die Szenekneipen, Bars und Saunen lagen.

Frank betrat eine Bar, die mit dem Regenbogenlogo geschmückt war, und bestellte ein Bier. Das Publikum war teilweise schon ziemlich angeheitert, die meisten jünger als er.

Auf der anderen Seite der hufeisenförmigen Bar machte ihm ein schwarzgelockter Mittzwanziger mit einem kantigen Gesicht schöne Augen. Frank lächelte zurück. Der Mann zwinkerte, und als Frank danach immer noch einladend lächelte, kam er hinüber und stellte sich neben ihn.

„Na? Öfter hier?", fragte er.

„Nein. Nur auf der Durchreise."

Frank ließ seinen Blick über den wohlgestalteten Body seines Gegenübers schweifen. Er trug eng anliegende Jeans, die sich an den entscheidenden Stellen verheißungsvoll beulten, und ein T-Shirt, das seinen V-förmigen Oberkörper betonte. Wahrscheinlich verbrachte er viel zu viel Zeit im Fitness-Center. Aber was interessierte ihn das.

„Lahmer Laden hier", sagte seine Bekanntschaft. „Ich heiße übrigens Toto. Kurz für Tobias. Aber alle nennen mich Toto."

„Dann bist du wohl sechs Richtige, ein Hauptgewinn sozusagen?", fragte Frank.

„Sechs Richtige sind Lotto, nicht Toto. Dabei geht's um Fußball. Aber sechs Richtige klingt trotzdem nett." Toto lächelte.

„Ich bin Frank." Frank reichte ihm die Hand, obwohl er damit eigentlich lieber woanders hingegriffen hätte. Aber vielleicht war das hier wirklich nicht der richtige Ort für solche Annäherungsversuche.

„Hast du Lust, noch woanders hinzugehen? Heute gibt es eine Naked-Dance-Party gleich um die Ecke. Nur für Eingeweihte. Da kommt nicht jeder rein. Ist halb privat."

„Naked Dance?"

Toto kicherte. „Das ist total in im Moment. Alle ziehen sich aus, und dann tanzen die Kerle nackt, bis auf Socken und Schuhe. Und dann ... na, den Rest kannst du dir denken."

Frank nickte. Ja, darauf hatte er Lust. Das war genau, was er jetzt brauchte. Nämlich etwas anderes als das häusliche Einerlei aus Arbeit und Samenspende.

Sie brachen auf. Die Naked-Dance-Location befand sich im zweiten Stock, in einer ganz normalen Wohnung. Als sie klingelten, öffnete ihnen ein bulliger Türsteher. Er erkannte Toto, nickte freundlich und machte sofort den Weg frei.

„Ich bin hier Stammgast", sagte Toto, als er vor Frank in den Flur tänzelte. Es war elf, und die Party kam gerade erst langsam in Schwung. Frank und Toto standen nun in einem Vorraum, wo sich Berge von Klamotten häuften. Durch eine Tür drang leise Musik zu ihnen hinüber.

„Wir müssen uns hier ausziehen, die Sachen kommen nicht mit rein", erklärte Toto.

Frank nickte gehorsam und entledigte sich seiner Kleidung. Allerdings stellte er fest, dass er sich dabei weniger wohl fühlte als angenommen. Er war so viel Freizügigkeit einfach nicht mehr gewohnt nach den vielen monogamen Jahren. In einer fremden Wohnung nackt eine mehr oder weniger öffentliche Party zu feiern, fand er merkwürdig. Dann stand er schon nur noch in Socken und Schuhen da, in der rechten Hand das Päckchen mit den zwei Kondomen. Er steckte sie in seine rechte Socke, weil er nicht wusste, wo er sie sonst unterbringen sollte.

Toto stand neben ihm, ebenfalls nackt bis auf die Fußbekleidung. „Mächtig prächtig", sagte er und schaute Frank dabei zwischen die Beine.

Frank spürte, wie sich bei ihm etwas regte. Na also! Es ging doch noch! Er fror ein bisschen.

„Los, gehen wir rein!", sagte Toto.

Sie betraten den Raum, in dem getanzt wurde. Dort war es beinahe dunkel, nur ein paar winzige Halogenlämpchen in den Ecken strahlten Licht an die Decke. Zigarettenrauch waberte. Reichlich Testosteron lag in der Luft.

Frank spürte, wie die Atmosphäre von ihm Besitz ergriff. Es waren vielleicht zwanzig Männer auf der Tanzfläche, alle nackt bis auf die Schuhe und in unterschiedlichen Stadien der Erregung. Am Rand standen noch einmal so viele. Frank sah, wie Paare sich tanzend aneinander rieben oder mit den Händen aneinander zu schaffen machten, aber Sex im engeren Sinne gab es hier anscheinend nicht.

Toto folgte seinen Blicken. „Geil, was? Für mehr gibt es nebenan einen Darkroom."

Frank nickte. Er bestellte für sich und Toto einen hochprozentigen Cocktail an der improvisierten Bar, leerte ihn halb und zog, als er die Wärme des Alkohols im Magen spürte, Toto auf die Tanzfläche. Die beiden begannen, sich im Takt der Musik zu bewegen.

Frank beobachtete Toto, während er selbst seine Hüften schwang. Toto tanzte geschmeidig. Mit schlangenhaften Bewegungen drehte er sich im Kreis und wandte Frank dabei seinen knackigen Hintern zu. Eine nette Aufforderung, an deren Bedeutung man eigentlich nicht zweifeln konnte.

Inzwischen war Frank ziemlich erregt. Er fand, es wurde Zeit, sich zurückzuziehen. Wenn er die Stimmung richtig einschätzte, würde Toto vielleicht nur der Einstieg zu einem wahren Ringelreihen sein. Frank grinste. Das lief ja wie in alten Zeiten! Dann fielen ihm die Gummis ein. Unter Umständen waren zwei viel zu wenig.

Toto griff nach Franks Hand. „Los, lass uns nach hinten gehen", sagte er.

Sie verschwanden in einem benachbarten, viel kleineren Zimmer, in dem ebenfalls nur ein paar winzige Lämpchen in den Ecken brannten und die Szenerie in gespenstisches

Licht tauchten: Vögelnde Männer, wohin man blickte. Frank schmiegte sich von hinten an Toto und streichelte seinen Arsch. Verdammt, er musste endlich ein Gummi überziehen.

„Einen Moment", grunzte er.

Toto drehte sich um und warf ihm einen empörten Blick zu.

„Ich muss ein Gummi überziehen", sagte Frank.

Toto zeigte ihm einen Vogel. „Gummi? Kannst du in der Pfeife rauchen! Ich mache es nur ohne! Die anderen hier übrigens auch. Wir wollen Spaß!"

Frank war hin- und hergerissen. Da stand Toto, der nur darauf wartete, dass er mit ihm alles anstellte, was ihm einfiel. Er wünschte sich, endlich mal wieder die Sau rauszulassen, wie früher. Auf der anderen Seite tobte sein Gewissen: Er war verantwortlich für seine Gesundheit, und natürlich auch für die Stefans.

Er würde jetzt den Jungen von einem Gummi überzeugen, damit sie endlich weitermachen konnten.

„Was dagegen?", fragte er möglichst gelassen.

„Ja! Es ist absolut uncool. Feige! Wen schert es heute noch, ob jemand positiv ist! Es gibt schließlich Medikamente." Toto musterte ihn ungeduldig. „Also, machst du nun oder nicht?"

Frank spürte, wie sich alles in ihm zusammenzog. Er wusste, was AIDS bedeutete, schließlich war er einmal Freiwilliger bei der AIDS-Hilfe gewesen, als ihn der Job noch nicht auffraß. Er wusste, dass es Medikamente gab, die den Ausbruch der Krankheit hinauszögerten, manchmal sehr lange, aber eine Garantie gab es nicht.

Und dieser Toto wollte ihm erklären, das alles wäre egal. Entschlossen schüttelte Frank den Kopf. „Kommt nicht in Frage! Ich haue ab. Und du …"

„Was, ich?" Toto warf ihm einen giftigen Blick zu.

„Da. Schenke ich dir. Ich gehe", sagte Frank. Er schob Toto die Präserpackung zwischen die Arschbacken, wo sie stecken blieb.

„Mieser Spießer", zischte Toto.

Frank zuckte mit den Schultern und machte sich auf den Weg zur Tür. Es war sinnlos, Leuten wie Toto Moral zu predigen. Er musste wohl selbst erleben, was die Krankheit anrichtete und dass die Medikamente auch kein Zuckerschlecken bedeuteten, wenn es so weit war. So, wie er sich verhielt, würde das nicht allzu lange dauern.

Als sich Frank an der Tür noch einmal umdrehte, sah er, dass Toto an einem anderen Schwanz saugte, den ihm jemand anderes entgegengestreckt hatte. Natürlich ohne Gummi.

Irre, dachte er, völlig durchgeknallt. Sie tun, als wäre der Tod der Hauptgewinn in ihrer makabren Lotterie. Plötzlich hatte er absolut keine Lust mehr auf Abenteuer.

Immerhin wusste er jetzt, dass er mit Stefan reden musste. Es musste sich etwas ändern, und zwar bald, sonst konnte er für sein Verhalten nicht mehr garantieren. Demnächst stand der Urlaub an. Das war eine glänzende Gelegenheit: weit weg von Klassenfahrten, Hausarbeit, Eisprüngen und sonstigen Misshelligkeiten. Stefans Söhne würden diesmal mit ihrer Mutter verreisen, nicht mit ihnen. Sie würden allein sein. Und das wird auch höchste Zeit, dachte Frank. Wenigstens dauerte es bis zur Abreise nicht mehr lange.

Susanna und Karen erfuhren von alledem nichts: Nichts von dem, was Frank bewegt hatte, nichts davon, was die beiden Männer im Urlaub besprochen hatten, und nichts davon, wie die beiden Männer fortan mit der Lage umgehen wollten. Frank und Stefan waren bei ihrer Rückkehr freundlich wie immer, brachten Susanna und Karen sogar eine Flasche

Ouzo mit und begannen sofort wieder mit der gewohnten Eisprung-Routine.

Erfolge allerdings waren nicht zu vermelden. Das Jahr ging zu Ende, und Susanna war noch immer kein bisschen schwanger, was mittlerweile empfindlich die Stimmung drückte. Das Quartett spielte weiter samstags Tischfußball, und auch sonst sahen sie sich ab und zu. Doch was sie auch taten, sie fühlten sich umgeben von einer Aura des Misslingens und der Verbissenheit. Besonders Susanna suhlte sich in Selbstzweifeln. Sie hatte schließlich geglaubt, es sei einfach, ein Kind zu zeugen, wenn man es nur wirklich versuchte. Schließlich passierte es ständig und überall. Nur sie und ihr Samenspender waren anscheinend aus irgendeinem geheimnisvollen Grund zu blöd dazu.

Selbst Stefans Söhne merkten, dass etwas nicht stimmte. „Ihr konzentriert euch überhaupt nicht mehr!", beschwerte sich Markus, nachdem beim Tischfußball wieder mal alle Erwachsenen die einfachsten Bälle verschossen hatten.

„Halt den Mund!", fuhr ihn Stefan an. Nun schmollte der Junior. Schließlich hatte er nur die Wahrheit gesagt.

Schon immer hasste Susanna die Tage vor den Tagen, weil sie sich dann angeschwollen und übellaunig fühlte. Jetzt war das Ganze noch schlimmer: Im Gegensatz zu früher wünschte sie sich dringend, die Tage würden nicht kommen, aber sie kamen immer. Früher hatte sie das leise Ziehen im Unterleib begrüßt, weil es das Ende des nervtötenden Prä-Zustands anzeigte. Heute bedeutete es, dass alle Bemühungen wieder einmal umsonst gewesen waren, und das machte sie wütend.

War es vielleicht einfach schicksalhaft, dass es nicht klappte, weil Lesben nun einmal keine Kinder machen sollten? Aber sie kannte genug Lesben mit Kindern. Was sie da dachte, war ein Produkt gesellschaftlicher Konditionierung und hatte mit der Wirklichkeit nichts zu tun!

Meistens überkamen sie derartige Grübeleien, wenn sie nachts wach lag. Das kam in letzter Zeit öfter vor. Karen schüttelte den Kopf, wenn Susanna ihr von diesen Zweifeln erzählte. „Das ist doch alles Blödsinn. Du musst nur Geduld haben, wir schaffen das schon. Neulich erst hast du mir gesagt, wie lange manche Frauen aus deiner Gruppe gebraucht haben, bis es geklappt hat", versuchte sie, Susanna zu beruhigen.

Aber weiterhin Geduld zu haben, fiel auch Karen schwer. Schließlich zog sich die Aktion Eisprung jetzt schon ziemlich lange hin, und mittlerweile fühlte sie sich mittendrin. Sie wollte das Kind jetzt genauso wie Susanna, und sie würde nicht zulassen, dass sie so einfach aufgab, nach alledem.

Zusätzlich belastete es sie, dass sie mit der Arbeitssuche nicht vorankam, obwohl sie ja nun keinen Samenspender mehr suchen mussten. Karen hatte noch keine einzige Bewerbung geschrieben, dümpelte weiter in dem Call Center vor sich hin und fiel ab und zu im Sportgeschäft ein, um mit Fred die aktuellen Novitäten durchzudiskutieren. Sie hatte aber in der letzten Zeit fast nichts erstanden. Nur einem Mini-Stepper aus dem Lebensmittel-Discounter für knapp dreißig Euro und damit spottbillig, konnte sie nicht widerstehen. Inzwischen gab es dort ja fast alles. Das Ding versagte nach drei Einsätzen. Nun verrottete es wie so vieles im Hobbyraum.

Karens schönstes Erlebnis in dieser schwierigen Zeit hatte mit Fußball zu tun: Eines Tages schaute Jessica vorbei und brachte Jana mit, ihre neue Flamme. Jessica spielte noch immer bei Dynamo Pasing. Die Mannschaft war tatsächlich in die Zweite Frauen-Bundesliga aufgestiegen. „Hella piesackt uns wie nie zuvor", seufzte sie. „Ich bin nach dem Training immer fix und fertig. Aber wenigstens stehen wir im Tabellen-Mittelfeld, nicht ganz unten."

Jana spielte ebenfalls Fußball – aber anders. „Ich mache mich doch nicht zum Sklaven einer überkandidelten Trainerzicke oder irgendwelcher Ligatabellen wie meine Liebste!", sagte sie und warf den Kopf in den Nacken.

„Aber wo spielst du dann?", fragte Karen neugierig.

„Bei den Lila Sockers. Ein Lesbenteam. Wir kicken einmal pro Woche, meistens auf der Wiese, und wenn du mal nicht kannst, reißt dir auch keiner den Kopf ab."

„Blutige Amateure!" Jessica verzog den Mund in gespielter Verachtung.

„Sei du bloß still! Jedenfalls komme ich immer gut gelaunt nach Hause, während du nach dem Training literweise Franzbranntwein für dein malträtiertes Gerüst verbrauchst und schon ganz verkniffen bist vor Stress!", konterte Jana.

Dann wandte sie sich an Karen. „Komm doch einfach mal! Wir freuen uns über jede, und wenn sie einen Elfmeter von einem Abseits unterscheiden kann, erst recht."

So landete Karen bei den Lila Sockers. Schon beim ersten Training auf einer ungemähten Wiese unweit der Isar wusste sie, dass sie hier richtig war. Als sie den ersten Ball im Tor versenkte, riss sie jubelnd die Arme hoch. Wie sehr sie es vermisst hatte, dieses Gefühl!

Im Gegensatz zu Dynamo Pasing redeten die Frauen in ihrem neuen Team auch über Persönliches, wenn sie nicht gerade kickten. Deshalb wussten bald alle über das Babyprojekt Bescheid. Dafür allerdings hatten einige der Fußballfrauen erheblich weniger übrig als für Karens Ballkünste.

„Die Erde ist doch sowieso überfüllt!", schimpfte zum Beispiel Willy, eine überschlanke Rothaarige, die gern Linksaußen spielte und kein Auto fuhr, weil das die Luft verschmutzte.

„Na und? Bei mehr als sechs Milliarden Menschen macht doch unser Kind auch nichts mehr aus!", konterte Karen.

„Das ist ja gar nicht das Schlimmste!", setzte Karla Moser, eine Mittelfeldspielerin, die Attacke fort. „Ich finde es viel schlimmer, dass ihr in das alte Rollenverhalten zurückfallt: Eine Frau ist nur eine Frau, wenn sie sich vermehrt. Reicht es nicht, wenn sich die Heteras derart versklaven lassen?"

Karen wehrte sich: „Was heißt denn hier Rollenverhalten! Ich arbeite genauso viel im Haushalt wie Susanna! Und ist etwa eine Lesbe, die ein Kind kriegt, keine Lesbe mehr? Nur deswegen? Das ist doch genau so engstirnig!"

„Wenn es keine Leute gäbe, die Kinder kriegen, gäbe es auch keine jungen Lesben!", setzte Jana nach, die sich in diesen Debatten stets auf Karens Seite schlug.

„Jetzt sollen wir die auch noch selber machen!", murrte Karla. „Übrigens: Stillen willst du den kleinen Schreihals hoffentlich nicht auch noch!", stichelte sie weiter.

„Geht ja nicht. Außerdem reicht es doch, wenn einer die Brüste anschwellen", konterte Karen.

„Ich finde es richtig revolutionär, was Karen und Susanna tun. Wenn eine heterosexuelle Frau ein Kind kriegt, tut sie, was alle machen! Aber wenn sie ein Kind kriegen ...", argumentierte Jana, konnte jedoch ihren Satz nicht vollenden.

„Was alle machen? Das war vor der Pille, Schätzchen! Wo lebst du eigentlich?", grinste Karla und zeigte Jana einen Vogel. „Die Heteras hören mit Kinderkriegen auf, weil es ihnen zu viel ist, die Männer kein bisschen mithelfen und das hoffnungsfrohe Kind am Ende doch arbeitslos wird, und jetzt sollen wir anfangen? Das ist doch krank!"

„Und anschließend dürfen dann die Mütter, ob lesbisch oder nicht, sowieso sehen, wie sie mit den Kindern fertig werden", sagte Willy trocken.

„Ich weiß. Trotzdem: Wenn eine von uns ein Kind kriegt, nimmt sie sich ein Recht, das die anderen ihr vorenthalten wollen. Und das ist zweifellos revolutionär und subversiv!", schloss Jana ihre Argumentation doch noch ab.

„Pah, revolutionär! Das ist konterrevolutionär! Die Kapitulation vor dem Hormonterror!", widersprach eine andere am Tisch. So ging es ewig weiter.

Karen wünschte sich manchmal, Susanna könnte miterleben, wie sie hier für ihre gemeinsame Sache stritt, und daraus neue Hoffnung schöpfen, statt immer resignierter zu werden.

Eines Tages Ende Januar, es hatte gerade wieder einmal eindeutig nicht geklappt, erreichte Susannas Frustration ihren Höhepunkt. Das Kinderprojekt lief, von dem Moment an gerechnet, als sie diese Idee ausbrütete, schon mehr als zwei Jahre – ohne Erfolg. Die Zukunft erschien Susanna wie eine endlose Kette von gescheiterten Befruchtungsversuchen. Sie kam sich absurd und lächerlich vor, weil sie stur auf ihrem Wunsch beharrte, der sich doch offensichtlich einfach nicht erfüllen wollte. Es musste etwas geschehen, sonst würde sie depressiv werden oder wahnsinnig oder beides zusammen.

Karen lag auf dem Sofa und blätterte im *Kicker*. Sie hatte einen schlechten Tag gehabt: Es gab Ärger im Call Center, weil sie zu wenige Anrufe geschafft hatte, sie hatte noch immer keine einzige Bewerbung geschrieben, und Susanna war wieder einmal nicht schwanger. Deswegen rannte sie jetzt schon seit mindestens einer Stunde in der Wohnung hin und her. „Kannst du dich nicht mal setzen? Du bist so unruhig, das macht mich wahnsinnig", verlangte Karen.

„Wenn hier jemand wahnsinnig wird, dann ich. Und damit ist jetzt Schluss", giftete Susanna. Sie stand breitbeinig vor dem Keith-Haring-Kalender, der seit Neuestem an der Wohnzimmerwand hing. Zielsicher blätterte sie bis zum Junibild: bunte Figuren, die noch kleinere Figuren, vielleicht Babys, in die Luft warfen. „Hör mir zu!", sagte sie herrisch.

Erschrocken legte Karen die Fußballzeitschrift zur Seite. Susanna zeigte auf den Kalender, die Brauen finster zusammengezogen. „Wenn es bis dann nicht geklappt hat, ist Schluss. Dann fahren wir in einen langen Urlaub sonst wohin und beginnen danach ein neues Leben."

Karen starrte Susanna entgeistert an. „Ist das dein Ernst?"

„Natürlich ist das mein Ernst. Wenn es nicht sein soll, dann eben nicht. Ich habe es satt!"

„Erst zwingst du mich, meine gesamte Lebenseinstellung zu überdenken, machst mich verrückt mit deinem Kinderkram, und jetzt, wo ich auch will, gibst du einfach auf? Spinnst du?"

„Das ist doch nur noch Quälerei!", widersprach Susanna.

Karen suchte verzweifelt nach Argumenten weiterzumachen. Sie wunderte sich selbst darüber, aber sie wollte einfach nicht, dass Schluss war. „Hör zu, eine aus dem Call Center hat drei Jahre gebraucht, bis es geklappt hat. Sie geht demnächst in Mutterschutz."

Susanna stand mit verschränkten Armen vor dem Kalender und musterte Karen finster. „Na und? Willst du mir damit etwa sagen, ich soll jetzt noch zwei Jahre weitermachen? Glaubst du, ich will das? Und meinst du im Ernst, Stefan spielt da mit?" Sie schüttelte den Kopf. „Nein. Ich kann das nicht mehr. Ich will endlich wieder ein normales Leben. Ohne Fixierung auf Eisprung und fruchtbare Tage und ohne Samenspritze." Jetzt heulte Susanna.

Karen stand auf, ging zu ihr hinüber. Plötzlich hatte sie ein schlechtes Gewissen. Bei aller Vorfreude – es war ja nicht ihr Körper, der hier Monat für Monat zur Disposition stand. „Sorry", sagte sie und wischte Susanna eine Träne von der Wange. „Und was machen wir nun?"

„Ganz einfach: Deadline Juni. Und keinen Tag länger! Nicht wahr, Tusnelda?" Tusnelda stand auf dem Wohnzimmertisch, sah ernst aus und schwieg.

„Na schön", sagte Karen resigniert. „Wenn du es unbedingt so willst … Dein Bauch gehört schließlich dir."

Zwei Wochen später musste Susanna nach Rom reisen. Sie sollte die Rechte für einen neuen, hoch gelobten Spielfilm erwerben. Das wäre eigentlich Marios Aufgabe gewesen, aber er fand Flüge zu anstrengend, seit er das Virus hatte. Deshalb übernahm Susanna gelegentlich seine Geschäftsreisen.

Von Rom sah sie nicht viel. Aber immerhin gelang ihr ein guter Abschluss, den sie abends mit ihren Geschäftspartnern ausgiebig feierte. Am nächsten Morgen hatte Susanna den ersten Flug gebucht. Zeit zum Frühstücken blieb da nicht.

Hungrig saß sie auf einem engen Mittelplatz. Doch das vertrocknete Gebäckstück, das ihr die Flugbegleiterin zusammen mit einem Kaffee servierte, roch und schmeckte merkwürdig. Susanna musste würgen und fischte nach dem Kotzbeutel. Ich hätte gestern nicht so viel trinken sollen, dachte sie. Während des restlichen Flugs versuchte sie zu schlafen.

Als sie gegen Mittag endlich zu Hause ankam, war ihr noch immer schlecht. Die unausgeräumte Spülmaschine stank unerträglich, und aus dem Kühlschrank, den sie öffnete, um die Milchtüte herauszuholen, attackierten sie die Düfte eines Romadur. Dann riss auch noch ein Knopf an ihrer Lieblingsbluse ab und rollte unerreichbar hinter den Kleiderschrank. Plötzlich war Susanna alles zu viel. Sie rannte heulend ins Bad und übergab sich. Danach fühlte sie sich etwas besser.

Abends beschwerte sich Susanna bei Karen über den Käse. „Wieso stört dich Romadur auf einmal?", fragte die verwirrt. „Den isst du doch sonst gern!"

Susanna ließ sich stöhnend aufs Sofa fallen und schmollte.

Durchgedreht oder schwanger, dachte sie und kaufte am nächsten Tag auf dem Heimweg einen Schnelltest. Karen starrte die Pappbox mit der lachenden Frau und dem Baby staunend an. „Meinst du etwa …", fragte sie.

„Ich meine gar nichts", antwortete Susanna lakonisch. „Ich habe nämlich schon viel zu oft gemeint, was diese Sache angeht. Jetzt wird einfach nur getestet. Was mit mir los ist, sehen wir morgen früh."

In dieser Nacht lagen Karen und Susanna wach. Sie trauten sich einfach noch nicht, glücklich zu sein. In den vergangenen Monaten hatten sie sich schon zu oft in Vorfreude geaalt, um dann nur umso heftiger enttäuscht zu werden. Vielleicht hatte Susanna ja einfach eine Hormonstörung. So etwas kam vor.

Eng aneinandergeschmiegt lagen die beiden Frauen im Bett und zitterten dem Morgen entgegen. Um halb sieben pinkelte Susanna auf den Teststreifen, schob ihn in den Auswertemechanismus und wartete. Der Streifen verfärbte sich im Nu leuchtend blau. „Karen!", brüllte sie. „Karen! Ich bin schwanger!"

Karen starrte verdattert den Streifen an. Jetzt, wo es anscheinend passiert war, konnte sie es nicht glauben. „Bist du auch sicher?"

„Natürlich bin ich sicher. Ich habe alles gemacht, was auf der Packung stand."

„Trotzdem. Mach es noch mal!"

Susanna pinkelte auf einen weiteren Teststreifen, und dann auf einen dritten und vierten. Sie pinkelte so lange auf Teststreifen, bis sie einfach nicht mehr pinkeln konnte. Das Ergebnis blieb gleich.

„Wir haben es tatsächlich geschafft!" Karen umarmte Susanna, und dann heulten sie ein bisschen vor Begeisterung.

Alles wird anders

Abends klingelten die beiden Frauen nebenan. Stefan öffnete verschwitzt und im Trainingsanzug. „Schon wieder fruchtbar?", fragte er. „Wir trimmen gerade. Frank besteht neuerdings auf ein bisschen Heimtraining."

„Und wie fruchtbar! Ich bin endlich schwanger. Keine Badezimmer-Sitzungen mehr. Danke!" Dabei liefen Susanna Freudentränen übers Gesicht.

Stefans Miene verzog sich langsam zu einem strahlenden Lächeln. Dann drehte er sich um und brüllte: „Frank! Leg sofort den Expander weg! Wir kriegen ein Kind!"

Der Abend dauerte lange. Frank, Stefan und Karen leerten eine Flasche Sekt aus den Vorräten der Frauen. Susanna blieb bei Mineralwasser, fühlte sich aber trotzdem wie betrunken.

Von da an drehte sich das Leben von Karen und Susanna vor allem um das bevorstehende große Ereignis. Vieles, was ihnen wichtig oder zumindest angenehm gewesen war, interessierte sie nicht mehr, wurde geändert oder musste verschwinden.

Zum Beispiel Susannas Gynäkologin. Susanna hatte sich bei ihr nie geoutet. Wozu auch? Für die üblichen Vorsorgeuntersuchungen musste die Ärztin schließlich nicht wissen, mit wem sie ins Bett ging oder lebte. Wahrscheinlich glaubte sie, Susanna führe ein einsames Dasein in trister Enthaltsamkeit. Und jetzt, fand Susanna, war es zu spät, sie einzuweihen.

Sie wollte eine Ärztin, der sie vertrauen konnte. Die Lesbenmütter-Gruppe hatte einen ganzen Ordner voll mit solchen Adressen. Susanna landete zusammen mit Karen bei Dr. Sabine Maisel. „Und das ist meine Lebenspartnerin,

Karen Küppers", stellte Susanna Karen beim ersten Besuch vor. „Sehr erfreut", sagte Dr. Maisel freundlich lächelnd und reichte Karen die Hand. Damit war klar, hier konnten sie vorerst bleiben.

Als Nächstes erwischte es den Hobbyraum, der zum Kinderzimmer umfunktioniert werden sollte. An einem Samstag im März luden Karen und Susanna kurz entschlossen alle, die sie kannten, zum großen „Entsorgungs-Kaffeetrinken" ein. Nicht nur die Sportgeräte, sondern auch diverse Grusel- und Science-Fiction-Utensilien verschwanden bei dieser Gelegenheit. Zum Beispiel fanden Thekla, die Spinne, und die Fledermaus von der Wohnzimmerdecke ein neues Heim bei Jule aus der Lesbenmütter-Gruppe.

Jessica schnappte sich den Hamsterkäfig. „Jana findet Hamster so süß. Wir wollen uns einen anschaffen", erklärte sie.

„Dann viel Spaß!" Karen zeigte auf eine kleine Narbe, die von Spots Biss zurückgeblieben war. „Besonders gern mögen sie rohe Fingerkuppen mit ein bisschen Salz und Pfeffer."

Mona von den Lesbenmüttern und ihre neue Freundin beschlagnahmten die fast nie bespielte Tischtennisplatte, und für das Schlauchboot mit dem Loch interessierte sich eine Frau, die Jana anschleppte. Das Surfbrett ging an Sibylle Mandl. „Das stelle ich im Keller an die Wand und gucke es mir jeden Tag an, wenn ich mal wieder glaube, außer Windeln und Geschrei gäbe es keine Perspektive mehr", sagte sie.

Den Flipper schnappten sich Stefan und Frank. „Wer Speichersysteme reparieren kann, müsste eigentlich mit dieser vorsintflutlichen Kiste spielend fertig werden!", grinste Stefan seinen Freund an. „Nicht wahr, Frank?"

„Wenn du dich da mal nicht irrst!" Frank knuffte ihn in die Seite. „Bei der Spülmaschine habe ich ja auch jämmerlich versagt!"

„Meine Güte, ist der süß!“, jauchzte Mario, als er Mr. Spock erblickte. „Dieser Haarschnitt, hinreißend! Total Siebziger!“ Der Star aus *Raumschiff Enterprise* wurde von Mario die Treppen hinuntergeschleppt und dann im Kofferraum verstaut, um in seiner Wohnung einen würdigen Platz gleich am Eingang einzunehmen.

„Nicht weinen, er bleibt ja in der Familie!“, tröstete Karen Susanna, die etwas melancholisch ihrer SciFi-Ikone nachschaute.

In der Tür stieß Mario beinahe mit Timm zusammen. „Und wer ist dieser Bursche, der da eben Mr. Spock entführt?“, fragte Timm, während er neugierig hinter Mario herstarrte.

„Gefällt er dir?“, Karen grinste anzüglich.

„Nicht schlecht.“

„Frag Susanna, die kennt ihn am besten.“

„Werde ich machen. Kriege ich die Hanteln?“

„Klar. Hochheben musst du sie aber allein, ich bin aus dem Training. Willst du denn keinen Kaffee?“, fragte Karen.

„Das nächste Mal! Ich bin verabredet.“ Schon war Timm verschwunden.

„Hat der es aber eilig!“ Staunend blickte Karen ihm nach.

Dann war es an ihr, sich zu verabschieden: Eine der Fußballfrauen trug gerade Karens teures Zweit-Mountainbike davon. Anstandshalber überreichte die Frau Karen vorher einen Fünfzig-Euro-Schein. „Sonst kann ich das wirklich nicht annehmen!“, sagte sie.

Karen seufzte tief und steckte das Geld in die Tasche. Susanna legte ihr den Arm über die Schulter. „Ist doch nicht so schlimm. Du bist schon mindestens zwei Jahre nicht mehr darauf gefahren. Seit du damals im Isartal über die Wurzel gestürzt bist und drei Wochen einen dicken Knöchel hattest.“ Karen nickte stumm.

Abgesehen von den sentimentalen Anwandlungen war das große Aufräumen ein Erfolg. Es motivierte die beiden

Frauen dazu, am nächsten Tag auch noch in allen anderen Ecken der Wohnung nach Überflüssigem zu fahnden. Sie schichteten die Fundstücke im Flur auf und rissen ganz zum Schluss auch noch den alten, fleckigen Teppichboden aus dem zukünftigen Kinderzimmer. Darunter kamen Dielen zum Vorschein.

„Den lassen wir abschleifen", sagte Susanna zufrieden. „Ist doch viel schöner."

Von den Horror-Utensilien behielt Susanna nur Tusnelda, den Tyrannosaurus auf dem Nachttisch und einen schwarzen Raben, der im Wohnzimmer auf der Fensterbank hockte. Sie fand, deren Gruseligkeit hielt sich in Grenzen und sie würden ihr Baby wahrscheinlich nicht verschrecken.

Zwei Tage später kam der Sperrmüllwagen und schaffte alles Aussortierte fort. „Meine Güte, plötzlich ist es hier sogar hell und luftig!", staunte Karen, am Fensterbrett des Kinderzimmers lehnend.

In der nächsten Woche liehen Karen und Susanna ein Schleifgerät aus und polierten die Dielen. Dann strichen sie die Wände des Kinderzimmers weiß. Susanna malte darauf farbige Punkte, Quadrate und Dreiecke, damit das Ganze nicht zu eintönig wirkte. Schließlich kauften sie Kindermöbel auf einem Spezialflohmarkt für Babybedarf: eine Kommode, ein Bett, eine Baby-Badewanne und einen Stuhl zum Stillen. Außerdem hängten sie gelbe Vorhänge auf, die den Raum in sonniges Licht tauchten, auch wenn die Sonne gar nicht schien.

Schon kurz darauf zeigten sich die segensreichen Rückwirkungen ihrer Großzügigkeit: Sibylle Mandl kam mit zwei prall gefüllten Plastiktüten voller Babykleidung und bewunderte das neue Kinderzimmer. „Für das Surfbrett", sagte sie, als Karen und Susanna in den winzigen Socken, Hemden und Strampelanzügen herumwühlten. Nur ihre Umstandshosen musste die dürre Sibylle wieder mitnehmen. In denen sah Susanna aus wie eingeschweißt.

In einem Kaufhaus fand sie bald darauf, was sie suchte. Ihre neuen Hosen dehnten sich so flexibel, dass wahrscheinlich auch der Bauch einer Elefantenkuh mühelos hineingepasst hätte.

Außerdem verzichtete Susanna ab sofort aufs Nachfärben ihrer Haare. Die rote Tönung war nämlich Chemie und damit tabu, so warnten jedenfalls die Lesbenmütter: Die Farbe, so meinten sie, könne über die Poren in Susanna eindringen und dann den Fötus schädigen. Und das wollte Susanna auf keinen Fall. Also war Schluss mit Rot. Allmählich verbreiterte sich vom Haaransatz aus der Streifen in ihrer natürlichen Haarfarbe Aschblond – inzwischen schon eher asch als blond. „Ich werde tatsächlich grau!", stöhnte sie. „Und das als junge Mutter!"

Nebenbei klärten Karen und Susanna Familie, Freunde und Bekannte über die neue Situation auf. Die meisten freuten sich mit ihnen. Nur eine der notorischen Kinder-Gegnerinnen von den Lila Sockers fragte hämisch: „Kommst du demnächst mit dem Buggy zum Training? Das wird aber eng auf dem Spielfeld!" Einige lachten, doch Karen ignorierte sie.

Hartensteins erfuhren vorläufig nichts. Sie waren, wie Susanna wusste, wenig begabt darin, sich auf Veränderungen einzustellen. Susanna rechnete mit Ungemach und wollte ihnen die große Neuigkeit später verkünden, wenn die ersten kritischen Monate vorbei waren. Damit nicht doch vorzeitig etwas durchsickerte, erzählte sie auch Ferdi und Clara nichts.

Dem fälligen Gespräch mit Werner Nagler, ihrem Chef, sah Susanna ohne jede Begeisterung entgegen. Nagler leitete seit der Beinahe-Pleite die Firma und war, obwohl in einer kreativen Branche tätig, eher autoritär und konservativ. Meistens erschien er sehr früh morgens, immer in einem hochkorrekten braunen oder schwarzen Anzug mit gestreiftem Hemd und Krawatte. Er hielt nichts davon, seine Angestellten zu duzen, wie das in vielen Filmfirmen üblich war. Außerdem glaubte er fest daran, übermäßige Lockerheit schade dem Arbeitsergebnis. Was würde er zu einer Lesbe im Mutterschutz sagen?

Doch die Sitzung lief besser als erwartet. „Dann werde ich Sie wohl gehen lassen müssen. Wo Sie doch gerade erst Ihre Talente voll zu entfalten scheinen. Der Abschluss in Rom – alle Achtung!", sagte Nagler. Nach den näheren Umständen ihrer Mutterschaft erkundigte er sich nicht. Susanna beschloss, nun alle Unklarheiten auf einmal zu beseitigen.

Sie lächelte freundlich, obwohl sie sich in diesem Moment nicht sehr wohl in ihrer Haut fühlte. „Ich habe gar nicht vor, lange aufzuhören, Herr Nagler! Meine Lebenspartnerin und ich legen nämlich Wert auf finanzielle Unabhängigkeit. Am liebsten würde ich nach spätestens einem Jahr wieder einsteigen und von zu Hause arbeiten", sagte sie entschlossen.

Nagler sah einen Moment verdutzt aus, räusperte sich dann kurz und nickte: „Eine sehr weise Entscheidung. Und was Ihre Tätigkeit angeht: Ich sehe eigentlich keine Probleme, Ihre Arbeit von zu Hause zu erledigen, wenn Sie einmal in der Woche einen halben Tag herkommen, um den Kontakt zu halten."

Susanna fiel ein Stein vom Herzen. Sie bedankte sich und verschwand.

„Anscheinend hast du im Lotto einen guten Kapitalisten gezogen", staunte Karen, als Susanna ihr abends erzählte, wie alles gelaufen war. Dann seufzte sie. „Wenn es nur genauso einfach wäre, einen neuen Job für mich zu finden. Am besten halbtags, dann könnten wir uns die Arbeit mit dem Kind teilen." Sie blätterte mutlos durch die letzte Wochenendausgabe der *Süddeutschen Zeitung*, die aufgeschlagen auf dem Tisch lag. Der Stellenteil war gerade einmal zwölf Seiten lang, und diesmal passte kein einziges Angebot zu dem, was Karen suchte.

„Die wollen nur Übermenschen!", stöhnte sie. „Mehrsprachige Tausendsassas mit Auslandserfahrung, Prädikatsexamen und konventioneller Zukunftsplanung! Und was von dem habe ich anzubieten? Eine gescheiterte Fußballkarriere, ein mittelmäßiges Examen und bröckliges Englisch mit starkem deutschen Akzent. Daraus wird nie was."

Susanna musterte sie beinahe ein bisschen ärgerlich. „Das stimmt doch gar nicht! Du kannst so vieles, was andere nicht können. Du bist zum Beispiel teamfähig. Fußball ist doch ein Mannschaftssport, oder nicht? Du bist zielbewusst, sonst hättest du nicht schon so viele Tore geschossen. Und du verstehst was von Sport."

„Mit Sport kann man doch fast kein Geld verdienen!", maulte Karen.

„Ach nein? Und was macht Fred dann? Oder der Typ, dem der Laden gehört?"

Karen starrte an die Decke. Sie dachte nach. Vielleicht gab es auch Wege, an die sie bisher einfach nicht gedacht hatte, und Stellen, die weder in den Internet-Jobbörsen noch in der Zeitung ausgeschrieben wurden. Vielleicht waren gerade das die Jobs, nach denen sie suchen musste. Sie eignete sich nämlich einfach nicht für das geduldige Erklettern sinnloser Hierarchiestufen in den großen Unternehmen, die ihre Angestellten über Inserate suchten. Aber wie sollte sie eine Arbeit finden, die ihr gefallen würde?

Als sie später dem Einschlafen entgegendösten, schreckte Susanna plötzlich hoch. „Übrigens, Marlene kommt demnächst vorbei."

„Marlene? Marlene Dietrich ist doch tot. Und wenn die andere Marlene kommt, weiß ich wirklich nicht, ob ich mich freuen soll." Karen war plötzlich hellwach.

„Die Frau, mit der ich damals den Film gedreht habe."

Alles, nur nicht das, dachte Karen. „Was zum Teufel soll sie hier?"

„Erinnerst du dich nicht mehr? Du hattest mir doch selbst vorgeschlagen, einen Film zu drehen. Einen Gruselfilm allerdings. Mittlerweile glaube ich, ein Film über die Schwangerschaft wäre eine sehr gute Idee. Das habe ich damals schon gesagt. Die anderen aus der Lesbenmütter-Gruppe sind auch ganz begeistert. Sie wollen damit für uns werben." Susanna lag neben ihr, den Kopf auf die Hand gestützt. Ihre Augen leuchteten vor Begeisterung. „Also habe ich Marlene von der Idee erzählt. Die fand sie toll, sie langweilt sich nämlich in ihrem Job momentan zu Tode. ‚Ich muss endlich mal wieder einen Film machen, der mich auch was angeht, was Szeniges irgendwie, und das klingt doch richtig gut!', hat sie gesagt."

„Gibt es denn gar keine anderen Filmerinnen?", fragte Karen deprimiert. Die aufgedrehte Marlene würde ihre Wohnung wahrscheinlich im Nu in ein Chaos aus Kameras, grellen Scheinwerfern und überall umherwieselnden Regieassistentinnen verwandeln. Sie verkörperte für Karen das reine Chaos.

Das rührte noch von ihren Erfahrungen beim ersten Dreh her. Damals hatten die Aufnahmen in Susannas Loft stattgefunden, ein wahrer Alptraum, der den Tagesrhythmus aller Beteiligten vollkommen durcheinander warf. Oft genug drehten sie die ganze Nacht durch. Marlene schlief dann bis zum Mittag, aber Susanna musste arbeiten. Schon bald sah sie aus wie ein Klinikarzt nach einer 36-Stunden-Schicht. Karen hatte den Loft deswegen während der Dreharbeiten gemieden.

Eines Abends besuchte Karen Susanna trotzdem, weil die vor lauter Arbeit keine Zeit fand, zu ihr zu kommen. Gleich am Eingang des Lofts stolperte Karen über eine riesige Kabelrolle, schlug mit dem Knie auf den Betonboden, und es dauerte vierzehn Tage, bis die blauen Flecken verschwunden waren. Der sonst beinahe leere Raum war vollgestopft mit Filmequipment, mit dem sie nichts anzufangen wusste, und dauernd stand sie jemandem im Weg herum, der sie dann in eine andere Ecke schob wie ein sperriges Möbel. Sie verschwand, so schnell sie konnte.

Karen erinnerte sich noch an Anfälle heftiger Eifersucht ihrerseits, die, wie Susanna damals behauptete, vollkommen grundlos waren und der armen Marlene schrecklich Unrecht taten. „Filme drehen ist harte Arbeit, begreifst du das denn nicht?", fragte sie verständnislos, wenn Karen sie einmal mehr schmollend auf dem Handy anrief.

Beinahe wäre nach dem kräftezehrenden Drehmonat Schluss gewesen, aber irgendwie hatten sie sich wieder versöhnt. Und jetzt sollte diese Marlene also noch einmal ihr gemeinsames Leben usurpieren? Karen grauste es.

„Wen bitte soll ich sonst fragen? Wer außer Marlene ist so verrückt, ihre Freizeit in energieraubende ehrenamtliche Projekte wie das zu stecken? Weißt du eine?"

Karen schüttelte den Kopf und wünschte, sie hätte damals, als sie den Film vorschlug, den Mund gehalten.

„Na also! Marlene ist absolut die Richtige dafür. Ich bin jetzt müde!"

Susanna drehte sich zur Seite und war sofort eingeschlafen. Seit sie schwanger war, brauchte sie pro Tag mindestens zwei Stunden Schlaf mehr als früher.

Karen warf sich lange unruhig hin und her. Die ganze Angelegenheit passte ihr nicht. Andererseits: Wenn sie sich der Sache entgegenstemmte, bekäme sie wahrscheinlich Streit mit Susanna. Streit würde ihre Harmonie stören und vielleicht sogar indirekt dem Baby schaden. Das wollte Karen nicht.

Marlene war also wahrscheinlich das kleinere Übel, dachte Karen zähneknirschend und ergab sich in ihr Schicksal. „Sollte ich an dir das kleinste Zeichen von Überanstrengung bemerken oder sollte sie uns das Leben zur Hölle machen, werfe ich die Zicke eigenhändig raus!", murmelte sie im Halbschlaf.

Doch ihre Drohung verhallte ungehört. Susanna grunzte schon leise.

Marlene Kellermann kam am nächsten Abend gegen fünf und gefiel Karen weit besser, als sie befürchtet hatte. Plötzlich wusste sie gar nicht mehr, warum sie so sehr gegen Susannas Plan gewesen war.

Die Filmerin warf beim Reden schwungvoll mit halblangen dunklen Locken um sich, verzog ihren vollen Mund immer wieder zu einem breiten, einladenden Lächeln und strotzte vor Energie. Irgendwie erinnerte sie Karen an die lesbische Tatortkommissarin, deren Namen sie ständig vergaß, obwohl sie sie toll fand.

„Spielst du Fußball?", fragte Marlene und zeigte auf Karens Stollenschuhe.

Karen nickte. Noch im Flur kauten die beiden Frauen die letzte Spielwoche der Bundesliga durch.

„Fußball ist ein toller Sport", sagte Marlene schließlich. „Zumindest von der Zuschauerbank aus. Zum Spielen bin ich zu lahm."

Karen staunte. Sie konnte sich nicht vorstellen, dass die strahlende Marlene für irgendetwas auf dieser Erde zu lahm sein sollte. Plötzlich hatte Karen eine Idee. Wenn Marlene so gerne filmte und sich noch dazu für Fußball interessierte – warum sollten die Lila Sockers nicht auch einen Film bekommen? Schließlich standen die Eurogames vor der Tür, bei denen das Team sich Chancen auf einen Medaillenplatz ausrechnete. Sie fragte Marlene, was sie von dieser Idee hielt.

Marlene biss sofort an. „Das wird ein Superjahr!", jubelte sie. „Lesbenfußball auf Weltmeisterniveau und lesbische

Schwangerschaft als Themen! Da vergisst man ja glatt, dass man fürs Geld dauernd Pinguine abfilmen muss. Die kann ich inzwischen nämlich nicht mehr sehen."

„Pinguine? Das sind doch schöne Tiere."

Sie kicherte. „Politiker. Schwarz mit weißem Hemdchen. Wenn ich sie mir als Pinguine vorstelle, kann ich ihre Lügen besser ertragen."

„Am besten wären die doch im Zoo aufgehoben. Oder vielleicht gleich in der Arktis", sagte Karen, die sich gern darüber aufregte, dass Lesben und Schwule in Deutschland trotz eingetragener Partnerschaft immer noch nicht vollkommen gleichberechtigt waren. Deshalb lehnte sie es vorläufig auch ab zu heiraten; Susanna teilte ihre Meinung.

„Genau. Und da soll ihnen die Klimakatastrophe das Eis unterm Hintern wegschmelzen lassen", kicherte Marlene.

Anschließend besprachen Susanna und Marlene, wie sie die Produktion des Schwangerschaftsfilms organisieren würden. Der erste Drehtermin sollte bei Susanna stattfinden. „Wäre gut, wenn der Samenspender auch käme, am besten mit Partner."

„Ob unsere Freunde da mitmachen, weiß ich nicht", zweifelte Susanna. „Einer ist schließlich im öffentlichen Dienst."

„Keine Sorge, sie werden gepixelt bis zur Unkenntlichkeit." Einen Arzttermin und die Lesbenmütter-Gruppe in Aktion wollte Marlene auch noch filmen. Karen sollte vor der Kamera über ihr Co-Mutter-Dasein sprechen. „Und es wäre toll, wenn wir ein paar Einstellungen mit den Großeltern hätten", beendete Marlene ihre Wunschliste.

„Das kannst du dir abschminken!" Susanna schüttelte heftig den Kopf. „Meine Eltern wissen es noch nicht mal, Karens Vater ist tot und ihre Mutter wohnt in der Nähe der niederländischen Grenze."

„Deine Eltern wissen es noch nicht?", fragte Marlene verdutzt.

„Genau", bestätigte Susanna.

„Das heißt, du musst es ihnen noch sagen!"

„Deine Logik ist umwerfend."

„Na, dann ist doch klar, was wir machen: Ich komme mit, und wir filmen, wie du es ihnen erzählst. Das wäre phantastisch."

Susanna starrte Marlene fassungslos an. Dann zeigte sie ihr einen Vogel. „Du willst meinen Eltern mit einer Filmkamera auf den Hals rücken, wenn ich ihnen sage, dass Karen und ich ein Kind aufziehen werden, dessen Vater ein Samenspender ist? Du musst verrückt sein!"

„Ja, warum denn nicht? Die meisten Menschen fühlen sich geschmeichelt, wenn sie ins Fernsehen kommen."

Susanna verschränkte die Arme. „Ich glaube, du bist ein bisschen naiv. Ich habe es meinen Eltern noch nicht gesagt, weil ich davon ausgehe, dass sich ihre Begeisterung, um es milde auszudrücken, in sehr engen Grenzen halten wird. Jeder Dritte stört da nur, und eine Filmkamera sowieso."

Marlene gab nicht auf. „Diese Szene wäre ein Dokument des Mutes, der Offenheit und der Ermunterung für alle anderen Lesben, die auch ein Kind möchten. Aber wenn du dir das nicht zutraust, dann geht es eben nicht."

Dass Marlene behauptete, sie würde sich nicht trauen, wurmte Susanna. „Ich werde darüber nachdenken", sagte sie nicht mehr ganz so abwehrend.

„Das klingt schon besser. Sei kein Feigling!" Dann verschwand Marlene. Das Treppenhaus hallte von ihren stürmischen Schritten wider.

„Anscheinend noch immer permanent in Eile. Wie hält sie das bloß aus?" Karen schloss kopfschüttelnd die Tür hinter der Filmerin.

„Sie hat Energie ohne Ende. Das war schon immer so." Nachdenklich schaute Susanna zum Fenster hinaus. Draußen sprang Marlene gerade in ihr Auto, das direkt vor dem Haus parkte. „Siehst du, ihr findet euch sogar nett! Übrigens: Was sagst du zu der Sache mit meinen Eltern?"

„Du musst das entscheiden, aber ich finde, sie spinnt!"

„Immerhin hat sie gute Absichten. Außerdem ist es unfair von dir, sie so zu verurteilen, wo sie sogar einen Lila-Sockers-Film plant", widersprach Susanna. Plötzlich fand sie Marlenes Idee nicht mehr ganz so abwegig, wenn auch vielleicht nur, weil sie sich über Karens hartes Urteil ärgerte.

„Findest du die Idee etwa gut?", fragte Karen entgeistert.

„Jedenfalls nicht total schlecht", sagte Susanna. „Man muss doch auch mal an die Jugend denken. Ein Beispiel geben. Nicht feige sein." So war sie nun mal: Meldete jemand Kritik an etwas an, über das sie nachdachte, dann verteidigte sie plötzlich ihr Vorhaben oder ihren Einfall, obwohl sie sich der Sache häufig selbst nicht sicher war.

Karen seufzte. Sie kannte dieses Spiel schon. „Feige? Was hat denn das damit zu tun? Aber tu doch einfach, was du nicht lassen kannst. Ich warne dich, doch ich lege dir keine Steine in den Weg."

„Könntest du auch gar nicht!" Susanna verschwand aus dem Wohnzimmer.

Als sie außer Sichtweite Karens war, zog sie Tusnelda aus der Tasche und fragte das Eulentier: „Was mache ich nur?" Der Talisman konnte ihr diesmal nicht weiterhelfen.

Karen starrte ihrer Partnerin ärgerlich nach. Sie ahnte Ungutes, sollte Susanna dieses irrwitzige Vorhaben wirklich in die Tat umsetzen.

Am nächsten Abend fragten die beiden bei Stefan und Frank, ob sie am Filmprojekt mitwirken würden.

Der Flipper, entdeckten sie bei dieser Gelegenheit, stand bereits frisch gewienert an einer Wand des Wohnzimmers. „Macht sich gut da", lobte Karen, „aber funktioniert er auch?"

„Na klar. Spielen wir eine Runde?" Frank ging sichtlich stolz zu dem Gerät hinüber und schoss eine Kugel in die Bahn.

„Er hat es tatsächlich geschafft, das Ding zu reparieren", dröhnte Stefan hinter der Zeitung hervor. „Ich konnte es kaum glauben!"

„Toll. Spielen wollen wir aber jetzt nicht. Wir haben nämlich ein Anliegen."

Frank zog die Brauen nach oben. „Ein Anliegen? Sollen wir Karen Samen spenden? Da müsste ich leider ablehnen, nach den Anstrengungen der letzten Monate."

Die beiden Frauen kicherten. „Du hast dich ja gar nicht anstrengen müssen", sagte Susanna. „Keine Angst, es geht sowieso um etwas anderes. Wir wollten wissen, ob ihr in einem Film mitspielen würdet."

„In einem Film?" Stefan ließ die Zeitung sinken.

„In einem Dokumentarfilm über lesbische Mutterschaft", erklärte Susanna.

Stefan starrte eine Weile entgeistert in die Luft. „Prinzipell ja, für die gute Sache", sagte er schließlich. „Aber der Balken über meinem Gesicht muss wirklich breit genug sein. Am besten sieht man von mir fast gar nichts, sonst feuert mich noch das Kultusministerium."

„Keine Sorge. Marlene kann auch deine Stimme so verzerren, dass du klingst wie Schweinchen Dick", versicherte Susanna ihm.

„Und ich? Welche Rolle spiele ich dabei?", fragte Frank neugierig.

Karen erklärte: „Du bist, wie im richtigen Leben, der Freund des Samenspenders. Du könntest etwas über deine

Gefühle berichten: Was es für dich bedeutet, dass dein Partner Samen gespendet hat. Wie sich das angefühlt hat und so weiter."

„Meine Gefühle gehen niemanden etwas an!", stieß Frank hervor. Er lief zuerst rot an und wurde dann blass.

„Wir wollten dich doch nicht beleidigen! Die Sache ist vollkommen freiwillig!", beteuerte Susanna erschrocken. „Ich weiß gar nicht, warum du dich so aufregst!"

„Ich mache es nicht. Auf gar keinen Fall." Frank stand mit verschränkten Armen finster blickend da. Karen und Susanna rätselten, was plötzlich mit ihm los war.

„Ist das dein letztes Wort?", fragte Susanna.

„Ja. Entschuldigt mich!" Frank verschwand im Hintergrund.

„Komm runter!", rief Stefan ihm nach. „Es tut dir doch keiner was!"

„Was hat er denn?" Karen schaute irritiert zu Stefan hinüber. „Schlecht geschlafen? Beziehungskrise?"

„Ach, nichts. Frank ist einfach nur schüchtern und mag nicht gefilmt werden", wiegelte Stefan ab. Dabei starrte er auf den Fußboden. „Aber ich komme bestimmt. Versprochen."

„Ein Star weniger", sagte Karen, als sie zurück in der Wohnung waren.

„Dafür eine Szene mehr." Susanna schüttelte den Kopf. „Was bloß mit ihm los ist?"

Danach fasste sie einen Entschluss: Wenn schon der Freund des Samenspenders nicht erscheinen würde, dann mussten wenigstens die Eltern der Mutter mit in den Film. Sonst blieb ja gar nichts Aufregendes mehr übrig.

Spät abends rief sie noch bei Marlene an. „Wäre dir nächstes Wochenende für einen Besuch im Alpenvorland recht?", fragte sie.

Marlene triumphierte. „Dieser Film wird es in sich haben!"

„Du willst also wirklich mit ihr zu deinen Eltern fahren?", fragte Karen fassungslos. Sie hatte das Gespräch mitgehört. „Wenn das mal gut geht."

„Unke nicht! Was soll denn schon passieren? Schlimmstenfalls regen sie sich ein bisschen auf", winkte Susanna ab, obwohl sie selbst Angst vor dieser Begegnung hatte. Aber sie fand, die Sache war das Risiko wert.

Filmstars wider Willen

Der Besuch fand an einem Samstag im Mai statt. Vorne in Marlenes Wagen saßen Marlene und Susanna, auf dem Rücksitz lag die Digitalkamera, und selbstverständlich steckte Tusnelda in Susannas Tasche. Karen zum Mitkommen zu überreden, hatte Susanna erst gar nicht versucht. Es wäre naiv gewesen zu vermuten, dass das frostige Verhältnis zwischen Karen und Hartensteins sich ausgerechnet durch die heute geplante Eröffnung verbessern würde.

Susanna hatte ihren Eltern die Stippvisite am Vorabend telefonisch angekündigt. Hinsichtlich ihrer Begleitung hatte sie ein bisschen angegeben: „Ich bringe Marlene mit, eine Kamerafrau vom Bayerischen Rundfunk, Abteilung Fernsehen! Sie beschäftigt sich gerade mit Familiengeschichten, und sie findet euch interessant."

„Uns? Wir sind doch gar nichts Besonderes! Außerdem kennt sie uns ja gar nicht"

Susanna hörte der Stimme ihrer Mutter an, dass sie mit der Bescheidenheit nur kokettierte und tief innerlich genau das Gegenteil glaubte. „Ich habe ihr von euch erzählt", sagte sie.

„Von mir aus, soll sie ruhig kommen", stimmte Frau Hartenstein schließlich zu. Susanna plagte ein wenig ihr Gewissen; ihre Mutter klang so ahnungslos.

Jetzt aber gab es kein Zurück mehr. Marlene warf Susanna einen aufmunternden Blick zu und gab Gas. „Du wirst sehen, das wird cool! Vor der Kamera verwandeln sich Hyänen in Lämmer, nur weil es dem Image dient."

„Image ist meinem Vater egal. Der bastelt in seinem Kellerloch, obwohl er genauso gut Tennis spielen könnte. Oder jagen gehen. Oder irgendwas tun, wobei man nicht stundenlang irgendwo hocken muss, ohne dass einen jemand zur Kenntnis nimmt."

Marlene sah Karen interessiert an. „Was bastelt er denn?"

„Flugzeuge."

„Aha. Was hat dein Vater früher gemacht?"

„Er war Bauunternehmer. Eigentlich sollte er den Hof übernehmen, aber er wollte nicht. Er hat ihn verkauft und dann nebenan die Firma gegründet. Zum Entsetzen der Sippe: die Scholle verlassen! Wie kann man nur. Und am Ende hat er die Baufirma auch verkauft."

„Und deine Mutter?"

„Die hat er natürlich nicht verkauft." Die beiden lachten. „Über sie gibt es wenig zu sagen."

Marlene musterte Susanna tadelnd. „Über jeden gibt es irgendwas zu sagen."

„Sie liebt ihren Garten, kennt sich sehr gut mit Pflanzen aus und bedient meinen Vater. Jedenfalls, so lange ich sie kenne. Ach so, und sie singt im Kirchenchor."

„Typ treusorgende Hausfrau also, willst du mir mitteilen? Geradezu klischeehaft. Unterschätzt du sie nicht?"

„Wer weiß? Ich war übrigens ziemlich lange nicht mehr bei ihnen. Seit die Sache mit dem Kind läuft."

Susanna musterte sich kritisch im winzigen Spiegel der Sonnenblende. Ihr Haar würde ihre Mutter sicher wieder zu Kommentaren veranlassen: Vom Scheitel an abwärts war sie aschblond, und dann folgten lange, rote Haarspitzen. Ansonsten sah sie gut aus, sehr gut sogar, stellte sie zufrieden fest. Rosig wie ein Ferkel, sozusagen.

Susanna lotste Marlene durch den Ort, dann parkten sie den Wagen vor dem Haus der Hartensteins.

„Sind sie das?", fragte Marlene und deutete in Richtung des Paares, das im Garten werkelte. Franziska Hartenstein tilgte, ausgerüstet mit Gummihandschuhen und einer kleinen Hacke, Unkraut aus der Blumenrabatte. Alois Hartenstein hielt ein Flugzeugmodell in den Wind, der nur äußerst schwächlich blies.

Susanna nickte. „Auf in die Höhle des Löwen! Ich mache dich mit ihnen bekannt. Hast du dein elektronisches Auge parat?"

Marlene griff nach ihrer Digicam und stieg aus; Susanna folgte ihr widerwillig.

„Da bist du ja!", begrüßte Alois Hartenstein seine Tochter. Frau Hartenstein richtete sich auf und zog die Gummihandschuhe aus. Beide musterten neugierig Marlene. „Sie sind sicher die Dame vom Fernsehen", sagte Alois Hartenstein schließlich mit einem starren Lächeln.

„Mama, Papa, das ist Marlene Kellermann. Marlene, meine Eltern", machte Susanna sie miteinander bekannt.

„Und was wollen Sie nun wissen?", fragte Frau Hartenstein.

„Ich interessiere mich für Familienleben in Oberbayern." Marlene lächelte Vertrauen erweckend.

„Wenn Sie Trachten und so ein Zeug suchen, müssen Sie zum Huber gehen, nach nebenan. Der läuft in Gamsbart und Lederhosen rum, wann immer er kann. Also praktisch immer." Alois Hartenstein lachte meckernd.

„Nein, nein, um Folklore und Trachten geht es mir eigentlich nicht. Mehr um das ganz normale Leben."

„Na, dann filmen Sie mal!"

Marlene richtete ihre Kamera auf Frau Hartenstein und ihre Rabatten. Dann schwenkte sie zu Alois Hartenstein hinüber.

„Gehen wir doch rein. Ich mache die Haustür auf!" Frau Hartenstein klopfte sich die Erde von den Gummilatschen und verschwand, gefolgt von ihrem Gatten, im Keller, um gleich darauf am Haupteingang wieder aufzutauchen. Dort warteten bereits Marlene und Susanna.

Im Wohnzimmer deckte Susannas Vater jetzt den Kaffeetisch. Das war neu für Susanna. Bisher hatte er es damit bewenden lassen, sich daran niederzulassen, wenn alles fertig war.

Ein paar Minuten später saßen alle bis auf Marlene vor dampfenden Kaffeetassen und großen, sahnigen Kuchenstücken, bei deren Anblick Susanna gierig wurde. Ihr war jetzt nicht mehr so oft übel, das Schlimmste sei diesbezüglich nach den ersten drei Monaten vorbei, hatte ihr Dr. Maisel beim letzten Besuch erklärt. Die Schwangerschaft hatte wahrscheinlich irgendwann Mitte Februar begonnen, und für den nächsten Kontrolltermin hatte die Ärztin unausweichlich den ersten Ultraschall angekündigt. Üblicherweise machte man ihn etwas früher, aber Susanna wollte das Kind nicht sehen, bevor sie sicher sein konnte, dass ein früher Abgang unwahrscheinlich war.

Nun kehrte also ihr Appetit zurück. Am liebsten hätte sie ein Stück in die Hand genommen und hastig in sich hineingeschoben, aber sie wartete brav, bis ihre Mutter austeilen würde.

Frau Hartenstein bot Marlene einen Stuhl an, doch die winkte ab. „Wenn es Ihnen nichts ausmacht, bleibe ich stehen. Von hier aus kann ich besser filmen."

„Haben Sie schon irgendwelche Fragen im Moment?", fragte Alois Hartenstein und musterte Marlene erwartungsvoll.

„Nein, jetzt nicht. Tun Sie nur einfach das, was Sie normalerweise auch tun würden. Vielleicht frage ich nachher noch was. Zum Beispiel über Ihr Hobby." Marlene filmte ununterbrochen. „Modellbau, nicht wahr?"

„Ja, Modellbau. Hat Susanna Ihnen das erzählt?"

Marlene nickte.

„Na ja", sagte Hartenstein. „So interessant ist das doch nicht."

Dann begann Franziska Hartenstein unvermittelt und passend zur Jahreszeit mit einem Vortrag über ihren Garten.

Susanna wusste, dass sie gern und ausdauernd über dieses Thema redete, einerseits, weil sie sich damit auskannte, andererseits, weil sich so unangenehmere Gesprächsthemen verhindern ließen. Sie fing mit den Krokussen an, die dieses Jahr eine wahre Pracht gewesen seien, leitete über zu den Schneeglöckchen, die im Garten üppig gewuchert hätten, und berichtete anschließend über eine neue, halbhohe Sonnenblumensorte mit mehreren Blüten pro Stängel, die sie gerade entlang des Gartenwegs ausgesät hatte.

„Und was meinst du, Susanna, soll ich nun eine Hecke pflanzen oder nicht?", fragte sie, offensichtlich, ohne eine Antwort zu erwarten. Die gab sie gleich anschließend selbst. „Aber vielleicht nimmt eine Hecke doch zu viel Licht weg, oder was meinst du, Alois?"

Alois Hartenstein brummelte etwas Unverständliches, er kannte das Ritual schon.

„Aber am Ende ist eine Hecke eben schöner als keine Hecke, nicht wahr? Ich werde also doch!"

Hartenstein brummelte wieder.

Susanna beschloss, jetzt sofort mit ihrem Anliegen herauszurücken. Am Ende würde sie sonst zwar alles über die Gartenpläne ihrer Mutter in den nächsten fünf Jahren wissen, aber ihre große Neuigkeit nicht mitgeteilt haben.

Sie schob schnell noch einen Happen des vorzüglichen Tortenstücks in den Mund. Die Hälfte lag noch auf dem Teller. Schade. Doch es gab Wichtigeres als Kirschsahne, zumindest heute. Sie kaute, schluckte und holte tief Luft. Aus dem Augenwinkel registrierte sie, dass Marlene die Kamera auf sie richtete.

„Ihr kriegt ein Enkelkind", verkündete Susanna in die Stille hinein, die nach dem Hecken-Diskurs entstanden war, und spürte, wie ihr das Blut in den Kopf schoss.

Herr Hartenstein warf seiner Frau einen äußerst befremdeten Blick zu. „Ein Enkelkind? Ferdi und Clara waren doch neulich hier – warum haben sie uns denn nicht erzählt, dass Clara wieder schwanger ist?"

Frau Hartenstein tupfte umständlich ihren Mund mit einer geblümten Papierserviette ab. „Dieser Heimlichtuer! Wahrscheinlich wollen sie uns damit überraschen!"

„Es geht nicht um Clara. Ich kriege das Baby!", stellte Susanna klar und zeigte zur Bekräftigung auf ihren Bauch.

„Du?" Franziska Hartenstein rührte hektisch im Kaffee und musterte ihre schwangere Tochter von oben bis unten. „Viel sieht man aber nicht!"

Marlene filmte immer noch, von Hartensteins völlig unbeachtet. Es war, als hätten sie angesichts der überwältigenden Neuigkeit vergessen, dass sie existierte.

„Heißt das, du bist nicht mehr mit dieser Karen zusammen?", frage Alois Hartenstein hoffnungsfroh. „Du hast plötzlich einen netten Mann kennen gelernt, und es ist dir klar geworden, dass das alles nichts taugt? Dieser ganze Frauenkram?"

Marlene ließ die Kamera zwischen Susanna und Alois Hartenstein hin- und herwandern.

„Nein. Ich bin selbstverständlich noch mit Karen zusammen." Susanna fiel jedes Wort schwer. Noch wähnten sich ihre Eltern anscheinend in seligen Hoffnungen, noch hatten sie die Wahrheit nicht verstanden. Aber sie mussten!

„Ja, aber ..." Alois Hartensteins Gesicht war ein einziges, entsetztes Fragezeichen.

„Wir haben einen Samenspender gefunden. Ich trage unser Kind aus, Karen wird Co-Mutter. Und ihr Großeltern", erklärte Susanna. „Das ist heute nicht mehr so ungewöhnlich", setzte sie vorsichtshalber hinzu.

„Samenspender?" Ihr Vater saß plötzlich kerzengerade da und starrte Susanna an, als gehörte sie zu einer ihm bislang unbekannten Lebensform. „Und wer ist dieser Samenspender? Schließlich ist dieser … dieser Kerl ja sozusagen unser Schwiegersohn."

„Ist er nicht", widersprach Susanna scharf. „Karen ist eure Schwiegertochter, wenn man so will, aber ihr zieht es ja vor, diese Tatsache zu ignorieren. Der Samenspender ist der Samenspender. Mehr nicht. So ist es abgesprochen." Es erschien ihr ratsam, vorläufig unerwähnt zu lassen, wie gut sie Stefan kannten. Das hätte alles nur weiter kompliziert.

„So", sagte ihr Vater. Dann sagte er eine Weile nichts mehr, sondern grub in seinem Kuchen, als wäre irgendwo zwischen Sahne und Teig die Auflösung des Rätsels verborgen, das seine Tochter für ihn darstellte.

Dann sagte er: „Sie da drüben schalten jetzt sofort die Kamera ab und rücken den Film raus!"

Gehorsam drückte Marlene auf den Abschaltknopf. „Es gibt keinen Film", sagte sie. „Alles digital."

„Löschen!", befahl Alois Hartenstein und starrte Marlene böse an.

Franziska Hartenstein schwieg derweil. Sie versuchte vorläufig, die Haltung zu wahren, indem sie die Kaffeetasse zum Munde führte, als wäre nichts gewesen, aber es gelang ihr nicht. Sie zitterte so stark, dass die braune Flüssigkeit überschwappte und hässliche Flecken auf dem Tischtuch hinterließ.

Susanna Hartenstein wollte nicht so einfach aufgeben. Es war jetzt sowieso alles egal. Warum also sollte sie nicht noch einmal versuchen, bei ihren Eltern wenigstens ein bisschen Verständnis zu wecken. „Dass lesbische Frauen Kinder kriegen, ist doch nicht schlimm. Alle schreien, es gäbe zu wenig Nachwuchs. Aber wenn ich welchen bekomme, soll es verkehrt sein! Das ist unfair. Karen und ich können Kinder genauso gut erziehen wie ihr", sagte sie, innerlich vibrierend vor Ärger und Frust.

Herr Hartenstein lief rot an. „Heißt das, dass du uns nicht sagen wirst, von wem unser Enkelkind abstammt, dessen Großeltern wir werden sollen? Ist es wirklich das, was du uns da mitteilen willst?" Dabei fixierte er seine Tochter mit einem stechenden Blick wie ein finsterer Zauberer, der Menschen durch bloßes Glotzen zum Erstarren bringen konnte.

Susanna kannte diesen Blick aus ihrer Kindheit. Es gab Leute, die sich davon einschüchtern ließen und taten, was ihr Vater verlangte, sie selbst eingeschlossen.

„Genau das heißt es", sagte Susanna.

„Wie kannst du uns das antun?", schluchzte ihre Mutter. „Und was sollen wir den Nachbarn sagen? Und dem Kirchenchor erst! Dass du unser Enkelkind auf der Straße gefunden hast?"

„Ist das eure einzige Sorge? Die Nachbarn? Der Chor?" Susanna starrte ihre Eltern an. Ja, so waren sie nun mal: beherrscht von der Angst vor allem, was vom Standard abwich. Vor allem, was den Leuten Anlass für Geschwätz bieten konnte. Ihre Angst war stärker als die Freude auf ein Enkelkind, das sie sich eigentlich wünschten. Sie war so stark, dass sie dafür ihre Tochter zum Teufel jagen würden. Jetzt gleich, wenn Susanna sich nicht sehr verschätzte. Das tat weh, es tat sogar sehr weh.

„Haben Sie jetzt endlich gelöscht?", fragte Hartenstein Marlene. „Sonst konfisziere ich Ihre Kamera!"

„Das werden Sie nicht tun", grummelte Marlene grimmig. Dann rief sie: „Los, weg hier!", und rannte. Sie war schon draußen, die Kamera fest an sich gepresst, ehe Hartenstein sich schwerfällig vom Stuhl erhoben hatte.

Susanna folgte ihr stumm, eilig und mit dem unguten Gefühl, den Kampfplatz nur als halbe Siegerin zu verlassen. Aber immerhin, es war heraus! Nun musste sie sich beeilen, sonst würde der Nachmittag noch weit unschöner enden, als er begonnen hatte.

Es kam Susanna zustatten, dass sie nahe der Tür saß. Alois Hartenstein, der, einmal vom Stuhl gekommen, an Geschwindigkeit gewann, griff nach ihrem Arm und stieß dabei einen Stuhl um, der polternd zu Boden fiel. Aber sie riss sich los, rannte zur Haustür, knallte sie hinter sich ins Schloss und raste weiter zum Auto. Hastig ließ sie sich auf den Beifahrersitz fallen. Marlene saß schon im Wagen. Susanna sah, wie die Tür wieder aufgerissen wurde und ihr puterrot angelaufener Vater ebenfalls zu Marlenes Auto hastete, schreiend und die Faust drohend erhoben.

„Tür zu! Ich mache die Karre dicht!", kommandierte Marlene. Kaum hatte sie die Zentralverriegelung betätigt, rüttelte auch schon Hartenstein am Griff. „Sie unverschämtes Flittchen! Ich verklage Sie, wenn ich davon auch nur eine Minute im Fernsehen sehe!", schrie er, außer sich vor Wut, und donnerte gegen das Metall des Wagendaches.

Durch die Scheibe funkelte er Susanna mit einem Furcht erregenden Blick an, aber sie hielt ihm stand. „Komm bloß so schnell nicht mehr wieder hierher! Du hast sie doch nur mitgebracht, um uns zu blamieren!", schrie er.

„Geh doch zu deinen Modellen", murmelte Susanna. „Die sind aus Holz und spüren nichts!" Sie fühlte sich wie die Hauptdarstellerin in einem surrealistischen Film, in dem es bestimmt kein Happy End gab.

An der Haustür heulte derweil kreidebleich Franziska Hartenstein.

„Und jetzt?", fragte Marlene, in deren Augen es abenteuerlich blitzte. „Super Material, an sich. Für dich war das natürlich weniger schön, um nicht zu sagen, schrecklich. Aber wenigstens bist du nicht allein."

„Wie schön, dass dich der Auftritt cineastisch befriedigt hat", bemerkte Susanna zynisch. „Du willst das doch nicht ernsthaft verwenden?"

„Warum nicht? Es ist ein politisches Dokument über …"

Susanna warf Marlene einen kalten Blick zu. „Tu mir einen Gefallen und halt den Mund, Süße. Bring mich jetzt nach Hause, aber schnell. Und wenn ich diese Bilder in einem Film entdecke, ohne es vorher genehmigt zu haben, kannst du was erleben!"

Marlene fuhr schweigend weiter. Susanna schloss die Augen und lehnte sich zurück. Erst in diesem Moment spürte sie, wie erschöpft sie war.

Karen nahm sie ohne große Worte in die Arme, als sie nach Hause kam. Susannas Anblick genügte, um zu wissen, was geschehen war. „Ich habe es doch gewusst", murmelte sie, während sie versuchte, ihre völlig verstörte Freundin zu beruhigen.

Die schlief fast gar nicht in dieser Nacht. Immer wieder sah sie die Bilder von der schrecklichen Begegnung mit ihren Eltern vor sich, immer wieder fragte sie sich, ob sie das wirklich erlebt hatte. Am nächsten Morgen fühlte sich Susanna noch erschöpfter als am Abend. Außerdem hatte sie heftige Unterleibsschmerzen.

„Ich rufe sofort Dr. Maisel an, das ist ein Notfall", beschloss Karen bleich. Eine Stunde später saß Susanna im Behandlungsstuhl. Ruhig und freundlich wie immer, erkundigte die Ärztin sich nach Susannas Beschwerden.

Susanna beschrieb, was passiert war und wie es ihr nun ging.

„Ich muss mir das genauer ansehen", sagte Dr. Maisel. Plötzlich lächelte sie nicht mehr.

Als sie fertig war, musterte sie Susanna ernst. „Das Wichtigste zuerst: Leider müssen Sie ab jetzt liegen. Der dritte Monat ist zwar gerade um, aber das ist ein Sonderfall. Sonst verlieren Sie womöglich Ihre Babys. Der Muttermund ist leicht geöffnet."

Susanna starrte die Ärztin an. „Liegen? Ich muss doch arbeiten ... Und wir hatten so viel vor ..."

„Absagen. Alles absagen." Dr. Maisel vollführte mit der Hand eine Geste, als würde sie etwas kräftig durchstreichen. „Da gibt es gar nichts zu diskutieren."

„Und wie lange?", fragte Susanna.

„Vielleicht bis zur Entbindung."

Susanna starrte vor sich hin und versuchte zu erfassen, was sie eben erfahren hatte.

Aber Karen hatte noch etwas anderes gehört. „Haben Sie eben tatsächlich Babys gesagt?", fragte sie perplex. „Plural, meine ich? Nicht ein Baby, sondern mehrere?"

Die Ärztin nickte. „Ja. Sie bekommen zweieiige Zwillinge. Schauen Sie, auf dem Ultraschall sieht man es deutlich. Jeder Zwilling hat einen eigenen Mutterkuchen. Das bedeutet übrigens wahrscheinlich Kaiserschnitt."

„Darf ich das mal zusammenfassen?" Zwischen Susannas Augen zog sich eine tiefe Falte die Stirn hinauf. „Nur um sicher zu sein, dass ich auch alles kapiert habe. Erstens, ich bekomme zweieiige Zwillinge. Zweitens, ich muss liegen, vielleicht bis zur Geburt. Und drittens, ich brauche sehr wahrscheinlich einen Kaiserschnitt. War's das? Oder habe ich irgendwas vergessen?"

„Nein. Sie haben nichts vergessen", bestätigte Dr. Maisel.

„Das schaffen wir schon!" Beruhigend legte Karen ihr den Arm um die Schulter, aber Susanna schüttelte ihn ab. Sie wollte kein Mitleid, sie wollte kämpfen. „Hat hier irgendjemand daran gezweifelt?", fragte sie trotzig.

Susanna bekam einen Berg von Anweisungen mit auf den Weg: Sie durfte nichts Schweres mehr heben und keinen Sport treiben. Und arbeiten im Büro oder unter Stress sowieso nicht. „Sie werden ab sofort krankgeschrieben und gehen dann in den Mutterschutz", befahl Dr. Maisel. Am besten lag sie den ganzen Tag auf dem Sofa oder lief ein bisschen in der Wohnung herum, aber ohne sich anzustrengen. Vor allem durfte sie sich nicht mehr aufregen. „Wenn sich irgendwas verändert, kommen Sie sofort her!", befahl die Ärztin. „Ansonsten nächste Woche, und dann, wenn alles gut aussieht, mindestens alle vierzehn Tage. Alles klar?"

„Was ist mit Sex?", fragte Karen.

Dr. Maisel blickte streng, aber auch ein wenig bedauernd. „Normalerweise ist das kein Problem in der Schwangerschaft. Aber unter diesen Umständen? Nein, davon muss ich leider dringend abraten. Es dauert ja nicht ewig."

Karen nickte stumm und wütend. Noch nicht einmal die erhöhte Sensibilität in der Schwangerschaft, deren Auswirkungen Susanna und sie in den letzten Wochen genossen hatten, konnten sie also mehr auskosten. Und das alles wegen Hartensteins! Mussten sie die Kinder schon vorgeburtlich so stressen? Was für Großeltern sollten das eigentlich werden?

Als sie im Auto saßen, kramte Susanna Tusnelda hervor. „Schöne Scheiße, Vogel, was?" Tusnelda schaute sie sorgenvoll und wie immer schweigsam an. „Wahrscheinlich denkst du, ich hätte gar nicht hinfahren sollen!"

Dann schaute Susanna an sich herunter. Sie legte ihre Hände auf den Bauch, als wollte sie den Föten da drin die Grenzen ihres Aktionsradius aufzeigen, und setzte eine grimmige Miene auf. „Und ihr beiden bleibt hübsch, wo ihr hingehört! Verstanden?"

„Den Befehlston kannst du ja schon gut. Ganz der Papa", sagte Karen trocken. Dann ließ sie den Motor an.

„Wo kommen wir denn hin, wenn wir uns von den Kindern jetzt schon auf dem Kopf herumtanzen lassen?"

Karen lächelte. Susanna hatte Galgenhumor. Sie hielt das für ein gutes Zeichen. „Wir werden es deinen Eltern zeigen,

Susanna! Das werden die zwei tollsten Babys der Welt", sagte sie finster entschlossen.

„Hoffentlich hast du Recht!" Plötzlich konnte sich Susanna nicht mehr beherrschen: Der gestrige Tag, die Eröffnungen des Morgens – es war einfach alles zu viel. Sie ließ sich in den Autositz zurücksinken und heulte hemmungslos.

Karens Sorge um den Sex war zwar verständlich, aber, wie sich bald herausstellte, sehr theoretisch. Sie selbst hatte nämlich kaum noch Zeit, Gedanken an Lustbarkeiten zu verschwenden. Weit dringendere Probleme beschäftigten sie. Denn sie musste sich nun neben ihrer Arbeit im Call Center und dem Fußballtraining auch noch um den kompletten Haushalt kümmern.

„Das schaffen wir schon!", sagte Karen kämpferisch, als sie abends nebeneinander auf dem Sofa flegelten – Susanna lag, wie befohlen, warm eingewickelt und mit den Beinen auf den Sitzen. „Erstens, wir holen uns Hilfe. Zweitens, deine Eltern haben Hausverbot, solange sie sich nicht eines Besseren besinnen. Aber sie kommen ja sowieso nicht."

„Und drittens?", fragte Susanna.

„Drittens, wir müssen uns nicht zu so einem blöden Geburtsvorbereitungskurs anmelden." Karen kicherte. „Ich hatte sowieso keine Lust, mit lauter Heteropaaren um die Wette zu hecheln."

„Ich schon. Ich finde das schade. Dauernd hier liegen ist doch öde."

„Viertens, der Film", fuhr Karen ungerührt mit der Planung fort. „Ich glaube, den lassen wir auch weg. Das ist einfach zu viel."

Susanna reckte das Kinn nach vorne. „Nein."

„Was, nein?" Karen wäre beinahe vom Sofa gerutscht, so sehr überraschte sie Susannas Antwort.

„Nein heißt nein. Wir drehen diesen Film auf jeden Fall zu Ende."

„Ich verstehe dich nicht! Jetzt hat Marlene sogar einen Riesenkrach mit deinen Eltern verursacht, und du willst trotzdem weitermachen? Du sollst ruhen. Nicht filmen!" Verzweifelt über so viel Leichtsinn starrte Karen Susanna an. „Willst du denn unsere Kinder gefährden?"

„Ich will niemanden gefährden, schon gar nicht unsere Kinder. Aber Marlene hat den Krach nicht verursacht, höchstens verschlimmert. Ich muss bei den anderen Aufnahmen ja nur ein nettes Gesicht machen und ein bisschen was erzählen", beharrte Susanna. „Das ist nicht anstrengend. Und außerdem", sie pulte nachdenklich an ihren Fingernägeln herum, „womit soll ich mich eigentlich den ganzen Tag beschäftigen? Grübeln? Häkeln? Dass mein Körper still liegt, heißt doch nicht, dass mein Hirn seine Aktivität aufgibt!"

„Schreib doch endlich dein Drehbuch!"

„Schreib doch selbst eins!", konterte Susanna. Allerdings musste sie zugeben, dass Karens Idee in der jetzigen Situation einen gewissen Charme hatte.

Am Ende einigten sie sich darauf, es mit einem weiteren Drehtag zu versuchen. „Wenn es dir zu viel wird, werfe ich sie raus. Mitsamt ihren Kameras, Stativen und Scheinwerfern!" Karen rollte mit den Augen. „Und jetzt organisiere ich unser Unterstützungsteam. Nebenan fange ich an!"

„Wie siehst du denn aus?", fragte Frank, als er Karen vor sich sah. „Du hast Ringe unter den Augen. Stresst dich die angehende Mutter?"

„Ein bisschen Stress habe ich schon, aber es ist kaum der Rede wert! Nur, dass wir zweieiige Zwillinge kriegen statt eines Babys. Außerdem haben Susannas Eltern sie rausgeschmissen, ihr Muttermund ist auf, und sie muss jetzt permanent liegen. Wenn sie nicht liegt, verliert sie vielleicht die

Kinder. Heben oder tragen darf sie natürlich auch nichts. Das heißt, ich bin für alles allein zuständig." Karen starrte einen Moment in die Luft. „Ich glaube, das war's!"

Frank kratzte sich am Kopf. „Oha. Zwillinge? Das ist ja unglaublich. Und zweieiige – sind die dann aus zwei Eiern?"

„Ich habe das so verstanden", sagte Karen. „Jedes mit einem eigenen Mutterkuchen."

„Aber das ist doch ..." Frank schüttelte den Kopf.

„Das ist gar nicht so ungewöhnlich", belehrte ihn Karen, die am Nachmittag im Internet einiges über zweieiige Zwillinge nachgelesen hatte. „Es passiert, wenn zwei Eier gleichzeitig springen. Theoretisch können zweieiige Zwillinge sogar von zwei Vätern stammen."

Auf Franks Gesicht malte sich ein großes, erschrockenes Fragezeichen. Karen überlegte, was ihm wohl Schreckliches durch den Kopf ging, und entschied sich dafür, dass er sich um sie sorgte. Ganz gerührt über so viel Anteilnahme sagte sie: „Susanna und ich schaffen das schon. Sie hat einen starken Willen. Sie will sogar mit dem Film weitermachen."

Frank öffnete stumm den Mund, als wollte er etwas sagen, dann räusperte er sich und setzte neu an. „Habe ich richtig verstanden, dass ihr ein bisschen Hilfe braucht in nächster Zeit?"

„So könnte man das auffassen. Wir brauchen Hilfe beim Einkaufen. Kochen, Putzen. Waschen. Ganz egal. Bei irgendwas von alledem eben, was getan werden muss. Außerdem müssen wir noch jede Menge für die Babys einkaufen. Wir brauchen ein zweites Kinderbett oder ein Zwillingsbett. Einen Zwillings-Kinderwagen. Einen zweiten Satz Babyklamotten. Zu tun gibt es also genug."

Frank nickte. „Ich rede heute Abend mit Stefan. Und morgen sagen wir Bescheid, was wir tun können."

„Danke. Bis dann."

Als Nächstes rief Karen Jessica an, dann Timm und dann Mario. Bis zum Abend des nächsten Tages hatte Karen eine ganze Liste von Hilfsangeboten sorgfältig auf einen Zettel notiert, den sie Susanna vorlas:

„Stefan kocht in der Woche für dich mit, wenn er aus der Schule kommt, und wirft ab und zu eine Fuhre Wäsche in die Trommel, weil er ja sowieso hier ist. Jessica und Jana kaufen für uns die wichtigsten Dinge ein, wenn sie am Samstag zum Supermarkt fahren. Mario will einmal die Woche italienisch kochen. Und Timm hilft uns, wenn irgendwas anderes erledigt werden muss. Toll, was?"

Susanna nickte. „Du bist wirklich ein Organisationsgenie. Ich verstehe nicht, warum dich keiner anstellt. Die Lesbenmütter-Gruppe will übrigens ihre Treffen hierher verlagern. Damit ich nicht so einsam bin", sagte Susanna. „Du hast doch nichts dagegen?"

„Natürlich nicht, wenn sie sich nicht jeden Tag treffen und ihre Kinder keine Scheiße an die Wände schmieren. Ich kann ja in der Zeit spazieren gehen."

„Oder du hörst zu und machst mit. Sie sind einfach rührend. Und Nagler wünscht gute Besserung. Er ist wirklich netter, als ich dachte." Sie seufzte. „Wenigstens profitiere ich auch mal von der Lohnfortzahlung, wo ich doch nie krank war."

Susanna hatte sich inzwischen auf dem Sofa wohnlich eingerichtet. Vor ihr stand der Laptop, und daneben lagen Film-DVDs, die sich in letzter Zeit angesammelt hatten. Ihr erstes Projekt im physischen Ruhezustand würde sein, die gesamte Filmsammlung noch einmal anzusehen und alles, was sie nicht mehr wollte, auszusortieren. Zuerst kamen die DVDs, dann die Videos. Für so etwas hätte sie vielleicht nie wieder in ihrem Leben Zeit, jedenfalls nicht fünf Monate.

Die praktischen Probleme erwiesen sich also als lösbar. Schlimmer waren die drückenden Stimmungen, die Susanna immer wieder aus dem Hinterhalt anfielen wie tollwütige Hunde. Dann haderte sie mit den Hartensteins, mit ihrer Schwangerschaft, mit Karen und mit sich selbst.

In solchen Stunden drehte sich unablässig ein Karussell von negativen Gedanken in ihrem Kopf: Warum musste ausgerechnet sie so intolerante Eltern haben? Und war es vielleicht doch eine Schnapsidee, in ihrer Situation Kinder in die Welt zu setzen? Wahrscheinlich hatte Karen den richtigen Instinkt bewiesen, als sie mit ihr zum Tierheim fuhr. Mit einem Hund hätten sich ihre Eltern besser anfreunden können.

Besonders gern überfiel Susanna das finstere Brüten nachts. Dann lag sie schlaflos neben Karen und wälzte sich hin und her, gepeinigt von Wut und Traurigkeit über ihre Eltern und Ängsten um ihre Kinder. Wenn sie schlief, hatte sie häufig Alpträume. Immer wieder träumte sie, sie wäre ein Flugzeug, dessen Tür sich geöffnet hatte, obwohl es in der Luft war. Durch die offene Tür fielen die Passagiere einer nach dem anderen ins Nichts, und jeder dieser Passagiere war ein Baby. Ihr Baby. Sie erwachte schreiend und klammerte sich an Karen. „Ist ja gut", tröstete die sie im Halbschlaf. „Ist ja gut."

Tagsüber dagegen ging es ihr gut, denn vorläufig hatte sie zu tun. Filme gab es schließlich noch genug anzusehen. Danach würde ihr schon etwas einfallen.

Außerdem kochte Stefan tatsächlich für sie mit, und sie aßen dann auch gleich zusammen. Er war Spezialist für Schwäbisches. Spätzle und Maultaschen oder Schupfnudeln produzierte er mit professioneller Perfektion.

Karen kam früher als bisher üblich nach Hause, seit Susanna auf dem Sofa residierte. Für Besuche bei Sport-Schnuck oder die Schnäppchenjagd in den Fitnessabteilungen irgendwelcher Kaufhäuser hatte sie jetzt keine Zeit. Außerdem war der Hobbyraum perdu, sie hätte also nicht mehr gewusst, wo sie eventuelle Spontankäufe unterbringen sollte.

Seltsamerweise störte die neue Situation Karen weniger, als sie angenommen hatte. Das Abenteuer, in dem Susanna und sie steckten, hatte von ihr so sehr Besitz ergriffen, dass ihr die alten Gewohnheiten nicht mehr wichtig waren. An ihr bisheriges Leben erinnerte eigentlich sowieso nur noch das Call Center. Und auch das würde sie früher oder später gegen etwas Besseres eintauschen. Da war sie sicher.

Susanna freute sich jedes Mal, wenn sie Karens Schlüssel im Schloss hörte. Sie warf dann einen befriedigten Blick auf den Stapel frisch gesehener Videos oder DVDs neben sich und sortierte die aus, die sie nicht mehr wollte, wobei ihr Tusnelda bei der Entscheidung assistierte. Die meisten wanderten in den Müll.

„Und, was war los? Geht's dir gut?", fragte Karen als Erstes, wenn sie nach Hause kam.

„Fünf Angriffe Außerirdischer heute" oder „Wiedergänger und terroristische Tomaten. Kannst du das mit zum Sperrmüll nehmen?", antwortete Susanna dann. Sie kam gut voran. Vier Filme pro Tag schaffte sie spielend, sechs Stunden ungefähr.

„Da bleibt ja wirklich nichts mehr übrig", staunte Karen eines Tages, als sie den vergleichsweise winzigen Stapel der Filme begutachtete, die Susanna behalten wollte.

„Ich glaube, Vampire, Angriffe aus der Galaxie X, Rieseninsekten und das ganze Zeug finde ich nicht mehr so wahnsinnig spannend", sagte Susanna nachdenklich. „Wirkliches interessiert mich im Moment mehr."

„*Gruft der Vampire* kommt aber nicht weg. Du weißt schon, warum!"

„Nie würde ich den Film wegwerfen, bei dem wir uns zum ersten Mal geküsst haben!" Susanna kicherte.

„Na prima. Und jetzt muss ich Wäsche abhängen." Karen verzog den Mund. Wäschewaschen und alles, was dazugehörte, war nicht gerade eine ihrer Lieblingsbeschäftigungen.

„Ach, meine kleine Hausfrau! Du bist so fürsorglich!", säuselte Susanna.

„Notgedrungen." Grummelnd kämpfte Karen mit der Mechanik des Klappwäscheständers. Die setzte ihren Bemühungen auch nach Jahren noch heftigen Widerstand entgegen.

Ganz nebenbei versuchte Karen in jenen Wochen, die noch fehlenden Ausrüstungsgegenstände zu beschaffen. Besonders wichtig war das Zwillingsbett. Sie schaltete eine Anzeige, und tatsächlich meldete sich jemand, der ein solches Bett verkaufen wollte. Die Familie wohnte am anderen Ende der Stadt.

„Wie kriegen wir das bloß hierher?", fragte Susanna. „In den Smart passt es nicht."

„Timm", sagte Karen nur. „Er wollte doch auch helfen. Und er hat sich einen Kombi zugelegt, wahrscheinlich wegen der breiten Ladefläche." Sie grinste anzüglich. „Da wird das Ding schon reinpassen."

Tatsächlich war Timm einverstanden. Ein paar Tage später, Mario kochte gerade Spaghetti Pesto für Karen und Susanna, klingelte es, und er stand vor der Tür. Er zeigte nach unten: „Euer Bett ist da. Die Frage ist nur, wie kriegen wir es rauf?"

„Komm erst mal rein. Willst du was trinken? Oder bleib doch zum Essen. Ich helfe dir nachher", schlug Karen vor. „So schwer kann das Ding nicht sein!"

Timm schüttelte den Kopf. „Zum Essen kann ich nicht bleiben, ich habe später noch was vor." Dann entdeckte er Mario in der Küche, der gerade rasend schnell Berge von Basilikum für das Pesto zerhackte. Timm grinste. War das nicht der Mann, der neulich Mr. Spock entführt hatte? Das Cruising-Gebiet, das er eigentlich hatte aufsuchen wollen, war plötzlich nicht mehr so spannend.

Timm tobte inzwischen seltener durchs schwule Nachtleben als anfangs. Sein erster Freund, Torsten ohne H, war längst Vergangenheit, und danach kam eine unüberschaubare Menge kurzer, manchmal nur Minuten währender Begegnungen. Timm kannte meist nicht einmal den Namen dieser Männer, und wenn er ihn ausnahmsweise kannte, dann hätte er ihn jedenfalls nicht korrekt buchstabieren können. Doch Cruising und die ständigen Saunabesuche langweilten ihn allmählich. Es war eigentlich immer dasselbe: schnelles, anonymes Herumgeficke, auch wenn jeder Mann sich anders anfühlte. Am Ende konnte man sie trotzdem kaum noch auseinander halten. Timm fehlte dabei letztlich die menschliche Komponente. Es störte ihn, dass er es im Darkroom mit einem Kerl treiben konnte bis zum Umfallen, und wenn er denselben Mann am nächsten Tag auf der Straße traf, grüßten sie sich nicht einmal. Sie waren einfach Luft füreinander. Timm wusste, er unterschied sich in diesem Punkt von vielen, die es genau so wollten, aber welche Rolle spielte das? Es kam doch darauf an, was und wer ihm gefiel.

Mario gefiel ihm auf jeden Fall. Timms Gesicht verzog sich zu einem breiten Grinsen. „Du brauchst nicht zu helfen", sagte er, an Karen gewandt. „Wozu ist ein Mann im Haus? Ich frage euren persönlichen Küchenchef, ob er mich tatkräftig unterstützt!"

„Nein. Das ist mir peinlich! Es reicht schon, wenn Mario ab und zu für uns kocht, er braucht nicht auch noch unsere Möbel zu schleppen!", widersprach Karen.

„Unsinn. Lass uns starke Männer mal was zusammen machen."

„Du hast ihn doch noch gar nicht gefragt. Vielleicht hat er einen Bandscheibenschaden."

„Der nicht", sagte Timm siegesgewiss. „Das habe ich im Blick." Er ging in die Küche hinüber. „Hi. Ich bin Timm. Mit zwei M, bitte. Wir kennen uns flüchtig von hier. Du hast Mr. Spock verschleppt. Hilfst du mir mal?"

Mario musterte ihn kurz, dann klärte sich sein eben noch konzentrierter Gesichtsausdruck zu einem Lächeln. Er legte das Wiegemesser zur Seite. „Ich bin Mario. Ganz einfach, alle Buchstaben nur einmal. Ich erinnere mich flüchtig an dich. Du warst auch beim großen Aufräumen im Kinderzimmer, nicht wahr?" Er reichte Timm die Hand. „Wobei soll ich dir überhaupt helfen?"

„Das Zwillingsbett in die Wohnung bringen. Es ist unten, im Auto."

Mario nickte. „Machen wir gleich, wenn ich mit dem Pesto fertig bin. Es dauert nicht lange. Schade nur, dass ich keine Linguine mitgebracht habe. Die beiden Damen hatten wieder nur Spaghetti. Kein Mensch isst in Italien Spaghetti zu Pesto. Aber die Deutschen essen ja Gnocchi auch die ganze Woche statt nur donnerstags. Willst du mit uns essen? Ich gehe mal davon aus, dass Karen und Susanna nichts dagegen haben."

„Danke für diese küchentechnische Belehrung. Die beiden haben mich schon eingeladen, aber eigentlich wollte ich nicht. Doch wenn ich es mir richtig überlege – ich glaube, mein Termin ist nicht so wichtig." Er lächelte breit. „Bis du fertig bist, bleibe ich einfach hier stehen und gucke deinen unnachahmlich eleganten Schnippelbewegungen zu, wenn du gestattest."

„Nein. Ich gestatte nicht."

„Nicht? Warum?"

„Erstens, weil du mich nervös machst und ich mich dann in den Finger schneide. Und zweitens, weil dir sonst bei der Betrachtung meines Knackarsches noch die Augäpfel rausfallen." Mario grinste anzüglich.

Timms Stimmung hob sich gewaltig. Das hörte sich doch richtig gut an. „Schlagende Argumente. Also geselle ich mich zu den Damen aufs Sofa."

„Tu das. Du kannst gleich Teller mit ins Wohnzimmer nehmen." Mario erhob seine Stimme. „Oder habt ihr was dagegen, dass Timm bleibt?"

„Natürlich nicht", echote es von drüben. „Unsere Einladung war ihm nicht gut genug."

Karens Kopf erschien in der Küchentür. „Aber was uns nicht gelingt, schafft unser schöner Mario mit einem Augenaufschlag. Ist ja auch ein Mann!"

Später, nachdem Timm und Mario das Bett ins Kinderzimmer gebracht hatten und auch die Spaghetti verzehrt waren, wollte Timm aufbrechen.

Beim Abschied zog Mario eine Visitenkarte aus der Tasche. „Falls du mal wieder jemanden zum Schleppen brauchst!", sagte er und zwinkerte.

Timm strahlte Mario an. „Danke. Ich bemühe mich gleich um einen Transportauftrag." Dann war er verschwunden.

Mario pfiff eine schnulzige Melodie von Adriano Celentano vor sich hin, als er sich kurz darauf verabschiedete.

Dann waren Karen und Susanna wieder allein. „Was sagst du zu unseren Turteltäubchen?", fragte Susanna.

„Ich bin gespannt, ob etwas daraus wird."

„Sollen wir Tusnelda fragen?" Susanna zog das Gummitier aus der Tasche ihrer Umstandshose.

Karen verdrehte die Augen. „Das ist kindisch! Du hättest das Vieh wegwerfen sollen wie all den anderen Kram."

„Wegwerfen? Tusnelda ist mein Talisman! Das ist nicht kindischer als Lottospielen oder auf Holz klopfen. Sie sieht die Sache übrigens positiv."

„Das wundert mich nicht, bei der Einstellung ihres Frauchens in dieser Angelegenheit." Karen grinste ironisch. „Dann kann ja nichts mehr schief gehen!"

Kurz darauf nahte der erste Drehtermin in der Wohnung, an dem auch Stefan teilnehmen sollte. Aber statt, wie Karen befürchtet hatte, Berge von Material und einen ganzen Tross von Assistentinnen anzuschleppen, kam Marlene allein und hatte nur die Digicam dabei.

„Wir fangen mit dir an, Susanna!", befahl sie.

Während Marlene das Objektiv auf Susanna gerichtet hatte, berichtete die, warum sie unbedingt ein Kind wollte. Als Nächstes kam Stefan dran. Er sagte, warum er Samen gespendet hatte, nämlich, weil er fand, dass Lesben auch Kinder haben sollten, wenn sie welche wollten. Er machte eine ziemlich gute Figur vor der Kamera.

Karen, die es schon immer hasste, fotografiert zu werden, und sich vor Marlenes Objektiv erst recht unwohl fühlte, haspelte anschließend unter äußerster Überwindung ein paar Sätze über ihre Rolle als werdende Co-Mutter ins Mikrofon. Marlene lobte sie für diese miserable Vorführung überschwänglich, was Karen peinlich war. Schließlich filmte Marlene noch das Kinderzimmer.

„So, das wär's. Für heute jedenfalls." Sie schaltete die Kamera aus.

„Ich muss dich noch was fragen!", sagte Susanna.

„Was denn?"

„Was hältst du davon, wenn ich endlich ein Drehbuch schreibe?"

„Ein Drehbuch? Das wolltest du doch schon lange!"

„Ich habe nämlich eine Idee."

„Und die wäre?"

„Mord in Niederbayern. Ein Dorfkrimi über eine junge Landlesbe, die schwanger wird und deswegen sterben muss. Mit feministischer Kommissarin und allem Drum und Dran."

„Klingt spannend. Aber ich dachte, du stehst auf Horror und SciFi?"

„Der wahre Horror findet doch nicht im Weltall statt oder in irgendwelchen Grüften. Der ist hier und jetzt. Wenn ich etwas begriffen habe in letzter Zeit, dann das. Ich muss irgendwohin mit meiner Wut. Sonst habe ich noch in zehn Jahren Alpträume."

„Leg los", sagte Marlene. „Ich platze vor Spannung. Habe ich nicht immer gesagt, dass du das kannst?"

„Wart's ab. Vorläufig steht noch keine Zeile."

„Das wird schon! Danke für den Dreh!" Marlene umarmte die beiden Frauen und brach auf.

Als sie fort war, setzte sich Karen zu Susanna. „Also hörst du ausnahmsweise doch mal auf mich", sagte sie zufrieden.

Susanna unter Hausarrest

Susanna wurde langsam etwas dicker. Sie hatte nun alle Filme angesehen und mit ihrem Drehbuch angefangen. Zwar geriet sie durch die erzwungene Untätigkeit immer wieder ins Grübeln. Andererseits erlebte sie aber auch rauschhafte Momente. Zum Beispiel, als sie eines Tages spürte, dass sich in ihr etwas bewegte, was definitiv keine mäandernde Darmschlinge war. Minutenlang starrte Susanna fasziniert ihren Bauch an und wartete darauf, dass sich das Ereignis wiederholte. Aber das tat es an diesem Tag nicht, sondern erst am darauf folgenden. Dann aber umso kräftiger.

Susanna fragte sich, was die beiden da drin wohl trieben: Drehten sie sich? Stritten sie sich um den täglich schrumpfenden Platz? Oder wollten sie ihr gar etwas mitteilen? Auch Tusnelda wusste auf diese Frage keinerlei Antwort.

Während Susanna sich rundete, wurde Karen vor Nervosität und Überarbeitung immer dünner. Job, Haushalt und Sorge um Susanna nagten an ihr. Nur beim Fußballtraining konnte sie sich entspannen.

Eigentlich hatte sie bei den Lila Sockers aufhören wollen, zumindest bis zur Geburt. Aber Susanna bestand darauf, dass sie weiter mitmachte. „Irgendwo musst du doch mal Dampf ablassen!", argumentierte sie.

Doch wegen der Eurogames stieg plötzlich sogar bei den Amateurfußballerinnen der Druck: Das große europäische Sportfest der Lesben und Schwulen rückte mit jedem Tag näher. Die Lila Sockers fieberten dem Turnier entgegen.

Die Ehrgeizigsten unter ihnen hatten es geschafft, Gudrun Tritt, eine lesbische Trainerin mit Bundesligavergangenheit, zu engagieren. Sie sollte ihnen den letzten Schliff verpassen. Dadurch wehte beim Training plötzlich ein rauer Wind. Auf spielerisches Herumgekicke pfiff die Tritt, stattdessen verlangte sie Leistung. Während ein Fehlpass früher allenfalls Gekicher ausgelöst hatte, zog er nun unweigerlich einen ätzenden Kommentar der Tritt nach sich. Das ärgerte manche der Spielerinnen, die Fußball eher als Ausgleichssport betrachteten. Doch die Trainerin blieb unerbittlich. „Ich dachte, ihr wollt gewinnen? Dann müsst ihr auch etwas dafür tun! Und wer nichts tut, zum Beispiel nicht zum Training kommt, spielt bei den Games nicht mit!", drohte sie.

Zum Entsetzen der Freizeitfraktion führte sie einen zusätzlichen Trainingstermin pro Woche ein. „Wie wollt ihr sonst in acht Wochen eine Medaille holen?", fragte sie, ohne eine Antwort zu erwarten.

„Ist ja plötzlich wie beim Schulsport hier!", murrte Torfrau Jutta Linke missbilligend. Doch dann begab sie sich wie alle anderen aufs Feld und tat, was die Tritt sagte. Schließlich wollte sie dabei sein, wenn die Sockers aufs Siegertreppchen stiegen.

Das Training fand auf einem Sportgelände in Sendling statt, wo Gudrun Tritt wie durch ein Wunder Termine ergattert hatte. Dort jagte sie alle als Erstes erbarmungslos zehn Runden um den Platz, quälte sie mit Liegestützen und ähnlichen kraftraubenden Übungen und ordnete schließlich Sprints und Dribblings an. Erst wenn die Frauen schon schnauften wie Dampflokomotiven, teilte die Trainerin die Gruppe in zwei Teams auf und ließ sie gegeneinander antreten.

Vor Karens Star-Status hatte sie keinerlei Respekt. „Hast du Kaugummi unter den Sohlen, Küppers?", rüffelte die Tritt sie oft genug, wenn sie ihrer Meinung nach zu langsam nach vorn sprintete. Karen fand das gar nicht lustig, schließlich wollte sie sich hier eigentlich entspannen. Aber die Trainingsabende waren plötzlich eine Schinderei. Wie damals, bei Dynamo Pasing.

Dann tauchte eines Abends auch noch Marlene mit gezückter Kamera auf. Karen hastete gerade den Gang zu den Umkleidekabinen entlang, die Sporttasche über die Schulter geworfen. Sie hatte sich wieder einmal zwischen Arbeit und Haushaltspflichten verheddert und kam deshalb auf die letzte Minute.

„Sieh an, die Mittelstürmerin! Heute drehen wir Eurogames, die Erste", verkündete Marlene und grinste die überraschte Karen an. „Nach einer Woche Politik mit den Pinguinen fiebere ich diesem lesbischen Filmereignis schon entgegen!"

Marlenes Besuch erfreute Karen durchaus nicht. „Muss das sein? Die anderen tappen noch völlig im Dunkeln", keuchte sie außer Atem. „Ich wollte sie demnächst einweihen. Kannst du nicht einfach verschwinden und in zwei, drei Wochen wiederkommen?"

Marlene blitzte Karen an. „In zwei, drei Wochen? Dann ist ja kaum noch Zeit! Außerdem bin ich euretwegen durch die halbe Stadt hierher gefahren. Bei dem Verkehr! Ich werde die anderen schon überzeugen, und überhaupt, du hättest sie doch längst fragen können!"

Karen brach der Schweiß aus, als sie die Tür des Umkleideraums öffnete. Was würde die Trainerin zu dieser Überraschung sagen? Marlene drängte sich mit einem forschen „Darf ich reinkommen?" an ihr vorbei. Drinnen zogen sich die Frauen gerade um.

Karen suchte sich einen freien Spind möglichst weit hinten und streifte eilig ihre Straßenkleidung ab. Sie wusste, eigentlich hätte sie Marlene den anderen vorstellen müssen, aber sie war sowieso schon zu spät dran. Gleich würde die Tritt hereinstürmen. Wäre sie dann nicht umgezogen, blühten ihr zwei Strafrunden um den Platz. Auch eine der vielen Neuerungen der rabiaten Trainerin.

Marlene ahnte von all diesen Überlegungen nichts. Sie baute sich an der Tür auf, die zum Gang Richtung Sportplatz führte, und rief: „Alle mal herhören!"

„Wer ist die denn?", fragte Jana in die Runde.

„Ich bin Regisseurin und habe vor, einen Film über euch und eure Spiele bei den Eurogames zu drehen. Eure liebe Freundin Karen Küppers hat mich auf diesen genialen Gedanken gebracht", verkündete Marlene.

Allgemeines Gemurmel erhob sich. Karen hörte, wie Jutta Linke murrte: „Mich filmt die nicht, nicht hier drin jedenfalls! Mit dem ganzen Urlaubsspeck auf den Hüften, das fehlte noch!" Sie war ein wenig korpulent, und am korpulentesten war sie immer nach ihren Urlaubsreisen, die sie mit ihrer Freundin am liebsten faul an südlichen Stränden verbrachte.

Karen lief rot an, beschloss aber, den Mund zu halten. Erklärungen wären langwierig und würden womöglich nur noch mehr Verwirrung stiften.

In diesem Moment segelte Gudrun Tritt zur Tür herein. „Was ist denn hier los?", fragte sie gereizt. „Raus jetzt. Laufen. Wir haben schon fünf Minuten verloren! Und wer bist du?"

Sie musterte Marlene skeptisch, besonders, als sie die Kamera entdeckte. „Doch hoffentlich nicht von der *Bild*-Zeitung. Dann fliegst du raus, auch wenn die gerade die Randgruppen entdecken."

Marlene schenkte ihr ein entwaffnendes Lächeln, ging auf die Trainerin zu, stellte sich vor und schilderte ihr Anliegen.

Karen beobachtete, wie sich Gudrun Tritts Gesichtszüge zuerst entspannten und dann zu einem strahlenden Lächeln verklärten.

„Und wie bist du darauf gekommen, uns zu filmen?", fragte sie, nun ganz Freundlichkeit.

Karen sah ihre Stunde kommen. Sie rief: „Das war meine Idee. Ich habe mir überlegt, dass ein Eurogames-Film von Marlene tolle Werbung für uns und den lesbischen Fußball wäre. Sie ist nämlich ein echter Filmprofi."

„Gute Idee, Küppers! Hätte ich dir gar nicht zugetraut!" Die Tritt sagte das so herzlich, dass Karen sich tatsächlich bestätigt fühlte.

Dann wandte sich die Trainerin noch einmal Marlene zu. „Du wirst staunen!", sagte sie leise. „Bis zu den Eurogames schleife ich aus diesen Isarkieseln lupenreine Schmucksteine."

Karen, die es trotzdem hörte, verdrehte die Augen. Trainerinnen konnten unendlich eitel sein, ob lesbisch oder nicht.

An diesem Abend jagte Gudrun Tritt die Frauen noch erbarmungsloser übers Feld als sonst. Dazwischen wieselte mal hier, mal da Marlene, das Objektiv der Digitalkamera auf die vor Anstrengung verzerrten Gesichter der Spielerinnen gerichtet.

Als das Team am Ende keuchend wieder den Umkleideräumen entgegenstrebte, ging Marlene neben Karen her. „Ich habe coole Aufnahmen. Und du warst große Klasse!"

„Danke", murmelte Karen. Salziger Schweiß tropfte ihr ins Gesicht. Sie wischte ihn mit dem Ärmel ihres lila Trikots ab.

„Hat dir schon mal jemand gesagt, dass du so richtig geile Fußballerinnen-Beine hast?" Marlene grinste schelmisch.

Karen fühlte sich gleichzeitig geschmeichelt und peinlich berührt. Was gingen Marlene ihre Beine an? „Der Orthopäde meint, ich habe X-Beine", sagte sie trocken.

„Orthopäden sind in Bezug auf lesbisch-sportliche Ästhetik Banausen", erwiderte Marlene und verschwand. Am

Ausgang winkte sie noch einmal. Karen sah ihr kopfschüttelnd nach.

Während Karen trainierte, bekam Susanna einen Anruf von Mario. „Was ist denn dieser Timm für einer?", fragte er.

Susanna kicherte. „Hast du etwa Feuer gefangen?"

„Ein Streichholz macht noch keinen Buschbrand. Aber er gefällt mir schon."

„Er ist ein ehemaliger Kommilitone von Karen und ein Jungschwuler, oder wie ihr das nennt. Bis vor etwa zwölf Monaten war er hetero."

„Hetero?"

„Keine Sorge, er zeigt keinerlei Rückfalltendenzen. Wir haben ihn noch nie so gut drauf erlebt wie in den letzten Monaten. Übrigens: Hast du ihm nicht neulich deine Visitenkarte überreicht?"

„Das schon. Aber er hat sich bisher nicht gemeldet."

„Und was soll ich jetzt da tun?"

„Du könntest mir zum Beispiel seine Nummer geben, weil du meine gute Freundin bist. Dann würde ich ihn anrufen und ihn fragen, was er mit meiner Visitenkarte gemacht hat."

„So", sagte Susanna. „Du verlangst also von mir eine gezielte Indiskretion."

„Wenn du so willst, es ist ja für einen guten Zweck."

„Wer weiß, vielleicht findest du ihn ganz scheußlich, wenn du ihn näher kennen lernst. Und dann bin ich schuld an der Misere."

„Blödsinn. Er hat einen göttlichen Hintern. Unsere Konversation beim Essen hat mir auch gefallen. Das ist nicht viel, zugegeben! Aber viel versprechend."

„Was ist, wenn mir Karen an die Gurgel geht? Schließlich ist Timm in erster Linie ihr Freund. Seine Telefonnummer steht in ihrem Adressbuch."

„Sei nicht so kleinlich. Bitte! Du brichst mir das Herz."

Susanna kicherte. „Na gut. Ich möchte nicht an einem kardiologischen Zwischenfall schuld sein. Schon allein deshalb nicht, weil du mir dann keine italienischen Menüs mehr kochen kannst." Sie holte das Notizbuch und las Timms Nummer vor.

„Danke, *cara*! Du hast bei mir was gut! Jetzt muss ich Schluss machen, du ahnst sicher schon, warum."

„Dann viel Glück. Halt uns auf dem Laufenden!"

„Mache ich." Mario legte auf.

Ein Höhepunkt im Einerlei von Susannas Sofatagen war der nächste Filmtermin. Diesmal sollte ein Treffen der Lesbenmütter-Gruppe auf Zelluloid gebannt werden.

Für Karen bedeutete das Treffen in erster Linie Mehrarbeit: Sie musste nach dem Call Center schnellstens nach Hause eilen, die Wohnung aufräumen und Schnittchen schmieren. Denn die Gäste nur mit Mineralwasser abzuspeisen, brachte sie nicht fertig. Als die Gruppe eintrudelte, war Karen erschöpft.

Zuerst kam Marlene. In jeder Hand hielt sie eine Orchidee. Die Kameratasche baumelte von ihrer Schulter. „Eine für die Mama in spe und eine für das sportlich-haushälterische Multitalent." Marlene drückte Karen ein Begrüßungsküsschen auf die Wange.

„Und stolze Co-Mutter!", korrigierte Karen, während sie die Blumen in eine Vase stellte.

Derweil strebte Marlene zum Sofa und nahm Susanna in den Arm. „Wie geht es unserer werdenden Mama? Strampeln sie schon?"

Susanna nickte. „Sie treten sie mich schon dauernd."

„Ist ja toll!", sagte Marlene, aber es klang so, als könnte sie sich die Reize der Tritte winziger Füße gegen ihre Innereien nicht wirklich vorstellen.

Eine Viertelstunde später waren alle versammelt. Bis auf Christa Göbel saßen sie in großer Runde auf dem Teppich. Christa thronte neben Susanna auf dem Sofa. „Ich bin zu alt, um da unten herumzukriechen", sagte sie und griff gierig nach den bereitgestellten Käsebroten. Marlene suchte derweil die günstigsten Positionen für ihre Aufnahmen.

Karen lehnte in der Küchentür und beobachtete das Treiben aus der Ferne. Sie hatte sich damit herausgeredet, dass sich jemand um die Organisation kümmern müsse, wenn nun auch noch Marlene zum Filmen käme. Manchmal setzte sie sich dazu, wenn die Gruppe tagte, aber wirklich heimisch fühlte sie sich nicht in diesem Kreis, obwohl sie sich genauso auf die Kinder freute wie Susanna.

Marlene schlenderte zu Karen hinüber. „Sie wollen zuerst ohne mich miteinander reden. Ich darf später für fünf Minuten mit der Kamera dazukommen. Wahrscheinlich kriegen sie am Ende kein Wort raus und wollen auch noch komplett gepixelt werden, damit man sie nicht erkennt." Sie verzog das Gesicht zu einer Grimasse.

„Und deswegen kriechst du beim Küchenpersonal unter. Du wirst sehen, hier ist es auch sehr unterhaltsam", scherzte Karen. „Was willst du trinken? Bier? Wasser? Kräutertee?"

„Bier."

„Auch alkoholfrei? Was anderes haben wir nicht."

„Von mir aus." Marlene setzte sich auf einen freien Stuhl. „Du siehst irgendwie fertig aus."

Karen seufzte. „Ich hätte mir mein Dasein als Co-Mutter nicht so anstrengend vorgestellt. Vor allem nicht schon vor der Geburt. Ansonsten freue ich mich sehr."

Marlene lächelte schief. „Ihr seid so ein richtiges Musterpaar! Fehlt nur noch der Wäscheständer mit den Windeln, dann ist das bürgerliche Glück perfekt."

„Ja, und?" Karen fühlte sich provoziert. „Wäre es besser, wenn wir uns dauernd streiten würden?"

„Natürlich nicht. Aber es überrascht mich schon, dass ihr jetzt treusorgende Eltern werden wollt. Damals, als wir den Film gedreht haben …"

„Meine Güte, das ist Jahre her! Menschen ändern sich doch."

„Definitiv. Wolltet ihr es eigentlich von Anfang an beide, oder wie ist das gelaufen?"

„Susanna musste sich ziemlich anstrengen, mich zu überzeugen. Aber letztlich hat sie es geschafft."

„Und was hat dich am Ende bekehrt?"

„Alles zusammen: Dass ich älter werde, dass ich keine Profi-Fußballerin mehr sein will, dass ich weiter mit Susanna leben möchte. Letztlich finde ich, die ganze Sache ist ein unglaubliches Abenteuer."

„Abenteuer?" Marlene zog die Stirn kraus. „Aber denkst du nicht, dass du dich langweilen wirst oder Sehnsucht nach was anderem haben wirst als Babys, Haushalt, Call Center und Susanna?"

„Nach was zum Beispiel?"

„Nach Abwechslung: Reisen, Ausgehen, andere Frauen oder so?"

Karen zuckte mit den Schultern. „Vielleicht. Aber jeder hat doch ständig Sehnsucht nach etwas, das gerade nicht ins Leben passt. Wir haben uns eben jetzt so entschieden, und nun müssen wir da durch. Und das ist auch in Ordnung und sehr spannend."

„Dann wird gearbeitet bis fünfundsechzig oder demnächst siebzig, noch mal tief Luft holen, die Kids verheiraten, und ab geht's in die Kiste. Das war's." Marlene ließ einen Schluck Bier in ihre Kehle rinnen.

„Hast du heute deinen depressiven Tag? Das klingt ja so, als ob du unseren Lebensstil scheußlich fändest." Karen lehnte mit verschränkten Armen an der Küchenzeile und fragte sich, worauf dieses Gespräch wohl hinauslaufen würde.

„Scheußlich? Nein, das nicht. Nur einfach … zu langweilig. Jedenfalls für mich. Ich brauche Abwechslung und Spannung. Neue Menschen. Es gibt nichts Interessanteres als neue Menschen." Sie warf Karen einen langen Blick zu.

„Klingt anstrengend", sagte Karen und trank einen Schluck. Dabei fragte sie sich, was Marlene wohl mit denjenigen machte, die eine Weile ihr Leben bevölkert hatten und infolgedessen nicht mehr neu waren.

Marlene sah nachdenklich aus. „Ist es manchmal auch", sagte sie. „Aber man vergisst dabei vorübergehend, dass man jeden Tag älter wird."

Dann riefen die Mütter. Marlene erhob sich und ging zur Tür. „Bin gespannt, welche Titel sie sich für den Film ausgedacht haben." Beim Hinausgehen streifte sie dicht an Karen vorbei – viel dichter, als es wegen der räumlichen Verhältnisse hätte sein müssen.

Karen registrierte erstaunt, wie die Haare auf ihren Armen sich aufrichteten. Sie schloss die Küchentür und vergrub sich hinter der Zeitung. Aber sie konnte sich nicht konzentrieren. Stattdessen dachte sie an Marlenes Bedürfnis nach Abwechslung und die Gänsehaut und daran, wie schwer es zurzeit war, mit Susanna ruhige, innige Momente zu zweit zu verbringen.

Das lag an der vielen Arbeit, aber auch daran, dass Karen sich merkwürdig ausgeschlossen fühlte: Susanna war schwanger, nicht sie. In Susannas Bauch tobten die Zwillinge herum. Karen sorgte nur dafür, dass die Wohnung sauber und ordentlich war, der Kühlschrank gefüllt, die Wäsche gebügelt und dass täglich ein warmes Essen auf den Tisch kam. Das reichte trotz der Hilfe der anderen, um sie komplett auszulasten. Aber eigentlich ging es ja um etwas anderes. Um die Kinder, deren Co-Mutter sie bald sein sollte. Nur dass sie von diesem Co-Mutter-Dasein, wenn sie ehrlich war, einfach noch nichts spürte. Und das war irgendwie nicht fair, fand sie.

„Wie heißt der Film nun?", fragte Karen, als die Müttergruppe und Marlene endlich gegangen waren.

„Rate mal!"

„Keine Ahnung. Woher soll ich das wissen?"

„*Lesbian Love Babys*."

„Ganz schön schnulzig."

„Genau das gefällt uns ja", sagte Susanna und streckte sich wohlig auf dem Sofa aus. Sie hatte das Gefühl, heute ein hartes Stück wertvolle Arbeit geleistet zu haben.

„Was waren die Alternativen?"

„*Lesbenmütter, Lesbenkinder. Sapphos Kinder. Die Kinder der Lesbenfrauen*. Mehr feministisch-lehrfilmmäßig eben. Wollten wir aber nicht. Das klingt nach den Siebzigern, damit kannst du heute keinen mehr begeistern."

„Und das Filmen?"

„Funktionierte prima. Nur Christa muss komplett gepixelt werden. Sie will nicht, dass jemand aus ihrem Heimatdorf sie erkennt, obwohl der Film doch gar nicht fürs Fernsehen ist."

„Christa Göbel? Die informelle Anführerin mit den zwei Kindern?"

„Genau die!"

„Ausgerechnet!" Karen schüttelte den Kopf. „Was macht eigentlich dein Drehbuch?"

„Es wächst langsam, aber immerhin. Die Leiche der schwangeren Lesbe wurde soeben in der Güllegrube entdeckt."

„In der Güllegrube? Igitt."

„Ja, beim Leerpumpen."

„Gibt es in deinem Dorf keine Kanalisation? Und überhaupt, findest du das nicht zu durchsichtig? Da kommt doch eigentlich nur ihr Vater als Täter in Frage. Und warum soll der sie überhaupt umbringen?", mäkelte Karen.

Susanna sah nachdenklich aus. „Stimmt. Vielleicht sollte sie doch lieber irgendwo im Wald liegen. Aber ein Motiv hätte er schon. Er schämt sich vor den Nachbarn, die genau wie er homophob sind. Und jetzt kriegt seine lesbische Tochter auch noch ein Kind! Er ist einfach ausgerastet, als er von ihrer Schwangerschaft erfahren hat."

„Klingt ja beinahe autobiographisch. Und was den Fundort angeht: Tu sie doch auf einen Hochsitz. Dann wird der Verdacht auf den Jäger gelenkt. Oder auf einen Wilderer."

Susanna grinste. „Gute Idee! Der Förster findet sie auf seinem Lieblingshochsitz, als er Rehe jagen will. Morgens um vier, Nebelschwaden überall. Schön gruselig! Ich danke dir, mein Schatz. Du entwickelst dich zur Ideen-Fundgrube."

„Macht doch Spaß." Dann fragte Karen unvermittelt: „Hat Marlene eigentlich eine Beziehung?"

Susanna musterte ihre Freundin aufmerksam. „Wieso fragst du?"

„Ach, nur so. Ich glaube, sie findet uns und wie wir leben tödlich langweilig."

„Kann schon sein. Nein, sie hat keine Beziehung. Nicht, dass ich wüsste. Marlene hatte, soweit ich weiß, noch nie Beziehungen."

„Wie? Nie Beziehungen?"

Susanna kicherte. „Marlene ist nicht asexuell. Sie hat Affären. Heiße Affären, die schnell vorbei sind. Die hält es überhaupt nicht aus, wenn eine Frau länger als ein paar Wochen neben ihr aufwacht. Wieso fragst du?"

„Na ja", sagte Karen.

„Sie flirtet mit dir." In Susannas Augen blitzte es.

„Stimmt doch gar nicht!"

Susanna grinste. „Doch. Oder hältst du mich für blind und blöd?"

Karen lief puterrot an.

„Du bist nämlich wirklich ideal für sie, als Frau in festen Händen", fuhr Susanna fort.

Plötzlich sehnte sich Karen beinahe verzweifelt nach Sex. Seit Dr. Maisels Verdikt hatte sie nicht mehr mit Susanna geschlafen, und das war bereits scheinbar unendlich lange her.

„Was hat die Ärztin beim letzten Mal gesagt?", fragte Karen.

„Worüber?"

„Über Sex."

„Alles wie bisher. Ruhe, Liegen, kein Sex."

Karen seufzte. „Ich bin ja wirklich gern Co-Mutter, obwohl ich manchmal gar nicht das Gefühl habe dazuzugehören. Aber das ist wirklich hart."

„Du bekommst schon noch genug mit den Kindern zu tun, keine Sorge. Schwanger sein kann nun mal nur eine."

„Ich weiß", sagte Karen unglücklich. „Ich wollte ja auch gar nicht."

„Komm mal her."

Karen ließ sich neben Susanna gleiten. Die schob ihre Hand in Karens Hosenbein und streichelte deren muskulöse Wade.

Susanna lächelte schelmisch. „Meine Güte, sind wir phantasielos! Die Ärztin hat doch nur von mir gesprochen. Mit dir darf ich machen, was ich will, solange ich mich nicht zu sehr bewege."

Karen schluckte. „Marlene behauptet, ich hätte sexy Beine."

„Interessant." Susanna zog Karens Hosenbein nach oben und ließ ihre Hand über Karens Unterschenkel streifen. „Stimmt genau. Hat Marlene auch was über deine Brüste gesagt?"

Karen schüttelte den Kopf. „Die kriegt sie ja nicht zu sehen."

„Gut. Ich bin beruhigt. Dann werde ich dazu mal ein Statement abgeben." Sie streifte Karens Shirt nach oben und küsste ihre Brustwarzen. „Ich finde, du hast tolle Brüste. Frisch und knackig, sozusagen."

Karen stöhnte.

„Gut so. Wie wäre es mit einem Ganzkörpertest?"

„Nur zu!" Karen schloss die Augen.

Dann gab sie sich Susannas Berührungen hin, die sie nicht erwidern durfte oder jedenfalls nicht so, wie sie es gern getan hätte. Es war schön, aber es war unvollständig. Als würde man ein Bild in zwei Hälften teilen und nur noch die eine davon ansehen dürfen. Und dennoch war es besser als nichts.

Wie soll ich das aushalten, dachte Karen später, als sie sich neben Susanna ausruhte und deren Bauch betrachtete, in dem die Zwillinge immer größer wurden. Es würde noch Monate dauern, bis die Babys endlich da wären und sie wieder in Ruhe miteinander schlafen könnten!

Aber dann begriff sie, dass sie sich gerade etwas vormachte. Sie würden auch nicht so schnell in Ruhe miteinander schlafen, wenn die Babys nicht mehr da drinnen weilten. Denn dann wären sie hier draußen. Bei ihnen. Dann wollten sie gestillt, gewindelt, ausgefahren, herumgetragen werden. Dann waren sie eindeutig die Hauptpersonen. Und bei aller Vorfreude fand Karen diese plötzliche Einsicht, die eigentlich so logisch war, dass sie ihr auch schon viel früher hätte kommen können, etwas schockierend.

Gleichzeitig erschrak sie über sich selbst. War sie etwa eifersüchtig? Als Co-Mutter auf ihre eigenen Kinder? Versteckten sich in ihr emotionale Relikte aus den Zeiten der bürgerlichen Kleinfamilie, Marotten von durchs Baby entthronten Patriarchen? So etwas war ihrer als lesbischer Co-Mutter schlicht und einfach unwürdig! Dennoch, ihre Gefühle existierten und ließen sich nicht wegdiskutieren. Karen schämte sich dafür.

Nur ein paar Tage später bekam Karen Gelegenheit, sich weniger ausgeschlossen zu fühlen. Susanna drückte ihr eine Liste in die Hand.

„Was ist das?", fragte sie.

„Die Kliniken, in denen laut Lesbenmütter-Gruppe Leute wie wir einigermaßen willkommen sind. Wir müssen eine auswählen. Am besten schaust du sie dir an. Ich würde es wirklich gern selbst tun, aber für mich ist das viel zu anstrengend!" Susanna seufzte.

Karen riss die Augen auf. „Ich? Ich weiß doch gar nicht, worauf es dir dabei ankommt."

„Das sage ich dir jetzt. Rhythmisch beschallte Gebärräume im Wohnzimmerstil, Wasserbecken und so weiter brauche ich nicht. Ich werde von der ganzen Sache ja sowieso kaum etwas mitbekommen. Wahrscheinlich narkotisieren sie mich nach den ersten Wehen, und wenn ich aufwache, habe ich eine riesige Naht am Bauch und zwei Kinder im Arm." Susanna klang traurig.

„Wenn du schon kein Wohlfühl-Gebär-Wohnzimmer willst, was willst du dann?"

„Ich möchte, dass du mitkommen kannst und dass wir ein paar Tage bleiben können. Dass uns gute Freunde jederzeit besuchen können. Und natürlich will ich, dass das Krankenhaus medizinisch auf alles vorbereitet ist."

„Was verstehst du unter guten Freunden? Die ganze Lesbenmütter-Gruppe? Die Lila Sockers? Dann sollten wir vielleicht gleich einen ganzen Saal mieten."

Susanna lachte. „Nein. Die, die uns jetzt helfen. Das reicht."

„Okay, Boss!" Karen war zufrieden, endlich eine andere Aufgabe übernehmen zu können als Hausarbeit. „Wird umgehend erledigt."

Drei Kliniken kamen, nachdem Susanna und sie die Prospekte gründlich gelesen hatten, in die engere Wahl. Die eine lag in der Nähe, die andere pries ihr Konzept als „menschenfreundlich und individuell", und die dritte rühmte sich, hier sei die Geburt wie ein Erholungsurlaub.

Karen bat Jessica und Stefan um Unterstützung. Sie wollte sich nicht allein auf ihr Urteil verlassen. Zuerst besuchten die drei die Klinik in der Nähe. Karen kannte das Gebäude genau, weil sie oft daran vorbeifuhr – es war ein mehrere hundert Meter langer grauer Gründerzeit-Kasten, von dem der Putz blätterte. Das einzig Helle, Moderne war das Eingangsportal.

Die drei gesellten sich zu dem Pulk wartender Paare im Foyer, die alle zum Schwangerschafts-Informationsabend wollten. Es mussten an die hundert Leute sein, schätzte Karen.

Ein kleiner, dicker Arzt mit Halbglatze leitete sie in eine Art Hörsaal: aufsteigende Sitzreihen, unten ein Podium mit Mikrofon. Die Schar quetschte sich in die Reihen. Dann trat der Mann ans Podium. Er mochte um die fünfzig sein und erinnerte Karen an einen Staubsaugervertreter. Nur, dass er einen weißen Kittel trug. „Wir beginnen jetzt mit der Präsentation!", sagte er.

Die Fenster wurden verdunkelt, die Lichter verloschen, und von der Decke schwebte eine riesige Leinwand.

„Kommt jetzt gleich die Oscar-Verleihung?", fragte Stefan stirnrunzelnd.

Es folgte ein Film, in dem rosig aussehende, permanent penetrant lächelnde Jungmütter Service und Qualität der Klinik lobten und dabei ihre Säuglinge an die milchprallen Brüste pressten, flankiert von gerührt dreinblickenden Vätern. Dazu dudelte New-Age-Gesäusel.

„Ich denke dauernd darüber nach, ob die Musik von *Vollenweider* oder *Tangerine Dream* ist", sagte Jessica. „Ich steh doch auf so was."

Es folgten endlose Kamerafahrten durch die düsteren Gänge der Klinik, die plötzlich licht, weit und freundlich aussahen. Ganz kurz sah man auch eine gebärende Frau. Sie saß bleich lächelnd auf einem speziellen Stuhl und wartete anscheinend auf die nächste Wehe. Karen fragte sich, ob ihr in diesem Moment wirklich nach Lächeln zumute gewesen war oder ob das Kamerateam sie vielleicht für den Auftritt bezahlt hatte.

Schließlich kam noch ein Operationssaal, wo ein menschliches Wesen unter Unmengen grüner Tücher lag, an dem irgendjemand herumschnitt. „Ich glaube, das ist ein Kaiserschnitt", sagte Karen schaudernd. „Wo ich doch kein Blut sehen kann."

Dann war es endlich vorbei. Das Auditorium durfte Fragen stellen.

Jessica hob den Finger und kam tatsächlich dran. „Ich wüsste gern, von wem der Soundtrack ist", sagte sie so laut sie konnte.

Gemurmel erhob sich. Der Weißkittel unten sah aus, als hätte man ihn nach dem Rezept für Omas Sauerbraten gefragt. „Der Soundtrack? Das ist doch hier ganz unwesentlich."

„Blöder Trottel", fluchte Jessica leise. „Los, wir gehen. Ich finde es hier nicht besonders."

„Was mich angeht: keine Fragen mehr", sagte Stefan indigniert. „Mir gefällt es hier auch nicht. Viel Verpackung, kein Inhalt, so würde ich es zusammenfassen."

Karen nickte. „Stell dir vor, du liegst in einem dieser gigantischen, finsteren Gänge ganz hinten. Wahrscheinlich finden sie immer wieder mal ein paar verhungerte Patienten, die sie einfach vergessen haben." Sie schüttelte den Kopf. „Nicht, solange es Alternativen gibt."

Die zweite Klinikbesichtigung verlief nicht viel besser. Diesmal führte eine damenhaft gekleidete Frau die Gruppe. Es gab keinen Film und auch keine Musik, was Karen als Fortschritt empfand. Die Besichtigung erfolgte in zügigem

Marschtempo, dann wurde in einem kleinen Raum Orangensaft aus winzigen Pappbechern gereicht. Karen fühlte sich eingesperrt, so voll war das Zimmer.

Dennoch hob sie gleich zu Anfang der Fragerunde den Finger. „Sie werben damit, dass Sie menschenfreundlich und individuell sind. Was verstehen Sie darunter?"

Die Dame versuchte, sie in dem Pulk auszumachen, und Karen schob sich so lange in ihre Richtung, bis sie sich in die Augen blicken konnten. „Also, Sie können bei uns zwischen fünf verschiedenen Frühstücken, drei Mittagessen und sechs Abendessen wählen. Zwischen Wassergeburt, Geburtsstuhl, Hypnose, Lumbalanästhesie und so weiter. Und zwischen rund zwanzig Fernsehprogrammen. Und wir sorgen dafür, dass unsere Patienten keinen Tag länger als nötig in der Klinik bleiben."

„Wie darf ich das verstehen?", bohrte Karen nach, die sich an Susannas Wunsch nach postoperativer Ruhe erinnerte.

„Es gibt ja so vieles, was zu Hause besser heilt! Unsere Verweildauer bei Kaiserschnitt-Geburten liegt nur noch bei zwei Tagen. *Happy in – Happy out* heißt die Devise. Unser Prozessdesign ist da wirklich erstklassig."

Karen schüttelte den Kopf und flüsterte Jessica und Stefan zu: „Schnell weg hier! Am Ende muss ich noch selbst die Fäden ziehen."

In der dritten Klinik war alles anders. Es gab keine Massen-Beratung, nur Einzeltermine. Und als Karen ins Beratungszimmer kam, erschrak sie beinahe. Die Frau, die ihr gegenübersaß, kannte sie. Sie hatte jahrelang bei großen Lesbenfesten Eintrittskarten verkauft. Damals hatte sie zerrissene Jeans und eine verwegene, unregelmäßige Kurzhaarfrisur in schillernden Farben getragen. Jetzt wirkte sie beinahe bieder mit den schulterlangen braunen Haaren. Aber ihre Augen waren so wach, als müsste sie noch immer die

Eintrittskarten von massenweise an ihr vorbeiströmenden Frauen kontrollieren.

„Ich heiße Dr. Beck. Und ich glaube, wir haben uns schon mal gesehen", sagte sie, als sie Karen die Hand reichte, und zwinkerte ihr verschwörerisch zu.

„Wahrscheinlich sogar mehrmals", bestätigte Karen, ohne ins Detail zu gehen. „Meine Freundin und ich bekommen Zwillinge. Wir überlegen, ob sie hier entbinden sollte."

„Da sind Sie bei uns genau richtig!" Dr. Beck grinste jetzt von einem Mundwinkel zum anderen. Der Rest war einfach. Natürlich könne Karen während der gesamten Geburt dabei sein. Selbstverständlich wäre es möglich zu bleiben, bis die Fäden gezogen waren. Freundinnen und Freunde durften so viele kommen, wie ins Geburtsapartment passten. Und zu teuer war der Aufenthalt in der Klinik wider Erwarten auch nicht.

„Geschafft!", sagte Karen strahlend und stolz, als sie nach Hause kam. Sie hatte endlich das Gefühl, etwas Wesentliches zur Geburtsvorbereitung beigetragen zu haben und nicht nur zum unentbehrlichen Drumherum.

Kein Brot und Spiele

Der Hochsommer war da und mit ihm die Hitze. Susannas Reichweite erstreckte sich unbegleitet genau bis zum Balkon, den man wegen seiner Südlage aber nur abends nutzen konnte. Susanna beneidete ihre Freunde und Bekannten, die zusehends Farbe bekamen oder von ihren Ausflügen an die Badeseen und in die Berge berichteten. Manchmal stand sie sehnsuchtsvoll am Fenster und starrte hinaus, wo die Menschen Eis essend flanierten. In diesen Momenten wünschte sie sich nichts sehnlicher als das sofortige Ende ihrer Schwangerschaft, zumal sie von Tag zu Tag unförmiger wurde.

Immerhin hatte sie jetzt nicht mehr so viel Angst: Die beiden in ihr waren eindeutig so lebendig, dass es Susanna aufgefallen wäre, wenn sie längere Zeit keinen Tritt bekommen hätte.

Am meisten strampelten die Föten, wenn Susanna an ihrem Drehbuch schrieb, das inzwischen Fortschritte machte. Anscheinend fanden sie das genauso aufregend wie sie selbst.

Die Leiche des Opfers war identifiziert, und die Ermittlungen hatten begonnen. Es gab schon Verdächtige: Die Leute von der Kripo tippten auf den Förster als Täter, weil die Leiche auf seinem Hochsitz gefunden worden war. Im Dorf tratschte man, er wäre in das Mädchen verliebt gewesen, doch im Dorf tratschte man viel. Es gab auch ein paar andere, die den Mord hätten begangen haben können: Ein Exfreund zum Beispiel, der die Ermordete heftig umworben hatte, oder die Besitzerin des Dorfkiosks, mit der sie einmal zusammen war und die sie zugunsten ihrer jetzigen Freundin verlassen hatte. Die Kommissarin allerdings vetraute auf ihren Instinkt, zweifelte an allen bisherigen Thesen und schnüffelte in der Familie herum.

Dummerweise konnte sich Susanna nicht länger als zwei, drei Stunden täglich aufs Schreiben konzentrieren. Es blieb also jede Menge Zeit, andere Dinge zu tun. Die Reste der Filmsammlung standen schon fein säuberlich im Regal.

„Sortierst du sie jetzt noch nach Anfangsbuchstaben oder Coverfarben?", fragte Stefan scherzhaft, als die beiden wieder einmal zusammen zu Mittag aßen.

„Du bist ja nur neidisch, dass du das bei euch nicht schaffst", konterte Susanna und füllte sich noch einen Löffel von Stefans leckerem Gemüseauflauf auf den Teller.

„Vielleicht ist das ja eine kleine Aufgabe für den Mutterschutz." Stefan grinste.

Als Nächstes nahm sich Susanna die alte Plattensammlung vor, die in einem Schrank im Schlafzimmer verstaut war. Der Plattenspieler, ein antiquarisches Modell der längst nicht mehr existierenden Firma Dual, stand daneben. Susanna würde jetzt testen, welche Musik ihren Babys gefiel. Es stellte sich zu ihrem Entsetzen heraus, dass sie zu Geschmacksverirrungen neigten.

Gianna Nannini zum Beispiel fand Susanna toll. Sie summte genüsslich die Melodie von *Latin Lover* vor sich hin, da bekam sie einen heftigen Tritt in die Eingeweide, der nur eins bedeuten konnte: Ausschalten! „Tyrannen! Na wartet, wenn ihr rauskommt!", schimpfte sie und versuchte es mit Michael Jackson.

In einem Schuhkarton, der schon Jahre neben der Plattensammlung im Schrank stand, entdeckte Susanna Wolle, Stricknadeln und etwas, das scheinbar ein Handschuh hatte werden sollen. „Habe ich das wirklich aufgehoben, Tusnelda? Das stammt ja noch aus der Schule!", fragte sie kopfschüttelnd. Sie hatte ihre ständige Begleiterin auf den halbhohen Wandschrank im Schlafzimmer gestellt, den sie gerade durchwühlte. Von dort beobachtete das Gummitier stumm Susannas Treiben.

„Eigentlich könnte ich das endlich fertig stricken", sinnierte Susanna. Aber wie? Sie hatte den Inhalt des Handarbeitsunterrichts mit Ausnahme des Knopfannähens erfolgreich verdrängt. Aber sie beschloss, einfach anzufangen. Im Notfall konnte sie ja irgendwo nachlesen oder das Ganze aufdröseln. „Besser als grübelnd in die Glotze starren. Schreiben kann ich nicht den ganzen Tag", murmelte sie und verzog sich wieder aufs Sofa. Es funktionierte besser, als sie geglaubt hatte. Am Abend hing schon ein zehn Zentimeter breiter Stulpen an den Nadeln, den man über das Handgelenk ziehen konnte.

Als Karen nach Hause kam, starrte sie Susanna entgeistert an. „Seit wann strickst du denn?"

„Ich kann doch nicht den ganzen Tag schreiben", sagte Susanna. „Platten hören füllt mich auch nicht aus. Also stricke ich eben nebenbei!"

„Und was wird das?"

„Früher sollten es mal Handschuhe werden."

„Ach so." Karen verschwieg diplomatisch, dass sie sich beim besten Willen nicht vorstellen konnte, wie aus dem eher amorphen Gebilde, das da zwischen den Nadeln hing, Handschuhe entstehen sollten.

Am Abend kam Frank vorbei. Er hatte die beiden eine Weile nicht besucht, weil er geschäftlich unterwegs war.

„Du strickst?", fragte er entgeistert.

„Was dagegen? Das werden Handschuhe." Susanna wedelte mit ihrer bisherigen Produktion.

„Im Moment sieht es eher aus wie ein Rollkragen ohne Pullover. Du musst endlich mit den Fingern anfangen. Oder hast du Fäustlinge geplant?"

„Spricht hier etwa der Fachmann?"

Frank kratzte sich verlegen am Hinterhaupt. „In meinem ersten Leben habe ich auch mal gestrickt. In der Schule. Vielleicht war das doch ein Zeichen, dass ich schwul bin. Es war so ein Tick bei uns. Alle haben gestrickt, auch die Jungs, vorzugsweise in Religion und Erdkunde."

„Hätte ich dir gar nicht zugetraut", sagte Karen erstaunt. „Schwul sind sie nicht alle geworden, oder?"

„Keine Ahnung. Wenn jeder, der damals gestrickt hat, jetzt schwul wäre, dann wäre der CSD noch viel größer."

„Erklärst du mir, wie es geht? Ich meine, das mit den Fingern", bat Susanna.

„Mal sehen, ob ich mich erinnere." Frank griff nach dem Strickzeug. Er runzelte die Stirn und legte los, als hätte er erst gestern seine letzten Socken fertig gestellt. Geradezu begeistert weihte er Susanna in die Geheimnisse des Auf- und Abnehmens von Maschen ein und erklärte ihr, wie man dafür sorgte, dass die Fingerlinge am Ende kein Loch hatten.

„Mal sehen, vielleicht stricke ich euch eine Strampelhose! Macht doch richtig Spaß und entspannt", verkündete er, ehe er ging.

Während Susanna trotz Drehbuch, Stricken und Plattensammlung immer noch viele ruhige Stunden hatte, musste sich Karen ständig hetzen. Nur noch zwei Wochen, dann begannen die Eurogames, und eigentlich hätte Karen am liebsten jeden Tag ein zusätzliches Konditionstraining oder einen Dauerlauf absolviert, um sich vorzubereiten. Aber dazu war keine Zeit.

Mit jedem Tag wurde sie nervöser. Fast jede Nacht quälte sie derselbe Traum: Ihr Team stand im Endspiel, das gerade angepfiffen wurde. Aber sie durfte nicht einfach losrennen und Tore schießen. Trainerin Tritt befahl, dass Karen unter erschwerten Bedingungen spielen musste. „Fußball ist eine Vorbereitung auf das richtige Leben", sagte sie mit rollenden Augen und stellte einen riesigen Kinderwagen hin. Den musste Karen schieben, wenn sie den Ball jagte. Darin lag eine Plastikpuppe und grinste sie blöd an. Karen versuchte zu laufen, aber der Kinderwagen hinderte sie daran, und nie erreichte sie den Ball. Spätestens wenn die gegnerische Mannschaft 5:0 führte, erwachte sie keuchend und in Schweiß gebadet, und deshalb war sie selten ausgeschlafen.

Das trug nicht gerade dazu bei, ihr die Arbeit im Call Center zu versüßen, die ihr ohnehin mit jedem Tag sinnloser vorkam. Sie hatte doch so viel anderes zu tun! Aber statt ihre unzähligen Aufgaben zu erledigen, saß sie an diesem Arbeitsplatz als das äußerste Anhängsel eines gigantischen Apparats, dessen einziges Ziel Umsatz hieß, in ihrem Fall Umsatz mit Bezahlfernsehen. Als Telefon-Vertriebskraft für dieses Medium musste sie unwilligen Menschen Fernsehprogramme im Paket andrehen, die sie eigentlich gar nicht haben wollten, geschweige denn brauchten.

Weil Karen aus praktischen Gründen seit einiger Zeit nur noch die Frühschicht übernahm, erreichte sie ihre Opfer ausschließlich vormittags. Aber wer war schon um diese Zeit zu Hause? Rentner, Arbeitslose, nicht berufstätige Mütter, die ihre Einkäufe bereits erledigt hatten, Kranke und Schulkinder, die den Unterricht schwänzten.

Egal, welche Gründe ihre Opfer auf der anderen Seite der Leitung anführten, um kein Bezahlfernsehen kaufen zu müssen, Karen durfte gemäß den Call-Center-Regeln keinesfalls aufgeben, bevor der Hörer auf der Gabel lag. Sie musste beharrlich versuchen, die Argumente des Gegenüber zu entkräften, ihm die Vorteile des Bezahlfernsehens in den leuchtendsten Farben schildern und ein Gespür für die Bedürfnisse des potenziellen Kunden entwickeln.

An diesem Morgen war Karen besonders unausgeschlafen, denn in der Nacht hatte sie wieder ihren Alptraum geträumt. Gähnend setzte sie das Headset auf und meldete sich beim System an. Immer drei Agenten – so hießen Call-Center-Telefonsklaven euphemistisch – pro Reihe saßen nebeneinander an grauen Tischen vor grauen Kästen. Dem Call-Center-Steuercomputer war Karens Verfassung egal. Sobald sie sich angemeldet hatte, spuckte die Steuerung die erste Nummer auf ihren Bildschirm, und dann wieder eine und wieder – sobald sie auflegte, kam die nächste. Karen klickte die Nummern an, worauf sie gewählt wurden.

Während Karen ununterbrochen telefonierte, wurde sie von der nagenden Vorstellung gepeinigt, etwas Wichtiges vergessen zu haben. Was war es nur? Wollte sie etwas aus der Reinigung holen, etwas einkaufen oder sollte sie irgendwo etwas nachsehen? Sie grübelte ununterbrochen, aber es fiel ihr nicht ein.

Gegen Mittag ahnte Karen, dass sie auch heute ihr Soll nicht erfüllen würde. Wie in der letzten Zeit öfter. Kein Mensch, so schien es, wollte Pay-TV von ihr kaufen. Sie konnte es ja verstehen, sie wollte auch keins.

Gerade wählte das System die Nummer von Herrn Blumenbauer, nähere Details zur Person unbekannt. Wenn es um einen bekannten Kunden ging, erschien seine Historie auf dem Bildschirm. „Guten Tag, Herr Blumenbauer! Mein Name ist Küppers!", sülzte Karen so freundlich sie konnte. Der Name stand auf dem Display, und man musste die Leute unbedingt mit ihrem Namen anreden. Das war Regel Nummer eins.

„Hallo? Hallo? Küppers? Kenne ich nicht." Seiner Stimme nach zu urteilen, war Herr Blumenbauer mittelalt und rauchte wie ein Schlot.

„Herr Blumenbauer, kennen Sie Pay-TV?"

„Persönlich nicht", brummte Herr Blumenbauer und sog hörbar an einer Zigarette.

„Ich möchte Ihnen einen sehr günstigen Vertrag für ein ganzes Paket von Fernsehprogrammen anbieten. Und ganz ohne Werbung! Sie sehen doch sicher fern?"

„Na klar sehe ich fern", sagte Herr Blumenbauer. „Was soll man denn sonst machen die ganze Zeit."

„Sehr gut, Herr Blumenbauer, dann ist unser Paket wahrscheinlich genau das Richtige für Sie!"

„Und was ist drin in dem Paket?"

Endlich, ein echter Interessent, frohlockte Karen innerlich.

„Wir haben Spielfilme, Dokumentationen, ein Paket mit Natur- und Wissensfilmen, Sport ..."

„Keine Pornos?", fragte Herr Blumenbauer indigniert.

Karen seufzte. „Wir haben sogar drei Porno-Pakete."

„Na, das hört sich schon mal gut an. Was ist denn drin in so einem Paket?"

„Spielfilme, tagesfüllend, von morgens bis abends." Karen musste ihm jetzt den Vertriebsregeln gemäß einige Titel vorlesen. Sie verdrehte die Augen und sagte: „Ich nenne Ihnen jetzt einiges aus einem typischen Tagesprogramm. *Heiße Frauen im weißen Sand*, *Wilde Schwänze auf Reisen*, *Dildo Dancing Teil 8* ..."

„Na ja", sagte der Mann ohne übermäßige Begeisterung. „So was kriege ich in jedem DVD-Shop billiger." Er schwieg einen Moment, als ob er nachdenken würde. Dann fragte er: „Und Sie, mit Ihrer geilen Stimme, gehören Sie auch zum Paket?"

Karen spürte, wie Wut in ihr hochkochte. Am liebsten hätte sie den Kerl durch die Leitung erwürgt. „Nein", sagte sie mühsam beherrscht. „Da müssen Sie schon woanders suchen." Dann legte sie auf. Telefonsex war in ihrem mickrigen Gehalt jedenfalls nicht inbegriffen.

„Was war das denn für einer?", fragte Corinna, ihre Nachbarin, eine dralle Mutter von drei Kindern, die mit der Arbeit im Call Center versuchte, das magere Gehalt ihres Gatten aufzubessern.

Karen verdrehte die Augen. „Ein Wichser. Fragte nach Pornos und dann, ob ich auch im Paket wäre."

Corinna verdrehte die Augen. „Man sollte so einem ein lebenslanges Abo für den Infokanal der urologischen Klinik aufschwätzen. Gibt es nur leider nicht. Hattest du schon Glück heute?"

Karen schüttelte den Kopf. „Und du?"

„Ich hatte gerade wieder ein Kleinkind an der Strippe und dann eine arbeitslose Frau. Hat früher bei Siemens gearbeitet, sagte sie. Sie wollte wissen, ob Pay-TV jetzt von Hartz IV übernommen wird. Zeit genug hätte sie ja nun, das alles anzusehen, sagt sie."

„Hartz IV? Glaube ich nicht. Die zahlen nur das, was du ohne Zusatzkosten öffentlich-rechtlich empfangen kannst. Das ist sogar Grundversorgung, wie früher die Zeitung. So müssen die Leute auch noch Werbung für Sachen ansehen, die sie sowieso nie kaufen können."

„Ist jedenfalls 'ne gute Frage für Röders Erbauungsstunde." Corinna notierte etwas.

Röders Erbauungsstunde hieß unter den Mitarbeitern das einmal monatlich stattfindende Gruppentreffen aller, die an den Telefonarbeitsplätzen saßen. Angeblich diente es der Weiterbildung. Gruppenleiterin Rita Röder war eine Endzwanzigerin mit dem goldgerahmten Zertifikat einer amerikanischen Business School an der Wand. Sie herrschte über Karen und zwanzig weitere Agenten. Die Röder trug Businesskostüme in blau oder schwarz und stand todsicher vor einer großartigen Karriere im Universum des Telefonmarketings.

Sie gehörte zu den Hundertfünfzigprozentigen, die das Call Center als Inbegriff moderner Dienstleistung und ihres im Besonderen für eine der größten Segnungen der Menschheit hielten. Mit allen Mitteln versuchte sie, ihre Schäfchen auf diese Linie einzuschwören. Sie klebte sogar vor Dienstbeginn Post-it-Zettel an die Bildschirme, auf denen schwachsinnige Sentenzen standen: „Ein Lächeln durch die Leitung ist wie ein Lächeln ins Gesicht!", „Für eine gute Sache gibt es tausend Argumente!" oder „Ein Nein ist nie ein Nein, sondern immer nur ein Ja, aber!"

Karen studierte die gelben Zettel jeden Tag flüchtig und versenkte sie dann schleunigst im Papierkorb. Sie wusste wie alle ihre Kollegen, dass die Gruppenchefin die Anrufe ihrer Call-Agenten nach dem Zufallsprinzip mithörte. Es erhöhte die Spannung, dass niemand wusste, welche.

Das mit Herrn Blumenbauer hatte sie definitiv mitgehört. Am Ende der Schicht rief Frau Röder Karen in ihr winziges Büro, in dem sie hinter einem resopalbeschichteten Schreibtisch thronte.

„Sie wissen schon, warum Sie hier sind?", fragte sie und fixierte Karen durch eine viel zu schmale Brille mit dickem, schwarzem Hornrahmen.

„Nein", sagte Karen. „Gibt es eine Gehaltserhöhung?"

Die Röder zuckte zusammen. „Gehaltserhöhung?" Sie schnaubte verächtlich. „Frau Küppers! Ehe wir hier über Gehaltserhöhungen reden, sollten Sie erst einmal das kleine Einmaleins des Call-Center-Agenten beherrschen! Wie heißt eine unserer wichtigsten Regeln?"

Karen musterte unbeteiligt die Wand hinter der Röder, an der ihr Studienzertifikat hing und sonst nichts.

„Frau Küppers! Auch ein Kunde, der Sie persönlich kennen lernen will, hat für sie ein guter Kunde zu sein!" Frau Röders Augen verengten sich zu schmalen Schlitzen und passten nun plötzlich zu ihrer Brille. Deshalb hat sie die gekauft, dachte Karen. Nur für diese Momente. Aber die Röder war noch nicht fertig. „Sogar ein Kunde, der fragt, ob Sie zum Paket gehören, ist ein guter Kunde. Obwohl ich natürlich solche …"

„Wichser", half Karen ihr auf die Sprünge.

„… solche etwas übereifrigen Kunden auch schwierig finde. Aber wir sind hier, um Umsatz zu machen, und nicht, um unsere persönlichen Empfindlichkeiten zu pflegen." Sie starrte Karen an und wartete auf eine Stellungnahme. Doch Karen schwieg.

„Frau Küppers, es ist ja nicht nur das. Sie liegen bei den Pay-TV-Verträgen dauerhaft unter Norm!" Die Röder schielte nun streng über den oberen Rand ihrer Brille und tippte mit der Spitze ihres Designer-Kugelschreibers auf eine Tabelle, die die Verkaufsleistungen der einzelnen Agenten verzeichnete. In der Spalte, die zu Karens Namen gehörte, standen verdächtig viele Nullen.

Karen entschloss sich zur Vorwärtsverteidigung. Das war ein Risiko, aber eines, das sie bereit war einzugehen. Sie hatte hier eigentlich sowieso nichts mehr verloren, fand sie. Warum also nicht alles auf eine Karte setzen? Vielleicht gewänne sie ja trotzdem. Karen holte tief Luft und legte los: „Was kann ich dazu, wenn keiner Pay-TV will? Vielleicht ist es zu teuer. Und wo wir gerade dabei sind: Unter der Norm liegt hier auch einiges. Nämlich die Bezahlung, das geistige Niveau meiner Tätigkeit und der Unterhaltungswert der Programme, die ich den Menschen verkaufen soll!"

„So", sagte die Röder und räusperte sich. Sie war jetzt ganz bleich, als hätte sie heute Morgen vor dem Spiegel zu viel Grundierung aufgelegt. „Dann sind wir uns ja einig, dass Sie uns baldmöglichst verlassen. Die Geschäftsleitung wird entzückt sein."

Also war es doch kein Tor geworden, sondern der endgültige Abpfiff. Karen erhob sich, nun doch erschrocken darüber, wie schnell ihr heimlicher Wunsch, diesen Job loszuwerden, sich verwirklichte. „Dann gehe ich jetzt mal", sagte sie.

„Tun Sie das. Sie sind ab sofort beurlaubt und fristgerecht gekündigt!" Die Röder schrieb einen Vermerk hinter Karens Namen. „Das Kündigungsschreiben geht heute noch raus!"

„Prima", sagte Karen und erntete einen Blick, in dem die Frage stand, ob sie heute komplett den Verstand verloren hatte.

Sie packte ihre Sachen zusammen und schrieb für Corinna, die schon weg war, einen gelben Post-it-Zettel. „Bin gefeuert. Meld dich mal, wenn du Lust hast." Sie kritzelte ihren Namen, einen Smiley und ihre Telefonnumer darunter, war sich aber ziemlich sicher, nie wieder etwas von Corinna zu hören. So nahe standen sie sich nicht.

Dann ging sie, schwankend zwischen Euphorie und Angst. Das Jobproblem war plötzlich drängend, nicht mehr eine Sache, mit der sie sich Zeit lassen konnte. Susanna und sie brauchten Geld, auch ihr Geld, wenn die Kinder auf die Welt kämen. Und dazu konnte sie, wenn sich nicht schnell wieder eine Arbeit fand, noch weniger beitragen als bisher. Die Idee, aus ihrer Sportbegeisterung einen Beruf zu machen, hielt sie zwar für gut, hatte sie aber noch nicht weiter verfolgt. Jetzt hätte sie einen guten Plan brauchen können. Aber sie hatte keinen.

Karen beschloss, noch ein wenig durch die Stadt zu bummeln, ehe sie nach Hause gehen und Susanna die neue Sachlage beichten würde. Außerdem wollte sie sich im Sportgeschäft bei Fred verabschieden, denn nun würde sie wahrscheinlich kaum noch in diese Gegend kommen. Zumindest nicht so bald.

Ziellos strich Karen durch unbekannte Nebenstraßen. Plötzlich stand sie vor den riesigen Schaufenstern eines Ladens, der sich anscheinend auf Fitnessgeräte spezialisiert hatte. Er hieß Body&Machine. Karen ging hinein. Sie hatte ein Kombigerät entdeckt, das sie noch nie gesehen hatte, und wollte es sich erklären lassen.

Im Laden rührte sich zunächst trotz einer penetrant schrillen Türglocke nichts. Erst als Karen mehrmals laut gerufen hatte, schlappte ein nur mäßig interessiertes Individuum aus dem Hintergrund herbei.

„Ja?", fragte der Mann.

Er sollte ein bisschen an seinen eigenen Geräten trainieren, dachte Karen beim Anblick seiner Körperhaltung. „Können Sie mir erklären, wie das hier funktioniert?", fragte sie und steuerte zielsicher das Ding an, das sie beim Blick durchs Schaufenster entdeckt hatte. Es hatte Griffe an vielen verschiedenen Stellen, die alle mit Gewichten, Gelenken und Flaschenzügen verbunden waren. Außerdem hatte die Maschine auch noch ein Laufband.

„Das ist so ein Kombigerät", sagte der Mann. Er studierte die Auszeichnung. „Multifit Maximum. Kostet 700 Euro."

„Und was kombiniert das Kombigerät?", fragte Karen ein wenig ungehalten. Das Preisschild hätte sie auch selbst lesen können.

„Also, ich denke, Laufen" – er deutete auf das Laufband – „und Gewichttraining." Er zeigte auf die Griffe und die Gewichte.

„Für wen ist es denn besonders geeignet?"

„Für jeden, der Heimtraining machen will", sagte der Mann und unterdrückte ein Gähnen.

„Das habe ich mir schon gedacht. Es steht ja in der Abteilung Heimtrainer. Nicht wahr?"

„Genau. Für Details ist der Geschäftsführer zuständig. Der kommt immer donnerstags."

„Immer donnerstags?", fragte Karen entgeistert. Sie konnte sich nicht vorstellen, dass an den übrigen Wochentagen etwas umgesetzt wurde, so gut, wie sich der Verkäufer auskannte. Dabei war der Laden ein Paradies für Fitness-Fans. Meine Güte, allein vom Anblick der Kraftmaschinen hätte sie ins Schwärmen geraten können.

„Genau. Immer donnerstags. Haben Sie sonst noch einen Wunsch?"

„Nein, danke", sagte Karen und ging. Das könnte ich wirklich besser!, dachte sie. Dann kam ihr eine Idee. Und für die brauchte sie Fred. Aber von dem wollte sie sich ja sowieso verabschieden. Plötzlich trödelte sie nicht mehr, sondern hatte es eilig. Eine halbe Stunde später stand sie neben ihm.

Fred sortierte gerade eine frisch eingetroffene Ladung Fußballschuhe. „He!", begrüßte er Karen. „Dich gibt's also doch noch."

„Ich habe so wenig Zeit. Die Schwangerschaft. Schnäppchen kann ich auch keine mehr kaufen. In den Hobbyraum kommen jetzt die Babys. Und heute haben sie mich auch noch im Call Center gefeuert, sodass ich wahrscheinlich kaum noch in die Gegend komme."

„Schade. Und was sagt Susanna dazu?"

„Noch gar nichts. Sie erfährt es heute Abend."

„Schon was Neues in Aussicht?"

„Nein. Aber vielleicht kannst du mir helfen. Ich weiß nämlich jetzt, was ich gern machen würde."

„Und zwar?"

„Fitnessgeräte verkaufen. Ich war heute in einem Geschäft mit den tollsten, modernsten Maschinen. In so einem Laden würde ich gern arbeiten."

„Cool. Das würde gut zu dir passen."

„Und jetzt wollte ich dich fragen, ob du dich umhören kannst. Du kennst doch alle in der Branche. Vielleicht wird mal irgendwo was frei, oder jemand braucht eine wie mich. In der Zeitung habe ich noch keine einzige passende Stelle entdeckt."

„Im Moment weiß ich auch nichts, aber vielleicht ergibt sich ja später was. Wie stellst du dir denn deinen Job vor?", fragte Fred.

„Ich würde gern ein paar Jahre halbtags arbeiten, wegen der Babys. Dann können Susanna und ich uns die Erziehung teilen. Außerdem möchte ich mittelfristig ein bisschen Perspektive und Entwicklungschancen. Ich bin ja Betriebswirtin, beherrsche also auch die ökonomische Seite."

„Versprechen kann ich dir nichts, aber ich halte die Ohren offen!"

„Danke." Karen schrieb ihre Telefonnummer auf einen Zettel. „Es macht nichts, wenn der neue Job erst im Januar losgeht. Irgendwann im November kommen die Kinder auf die Welt, ich glaube, bis dahin bleibe ich sowieso Hausfrau. Und vielleicht hast du ja einfach so mal Lust anzurufen, ganz unabhängig von meiner Arbeitssuche."

Fred nickte, ging zur nächsten Kasse, wühlte in einer Schublade und überreichte Karen seine Visitenkarte. „Damit du dich auch melden kannst. Wie geht es denn Susanna jetzt?"

„Ganz gut. Aber sie muss immer noch liegen."

„Du Arme! Dann hast du ja reichlich zu tun. Vielleicht komme ich euch tatsächlich mal mit meiner Freundin besuchen."

„Mach das! Ich würde mich freuen. Und jetzt muss ich los."

„Viel Glück!", rief Fred ihr nach.

Als Karen nach Hause kam, sah Susanna sie erwartungsvoll an. „Und?", fragte sie.

„Was, und?"

„Du wolltest doch nach einem Doppelkinderwagen schauen."

Karen schlug sich vor die Stirn. Natürlich, der Kinderwagen! „Habe ich aber nicht", sagte sie zerknirscht. „Ich wusste, da war was. Es ist mir einfach nicht eingefallen. Es war zu viel los."

„Zu viel los in deinem Call Center?"

Karen nickte. „Ich bin gefeuert."

„Macht nichts, du hättest da längst aufhören sollen!" Susanna strickte seelenruhig weiter an ihrem zweiten Handschuh. „Du musst nur bald was anderes finden."

„Ich weiß, aber einfach wird das nicht. Ich habe mit Fred gesprochen. Vielleicht erfährt er was. Ich glaube nämlich,

ich würde gern in einem Sportgeschäft einsteigen, am besten bei einem Spezialisten für Fitnessgeräte."

„Besser als das Call Center passt das bestimmt zu dir."

„Warum regst du dich eigentlich gar nicht auf?", fragte Karen. „Wo ich jetzt arbeitslos bin."

Susanna grinste. „Erstens, weil mir heute eine wunderbare Idee fürs Drehbuch gekommen ist. Und zweitens, weil ich fest davon überzeugt bin, dass du schon Arbeit finden wirst. Du bist schließlich intelligent, gut ausgebildet und eine Sportfanatikerin. Wenn ich ein Sportgeschäft hätte, ich würde dich sofort einstellen."

Karen lächelte dankbar. Susannas Optimismus war herzerfrischend. „Tatsächlich?", sagte sie. „Wenn ich mir da doch auch so sicher wäre! Aber jetzt kommen sowieso erst mal die Games. Und wie sieht deine Idee aus?"

„Der Bauer lernt auf einem Dorffest eine Frau kennen und verliebt sich. Sie gehen miteinander ins Bett. Er weiß aber nicht, dass gerade diese Frau eine ehemalige Mitschülerin der Kommissarin ist. Und einen schwulen Bruder hat."

„Und dann?"

„Dann kann sie ihn aushorchen oder so."

„Aber weiß denn die Kommissarin, dass diese Frau den Bauern kennt?"

„Noch nicht", sagte Susanna. „Aber bald."

Kurz darauf fielen lesbische und schwule Sportteams aus der halben Welt in München ein. Alle Bekannten hatten Gäste aufgenommen. Nur bei Karen und Susanna wohnte aus Rücksicht auf Susannas Schwangerschaft niemand.

„Willst du nicht wenigstens mit zur großen Eröffnungsfeier kommen?", bettelte Karen. „Es wird sicher unvergesslich. Und ohne dich fühle ich mich einsam."

„Ich würde so gerne. Aber wirklich, es geht nicht." Susanna schaute traurig zum Fenster hinaus wie ein Kanarienvogel durchs Käfiggitter. „Es ärgert mich ja auch: Alle gehen hin, nur ich nicht. Aber es wäre doch viel schlimmer, wenn den Babys jetzt was passieren würde."

„Wir würden gemeinsam auf dich aufpassen."

Susanna schüttelte den Kopf. „Was könntet ihr schon gegen eine Sturzgeburt tun? Am Ende liegen die beiden im Brutkasten, und der Stress fängt erst richtig an." Sie warf einen schrägen Blick auf ihren dicken Bauch. „Glaub mir, ich habe wirklich genug vom Herumliegen! Es ödet mich an, ich kann es dir gar nicht sagen! Aber es wäre dumm, jetzt unnötig etwas zu riskieren."

„Manchmal ist eine kleine Dummheit doch genau das Richtige", murrte Karen. „Ich habe keine Lust mehr, überall allein hinzugehen. Schon gar nicht, wenn es etwas so Einmaliges ist."

Susanna seufzte. Sie würde nicht nachgeben. „Du bist ja nicht allein dort", versuchte sie, Karen zu trösten.

„Nein. Bin ich nicht. Ist schon gut. Marlene filmt übrigens", sagte Karen immer noch leicht säuerlich. „Du kannst dir also später ansehen, was du verpasst hast."

Dann zog sie ihr Eurogames-T-Shirt über, das alle Lila Sockers extra für diesen Abend bekommen hatten, und machte sich auf den Weg. „Blöde Babys!", zischte sie, als die Haustür hinter ihr ins Schloss gefallen war.

Aber sie hatte nicht viel Zeit, sich trüben Gedanken hinzugeben. Schon in der U-Bahn traf sie einige Fußballerinnen, die sie aus ihrem Brüten rissen. „Was ist denn mit dir los?", fragte Jutta Linke. „Du siehst ja aus, als führen wir zur Beerdigung und nicht zur Eröffnungsfeier."

„Ach, nichts!", winkte Karen ab. Sie würde jetzt an nichts Unerfreuliches denken, sondern nur noch die Ereignisse genießen, nahm sie sich vor.

Die Eröffnungsfeier fand nicht im Olympiastadion statt, sondern in der Olympiahalle gleich nebenan. In den Gängen im Untergeschoss drängten sich schon massenweise Sportler und Sportlerinnen, als Karen ankam. Sie warteten darauf, nach Herkunftsländern geordnet in das überdachte Rund einzumarschieren. Die Teams würden die Halle zu Musikbegleitung einmal längs durchqueren und sich anschließend auf den Rängen verteilen.

Weil München Gastgeber war, kamen die Teams von dort als Letztes an die Reihe. Bis dahin drängten sie sich unten in den Gängen und konnten das Geschehen nur auf Bildschirmen verfolgen. Die Luft war zum Schneiden. Karens Beine taten weh vom Herumstehen. Sie wünschte sich, es möge endlich losgehen.

Nur Marlene schien das allgemeine Gewühl nichts auszumachen. Sie drängelte sich schlangengleich durch die Wartenden und filmte mal hier und mal da. „Huhu, alles hersehen!", zwitscherte sie winkend und zielte mit ihrem Objektiv dahin, wo Karen stand. Karen zog eine Grimasse.

Irgendwann ging es endlich voran. Schrittchen für Schrittchen näherten sie sich dem Ausgang. Und dann stand Karen mit den anderen plötzlich im Hallenrund. Ihr Herz raste vor Aufregung.

„Lesben und Schwule ganz offen auf olympischem Boden! Wenn das die alten Griechen sehen könnten!", schrie Jana Karen zu und winkte in alle Richtungen. „Da oben ist Jessica! Jessi! Jessi!" Jana brüllte und winkte wie verrückt.

Karen winkte automatisch mit, aber sie wusste nicht, wem. Natürlich saßen da oben Dutzende, die sie kannte. Doch inmitten der Euphorie überfiel sie wieder Traurigkeit. Alle waren gekommen, nur Susanna nicht. Und das lag an den beiden kleinen Ungeheuern, die in ihrem Bauch darauf lauerten, ihr Leben ab dem Winter vollends aus der Spur zu werfen. Das taten sie ja schon jetzt, und zwar so ganz und gar, dass Susanna noch nicht einmal auf der Zuschauerbank an diesem wirklich einmaligen Ereignis teilnehmen konnte.

Karen spürte, wie eine Träne ihre Wange hinunterlief, und ärgerte sich. Selbstmitleidige Zicke, dachte sie, aber das half nichts.

„Na, na, na, wer wird denn gleich weinen?", hörte sie eine bekannte Stimme schräg hinter sich.

Karen drehte sich um und blickte geradewegs in Marlenes Objektiv. „Untertitel: Tränen vor Rührung bei der Eurogames-Eröffnung!", rief die Filmerin vergnügt. Karen musste plötzlich lachen. Sie ließ Marlene in ihrem Glauben.

Nach ihrer Promenade durch die Halle eroberten die Lila Sockers Sitzplätze in den oberen Rängen. Dann begann das stundenlange Programm. Der Oberbürgermeister hielt eine Rede genau wie eine Abgesandte der Regierung in Berlin. Auf einmal schienen alle im Land die Lesben und Schwulen zu lieben.

Nach Mitternacht kehrte Karen nach Hause zurück. Susanna schlief schon. Karen legte sich neben sie, aber sie lag noch lange wach.

Am nächsten Morgen strahlte die Sonne von einem makellosen blauen Himmel. Auf den Fußballplätzen hatte der Betrieb schon begonnen. Teams wärmten sich auf, Schiedsrichter erhielten Anweisungen von der Spielleitung, die OrganisatorInnen des Turniers sprangen geschäftig zwischen den einzelnen Grüppchen hin und her.

Karen merkte, wie sie von Minute zu Minute nervöser wurde. Die Trainerin drängte zum Aufwärmen und bellte: „Unser erstes Spiel ist um neun. Gegen die Tits on Fire aus Stuttgart. Gebt euer Bestes!"

„Das Feuer werden wir in null Komma nichts löschen", frotzelte Torfrau Linke trocken. Sie erntete zustimmendes Gelächter.

Zwischen all den aufgeregten Spielerinnen lief wieder einmal Marlene mit ihrer Kamera herum. „Mädels, ich will euch siegen sehen!", rief sie und versuchte, Nahaufnahmen zu ergattern.

Beim Anpfiff holte Karen tief Luft. Sie erinnerte sich nur zu gut an das letzte Match, bei dem sie beinahe die Niederlage von Dynamo Pasing verschuldet hatte. Damals hatte sie versagt, weil ihre Gedanken woanders waren. Diesmal bin ich nur hier, nirgends sonst, und gebe alles, was ich kann.

Die Tits on Fire stürmten ab der ersten Minute. Die Lila Sockers brauchten eine Weile, um sich darauf einzustellen, aber dann flankte die Linksaußen genau vor Karens Füße, und Karen schoss aus vollem Lauf in die rechte untere Ecke, unhaltbar für die Stuttgarter Torfrau. Karen riss die Arme nach oben und brüllte vor Freude. Sie hatte diesmal nicht versagt, und sie würde überhaupt nicht mehr so schnell versagen. Sie bestand nur noch aus Augen, die den Ball suchten, und Beinen, die den Ball spielten. Am Ende gingen die Tits on Fire 3:1 geschlagen vom Platz. Karen hatte ein weiteres Tor geschossen.

„Hab ich doch gesagt, dass wir das Feuer schnell löschen", sagte Jutta Linke und reckte den Kopf.

Die Fans der Lila Sockers johlten vor Begeisterung. Jessica stand am Rand und schwang eine lila Fahne mit dem Sockers-Emblem, einer weißen Sportsocke mit hell-lila Streifen. Marlene stand neben ihr. Sie formte mit den Fingern ein Victory-Zeichen.

Jana kam und umarmte Karen. „Toller Schuss vorhin. Weltklasse! Dynamo Pasing sollte neidisch auf uns sein!", sagte sie. Karen grinste.

Auch der Rest des Tages lief gut für die Lila Sockers. Abends hatten sie immerhin das Viertelfinale erreicht. Das wäre eigentlich ein Grund gewesen zu feiern, aber Karen ging todmüde nach Hause.

„Rate mal, wer angerufen hat", sagte Susanna, kaum, dass Karen ihre Sporttasche im Flur abgestellt hatte.

„Wer?"

„Meine Schwägerin Clara Hartenstein. Sie kommt morgen vorbei."

Beim Namen Hartenstein vergaß Karen das Brot, das sie sich gerade hatte schmieren wollen, und blieb abrupt im Flur stehen. „Ausgerechnet morgen? Und warum?", fragte sie ungehalten. Hartensteins bedeuteten in der Regel ein Familiendrama, und Familiendramen waren das Letzte, was sie sich für den Tag wünschte, an dem sie vielleicht mit einer Medaille heimkehren würde.

„Keine Ahnung. Sie sagt, es sei wichtig."

„Kann sie nicht am Montag kommen? Wahrscheinlich gibt es wieder nur Auseinandersetzungen, und da wäre ich lieber dabei."

Susanna runzelte die Brauen. „Wirf nicht alle in einen Topf! Clara ist nicht wie meine Eltern. Sie ist in Ordnung. Du musst ja nicht dabei sein, wenn wir uns unterhalten."

„Natürlich will ich dabei sein. Oder glaubst du, ich lasse es zu, dass noch einmal deine Verwandtschaft über dich herfällt?" Karen hatte jetzt gar keinen Appetit mehr.

„Dann bist du eben dabei!", sagte Susanna ärgerlich. „Sie kommt am frühen Abend."

Die Lila Sockers schafften es tatsächlich ins Finale. Sie konnten es selbst kaum glauben. Gudrun Tritt platzte beinahe vor Stolz. „Also, Mädels, reißt euch zusammen: Ich will Gold sehen!", brüllte sie kurz vor dem Anpfiff. „Gold, Gold, Gold!", brüllten alle durcheinander und rissen dabei die Arme hoch, als hätten sie schon gewonnen.

Ihre Gegnerinnen stammten aus Dänemark und nannten sich Kopenhagener Meerjungfrauen. Karen hatte das Team schon spielen sehen und bewunderte seine Abwehr, die wie eine massive Mauer stand. Auch der Angriff war nicht schlecht: Die Stürmerinnen wieselten gewandt und konditionsstark um die Abwehrspielerinnen herum und trafen das Tor auch aus großer Entfernung. Außerdem waren sie schnell. Die Lila Sockers hatten bisher nicht gegen sie antreten müssen, sonst, so mutmaßte Karen, hätten sie vielleicht das Endspiel nie erreicht.

Trainerin Tritt zwirbelte nervös das Band, an dem sie ihre Trillerpfeife um den Hals trug, als die Schiedsrichterin das Spiel endlich anpfiff. Die Meerjungfrauen gaben von Anfang an Gas, so dass den Lila Sockers nichts anderes übrig blieb, als alle Spielerinnen vor das eigene Tor zu ziehen.

Besonders schwer hatte es Dietlinde Rucklhuber in der Abwehr. Sie spielte gegen eine dürre Blonde mit ungeheuer langen Beinen, mit der sie einfach nicht mithalten konnte. Nach zehn Minuten Spielzeit zog sie im Strafraum die Notbremse. Die Schiedsrichterin deutete auf den Elfmeterpunkt.

Die lange Kopenhagenerin schoss den Strafstoß selbst. Jutta hatte keine Chance. Es stand 1:0.

Dietlinde schüttelte den Kopf. „Wenn wir verlieren, bin ich schuld", murmelte sie. Karen, die es gehört hatte, lief zu ihr und rief: „Gar nichts bist du! Los jetzt, stürmen!" Sie wusste, wie sehr derartige Selbstvorwürfe eine Spielerin demoralisieren konnten. Am Spielfeldrand tobte die Tritt.

Nach der Pause kämpften die Lila Sockers verbissen um den Ausgleich. Karen war oft genug im Strafraum in Ballbesitz, konnte aber nicht schießen, weil ihr ständig irgendwelche Däninnen den Weg versperrten.

Dann sah sie von hinten Dietlinde heranstürmen, Rache im Blick, und schickte den Ball zu ihr zurück. Dietlinde war ungefähr zwanzig Meter vom Tor entfernt, als sie direkt in das Leder hineinrannte. Die Kugel flog in einem herrlichen Bogen unhaltbar in die rechte obere Ecke. Dietlinde riss die

Arme hoch. Karen konnte die Genugtuung in ihren Augen sehen. Die Kopenhagener Torfrau schüttelte den Kopf und redete auf ihre Abwehr ein. Es stand 1:1. Alles war wieder offen. Doch während der restlichen Spielzeit fiel kein Tor mehr, obwohl beide Teams ihr Bestes gaben.

„Zweimal zehn Minuten Verlängerung", keuchte Jana, als sie vom Platz liefen, um Kraft zu tanken.

Die Tritt strahlte, und Dietlinde war jetzt der Star, während sie vorhin, nach dem Strafstoß, böse Blicke geerntet hatte. Die Spielerinnen tranken, übergossen sich mit Wasser und versuchten, ihre gequälten Beinmuskeln zu entspannen. Die wenigen Minuten bis zum Anpfiff der Verlängerung vergingen viel zu schnell. Wieder verbissen sich die Teams ineinander, aber sie waren schon zu erschöpft, um den anderen ein Tor abzuringen. „Elfmeterschießen", sagte die Tritt.

„Verdammter Mist!" Karen schüttelte den Kopf. Elfmeterschießen war das Einzige, das sie kaum geübt hatten.

Am Ende hing alles an Karen. Es stand schon wieder unentschieden. Die Mittelstürmerin aus Dänemark hatte aber ihren Schuss nicht versenkt, und deshalb hatten die Sockers jetzt endlich eine reale Chance auf den Sieg.

Karen hatte die Torfrau genau beobachtet. Sie sprang relativ früh in die Ecken, um den Ball zu angeln, und reagierte schon, bevor der Ball richtig abgeschossen war. Und das hieß, man konnte sie vielleicht täuschen.

Karen legte das Leder zurecht, nahm Anlauf und versuchte so auszusehen, als wollte sie die rechte untere Ecke treffen. Ganz zum Schluss zog sie den Ball nach links oben.

Die Torfrau flog tatsächlich nach rechts unten, und der Ball landete im Netz. Karen sah noch, wie sie aufstand und den Kopf schüttelte, dann verschwand Karen schon in einer Traube ihrer Mitspielerinnen, die sie von allen Seiten beglückwünschten, sie umarmten und schließlich jubelnd auf die Schultern hoben. Sie hatten gewonnen! Kurz darauf standen die Lila Sockers, die ihr Glück noch gar nicht fassen konnten, behängt mit Goldmedaillen auf dem Siegertreppchen.

Karen ertappte sich dabei, wie sie den Spielfeldrand nach Susanna absuchte. Aber die war ja zu Hause und erwartete Clara Hartenstein. Karen seufzte. In diesem Moment vermisste sie Susanna noch mehr als bei der Eröffnungsfeier, und das wollte etwas heißen.

Dafür nahte wieder einmal Marlene mit der Kamera. „Gratuliere!", sagte sie, nachdem sie das Goldteam ausgiebig gefilmt hatte, drückte Karen einen Kuss auf den Mund und verschwand wieder.

Jana verdrehte die Augen. „Affektierte Zicke!", murmelte sie zu Karen hinüber.

Karen errötete und schaute auf die Uhr. „Ich muss jetzt nach Hause. Besuch von Hartensteins."

„Die Abendvorstellung zur Goldmedaille?" Jana musterte sie mitleidig.

„Du sagst es. Ich hoffe, es wird nur ein Einakter."

„Ich drücke dir die Daumen. Im Übrigen verpasst du nichts", tröstete sie Jana. „Die Siegesfeier steigt ja später an der Isar. Die Tritt zahlt. Das hat sie versprochen."

Auf Kollisionskurs

Kaum war Karen, noch ganz im Medaillenrausch, zu Hause angekommen, da läutete es auch schon an der Tür. Missmutig warf sie ihre Sporttasche im Schlafzimmer in die Ecke. Die Goldmedaille hängte sie an den Haken neben den Bademantel. Wie gern hätte sie Susanna jedes Detail des Spiels erzählt! Aber dazu blieb vorläufig keine Zeit.

„Ich mache schon auf!" Karen eilte zum Summer und winkte Susanna zurück aufs Sofa. Während sie darauf wartete, dass Clara die Treppe heraufstieg, zischte sie: „Ich bringe sie um, wenn sie Unfrieden stiftet!"

In all den Jahren hatte Karen Clara nur ein oder zwei Male gesehen – anlässlich der sehr spärlichen Besuche Ferdis, die irgendwann ganz aufhörten. Neugierig musterte Karen sie, als sie die Treppe emporeilte. Den Rest der Familie hatte sie offensichtlich zu Hause gelassen. Clara sah nicht gut aus. Dunkle Ringe umrandeten ihre Augen, als hätte sie schon mehrere Nächte schlecht geschlafen.

„Komm rein!" Karen gab Clara die Hand. „Susanna liegt im Wohnzimmer auf dem Sofa."

Clara ging hinein und umarmte Susanna. Die schaute sie erwartungsvoll an. „Wie geht's dir? Was hast du auf dem Herzen?"

„Das sollte ich wohl besser dich fragen. Schließlich bist du schwanger. Warum hast du mir nicht gesagt, was ihr vorhabt? Ich hätte dich unterstützen können."

Susanna lief rot an. „Ich habe nichts gesagt, weil es mir einfach zu viel war. Wir wussten ja noch nicht mal, ob ich überhaupt schwanger werden würde. Und all die Auseinandersetzungen für nichts? Nein, das wollte ich nicht."

„Jetzt hast du die Auseinandersetzungen trotzdem, und ich habe sie auch."

„Wo du Recht hast, hast du Recht. Aber wieso du? Du hast doch damit eigentlich nichts zu tun."

„Wenn du das so sehen kannst ... Ich jedenfalls schaffe das im Moment nicht." Clara ließ sich in einen Sessel fallen. Sie umklammerte ihre große Handtasche, eines dieser geräumigen Multifunktions-Modelle, in dem man ein Minibüro plus den halben Kleiderschrank unterbringen konnte. „Mir geht's furchtbar. Ferdi und ich stecken in einer Krise."

Aha, eine Krise! Wie überraschend!, dachte Karen hämisch. Hartensteins und Krisen gehörten anscheinend so unausweichlich zusammen wie Marlene und Affären.

Susanna musterte Clara aufmerksam. „Hat Ferdi eine andere?"

Clara schüttelte den Kopf und lachte bitter. „Wenn es nur das wäre! Damit könnte ich umgehen, das ist ja fast normal heute." Sie starrte düster auf den Holzboden. „Es hat mit euch zu tun. Das habe ich ja eben schon angedeutet."

Susanna versuchte noch immer vergeblich, eine Verbindung zwischen sich, ihrem Bruder Ferdinand, Clara und dem Krach um ihre Kinder zu entdecken. „Kannst du das bitte mal erklären?", fragte sie.

„Wir haben vorige Woche deine Eltern besucht. Bei der Gelegenheit haben sie uns von deiner Schwangerschaft berichtet und sich furchtbar aufgeregt."

„Ist das alles?", fragte Susanna kalt. „Wenn ja, dann hättest du nicht zu kommen brauchen. Ich weiß, was sie von Karen und der Schwangerschaft halten. Das haben sie mir deutlich gezeigt. Und deshalb habe ich seitdem auch nichts mehr von mir hören lassen."

„Wir hätten ihnen nichts erzählt, wenn du uns vertraut hättest. Am meisten geärgert haben sie sich übrigens über diese Filmfrau."

Susanna schlug die Augen nieder. „War vielleicht keine so gute Idee. Andererseits hatte ich gehofft, sie würden sich in Anwesenheit einer Kamera irgendwie … menschlicher verhalten."

„Ist ja auch egal", sagte Clara resigniert. „Das Kind liegt sowieso im Brunnen."

„Nein, da liegt es nicht, obwohl nicht viel gefehlt hat. Dafür liege ich hier. Immerhin: Noch sind die Zwillinge in meinem Bauch, und da bleiben sie auch, bis es so weit ist. Meine Eltern haben mich wirklich fies angegriffen."

Clara starrte Susanna entgeistert an. „Zwillinge?"

„Du sagst es. Ich bin ja schon rund wie eine Tonne, aber es wird bestimmt noch schlimmer. Nach dem Krach habe ich Blutungen bekommen. Deswegen die Liegerei – bis zur Geburt."

Clara, die noch immer geschmollt hatte, weil Susanna sie nicht einweihen wollte, zerfloss nun vor Mitleid. „Das ist ja schrecklich. Wissen deine Eltern Bescheid, dass es dir so schlecht geht?"

„Das fehlte noch", murmelte Karen, die auf dem Sofa neben Susanna Platz genommen hatte, sich aber zurückhielt.

Susanna verschränkte die Arme und starrte finster geradeaus. „Nein. Ich werde es ihnen auch nicht sagen. Nicht, solange sie bei ihrer Haltung bleiben, jedenfalls."

Clara seufzte. „Das verstehe ich gut. Aber interessiert dich eigentlich gar nicht, was zwischen mir und ihnen passiert ist?"

„Was soll denn passiert sein? Hast du die Bepflanzung der Rabatten kritisiert?"

„Nein. Ich habe ihnen unser kleines Geheimnis verraten."

„Ich wusste gar nicht, dass ihr eins habt. Wollt ihr auswandern? Lasst ihr euch scheiden?", bohrte Susanna ungeduldig.

„Jenny wurde mit anonymem Spendersamen gezeugt. Ferdi hat nämlich zu wenige Spermien."

„Was?" Susanna starrte Clara fassungslos an. „Ferdi, der Supermann? Keine Spermien?"

Clara wich Susannas Blick aus. „Deshalb haben wir es niemandem erzählt: Ferdi schämte sich, und er ahnte wohl, dass seine Eltern das niemals akzeptieren würden. Außerdem wollten wir Jenny nicht verunsichern. Nach einem halben Jahr Hormonbehandlung hat es geklappt. Und deshalb ärgert es mich auch so, dass du uns nichts von euren Plänen erzählt hast. Wir sind ja praktisch Schicksalsgenossinnen."

Susanna saß da wie vom Donner gerührt und ärgerte sich. Clara wäre wirklich eine wertvolle Verbündete in der Familienschlacht gewesen. „Es tut mir Leid, dass ich dich ausgeschlossen habe", sagte sie schließlich. „Das war dumm. Aber ich wusste davon ja nichts, genauso wenig wie du von meiner Schwangerschaft."

Karen dagegen hatte ganz andere Sorgen. „Da kämpfen wir mit moralischen Skrupeln wegen eines anonymen Spenders, und du tust es einfach!", sagte sie verblüfft.

Clara schaute verwirrt zu Karen hinüber. „Ja, was hätten wir denn sonst tun sollen?"

„Wir zum Beispiel haben gesucht, bis wir einen Spender gefunden haben, den wir persönlich mögen", sagte Karen pampig. „Wir kriegen ja gar keinen Spendersamen von der Samenbank in diesem Land. Wir sind ja nur Lesben. Hast du keine Angst, dass Jenny irgendwann anfängt zu fragen?"

„Doch. Dann erfährt sie es. Vorher nicht. Und wenn sie nicht fragt, auch nicht. Und ich hoffe dringend, dass es ihr niemand einfach so auf die Nase bindet. Das wäre grausam."

„Und wenn sie euch später deswegen Vorwürfe macht?", fragte Karen.

Clara seufzte. „Dann kann ich es auch nicht ändern. Immerhin ist sie da. Ohne Samenspender wäre sie nicht da. Ich finde, das reicht als Rechtfertigung."

Susanna funkelte Karen an. „Darum geht es doch jetzt gar nicht! Erzähl weiter, Clara! Was ist passiert, nachdem du es ihnen gesagt hast?"

„Das Übliche: Alois hat rumgebrüllt, Franziska hat geheult. Und Ferdi, dieser Feigling! Glaubst du, er hat sich hinter mich gestellt? Mitnichten! Er stand tatenlos daneben, als sie mich fertig gemacht haben. Und dann wurde er wütend auf mich, nicht auf sie. So wäre das nicht abgesprochen gewesen."

„Und Jenny?", fragte Susanna besorgt.

„Jenny war spielen bei einer Freundin. Das Einzige, worauf wir uns alle einigen konnten an diesem Tag, war, dass wir sie nicht einweihen werden."

In Susannas Kopf schossen die Gedanken durcheinander, Fäden verknüpften sich, und endlich entstand ein logisches Bild. Deshalb also ähnelte ihre süße Nichte Jenny niemandem aus der Familie!

„Warum habt ihr es ihnen denn überhaupt gesagt?", fragte Karen.

„Weil ich es ungerecht fand, wie sie dich behandelt haben, Susanna! Aber nicht nur deswegen. Eigentlich war das nur der Anlass." Clara starrte ins Leere, als würde sie in die Vergangenheit blicken. „Ich habe ihre Verachtung schon viel zu lange ertragen! Wie du, Karen! Und jetzt ist die Bombe eben explodiert, weil die Gelegenheit günstig war."

„Hoffentlich gibt es nicht am Ende zu viele Verletzte bei deiner kleinen Explosion", sagte Susanna nachdenklich. „Aber ich kann dich sehr gut verstehen. Und ich danke dir. Was du für uns getan hast, ist fast zu viel."

Clara Hartenstein redete sich in Rage. „Seit ich Ferdi kenne, behandeln sie mich wie ein unmündiges Baby. Ach was, als wäre ich eigentlich gar nicht da! Ständig geht es nur um ihren Mustersohn und dessen Musterkind. Als wäre Jenny ohne mein Zutun aus mir herausgeplumpst! Sie sind so selbstgerecht!"

Susanna sah sie betroffen an. Sie hatte nicht gewusst, dass Clara derart unter ihren Eltern litt, weil sie darüber nie gesprochen hatten.

Über Claras Wange kullerte eine Träne. „Das dicke Ende kam hinterher. Kaum waren wir zu Hause, hat Ferdi gepackt. Er ist vorläufig ausgezogen, zurück zu seinen Eltern. Seine Mutter braucht ihn jetzt, sagt er. Und ich? Ich sitze mit der Kleinen allein zu Hause." Clara ließ sich im Sessel zurücksinken. Sie grub in ihrer Tasche nach einem Tempo und schnäuzte sich geräuschvoll.

„Danke, dass du dich für mich eingesetzt hast", sagte Susanna betroffen. „Und das mit Ferdi tut mir Leid. Du hast wirklich fast zu viel für uns getan."

„Schon gut."

„Was hast du jetzt vor?", fragte Susanna.

„Ich weiß es nicht. Abwarten, vorläufig."

„Ich bewundere dich, Clara", sagte Karen. „Vergleichsweise habe ich es mir nämlich einfach gemacht. Ich bin ihnen aus dem Weg gegangen." Karen kam sich plötzlich feige vor, weil sie der Konfrontation mit Hartensteins so lange ausgewichen war. Aber hätte es wirklich etwas geändert, wenn sie gegen deren Vorurteile angekämpft hätte?

„Auch eine Methode. Wahrscheinlich sogar ziemlich erfolgreich. Zumindest nervenschonend", sagte Clara. „Wenn ich damals das gewusst hätte, was ich heute weiß, hätte ich es vielleicht genauso gemacht wie du. Andererseits, diese wechselseitige Ignoranz ist doch sicher nicht deine Idealvorstellung von Familienleben, oder?"

Karen zuckte mit den Schultern. „Ich habe eine nette Mutter. Wir sehen uns selten, aber immerhin. Ich habe meinen

Fußballclub und andere Freunde. Ich bin von Hartensteins Anerkennung nicht abhängig." Dann ergänzte sie nachdenklich: „Aber anders wäre es trotzdem sicher schöner."

„Ferdi wird einlenken, wenn er merkt, dass er dich sonst verliert. Er hatte nie besonders viel Rückgrat, und er liebt dich", mutmaßte Susanna. „Jetzt muss er Farbe bekennen."

„Meinst du?", fragte Clara.

„Ich glaube schon. Er ist eigentlich in Ordnung. Nur kann er sich nicht durchsetzen. Er ist kein Dickschädel wie Vater. Oder ich."

„Entschuldige, dass ich dich vorhin so angegriffen habe." Karen sah zerknirscht aus.

„Ist schon gut. Vielleicht hörst du demnächst erst mal zu, ehe du über mich herfällst." Clara Hartenstein versuchte zu lächeln, aber es wurde ein schiefes Grinsen daraus. „Ich muss jetzt weg. Jenny kommt bald vom Spielen nach Hause, und ich will, dass dann jemand da ist. Das arme Kind ist sowieso schon ganz durcheinander."

Es dauerte eine Weile, bis Karen und Susanna sich von den Nachrichten aus dem Hause Hartenstein erholt hatten. Erst kurz vor Mitternacht hielt Karen es für angebracht, von ihrer Goldmedaille zu berichten. „Und ich habe das entscheidende Tor geschossen", sagte Karen. Sie ahnte schon, dass diese Mitteilung Susanna heute weit weniger interessieren würde als unter normalen Umständen. Pech für sie!

„Herzlichen Glückwunsch!", sagte Susanna immerhin matt, lächelte und umarmte Karen. Sie war todmüde, und in ihrem Kopf rumorte noch immer Claras Enthüllung.

Karen versuchte erst gar nicht, Details vom Turnier zu erzählen. Ich darf jetzt nicht beleidigt sein, redete sie sich ein, doch das half wenig. Tief innen war sie böse. Enttäuscht und böse darüber, dass ausgerechnet der Mensch, den sie am meisten liebte, sich kaum für ihren ersten und vielleicht einzigen großen sportlichen Erfolg interessierte. Gleichzeitig sorgte sie sich. Susanna sah abgespannt aus. Sie brauchte jetzt dringend Ruhe, egal, welche Dramen Hartensteins gerade aufführten.

Susanna musste etwas von Karens zwiespältigen Gefühlen gespürt haben. „Es tut mir Leid, wirklich", sagte sie. „Diese blöde Schwangerschaft! Ich bin schwerfällig wie eine Tonne, sensibel wie eine Mimose und kümmere mich nur noch um mich selbst. Und das schon seit Monaten. Und jetzt noch ein echt Hartenstein'sches Familiendrama obenauf. Aber ich kann doch nichts dafür!" Sie umarmte Karen.

Plötzlich schämte sich Karen wieder für ihre Unzufriedenheit. Sie streichelte Susannas Bauch. „Natürlich kannst du nichts dafür. Ich will ja die Babys genau wie du. Und ich kann immerhin arbeiten und Tore schießen, während du hier herumliegen musst. Es ist einfach ungerecht."

„Es ist, wie es ist", sagte Susanna weise. „Und es ist hoffentlich bald vorbei."

„Versprich mir wenigstens etwas, wenn du dich schon nicht für meine Goldmedaille interessierst."

„Was denn?"

„Egal, was jetzt zwischen Clara und deinen Eltern passiert: Du hältst dich raus, bis die Kinder da sind."

Susanna streckte ihr die Hand entgegen. „Ich verspreche es!", sagte sie so feierlich, dass Karen kichern musste.

In den nächsten Wochen wirkten Claras Bekenntnisse im Hause Hartenstein nach. Alois Hartensteins Welt hatte gefährliche Risse bekommen, Risse, durch die der kalte Wind einer Realität pfiff, die er nicht mehr verstand. Franziska Hartenstein ging es genauso. Sie hüllte sich in ein tiefes, vorwurfsvolles Schweigen, unterbrochen von gereiztem Gekeife oder ab und zu einem kurzen Tränenschauer, wenn sie sich unbeobachtet fühlte. Zwischendurch schnippelte sie wie wild an ihren Gartenpflanzen herum, die so gerupft aussahen wie in noch keinem Jahr. Die beiden waren sich in der prekären Lage keine Hilfe.

Alois Hartenstein fühlte sich allein, jämmerlich allein, betrogen und verraten. Seine Lebensziele – endgültig unerreichbar! Dabei war er bescheiden: Nachdem er sich unter Schmerzen von seinen nicht realisierbaren Jugendträumen verabschiedet hatte, wünschte er sich nur noch, genügend Wohlstand anzusammeln, um in Würde und ohne auf einen gewissen Komfort zu verzichten, alt zu werden. Er hatte sich fortgepflanzt, wie es die Generationen vor ihm getan hatten, und nun wollte er sich an den wohlgeratenen Familien zweier wohlgeratener Kinder erfreuen! Aber nichts da, noch nicht einmal dieses bisschen Glück gönnte ihm das Leben! All das war nun dahin. Die wenigen Jahre, die ihm blieben, lagen düster wie ein unbeleuchteter Kellergang vor ihm.

Wenn er ehrlich war, wollte er nur noch weg, weg, weg, aber das ging nicht. Umso wichtiger war es für ihn, sich ab und zu wenigstens für ein paar Stunden fortzuträumen, abzuheben und die Düsternis um sich zu vergessen. Das funktionierte am besten beim Modellfliegen. Dabei stellte er sich vor, er säße in dem Modell, das er per Fernsteuerung lenkte. Als wäre er der Pilot, der er nie hatte werden können.

Außerdem konnte er sich bei dieser Gelegenheit mit Franz Gruber treffen. Gruber teilte sein Hobby, und er war einer, dem er sein Herz ausschütten konnte und der zu ihm hielt. Hartenstein verabredete sich für einen Nachmittag im August.

Der Modellflughügel lag nur ein paar Kilometer von seinem Haus entfernt, eine momentan ungenutzte Kuhweide, zu der ein nach Regen morastiger Feldweg führte. Als Hartenstein in den Weg einbog, sah er Grubers Wagen unterhalb des Hügels parken. Sein Freund fummelte schon an seinem Modell herum.

Hartenstein stellte seinen hinter Grubers Wagen, griff nach seiner Mini-Cessna, der Fernsteuerung und dem kleinen Benzinkanister. Dann stieg er zügig den Abhang hinauf. Das Wetter war klar und heiß, am Himmel stand kein Wölkchen, und daher gab es auch kaum Thermik, aber das störte ihn nicht. Sein Flieger hatte ja einen motorbetriebenen Propeller.

Gruber streckte Hartenstein die feingliedrige Hand entgegen. Alois Hartenstein ergriff sie mit seiner Pranke und schüttelte sie herzhaft. „Wie geht's?", fragte Gruber und musterte Hartenstein besorgt.

Hartenstein winkte ab. „Beschissen. Aber das erzähle ich dir gleich! Warst du schon oben?"

„Einmal. Super Flug."

Hartenstein füllte Benzin in den kleinen Tank, der für etwa zwanzig Minuten reichte, warf den Motor an und startete. Schon stieg das Modell, und Hartenstein bewunderte, wie ruhig es in der Luft lag. Er lenkte es in eine sanfte Kurve und ging dann wieder zum Geradeausflug über.

„Heraus damit, was ist los mit dir?", fragte Gruber. „Du siehst unausgeschlafen aus."

„Meine Tochter will ein vaterloses Kind mit einer Lesbe aufziehen. Um uns das mitzuteilen, hat sie extra eine Journalistin angeschleppt, die uns dabei auch noch filmte. Mein Sohn ist zeugungsunfähig, Jenny stammt von der Samenbank! Na, was sagst du nun: Reicht das für Schlafstörungen?"

Er lenkte die Cessna weiter nach oben und flog eine enge Kurve, dann eine in die andere Richtung.

„Ganz schön viel auf einmal", sagte Gruber bestürzt. „Ist Susanna schon lange mit einer Frau zusammen?"

„Jahrelang. Wir haben immer gehofft, das gibt sich. Von wegen! Jetzt hat sie einen dicken Bauch und erklärt, wer der Vater wäre, ginge uns nichts an. Wir sollen für dieses vaterlose Balg die Großeltern spielen! Und Jenny …" Hartenstein verstummte.

Beinahe hätte er das Steuer verrissen vor Wut und Trauer und damit seine kostbare Cessna, die Frucht vieler Abende in der Modellbauwerkstatt, zum Absturz gebracht. Man sollte eigentlich kein Flugzeug steuern, wenn man gleichzeitig so heikle Probleme besprach. Aber er wollte das Modell nicht jetzt schon herunterholen. Aufhören zu reden wollte er auch nicht. Er lenkte das Flugzeug in einen risikolosen Geradeausflug.

Gruber runzelte die Stirn. „Es mag dir schwer fallen. Aber ihr seid trotzdem die Großeltern, Alois. Von beiden Kindern! Da hilft nichts. Denke ich jedenfalls in meinem verbogenen Juristenhirn."

Hartenstein zog die Brauen so sehr zusammen, dass sie einen schwarzen Balken über seinen Augen bildeten.

„Herrgottkruzifix, natürlich ist das ein Schock! Aber du hast Jenny süß gefunden vom ersten Tag an, daran ändert sich doch nichts, wenn das Sperma nicht von Ferdi stammt! Und Susanna muss schließlich leben, wie sie will."

„Soll sie doch von mir aus. Aber muss sie auch noch Kinder kriegen? Und muss ich mich damit befassen?" Hartenstein war jetzt ärgerlich. Nein, Widerspruch hätte er in dieser Angelegenheit nicht erwartet. Nicht von Gruber jedenfalls.

„Natürlich ist es schwer, damit klarzukommen. Meine Güte! So was gab es früher einfach nicht, oder jedenfalls nicht offen."

Gruber schaute nach oben, wo ein paar andere Flieger ihre Kreise zogen. „Aber heute ist alles anders, und wir Alten müssen uns anpassen. Kinder von der Samenbank gibt es schon Hunderttausende. Wenn alle Großeltern von denen nichts wissen wollten …"

„Sag mir, womit ich solche Nieten verdient habe!", knurrte Hartenstein. Er war wieder unaufmerksam gewesen und konnte seine Cessna gerade noch einfangen, bevor er in die ersten Bäume eines nahen Wäldchens flog.

„Was heißt schon verdient! Und unter Nieten verstehe ich was anderes."

Hartenstein starrte Gruber entgeistert an. „Ja, sind sie das etwa nicht?"

Gruber tippte gegen seine Stirn. „Du spinnst doch! Was hilft es dir denn, dir einzureden, deine Kinder wären Versager, nur weil sie manche Dinge anders handhaben, als es dir gefällt? Du tust dir damit nur selbst weh!"

„Und wie! Bestialisch weh! Und alles wegen denen!", bestätigte Hartenstein. Sein Modell begann eine neue Runde um den Hügel. Das Benzin war jetzt wahrscheinlich etwa zur Hälfte aufgebraucht.

„Jetzt komm mal runter! Erinnerst du dich noch an früher?" fragte Gruber. „An den Jahrmarkt?"

„Na klar. Aber was hat der Jahrmarkt damit zu tun?" Fragend und böse starrte Alois Hartenstein Gruber an. Jugendschwänke statt Unterstützung, das hatte ihm gerade noch gefehlt.

„Hör doch wenigstens mal zu, sakradi! Manche von uns kauften Berge von Losen, weil sie billig waren, und andere kauften für das gleiche Geld zwei oder drei Wundertüten", erzählte Gruber weiter.

„Ich habe immer Lose genommen", sagte Hartenstein, vor dessen innerem Auge plötzlich die Kettenkarussells, Schiffsschaukeln und Losbuden seiner Jugend auftauchten. „Drei für einen Groschen. Und einmal habe ich sogar einen Fußball gewonnen. Einen echten Lederfußball! Das war damals etwas Besonderes! Aber worauf willst du eigentlich hinaus?" Hartenstein starrte träumerisch zu der Cessna hinauf und beschloss, in der zweiten Hälfte der Flugzeit noch ein paar Kapriolen zu wagen. Er zog die Cessna steil nach oben und schickte sie in einen Sturzflug, um das Flugzeug kurz vor dem Boden in letzter Sekunde abzufangen.

„Ein Lederfußball in zig Jahren! Und die vielen anderen Lose? Alles Nieten." Gruber machte eine wegwerfende Handbewegung. „Und deshalb finde ich Wundertüten besser. Da war immer was drin."

Hartenstein lief rot an und warf Gruber einen wütenden Blick zu. „Ha! Jetzt dämmert es mir! Ferdi und Susanna sind keine Nieten, sondern wunderbare Wundertüten mit schönen Überraschungen, während ich nur ein verknöcherter, alter Trottel bin, der mit diesen herrlichen Gaben nichts anzufangen weiß? Ist es das, was du mir sagen willst?"

Er zog den Flieger wieder hoch, hoch, hoch, als könnte er damit tatsächlich dieser Welt entfliehen, sogar weg von Gruber, der hier neben ihm stand und ihm unbrauchbare Ratschläge erteilte.

Gruber seufzte. „Du bist zu verletzt, um klar zu sehen. Verstehe ich doch. Aber wart mal ein paar Tage."

Diese Antwort beruhigte Hartenstein nicht, im Gegenteil. „So ist das also! Ich bin zu dumm, was? Hat sich schon in der Jugend gezeigt: Lose statt Wundertüten! Aber ich sage dir: Lieber hundert Nieten und vielleicht dann irgendwann einen Lederfußball als hundert dämliche Wundertüten mit einem vertrockneten Kaugummi!"

Er starrte Gruber an. Gleichzeitig rührte er geistesabwesend mit dem Steuerknüppel der Fernsteuerung, als gehörte er zu einem Computer-Ballerspiel. Welche Manöver er damit auslöste, darauf achtete er in seiner Aufregung nicht.

Grubers Gesicht verfinsterte sich. „Jetzt reicht es aber, Alois! Ich will dir helfen, aber du suchst ja nur einen, der nachplappert, was du hören willst! Und wenn es der größte Unsinn ist! Kauf dir einen Papagei, bei mir bist du an der falschen Adresse!"

Alois Hartenstein wollte etwas erwidern. Er öffnete gerade den Mund, da raste sein Flieger, der wegen der ziellosen Steuerbewegungen unbeachtet zunächst ein paar wilde Kurven gezogen hatte, in Kopfhöhe seitlich auf ihn zu.

Gruber sah aus dem Augenwinkel das Unheil kommen. „Runter!", schrie er.

Aber es war schon zu spät. Mit dem Surren eines riesigen, bösartigen Insekts überwand das Cessna-Modell die letzten Meter und krachte ungebremst gegen Hartensteins Schläfe.

Er stieß einen kurzen Schrei aus und fiel dann bewusstlos zu Boden. Die geliebte Cessna, Verkörperung seiner ungelebten Träume, hatte ihn gefällt wie einen Baumstamm.

Gruber starrte einige Sekunden tatenlos vor Schreck das Blut an, das aus einer riesigen Kopfwunde sickerte. Dann riss er panisch das Handy aus der Hosentasche und wählte 112. Er bettete seinen bewusstlosen Freund so, dass er nicht ersticken konnte, fühlte seinen Puls – immerhin schlug er noch –, stellte fest, dass er atmete, und wartete verzweifelt auf das Eintreffen des Notarztes.

Als der kam, schwamm Alois Hartenstein schon stumm in einem Meer der Finsternis. Dort war es still, totenstill.

Einmal glaubte Hartenstein, weiße Gestalten zu sehen, die um ihn herumstanden und auf ihn herunterstarrten. Er wollte sie schon fragen, ob sie Engel seien und ob das der Himmel wäre. Dann hätte er den Himmel enttäuschend gefunden. Er hatte sich darunter stets etwas Helles, Klares oder Buntes vorgestellt, nicht diese erdrückend stille Schwärze. Aber er konnte nicht sprechen, und nun verschluckte das Schwarz die weißen Gestalten schon wieder.

Danach blieben die Schmerzen im Kopf: bohrende, ziehende, stechende, drückende oder zerrende. Manchmal kamen sie plötzlich wie ein schriller Schrei, manchmal auch ganz langsam, anschwellend wie der Krach eines lauten Fahrzeugs, bis man vom Lärm nahezu erschlagen wurde.

Außerdem gab es in dieser düsteren Welt, in die er hineingeraten war – wie, das wusste er nicht –, irgendwelche Versorgungsleitungen, die an verschiedenen Stellen in ihn hinein- und aus ihm herausführten. Deswegen glaubte er manchmal, er schwebe im Weltall wie ein Astronaut. Die hingen ja auch an allerlei Schnüren und Leitungen, durch die sie mit dem Lebenswichtigen versorgt wurden.

Hartenstein verlor jeglichen Zeitbegriff und jeden Rhythmus. Er wusste nicht, ob Tag oder Nacht war, er wusste nichts mehr von Wochentagen, Öffnungszeiten und all dem, was das Leben von Menschen außerhalb der Schwärze bestimmte.

Alles in allem wurden die Schmerzen langsam weniger, aber nicht die Finsternis. Wenigstens schwebten jetzt manchmal Bilder vor seinen Augen, Wundertüten zum Beispiel, Babys und Fußbälle, oder vielleicht waren das auch Kometen, rund jedenfalls, und einer der Fußbälle wäre dann eine Sonne, aber so richtig klar war das nie.

Dann, irgendwann, sah er Gesichter, die vor ihm hingen wie bemalte Luftballons: das seiner Frau, das seiner Tochter und das seines Sohnes, und dann war da noch das Gesicht von Jenny. Sonst sah er niemanden. Noch nicht einmal Gruber, seinen Freund. In seinem dunklen Universum waren nur diese vier, obwohl er doch so viele Menschen kannte. Einmal versuchte er, seine Frau, seine Tochter, seinen Sohn und schließlich Jenny zu rufen. Aber er bekam keinen Ton heraus, und bewegen konnte er sich natürlich auch nicht.

Er wusste deshalb nicht, ob die Gesichter ein Traum waren oder wirklich da. In seinem Zustand war das letztlich auch unerheblich. Immerhin fühlte oder ahnte Hartenstein, sofern man das, was sich derzeit in seinem Hirn abspielte, als „ahnen" bezeichnen konnte, dass das Erscheinen der Gesichter etwas bedeutete.

Sie waren nicht immer da, sie erschienen und lösten sich auf, wie sie wollten. Waren sie fort, fühlte Hartenstein sich so einsam, als wäre er der einzige Mensch auf Erden.

Ansonsten hatte er den Eindruck, durch eine schwarze Mauer von allem Leben getrennt zu sein. Langsam kam er zu dem Schluss, dass er diese Mauer zerstören müsste, damit Licht und Farbe in seine Welt zurückkehrten und Gerüche und überhaupt alles. Aber wie, gelähmt und stumm, wie er nun einmal war?

Je länger er in dem dunklen Zustand verharrte, desto mehr wünschte er sich, dass die vier, die ihn ab und zu umschwebten, für immer bleiben würden, nicht nur sporadisch, wie jetzt. Er wollte sie festhalten und nie wieder loslassen, auch wenn das bedeutete, dass er seine Meinung über dieses oder jenes ändern müsste.

Die Hoffnung verlor er seltsamerweise nicht. Das bisschen Bewusstsein, das ab und zu in ihm aufflammte, glaubte fest daran, es werde am Ende vielleicht doch noch alles gut werden.

Alles aufwachen!

Während die Ärzte den schwer verletzten Alois Hartenstein mit Blaulicht in die Klinik brachten, packte Karen, von all dem nichts ahnend, eine Schüssel mit Kartoffelsalat in eine große Plastiktüte. Dann brach sie auf zur Siegesfeier der Lila Sockers, die auf einer der Kiesinseln der Isar stattfinden sollte. Das Wetter konnte besser nicht sein: Die Sonne strahlte von einem wolkenlosen Himmel, und es war so warm, dass sie wahrscheinlich sogar baden könnten.

Karen freute sich auf das Fest. Gleichzeitig war sie auch traurig und ein bisschen ärgerlich: Susanna wäre wieder einmal nicht mit von der Partie. Karen hatte sie bekniet, aber die hatte es abgelehnt, eine Ausnahme zu machen.

Susanna sah Karen traurig nach, als sie sich auf den Weg machte. Die Schwangerschaft entwickelte sich langsam zum Nervenkrieg. Was war nicht schon alles geschehen, nur weil sie unbedingt ein Kind wollte: sexlose Monate auf der Couch, die sie von Karen entfremdeten und ihre Beziehung strapazierten, das Zerwürfnis mit ihren Eltern, der Streit zwischen Clara, Ferdi und den alten Hartensteins.

Und an alledem war sie schuld, oder jedenfalls fühlte sie sich so. Dazu kam noch ihre Unförmigkeit. Sie konnte den Sommer nicht genießen, sie hatte genug vom Stricken, sie hatte alle Platten gehört und alle Videos angesehen und was, zum Teufel, sollte sie jetzt noch tun, bis diese endlose, trostlose Phase endlich vorbei wäre? Natürlich, es gab das Drehbuch, aber die Arbeit daran stockte gerade. Sie suchte nach einer Möglichkeit, wie die Kommissarin Beweise finden könnte, dass ihre Vermutung – dass nämlich der Vater der Mörder sei – richtig wäre. Sie musste die alte Verbindung zwischen der Kommissarin und ihrer Schulfreundin aktivieren, damit diese ihr Wissen darüber, dass der Bauer der Täter war, der Kommissarin preisgeben konnte. Zu platt durfte diese Story aber auch nicht daherkommen. Sie steckte in einem Ideenloch, schon tagelang. Typisch für diesen verkorksten Zeitabschnitt.

Susanna weinte. Alles lastete am Ende auf ihr, oder jedenfalls kam es ihr so vor. Karen war zwar angestrengt bemüht, alles richtig zu machen, aber sie wurde spürbar angespannter, je mehr Schwierigkeiten und Verwicklungen sich ergaben. Außerdem hatte Karen nun auch noch ihren Job verloren, eine zusätzliche Sorge, denn irgendwann würden sie deren Einkommen brauchen. Auch wenn ihr Abschied vom Call Center erst einmal eher befreiend wirkte, weil sie jetzt mehr Zeit für Susanna, den Haushalt und sich selbst hatte. Andererseits durfte sie Karen wegen eines neuen Jobs nicht unter Druck setzen, sie war, was ihre Chancen auf dem Arbeitsmarkt anging, sowieso schon pessimistisch genug.

Susanna war tief in derartige Grübeleien versunken, als sie von innen einen kräftigen Tritt bekam. Dazu schaute sie in die vorwurfsvollen Augen von Tusnelda, die heute auf dem Wohnzimmertisch herumstand und das Geschehen wie immer stumm betrachtete.

Susanna schüttelte den Kopf. Nein, sie durfte sich nicht so hängen lassen! Die beiden da drin waren schließlich darauf angewiesen, dass sie gut für sich sorgte. Entschlossen suchte Susanna den Schuber mit den *L-Word*-DVDs, die Karen über das Internet bestellt hatte, und schaltete den Player ein. Wohlig versenkte sie sich in die schicksalsschwangeren Geschichten der Lesben aus Los Angeles.

Beinahe hätte sie deshalb das Telefon überhört. Zögernd nahm sie ab.

„Hallo, hier ist Timm."

„Hallo! Wie geht's? Hast du dich mit Mario getroffen?"

Timm schwieg einen Moment und sagte dann: „Ja, dreimal."

„Und?"

„Er ist süß."

„Aber?"

„Ich verstehe ihn nicht."

„Was verstehst du nicht?" Susanna wurde langsam ungeduldig, denn die Handlung auf dem Bildschirm näherte sich einem weiteren Höhepunkt der Verwicklungen.

„Er ... er wollte noch nicht mit mir schlafen."

„Ja, und?"

„Das ist nicht normal. Die Schwulen, die ich bisher getroffen habe, sind immer sofort zur Sache gekommen. Aber er – ein Küsschen zur Begrüßung. Ein Küsschen zum Abschied. Das ist alles. Dazwischen tolle Gespräche über Gott und die Welt. Ich frage mich ..."

„Was fragst du dich? Ob dein Arsch nicht schön genug ist?"

„So ungefähr."

Susanna dachte einen Moment nach und entschloss sich dann, Timm die Wahrheit zu sagen. „Vielleicht hat er Angst."

„Wieso sollte er?"

„Das kann ich dir nicht sagen. Frag ihn selbst."

„Was? Warum kannst du es mir nicht sagen? Ich bin doch euer Freund! Meine Güte, klingt das kompliziert!"

„Mario ist auch mein Freund. Und deshalb halte ich meinen Mund. Frag ihn, sage ich! Mehr erfährst du von mir nicht."

„Das klingt, als hätte er zwei Hände voll Kinder aus seinem vorigen Leben und ständig den Gerichtsvollzieher im Haus wegen des Unterhalts. Oder einen tollwütigen Exlover auf den Fersen, der droht, ihn umzubringen, wenn er jemand anderen anfasst. Oder ..." Plötzlich wurde Timm ernst. „Ich glaube, ich ahne was! Mal sehen. Morgen treffe ich ihn wieder."

„Dann grüß ihn bitte von mir."

„Mach ich. Und ich sage ihm, dass du verschwiegen bist wie ein katholischer Beichtvater."

„Ich war nie katholisch. Sind die das wirklich?"

„Wer weiß?"

Sie verabschiedeten sich, und Susanna beschloss, Timm demnächst wieder anzurufen. Es interessierte sie, wie die Geschichte weiterging. Dann wandte sie sich wieder *L Word* zu.

Als Karen zum Grillplatz kam, waren die meisten anderen schon da. Sie brieten Steaks auf den mitgebrachten Campinggrills, badeten oder ließen sich faul von der Sonne bescheinen.

Karen legte sich etwas abseits an den Fluss. Sie grübelte noch immer. Die Kindersache wuchs ihr langsam über den Kopf. Vor allem zusammen mit dem Hartenstein'schen Familienwahnsinn. Susanna und sie hatten eine wahre Kettenreaktion ausgelöst, die sie nun selbst beinahe unter sich begrub. Und jetzt, wo die Goldmedaille gewonnen war, bedrückte Karen auch die Sorge um ihren Arbeitsplatz mehr. Karen sah sich um und seufzte. Rundum tummelten sich von Wetter, Wein und Siegesglück trunkene Pärchen. Nur sie war wieder mal allein. Na schön, sie hätte zu Hause bei Susanna bleiben können. Aber sie wollte ihre Freude über die gewonnene Goldmedaille mit den anderen teilen. Und am liebsten auch mit Susanna. Aber das ging ja nicht.

Währenddessen rundete Marlene ihren Film über das Team durch Aufnahmen von der Siegesfeier ab. Karen beobachtete sie aus der Ferne. Marlene trug ein ultraknappes schwarzes Sonnentop, eine kurze Hose und viel gebräunte Haut darunter. Sie sah wirklich großartig aus, fand Karen.

Die Filmerin spürte Karens Blick und schlenderte zu ihr hinüber. „Was macht das Mutterglück?", fragte sie.

„Nichts", seufzte Karen. „Die Schwangerschaft saugt unser Leben auf wie ein gigantischer Staubsauger. Jetzt streitet sich auch noch der ganze Hartenstein-Clan deswegen. Aber bitte frag mich nicht nach Details."

Marlene lächelte. „Mit Ausnahme von Susanna müssen mich die Hartensteins nicht interessieren. Sie sind ziemlich strapaziös, scheint mir. Wollen wir ein bisschen spazieren gehen?"

Karen nickte. Sie liefen den Fluss hinunter und dann ein paar Schritte in das Wäldchen, das sich hinter dem Damm erstreckte. Ein Bach floss durch das hügelige Gelände, es war schattiger als am Fluss, und alle paar Meter verlockten Bänke dazu, sich niederzulassen und auszuruhen.

Karen entdeckte eine, die hinter einem halb hohen Gebüsch versteckt war und die man deshalb vom Weg aus kaum sehen konnte. Von der Bank aus blickte man über eine kleine Wiese. „Setzen wir uns? Ich kann die Menschenmassen am Fluss nicht ertragen."

Marlene nickte.

Karen ließ sich nieder. Es tat ihr gut, in das üppige Grün zu starren. „Hier ist es wie mitten im Wald", sagte sie und lächelte Marlene an. Man konnte sich kaum vorstellen, dass ein paar Schritte entfernt am Isarufer alle zwei Meter eine Grillparty stattfand. Hier hinten war außer ihnen niemand zu sehen. „Weißt du, was das Übelste an dieser Schwangerschaft ist?"

„Nein, ich war ja noch nie schwanger. Was denn?"

„Susanna und ich können nichts mehr gemeinsam unternehmen. Nicht mal Sex haben dürfen wir."

„Wer sagt das?" Auf Marlenes Lippen malte sich ein spöttisches Lächeln.

„Die Gynäkologin."

Das Lächeln verschwand. „Was bleibt ihr denn anderes übrig? Sie muss eben aufpassen."

„Ich habe aber keine Lust mehr, dieses Alleinsein zu ertragen", murrte Karen.

„Es dauert doch nicht ewig. Und außerdem zwingt dich ja keiner dazu." Marlene sah Susanna forschend an, dann lächelte sie. „Die Welt ist voll von Menschen, die dir gern näher wären."

„Tatsächlich?"

Marlene sagte nichts, sondern rückte ein Stück an Karen heran.

Karen betrachtete Marlene von der Seite. „Du siehst supercool aus heute", sagte sie und legte ihren Arm um die Schulter der Filmerin.

„Tatsächlich?" Marlene lehnte sich an sie.

„Überrascht dich das etwa?" Karen stellte fest, dass sie Marlenes Duft mochte, diese Mischung aus einem leichten Parfum, Sommerschweiß und ihrer ganz persönlichen Note. Plötzlich war Karen alles egal. Sie drehte Marlene ihr Gesicht zu und küsste sie.

„Nein", sagte Marlene und erwiderte den Kuss. „Nur, dass du das erst jetzt entdeckst."

„Schüchtern bist du jedenfalls nicht." Karen sah Marlene einen Moment nachdenklich an, dann lächelte sie, erhob sich und griff nach Marlenes Hand. „Komm!" Plötzlich hatte sie es sehr eilig. Mit großen Schritten ging sie zu einem schattigen, gut vor Blicken geschützten Stück Wiese hinüber.

Irgendwo rebellierte leise ihr Gewissen, doch Karen verdrängte die Skrupel mit aller Kraft. Einmal, nur einmal, in dieser verdammten, schwierigen Zeit, die sie durchlebte, wollte sie einfach tun, wozu sie Lust hatte. Und auf Marlene hatte sie definitiv Lust. Sie presste die Filmerin an sich.

Karen spürte, wie Marlene sie berührte, und ließ sich langsam auf den Boden gleiten. Marlene kniete über ihr. Karen griff nach Marlenes Brüsten, kleinen, festen Kugeln, die sich ihr entgegenstreckten.

Marlene zerrte an Karens Hose herum, und dann spürte Karen die Finger der Filmerin auch schon dort, wo lange Zeit nur Susanna gewesen war. Karen keuchte und kam viel zu schnell.

Neugierig und erregt fuhr sie durch Marlenes drahtiges Schamhaar. Als sie fühlte, wie sich Marlenes Möse um sie schloss und irgendwann zu zucken begann, jubelte etwas in ihr auf. Dieser unendliche Hunger nach Sex, der sich in ihr aufgestaut hatte! Gleichzeitig kam sie sich schäbig vor. Schließlich saß Susanna mit dickem Bauch und Sorgen zu Hause, während sie hier ihre Bedürfnisse befriedigte.

Marlene und sie redeten nicht viel danach: Es gab nichts zu sagen. Es würde kein Nachher geben – ihre Begegnung war, sozusagen, ein One-Day-Stand, sie wussten es beide, und das war gut so. Schweigend zogen sie sich an und brachen auf. Sie wollten zurück zur Party.

Plötzlich tauchte hinter einer Kurve eine ganze Gruppe der Lila Sockers auf. Karens Herz begann zu rasen. Sofort vergrößerte sie den Abstand zwischen sich und Marlene und ließ deren Hand los.

„Du bist mir eine schöne Gigola: Mutig im Gebüsch und jetzt Angst vor der Buschtrommel?", flüsterte Marlene zynisch. Karen errötete. Nun hatte das schlechte Gewissen sie fest im Griff.

„Na, ihr Turteltäubchen!", sagte irgendeine aus dem Pulk.

„Wir waren … waren nur spazieren!", stotterte Karen.

Marlene blieb cool. „Wollt ihr euch auch mal die Füße vertreten?", fragte sie ohne die mindeste Aufgeregtheit.

„Da hinten ist eine hübsche Wiese, falls ihr eine Pause braucht."

Die anderen gingen weiter. „Meine Güte, du hast ja wirklich Angst! Ist denen doch egal, was du machst." Marlene lächelte ironisch. „Ich glaube, zur Casanova taugst du nicht."

Den ganzen Abend fand Karen keine Ruhe mehr. Jeden Moment rechnete sie damit, zur Rede gestellt zu werden. Doch nichts geschah. Allmählich beruhigte sie sich wieder.

Währenddessen lief bei Susanna immer noch *L Word*, wo gerade zwei phantastisch gestylte Langhaar-Lesben es in einem halbdunklen Apartment miteinander trieben, was wunderbare Lichteffekte auf der kaffeebraunen Haut der einen erzeugte. Susanna spürte, wie sie beim Anblick der Frauen erregt wurde. Sie sehnte sich nach Karen. Wenn doch die Schwangerschaft endlich vorbei wäre, dachte sie. Das war ja nicht mehr zum Aushalten. Schon wieder klingelte das Telefon.

„Muss das sein?", murmelte Susanna und grapschte unwillig nach dem Hörer.

„Hier ist deine Mutter", sagte die Stimme am anderen Ende.

Die *L-Word*-Leichtigkeit verflüchtigte sich wie ein gasgefüllter Luftballon, den der Wind davonträgt. Susanna selbst blieb bleischwer auf der Erde zurück. „Was ist?", fragte sie.

Die Stimme ihrer Mutter klang brüchig, als hätte sie Mühe, überhaupt einen Ton herauszubringen. „Ich rufe wegen deines Vaters an. Er hatte einen Unfall. Er ist bewusstlos und liegt in der Unfallklinik. Wir wissen nicht, ob er das überlebt."

Susanna spürte, wie sie innerlich erstarrte, wie sie sich panzerte gegen das, was vielleicht noch kommen würde. Sie müsste sich schützen und die Kinder, das war jetzt am wichtigsten. Der Schock, der Schmerz, das alles musste warten.

„Ich möchte, dass du zu ihm gehst. Vielleicht hilft ihm das."

Susanna schwieg vorerst. Sie brauchte eine Weile, bis sie begriffen hatte, was ihre Mutter gesagt hatte.

„Susanna?", rief die jetzt in die Muschel. In ihrer Stimme mischte sich der alte Befehlston mit Verzweiflung. „Hörst du mich überhaupt? Wann kommst du?"

Susanna riss sich zusammen. „Wie ist das passiert?"

Franziska Hartenstein erzählte Susanna, was sie wusste. Sie war ja nicht dabei gewesen, und es erschien ihr vollkommen unglaublich, was Gruber berichtet hatte. Aber sie hatte auch keinen Grund, daran zu zweifeln.

„Von seinem Flugzeug. Ausgerechnet", murmelte Susanna.

„Was hast du gesagt?", brüllte ihre Mutter in die Muschel.

Susanna dachte an das Versprechen, das sie Karen nach Claras Besuch gegeben hatte. Dann sagte sie entschlossen: „Es tut mir Leid, aber ich kann jetzt nicht kommen. Ich darf nicht aus dem Haus."

„Wieso? Hat diese Karen dich vielleicht eingesperrt?"

„Sie nicht. Ihr habt mich eingesperrt." Susanna war jetzt wütend, Unfall hin oder her.

„Wir? Das ist doch ..." Die Stimme ihrer Mutter wurde schrill vor Empörung.

„Nachdem ich bei euch war, habe ich geblutet. Meine Ärztin sagt, ich muss liegen bis zur Geburt oder kurz davor. Sonst verliere ich die Kinder. Kein Stress, keine Anstrengungen, keine Aufregungen. Ich liege seitdem auf dem Sofa. Euretwegen."

Franziska Hartenstein zögerte einen Moment. Vielleicht entschuldigt sie sich jetzt, vielleicht sagt sie, dass sie sich inzwischen auf die Kinder freut, wünschte sich Susanna. Doch der nächste Satz ließ die Hoffnung zerstieben wie Staub im Wind. „Aber das ist ein Notfall!", insistierte ihre Mutter.

Susanna zog die Brauen zusammen. Sie würde jetzt kämpfen und nicht nachgeben. „Das hier auch. Anscheinend muss ich mich zwischen meinem Vater und meinen Kindern entscheiden. Ich denke, du weißt, wie diese Entscheidung ausfällt."

„Wenn er stirbt, wirst du das bereuen!"

„Wenn meine Kinder sterben, werde ich es noch viel mehr bereuen!" Plötzlich war Susanna ganz ruhig. Sie spürte, sie tat das Richtige, wenigstens dieses eine Mal und eigentlich viel zu spät.

„Dann eben nicht!", zischte ihre Mutter. „Und warum sprichst du überhaupt dauernd von Kindern?"

„Ich erwarte Zwillinge."

„Grundgütiger Himmel!" Susanna konnte förmlich vor sich sehen, wie Franziska Hartenstein sich bekreuzigte. Dann klackte es in der Leitung. Ihre Mutter hatte aufgelegt.

Und dann erzeugte das Handy den kurzen, glockenhellen Bimmelton, der bedeutete, dass eine SMS eingegangen war.

Nach dem Telefonat mit ihrer Tochter, so sinnlos und vergeblich, dass sie sich fragte, warum sie überhaupt den Hörer in die Hand genommen hatte, ließ sich Franziska Hartenstein auf ihren Fernsehsessel fallen und schaltete ein. Sie starrte in die Röhre, ohne richtig wahrzunehmen, was sie sah, bis sie bemerkte, dass es der Berliner Bürgermeister war, der gerade wieder einmal erzählte, er sei schwul, und das sei gut so. Missbilligend verzog sie den Mund.

Franziska Hartenstein hatte viel Übung darin, Dinge, die ihr nicht passten, zu überhören oder zu ignorieren. Diese Fähigkeit war in gewisser Weise eine der Grundfesten ihrer Existenz und ihrer nervlichen Gesundheit.

Doch die war nun, nach dem Unfall ihres Mannes, ernsthaft gefährdet. An diesem Unfall – davon war sie irgendwie fest überzeugt – trugen vor allem ihre missratene Tochter und auch ihr Sohn Ferdinand die Schuld, der sich eine derart unmögliche Ehefrau gesucht hatte. Beide schleppten sie Dinge in dieses Haus ein, die in einem ordentlichen bürgerlichen Leben einfach nichts zu suchen hatten, jedenfalls nicht in ihrem.

Und nun funktionierte nicht einmal mehr ihr liebster Ablenkungsmechanismus, das Fernsehen, weil sie auch dort mit dem konfrontiert wurde, wovor sie davonlief. Vor einer Welt, die sie nicht mehr verstand, weil sie die Grenzen dessen, was sie kannte und gelernt hatte, sprengte. Einer Welt, die so bunt war, dass ihre Farben sie blendeten wie manchmal die gleißende Sommersonne, vor der sie sich ins Haus flüchtete.

Sie schaltete um auf einen Münchner Lokalsender, und was sah sie? Einen Stadtrat der so genannten Rosa Liste, der dort etwas über eine „Community" – was war das wohl, fragte sich Franziska Hartenstein – und irgendwelche schwul-lesbischen Projekte zum Besten gab. Verärgert drückte sie den Abschaltknopf. Verflixt, es war, als würde sie die Dinge, von denen sie gerade am wenigsten hören wollte, wie ein Magnet anziehen.

Als Karen um kurz vor Mitternacht von dem Fest zurückkehrte, hoffte sie, Susanna werde bereits schlafen, wie meistens um diese Zeit. Aber sie war noch wach.

„Es ist etwas passiert", sagte Susanna finster. Stockend erzählte sie Karen, was mit ihrem Vater geschehen war.

Karen fühlte sich hilflos und schuldig, so verdammt schuldig. Sie nahm Susanna in den Arm und streichelte ihren Rücken. Sie hätte zu Hause bleiben sollen, statt sich mit Marlene zu vergnügen. Sie hätte bei Susanna sein müssen, als diese Hiobsbotschaft sie erreichte. Sie war nutzlos und vergnügungssüchtig und gemein. Sie hatte versagt, als Co-Mutter und auch sonst.

„Karen?" Susanna schob ihre Freundin auf Armeslänge von sich und sah sie an.

Karen riss sich zusammen und erwiderte den Blick, obwohl sie am liebsten im Boden versunken wäre. Sie entdeckte in Susannas Augen einen Ausdruck äußerster Verzweiflung, den sie noch nicht kannte.

„Ich habe Angst", sagte Susanna.

„Dass dein Vater stirbt?"

„Das auch. Aber vor allem um uns."

„Um uns?" Karen erschrak. Wusste Susanna, was heute Nachmittag geschehen war?

„Warum?", fragte sie und zitterte der Antwort entgegen.

Susannas Augen wanderten unruhig über Karens Gesicht, ein emotionaler Radar, der auch feine Schwingungen auffangen würde, weil sie sich so gut kannten. „Ich habe Angst, dass das alles am Ende doch zu viel für dich ist. Die Auseinandersetzungen mit meiner Familie. Kein Sex. Erst Überarbeitung und jetzt kein Job. Ich habe Angst, dass du mich verlässt. Wie die Freundin von Christa Göbel aus der Lesbenmütter-Gruppe."

„Nein. Nein, das tue ich nicht. Ganz bestimmt nicht", beteuerte Karen und spürte, das war, bei allen Lügen des heutigen Tages, die Wahrheit. „Ich will die Babys. Wirklich. Und ich will dich. Ich liebe dich doch! Auch, wenn wir jetzt Probleme haben."

„Dann ist es ja gut." Susanna schmiegte sich an Karen und schloss die Augen. Sie bemühte sich mit aller Kraft zu glauben, was sie eben gehört hatte.

In diesem Moment verspürte Karen den überwältigenden Wunsch, ein Zeichen zu setzen. Für sich selbst, für die Beziehung und für Susanna.

An einem Morgen im August stand Karen sehr früh auf. Sie duschte, streifte die Lederkombi über und trank im Stehen eine Tasse Kaffee. Dann griff sie nach dem Motorradhelm, der oben auf der Garderobe lag, und stopfte eine ausgeblichene Jeans, ein T-Shirt und eine Jacke in eine Plastiktüte.

Bevor sie ging, warf sie durch die Schlafzimmertür noch einen Blick auf Susanna. Ihr Brustkorb hob und senkte sich gleichmäßig, und man konnte jetzt unter der Decke deutlich ihren Kugelbauch sehen. Schließlich würde es nun nicht mehr sehr lange dauern, bis die Babys kamen. Drei Viertel der Zeit waren um.

Karen seufzte, schloss die Tür und stieg in den Keller hinunter, wo ihr Motorrad seit Monaten unbenutzt herumstand. Sie hatte einfach keine Zeit für die Spritztouren mehr und ab Ende des Monats, wenn die Kündigung wirksam wurde, auch kein Geld. Liebevoll strich Karen über den Tank und schob das gute Stück hinaus.

Als sie den Anlasser betätigte, sprang das Motorrad sofort an. Karen fuhr langsam durch die Straßen der Nachbarschaft und bog dann auf den Schnellweg ein, der die Stadt umrundete. Es waren nur wenige Leute unterwegs, und sie gab richtig Gas. Das satte Dröhnen des Motors entzückte sie.

Nach einer Weile bog sie auf dem großen Parkplatz gegenüber einem Einkaufszentrum am Rand der Stadt ab. Sie sah sich um. Ein Mann lehnte an einem der Parkplatz-Schilder. Das musste er sein.

Sie hielt genau vor dem Fremden an. „Bist du Rolf?", fragte sie. Der Mann nickte. Er war mittelgroß und hatte kräftige Arme. Unter seinen Fingernägeln klebte schwarzer Schmier, wahrscheinlich Motorenöl. Er war Automechaniker. Das fand Karen gut. Es flößte ihr Vertrauen ein, denn sie traute ihm zu, ordentlich mit einem Motorrad umzugehen. Sie stieg ab und schüttelte Rolf die Hand.

„Ist es das?", fragte er.

Karen nickte.

„Sieht gut aus. Darf ich mal fahren?"

„Klar."

Karen beobachtete, wie Rolf aufstieg, den Motor aufheulen ließ und losfuhr. Sie setzte sich auf den Bordstein und wartete. Dabei dachte sie an die vielen Sonnenuntergänge, in die sie schon hineingebraust war. An eine Regentour, von der sie bis auf die Haut durchnässt zu Hause ankam. An den Motorradurlaub in Italien mit Susanna, als sie fast jede Nacht an einem anderen Strand genächtigt hatten. Rolf kam schon wieder herangefahren und stieg glücklich lächelnd ab.

„Läuft klasse. Die nehme ich. Bleibt es bei den 1.500 Euro?"

„Ja", sagte Karen. „Aber wenn du willst, kannst du die Jacke, die Hose und den Helm auch gleich kaufen. Vielleicht trägt ja deine Freundin die gleiche Größe? Ich brauche sie nicht mehr."

Rolf zögerte einen Moment. „Könnte passen. Wenn nicht, kriegst du sie zurück. Einverstanden?"

„Gut. 150 Euro, und alles gehört dir. Ich ziehe mich um. Im U-Bahn-Untergeschoss ist ein Klo. Bis gleich."

Rolf nickte zustimmend.

Als Karen zurückkam, inspizierte Rolf gerade die Reifenprofile. „Das Bike ist wirklich gut in Schuss", sagte er mit Kennermiene. „Du scheinst es zu mögen. Warum verkaufst du dann?"

Karen grinste schräg. „Höhere Ziele, sozusagen. Mehr sag ich nicht dazu."

„Was kann es für einen Biker Höheres geben als ein gescheites Motorrad?"

Karen zuckte nur mit den Schultern. Sie nahm das Geld entgegen und überreichte Rolf die Plastiktüte mit der Motorradkleidung und die Fahrzeugpapiere.

Dann wünschte sie Rolf viel Spaß, drehte sich um und ging zur U-Bahn. Die Träne, die ihre Wange hinunterlief, wischte sie erst ab, als sie sich außerhalb seiner Sichtweite befand.

Karen fuhr Richtung Innenstadt. Im Zentrum hatte sie einen Laden für Kinderbedarf entdeckt. Sie kaperte eine gelangweilte Verkäuferin und ließ sich alle Zwillingskinderwagen vorführen, die es dort gab. Schließlich entschied sie sich für ein in allen möglichen Richtungen verstellbares Modell mit breiten Vollgummireifen, das man auch zum Joggen auf Feldwegen mitnehmen konnte. Die Kinder konnten sich wahlweise ansehen oder hintereinander sitzen, und selbstverständlich gab es allerlei Zubehör, das die Babys auch bei übelsten Wetterverhältnissen vor jeder Unbequemlichkeit bewahren würde. Von dem Motorradgeld blieb nach dem Kauf nicht mehr viel übrig. Sie besorgte noch einen Blumenstrauß an einem Stand an der Straße, den sie in den Wagen legte, und steckte den Rest in die Tasche.

Karen ächzte, als sie den Wagen wenig später die häusliche Treppe hinaufschleppte. Deshalb also wohnten Familien vorzugsweise in Neubauten mit Fahrstühlen oder zogen gleich ganz aufs Land.

„Was soll das denn?" Susanna starrte erst sie und dann das Gefährt an, als Karen es in die Wohnung schob.

„Ich dachte, wir brauchen einen Zwillingskinderwagen!"

„Natürlich brauchen wir einen, aber ..."

„Keine Sorge, ich habe das Ding schon bezahlt. Ich habe mein Motorrad verkauft."

„Du hast ... was?"

„Ich habe das Motorrad verkauft. Damit du nicht mehr glaubst, dass ich dir davonfahre. Und weil wir doch jetzt dringend einen Kinderwagen brauchen."

Plötzlich strahlte Susanna. Karen grinste wie ein Honigkuchenpferd. Die Überraschung war gelungen.

Am gleichen Abend rief Mario an. „Du Biest!“, begrüßte er Susanna wenig charmant.

Susanna war sich nicht sicher, ob er tatsächlich sauer war oder nur scherzte. „Hat Timm dich …“

„Er hat mich … na ja … ich will nicht sagen, beinahe vergewaltigt. Jedenfalls …“

„War es wenigstens schön?“

Mario kicherte leise. „Ja. Ja, es war schön. Aber …“ Schon gewann die grollende Note wieder die Oberhand.

„Was, aber?“, fragte Susanna irritiert.

„Du hast ihm gesagt, dass ich positiv bin!“

„Ich?“

„Wer sonst kennt uns schon beide? Hör zu, das ist Verrat! Wie soll ich dir jemals wieder vertrauen?“

„Stopp!“, sagte Susanna im Befehlston.

„Was heißt hier Stopp?“, schrie Mario sie an. „Ihr Weiber …“

„Willst du mir jetzt mal zuhören, oder sollen wir gleich auflegen?“

Susanna hörte, wie Mario am anderen Ende durchatmete. „Also gut. Ich höre. Und ich hoffe, du hast eine gute Erklärung.“

„Worauf du dich verlassen kannst! Timm hat hier angerufen und sich beschwert, dass du nicht mit ihm ins Bett willst.“

„So. Hat er das“, sagte Mario. Es klang trotz all seiner Wut geschmeichelt.

„Und dann hat er versucht, mich zu löchern, warum das so ist.“

„Und du hast ihm gesagt, dass ich positiv bin.“

„Nein, verdammt noch mal!“ Vor Ärger knallte Susanna mit der Faust auf den Tisch. „Ich habe ihm gesagt, er soll dich fragen, warum du so zurückhaltend bist. Mehr nicht.“

„Mehr nicht?“ Jetzt klang Mario kleinlaut.

„Meine Güte, er ist doch kein Idiot! Wahrscheinlich hat er es sich einfach gedacht. Er sagte, er hätte so eine Ahnung."

„Er ist mir mit einer Ladung Präservative auf die Pelle gerückt und hat gesagt, wenn ich glaubte, ich würde ihn los, nur weil ich positiv bin, dann hätte ich mich geschnitten. Ob ich glaubte, er wüsste nicht, wie man mit einem Gummi umgeht, hat er mich ganz empört gefragt. Und dann hat er mich aufs Kreuz gelegt."

„Und du hast dich aufs Kreuz legen lassen."

„Scheint so", sagte Mario und kicherte plötzlich wieder.

„Ganz schön mutig, der Kleine."

„Stimmt. Das gefällt mir."

„Na also. Und? Willst du mich jetzt immer noch aus deinem Leben entfernen?"

„Entschuldige. Ich ... ich konnte es mir einfach nicht anders erklären", sagte Mario zerknirscht.

„Schon gut, wahrscheinlich hätte ich dasselbe vermutet", lenkte Susanna ein.

„Was macht denn die Schwangerschaft? Oder sollen wir euch wieder mal zusammen besuchen? Vielleicht mit einem Sträußchen Basilikum für ein ordentliches Pesto?"

„Das wäre wunderbar! Das Chaos wird immer schlimmer. Am besten, ihr kommt bald. Du darfst selbstverständlich kochen, wenn du willst. Karen kauft ein und geht dir zur Hand, sie hat ja jetzt jede Menge Zeit."

„In Ordnung. Ich muss übrigens Schluss machen, ich bin verabredet. Also, bis bald!" Mario legte auf.

Susanna erhob sich schwerfällig und ging zu Karen hinüber, die in der Küche werkelte. „Rate mal, mit wem Mario jetzt zusammen ist?"

Karen tat, als würde sie nachdenken. „Das ist kein schweres Rätsel: mit Timm?"

„Du sagst es."

„Na endlich! Wurde auch Zeit. So bleiben sie uns wenigstens beide erhalten." Karen grinste breit. Ja, das war endlich mal eine gute Nachricht.

Es war Ende August. Die Stadt steckte im Sommerloch. Massenweise Einwohner verschwanden in die Ferien, unter anderem Stefan und Frank. Auf den Straßen war es stiller als sonst. Sogar das Fußballspielen fiel aus. Nach dem Erfolg legten die Lila Sockers eine Pause ein.

Karen erledigte den Haushalt und studierte den Stellenteil der *Süddeutschen Zeitung*, der um diese Jahreszeit noch dünner war als sonst. Ansonsten wartete sie vergeblich auf einen Anruf von Fred. Die Helfer kamen nur noch selten, weil Karen die Arbeit im Haushalt jetzt selbst erledigte. Zeit hatte sie ja genug.

Susanna wurde derweil immer dicker. Manchmal kam sie sich so kugelrund vor, dass sie am liebsten zur rollenden Fortbewegung übergegangen wäre, statt sich mühsam zu Fuß durch die Wohnung zu schleppen.

Von Marlene hörten sie nichts, was Karen beruhigte. Nach der Geburt sollte es zwar noch einen Drehtag für *Lesbian Love Babys* geben. Aber dann war auch das Filmprojekt beendet.

Und was Hartensteins anging, herrschte Funkstille.

Susanna und Karen nutzten die schläfrige Zeit, um sich endlich Namen für die Kinder auszudenken. Susanna würde einen Jungen und ein Mädchen gebären, hatte Dr. Maisel beim letzten Kontrollbesuch festgestellt.

Also entliehen die beiden Namensbücher und fertigten Listen an, um dann endlos zu diskutieren.

„Bloß nichts mit -gunde und -hild am Ende. Ich konnte die deutschen Heldensagen noch nie leiden!", verlangte Susanna.

„Und ich will nichts, das irgendwie nach Weltraum oder Nirwana klingt: Ein Apollo, eine Shiva oder eine Nihadina kommt mir nicht ins Haus."

„Nihadina? Das habe ich ja noch nie gehört."

„Eben. So hat sich eine Fußballkollegin genannt. Eigentlich hieß sie Helga. Aber das klingt nicht wirklich spannend. Und ich will übrigens auch nichts mit Bindestrich, das dann wieder in kein Formular passt."

„Einverstanden. Lokalkolorit muss aber auch nicht sein. Schließlich will ich nicht, dass jeder sofort hört, dass sie aus Bayern kommen. Vielleicht wollen sie mal in Hamburg wohnen."

Karen schüttelte den Kopf. „Wir leben doch nicht mehr vor zweihundert Jahren! Heute ist das egal."

„Mir aber nicht!", insistierte Susanna.

Nach längerem Hin und Her entschieden sie sich für Lisa und Lars. „Kurz, prägnant und kitschfrei", sagte Susanna zufrieden.

Karen legte ihre Hände auf Susannas Bauch. „Nun können sie kommen."

„Das dauert noch!" Susanna sah an sich hinunter, wo sich an Stelle ihrer einst recht schlanken Taille nun ein gewaltiger Kugelbauch erhob, und fragte sich, ob sie wohl jemals wieder normale Dimensionen annehmen würde.

Auch Franziska Hartenstein hatte den Spätsommer schon schöner erlebt. Sie haderte täglich mehr mit ihrem Schicksal, das ihr nun womöglich lange, einsame Jahre als Witwe bescheren würde. Es hieß zwar, Alois Hartenstein sei außer Lebensgefahr, doch sie zweifelte daran, denn lebendig sah er eigentlich noch nicht aus, wenn sie ihn zweimal die Woche besuchte.

Außerdem fühlte sie sich verfolgt. Verfolgt von Lesben und Schwulen. Seit dem Tag, an dem ihr Mann den schrecklichen Unfall hatte, kam es ihr vor, als steckten sie einfach überall.

Schlug sie den *Münchner Merkur* auf, las sie über die unsägliche Lebenspartnerschaft, die diese Leute jetzt eingehen konnten, und fragte sich, ob auch ihre Tochter von ihrem neuen Recht Gebrauch machen würde. Schaltete sie *Gute Zeiten, schlechte Zeiten* ein, musste sie zusehen, wie zwei Frauen sich küssten, und das während der besten Vorabend-Sendezeit. Dauernd wurde über abartig veranlagte Bürgermeister berichtet. Mal kamen sie aus Hamburg, mal aus Berlin und mal – man glaubt es kaum – aus Paris, der Stadt der Liebe.

Das waren Bilder, die sie bisher ignoriert hatte. Sie mochte sie gesehen haben, aber sie hatten sie nicht erreicht. Nun jedoch stach jedes einzelne von ihnen in ihr Herz, denn sie wusste, ihre einzige Tochter gehörte zu denen da.

Dazu kam ihr hoffnungsloser Sohn. Zuerst hatte Franziska Hartenstein sich ja gefreut, dass Ferdinand zu ihr zurückgekehrt war. Welche Mutter wollte nicht ihren Sohn wiederhaben! Doch nun saß der Bengel, inzwischen mutiert zu einem mürrisch dreinblickenden Mannsbild, Abend für Abend schweigend und Bier trinkend mit ihr vor der Glotze und schien sich an den Dingen, die er genau wie sie auf dem Bildschirm sah, nicht zu stören. Langsam fragte sie sich, ob ihr Sohn vielleicht nicht nur keinen Samen hatte.

„Ferdinand?"

„Mmhhh?", grunzte Ferdinand und zwirbelte seinen Schnurrbart.

„Du gehörst doch hoffentlich nicht auch dazu?" Sie zeigte auf das bunte Gewühl eines CSD-Umzugs, über den gerade ein Dokumentarfilm berichtete, den Ferdi – ihr Ferdi! – unbedingt hatte sehen wollen.

Ferdinand warf ihr einen undefinierbaren Blick zu. „Naaa", sagte er.

„Ich meine ja nur, wegen des Samens", ergänzte seine Mutter. Das hätte sie besser gelassen. Die Sache mit dem Samen war Ferdinands wunder Punkt, immerzu und jetzt erst recht. Er schämte sich, erstens, weil es so war, wie es war, obwohl er ja nichts dafür konnte, und zweitens inzwischen auch, weil er es überhaupt so weit hatte kommen lassen, dass dieser schreckliche Krach passieren konnte. Er hätte es nicht geheim halten sollen vor seinen Eltern, nein, wirklich nicht. Insgeheim bewunderte er mittlerweile Susanna dafür, dass sie reinen Tisch gemacht hatte, bevor die Kinder da waren. Von sich aus.

„Ja, sakradi, kann man denn noch nicht mal in Ruhe fernsehen? Was geht dich überhaupt mein Samen an?", brüllte Ferdinand plötzlich, sprang auf und verschwand in die winzige Dachkammer, die gelegentlich als Gästezimmer diente und eigentlich viel zu eng für ihn war.

Der ultimative Schock ereilte Frau Hartenstein jedoch beim Einkaufen. Sie war seit ewigen Zeiten Stammkundin beim selben Metzger. Des Metzgers Haus beherbergte unten die Metzgerei, während sich oben eine Wohnung befand. Und am Fenster eben dieser Wohnung entdeckte Franziska Hartenstein eine von diesen Fahnen, offenbar in die Blumenerde einer ziemlich trostlosen Topfpflanze gesteckt. Eine der regenbogenbunten Fahnen, die sie in der letzten Zeit schon bis zum Überdruss gesehen hatte! Was zum Teufel hatte die dort zu suchen, mitten in ihrem Dorf?

Franziska Hartenstein überlegte fieberhaft. Der alte Metzger hatte einen Sohn, der schon lange im Geschäft mitarbeitete. Und da oben, wo diese merkwürdige Fahne in der Blumenerde steckte, wohnte er, soweit Franziska Hartenstein wusste. Die Eltern hatten sich im letzten Jahr am Ortsrand ein Häuschen fürs Alter gebaut.

Der Sohn sah ganz normal aus. Er sprach mit männlich-sonorer Stimme, trug Stoffhosen, keinen Schmuck und konnte genauso gut schlachten und wursten wie schon mehrere Generationen in seiner Familie. Franziska Hartenstein hätte jederzeit seine Tochter mit ihm verheiratet, so solide war er. Aber er war nicht verheiratet. Und nun gab es also da oben diese kleine Fahne, die penetrant bunt zu ihr hinunterleuchtete und ihr beim letzten Mal jedenfalls noch nicht aufgefallen war. Franziska Hartenstein schüttelte den Kopf und konnte sich keinen Reim darauf machen. Doch das sollte sich schnell ändern.

Als Franziska Hartenstein den Metzgers Franz, so nannten ihn alle, wie immer freundlich begrüßte, deutete der auf einen anderen Mann, den sie noch nie gesehen hatte. Ein hübscher Kerl, muskulös, blond und mit einem Schnurrbart, wie ihn hier viele trugen. „Frau Hartenstein", sagte Metzgers Franz freundlich lächelnd, „darf ich Ihnen den Maik vorstellen, der ist mein Lebenspartner, und wir übernehmen die Metzgerei, wenn die Eltern nicht mehr wollen. Er macht bestimmt genau so gute Würste wie ich."

Franziska Hartenstein spürte, wie sie rot anlief. Ihre Reaktion war gefragt. Aber was tat man in dieser Lage? Immerhin stand sie unter Schock, unter Regenbogen-Schock, sozusagen. Viel Zeit blieb nicht, um nachzudenken.

Sie tat das Einzige, was ihr angesichts der Freundlichkeit der beiden jungen Herren richtig schien, obwohl sie genau das andererseits schrecklich falsch fand, es war ein Verrat an allem, was sie bisher hochgehalten hatte, und ihr gesamtes Wesen sträubte sich dagegen. Sie kämpfte um ein Lächeln auf ihrem Gesicht und gewann, und dann sagte sie: „Ja, dann wünsche ich Ihnen beiden einen guten Start! Ich komme ja schon so lange hierher, da komme ich natürlich auch weiter, wenn Sie das Geschäft übernehmen!"

„So treue Kundinnen freuen uns besonders", sagte Maik und schob ihr zum Schluss eine kleine Leberwurst kostenlos in die Plastiktüte. „Zum Einstand", sagte er.

Und dann trug Franziska Hartenstein, bis in die Grundfesten ihrer Existenz erschüttert, ihre Einkäufe nach Hause. Sie ahnte, dass sie manches überdenken musste. Denn was des Metzgers Franz gutes Recht war, das konnte sie ja ihrer Tochter schlecht verwehren. So weit war emanzipatorisches

Denken auch zu ihr vorgedrungen. Doch vorläufig war sie noch außerstande, aus diesen Erkenntnissen praktische Schlüsse zu ziehen. Dafür ließ sie sich abends erst einmal die Leberwurst schmecken.

In der nächsten Woche, als sie, wie jeden Monat einmal, zur Beichte ging, brachte sie das Ereignis in der Metzgerei zur Sprache.

Der Geistliche, ein junger Mann mit modernen Ansichten, der erst im letzten Jahr neu gekommen war, um den alten, verstorbenen Amtsinhaber zu ersetzen, reagierte auf ihren Bericht mit einem Hustenanfall. Es hätte auch ein Lachkrampf sein können, aber das hielt Frau Hartenstein für vollkommen ausgeschlossen.

„Habe ich gesündigt?", fragte Franziska Hartenstein schließlich verwirrt.

„Nein, Sie haben nicht gesündigt. Aber beten Sie trotzdem drei Rosenkränze, das schadet nie." Dann entließ er sie.

Den Rest des Sommers verbrachte Franziska Hartenstein mit Nachdenken und Gartenpflege. Für beides hatte sie reichlich Zeit. Denn Ferdinand wurde immer schweigsamer und mürrischer. Außerdem dachte er gar nicht daran, wenigstens einmal den Rasenmäher anzuwerfen.

Bei Alois Hartenstein wendeten sich die Dinge langsam endgültig zum Positiven. Ende September versammelte sich eine Gruppe von drei Personen in weißen Kitteln um sein Bett.

„Herr Hartenstein, hören Sie mich?"

Alois Hartenstein fühlte sich belästigt. Er hatte sich in seiner schwarzen Welt eingerichtet. Dort musste man nichts tun, noch nicht einmal essen, und eigentlich war das sogar ganz bequem. Aber nun drangen diese schrillen Rufe in sein Ohr und erinnerten ihn an eine Welt, der er sich kaum noch zugehörig fühlte.

„Herr Hartenstein! Aufwachen!"

Jemand fasste nach seiner Hand und klopfte auf seinem Handrücken herum. Verdammt, musste das sein? Hartenstein versuchte, die Lider zu öffnen. Wenn sie ihn schon nicht in Ruhe ließen, wollte er wenigstens sehen, wer ihn behelligte. Licht fiel auf seine Pupillen. Die Schwärze verschwand, und er sah eine Gestalt in einem weißen Kittel vor sich stehen. An seinem Bett. Das war nicht mehr seine schwarze Astronautenwelt. Er war zurück im Leben, dämmerte ihm. Hartenstein stöhnte.

„Na also! Er öffnet die Augen", sagte eine Frauenstimme.

„Herr Hartenstein, sehen Sie meine Hand?", rief jetzt wieder die Männerstimme. Etwas fuchtelte vor seinen Augen herum.

Die sich hin und her bewegenden Finger irritierten Alois Hartenstein. „Hören Sie doch mit diesem Unsinn auf", murmelte er. „Mir wird schwindelig."

„Sehr schön", sagte der Arzt.

Hartensteins Blick fiel jetzt auf das hintere Ende seines Betts und dann auf eine blassgelbe Wand mit einem kitschigen Landschaftsbild. Er drehte mit unendlicher Anstrengung seinen Kopf und entdeckte neben seinem Bett einen Mann, wahrscheinlich den, der vor ihm herumgefuchtelt hatte. Der Mann sah jung aus und hatte einen Bart. In einer Hand hielt er einen tragbaren Computer.

„Guten Morgen. Ich bin Doktor Söllner, Ihr Chirurg. Und auf der anderen Seite steht Frau Doktor Sawatzky, Orthopädin und Unfallspezialistin, sie ist für Ihre Rehabilitation zuständig."

Frau Doktor Sawatzky, eine zierliche Blonde mit Pagenkopf, lächelte auf ihn herunter.

„Wo bin ich?", fragte Hartenstein.

„Unfallklinikum Murnau. Demnächst kommen Sie in die Reha-Abteilung", sagte die Sawatzky. Es klang so begeistert, als spräche sie über einen Karibikurlaub.

Hartenstein erinnerte sich auf einmal: der Hügel, Gruber, die Cessna, ein Aufprall.

„Was ist mit mir?", fragte er.

„Sie hatten Kopfverletzungen und einen Halswirbelbruch. Sie wurden operiert, und dann haben wir Sie ein paar Wochen schlafen lassen, damit Sie ruhig liegen", sagte der Arzt. „Und jetzt haben wir Sie wieder aufgeweckt. Es ist Ende September, der fünfundzwanzigste, um genau zu sein."

„Und wann bin ich eingeliefert worden?"

Der Arzt schaute auf den Bildschirm seines Rechners. „Sechster August", sagte er.

Hartenstein dachte an die Gesichter, die ihn umschwebt hatten, da drüben. „Wo ist Jenny?", fragte er.

„Ihre Frau kommt heute Nachmittag. Sie weiß, dass wir Sie heute wecken."

Blöder Arzt, dachte Hartenstein. Jenny war doch seine Enkelin. Aber er fragte nichts mehr. Plötzlich war er wieder unendlich müde.

„Schlafen Sie ruhig noch eine Stunde", hörte er die Ärztin in seinen Dämmer hinein sagen. Dann war er auch schon weggetreten.

Nachmittags kam tatsächlich seine Frau. „Franziska", sagte Hartenstein leise. Auch das war eine Anstrengung, genau wie das Lächeln, das er für sie aufsetzte. „Ich habe dich da drüben gesehen. Andauernd."

„Wo drüben?" Frau Hartenstein fragte sich, ob ihr Mann vielleicht doch etwas zurückbehalten hätte. Die Ärzte waren optimistisch, dass er wieder vollständig hergestellt sein würde, aber man konnte ja nie wissen.

„Da drüben. Es war schwarz, und ich habe dein Gesicht gesehen." Er stöhnte. Seit er wach war, spürte er seinen Körper wieder.

„Das war sicher ein Traum."

„Es war … schön. Nur du und ich und die Kinder und Jenny." Hartenstein schluckte. Das Reden strengte ihn an.

„Schön?" Franziska Hartenstein musterte ihren Mann kritisch. Anscheinend hatte er wirklich ein bisschen den Verstand verloren. Wie konnte andauernde Bewusstlosigkeit schön sein?

Hartenstein seufzte. Er sah, was sie dachte, und er verstand sie sogar. Schließlich ließ es sich kaum vermitteln, was er erlebt hatte. „Hör zu, ich bin in Ordnung. Ich habe … geträumt. Du hast es ja selbst gesagt."

„Geträumt, ja." Das Gesicht von Franziska Hartenstein klarte auf.

Hartenstein wusste, er hatte nicht geträumt, nicht im herkömmlichen Sinn jedenfalls. Aber unter Träumen konnten sich die Menschen etwas vorstellen, und dass es etwas anderes war, wenn man wochenlang hintereinander träumte, das würde er wohl niemandem erklären können. Plötzlich fühlte er sich einsam.

„Wo ist Jenny? Ich möchte sie sehen", sagte er.

Seine Frau zuckte zusammen. „Darüber reden wir ein anderes Mal, das ist jetzt zu anstrengend", wich sie aus.

Plötzlich war Hartenstein sehr, sehr müde. „Ich muss jetzt schlafen", sagte er.

Am nächsten Tag war seine Frau wieder da. Hartenstein hatte mittlerweile nachgedacht, viel nachgedacht, und was er gedacht hatte, machte ihn unruhig. Er wollte die Gesichter aus seinen Träumen um sich haben, damit er sich in der richtigen Welt wieder zu Hause fühlen konnte. „Ist etwas mit Jenny passiert?", fragte er, Angst im Blick. „Oder warum hat sie mich noch nicht besucht?"

„Mach dir keine Sorgen, es geht ihr wahrscheinlich gut. Nur hat Ferdi Clara verlassen. Sie ist bei deiner Schwiegertochter, schließlich ist sie ja ihr Kind. Nicht seins."

„Was?" Hartenstein versuchte, sich auf seine Ellenbogen zu stützen. Es tat weh, aber er schaffte es mit viel Mühe. Nun saß er halb aufgerichtet im Bett und starrte seine Frau an. „Wieso ..."

„Du hast alles vergessen", sagte Franziska Hartenstein. „Ist vielleicht auch besser so."

„Nein, ist es nicht", widersprach Hartenstein und sah wieder das unglückselige Treffen vor sich: wie ihm Clara die Geschichte von der Samenspende aufgetischt hatte, wie wütend er gewesen war. Wie er sie alle hinausgeworfen hatte. Wie am nächsten Tag Ferdi mit gepackten Koffern vor seiner Tür stand. Wie er zum Hügel gefahren war und von Gruber enttäuscht wurde. Ja, er erinnerte sich genau. Nur die Wut war weg. Stattdessen empfand er das Ganze als eine einzige monströse Sinnlosigkeit, die sein Leben zu zerstören drohte wie das Modellflugzeug. „Hör zu, es war alles Unsinn, was ich damals geredet habe. Alles Unsinn. Clara soll kommen. Und Jenny. Und Ferdi soll sich nicht so haben und zu seiner Familie zurückgehen."

„Ferdi kann ich fragen, ob er morgen kommt", sagte Franziska Hartenstein. „Um die anderen musst du dich schon selbst kümmern, wenn du so weit bist. Ach, übrigens. Der Metzgers Franz hat geheiratet."

„Wen denn?"

„Einen Maik", sagte Franziska Hartenstein. „Einen Mann."

Alois Hartenstein schüttelte den Kopf. „Wo er doch so ein fescher Bursche war."

Franziska Hartenstein machte eine wegwerfende Bewegung. „Ich gehe wohl trotzdem weiter hin. Er hat mir Leberwurst geschenkt."

„Leberwurst?" Für Alois Hartenstein, der erst seit einem Tag versuchte, in der Welt wieder heimisch zu werden, war Leberwurst noch sehr weit weg.

Am nächsten Tag besuchte ihn sein Sohn. Nachdem sie sich begrüßt hatten, lag Hartenstein zuerst schweigsam in den Kissen. Dann nahm er seine noch immer schwachen Kräfte zusammen und sagte: „Ferdi, ich war ein Idiot! Ich habe begriffen, dass das alles keine Rolle spielt, verstehst du?"

Ferdi starrte seinen Vater stumm an. „So. Jetzt auf einmal", sagte er dann finster.

Hartenstein redete mühsam weiter: „Ja. Es ist egal, von wem Jenny abstammt. Ich liebe sie, darauf kommt es an. Sie ist meine Enkelin und dein Kind. Der Rest ist doch unwichtig."

Ferdi ging zum Fenster und sah hinaus. Er schwieg lange. Dann brummte er: „Man kann nicht einen Unfall haben, wochen-, nein, fast monatelang fast tot sein, wiederkommen, und alles ist wie vorher. Das geht nicht." Aber um seinen Mund spielte die Andeutung eines Lächelns.

Hartenstein ließ seinen Kopf aufs Kissen sinken. „Ich möchte Jenny sehen."

Ferdinand Hartenstein nickte seufzend. „Ich rufe Clara an."

Clara Hartenstein saß gerade mit Jenny über den Rechenhausaufgaben der zweiten Klasse. Rechnen war noch nie Jennys Stärke gewesen, aber seit Ferdi ausgezogen war, schien sie vollends auf Kriegsfuß mit den Zahlen zu stehen.

„Das ist doch nicht so schwer", sagte Clara. „Schau: Hier sind die Zehner, da die Einer und da die Hunderter. Und jetzt rechnen wir das alles zusammen."

Jenny kaute auf ihrem Füller herum und starrte zum Fenster hinaus. Sie hasste Zehner, Einer und Hunderter. Wozu waren sie gut in einer Welt, in der Väter sich einfach in Luft auflösen konnten? Wozu war in so einer Welt überhaupt irgendetwas gut?

„Jenny? Los, komm jetzt. Nur noch diese Aufgabe!" Clara musste ihre ganze Geduld zusammennehmen, um nicht aus der Haut zu fahren. Und plötzlich klingelte auch noch das Telefon.

Als Clara Ferdis Stimme erkannte, begann ihr Herz zu rasen. Seit seinem überstürzten Abgang hatte er nie angerufen, immer nur Geld überwiesen.

„Wo bist du?", fragte Clara.

„Unterwegs. Hör zu, Vater ist aufgewacht. Er will Jenny sehen."

„Wieso sollte er Jenny sehen wollen? Die ist doch in seinen Augen ein Fremdkörper. Für dich doch auch." Claras Stimme klang hart wie Diamant.

„Clara … bitte. Er will sie wirklich sehen. Ich … ich glaube, er hat sich irgendwie verändert. Und ich … ich …" Clara hörte, wie Ferdi Hartenstein schluckte. Soll er doch heulen, dachte sie. Verdient hatte er es. Gleichzeitig spürte sie, wie sie Mitleid mit ihm bekam.

Clara schwieg lange in die Muschel. Dann sagte sie: „Hör zu. Ich bin keine, von der man wegrennt und die man dann wieder einbestellt, wenn es gerade passt. Bevor Jenny ins Krankenhaus zu ihm geht, reden wir miteinander. Über alles. Sonst läuft gar nichts."

Jenny spitzte die Ohren. Das war keine von Mamas Freundinnen und auch nicht die Mutter eines der Kinder aus der Schule. Sie wurde unruhig, sie ahnte etwas. „Mama, wer ist denn dran?", rief sie. „Ist Papa am Telefon?"

Clara wollte das Telefonat schleunigst zu Ende bringen. Keinesfalls sollte die Kleine mitbekommen, worum es in diesem Gespräch ging. Sie war schon durcheinander genug. „Was ist nun? Reden wir oder nicht?", zischte sie.

Ferdi schwieg.

„Wenn du nicht gleich was sagst, lege ich auf."

„Morgen um zehn in dem Café eine Straße weiter", sagte Ferdi gepresst. „Da, wo wir Jenny letzten Sommer immer Eis gekauft haben."

„Ist der Papa am Telefon? Dann will ich auch mit ihm sprechen!", quengelte Jenny in der Küche, aber Clara hatte schon aufgelegt.

Am nächsten Morgen zog Ferdi Hartenstein ein nagelneues blaues Hemd an und wählte eine passende Krawatte. Er war frisch rasiert und hatte seinen Schnauzer sorgfältig in Form getrimmt. Seine schwarzen Halbschuhe blitzten. Wenn er sich unsicher fühlte, achtete er immer besonders auf sein Äußeres. Das half. Meistens, jedenfalls.

Er setzte sich ins Auto und fuhr in den Nachbarort, dann durch die Straßen in der Nähe seines Hauses zu dem Café, in dem er sich mit Clara verabredet hatte. Hoffentlich kam sie auch. Sicher war er sich da nicht. Während Ferdi durch die Straßen kurvte, registrierte er, wie vertraut ihm alles hier war. Plötzlich erschien ihm seine ganze Situation absurd: der Streit, sein Auszug, die Wochen, in denen er ein winziges Gästezimmer im Haus seiner Eltern bewohnt hatte, wo er sich eingesperrt fühlte wie in einer Schuhschachtel.

Was für ein Idiot ich bin!, dachte er unbarmherzig. Schon nach einer Woche hatte er begriffen, wie unglaublich dumm es gewesen war, davonzulaufen. Aber gleichzeitig war er noch immer wütend auf Clara. Wie konnte sie nur ihr Geheimnis verraten! Dann war auch noch dieser Unfall passiert, seine Mutter versackte in Verzweiflung, und alle seine guten Vorsätze, die Sache zwischen sich und Clara wieder in Ordnung zu bringen, wurden erst einmal verschoben.

Seine Mutter beteuerte ständig, wie unentbehrlich er für sie sei, jetzt, wo sein Vater so krank war. Er wusste nicht, ob er ihr das glauben sollte. Denn er tat zu Hause gar nichts. Oder fast nichts. Er mähte nicht den Rasen, er kaufte nicht ein, er putzte nicht. Er wollte nicht, dass sie abhängig von ihm würde. Er frühstückte mit seiner Mutter, fuhr zur Arbeit, chauffierte sie ins Krankenhaus, holte sie dort ab. Das war alles.

Außerdem wurde sie inzwischen wunderlich. Neuerdings beschäftigte sie sich tagein, tagaus mit Lesben und Schwulen. Die hatten sie doch früher nie interessiert, obwohl ihre Tochter eine war. Dauernd erzählte sie vom Metzgers Franz, der einen Mann geheiratet hatte. Metzgers Franz von morgens bis abends. Er fand das reichlich eigenartig. Obwohl er sich, das musste er zugeben, jetzt ab und zu Filme über diese Leute ansah, wenn welche kamen. Schließlich war ja seine Schwester auch so eine. Er seufzte.

Nun war sein Vater wieder wach, und Ferdi wollte endlich zurück. Zurück zu Jenny, zurück zu Clara. Und zurück vielleicht auch zu Susanna, seiner Schwester, die er insgeheim vermisste, auch wenn er nicht verstand, wie sie lebte. Dass sein Vater plötzlich seine Meinung geändert hatte, machte die Sache leichter.

Clara saß schon an einem der kleinen Tische, als er hereinkam. Ferdi begrüßte sie mit einem kurzen Kopfnicken und ließ sich auf den freien Stuhl neben ihr fallen.

Clara nickte zurück. Ferdi fand, dass sie bleich aussah.

„Also?", sagte Clara. „Wie hast du dir das vorgestellt? Mit Jenny und überhaupt."

Ferdi starrte auf die Tischplatte. „Ich vermisse dich", sagte er dann.

„Tatsächlich." Clara betrachtete ihre Fingernägel. Sie hatte sie heute Morgen frisch lackiert. In rosa.

„Es war bescheuert von mir, wegzugehen."

„Ist dir die Einsicht erst gekommen, als dein Vater wieder wach wurde und Jenny sehen wollte?", fragte Clara hämisch. „Oder war die Küche zu Hause doch nicht so berühmt?" Ihre Stimme war scharf wie ein Rasiermesser. „Und was ist, wenn ihm morgen wieder was anderes einfällt? Haust du dann wieder ab?"

Ferdi sank noch mehr in sich zusammen. „Nein. Ich …"

„Hör zu", sagte Clara Hartenstein. Sie hatte die ganze Nacht Zeit gehabt, sich auf das Gespräch vorzubereiten, und sie hatte diese Stunden gut genutzt. „Ich will einen, der zu mir steht, zu dem Kind und zu unseren Entscheidungen. Einen, der sich nicht von seinen Eltern herumkommandieren lässt. Und der vor allem nicht zulässt, dass sie auf mir herumtrampeln. Damit ist Schluss, oder es ist mit uns Schluss. Dann gehe ich. Sofort. Und Jenny nehme ich mit."

Ferdi starrte noch immer auf die Tischplatte und schwieg lange. „Ich war ein Idiot", sagte er schließlich. Er griff nach Claras Hand. Sie entzog sich ihm nicht, weshalb er ein wenig Hoffnung schöpfte.

„Du gehst morgen mit Jenny zu deinem Vater", befand Clara Hartenstein. „Nachmittags. Morgens hat sie Schule. Und dann siehst du zu, dass du wieder nach Hause kommst. Deine Tochter vermisst dich."

Ferdi nickte. „Ich vermisse sie auch. Und dich." Seine Augen waren feucht. Es sah so aus, als wäre er noch einmal davongekommen.

„Hör auf mit dem Geschwätz. Hier zählen nur noch Taten", entgegnete Clara Hartenstein kalt. „Und was den Rest angeht, werden wir ja sehen. Insbesondere bezüglich der Sache mit deiner Schwester."

„Mit meiner Schwester?" Ferdi Hartenstein zuckte zusammen. Seine Frau hatte wieder einmal zielsicher einen wunden Punkt getroffen.

„Die könnte deine Unterstützung brauchen. Meine hat sie jedenfalls, und ich wäre dir dankbar, wenn du deine brüderlichen Gefühle endlich wieder ausgraben würdest."

Ferdi Hartenstein saß da, als wäre er soeben nach allen Regeln der Kunst verprügelt worden. „Ist gut. Ich … ich habe auch schon daran gedacht, ich vermisse sie nämlich."

„Hoffentlich!" Clara Hartenstein zahlte ihr Getränk und ging erhobenen Hauptes davon.

Ferdie Hartenstein beglich den Rest der Rechnung, stieg in seinen Wagen und gab Gas. Er wusste, nach heute würde er nie wieder der sein, der er einmal war. Und das war gut so.

Geschrei um Mitternacht

Die letzten Wochen der Schwangerschaft glichen einer Achterbahn. Susannas Stimmungen wechselten ständig und unvorhersehbar. Sie konnte voller Vorfreude auf die Geburt aufstehen, mittags in Traurigkeit und Zorn versinken oder lethargisch herumhängen und abends fürchten, es könnte auch jetzt noch etwas schief gehen. Das hatte Dr. Maisel zwar so gut wie ausgeschlossen, aber man wusste ja nie.

Äußerlich geschah wenig. Susanna und Karen verbrachten viel Zeit gemeinsam, horchten an Susannas gigantischem Bauch, lagen auf dem Sofa herum und lasen, bekamen manchmal Besuch von Stefan und Frank, Timm und Mario, Jessica, Jana oder anderen Bekannten.

Karen freute sich manchmal so sehr auf die Kinder, als wäre der Nachwuchs eigentlich ihre Idee gewesen. Im nächsten Moment zweifelte sie daran, ob sie mit der neuen Situation fertig würde. Von Fred hörte sie nichts. Weil sie noch immer keine zu ihren Vorstellungen passenden Stellenanzeigen fand, schrieb sie halbherzig Bewerbungen für irgendwelche Jobs, in denen sie ihr kaufmännisches Wissen würde gebrauchen können. Zurück kamen sehr eindeutige Absagen.

Wenn Karen dazu Zeit fand, griff sie nach einer aus dem Branchenbuch zusammengesuchten Liste sämtlicher Sportgeschäfte der Stadt und besichtigte eines nach dem anderen. Aber dabei fragte sie nie, ob ein Arbeitsplatz frei wäre, denn sie war überzeugt, den Job mit Perspektive, den sie suchte, könnte ihr nur ein Insider wie Fred besorgen.

Der Lila-Sockers-Film war inzwischen fertig. Marlene hatte ihr Werk im Anschluss an ein Training vorgeführt – ein phänomenaler Erfolg beim Team. Der Film sollte nun auf diversen lesbischen Festivals gezeigt werden. Bei dieser Gelegenheit hatte Karen Marlene zum letzten Mal gesehen. Die Filmerin hatte Karen wie alle anderen behandelt, so, als wäre niemals etwas zwischen ihnen gewesen. Karen fand das beruhigend. Sie selbst fühlte sich noch immer seltsam, wenn sie Marlene begegnete.

Demnächst stand ihr ein weiteres Treffen bevor. Denn Marlenes zweites Werk, *Lesbian Love Babys*, harrte noch immer seiner Vollendung. Marlene wünschte dringend eine Sequenz mit den neugeborenen Kindern im Krankenhaus. Susanna war einverstanden, und Karen fügte sich, um keinen Verdacht zu erregen. Schließlich hatte sie sich ja immer prima mit Marlene verstanden, warum sollte sie sich nun quer stellen?

Eines trüben Novemberabends sagte Susanna: „Was hältst du davon, wenn wir ins Kino gehen? Du könntest doch nebenan fragen oder Jessica und Jana anrufen, ob jemand mitwill?"

„Ins Kino?", fragte Karen entgeistert. „Ich denke, du darfst nicht aus dem Haus?"

„Ich muss hier mal raus! Es kann doch nichts mehr passieren, sagt Dr. Maisel. Ich brauche Inspiration, sonst wird dieses Drehbuch niemals fertig und ich sterbe an Langeweile."

„Inspiration?" Karen musterte Susanna, als hätte sie den Verstand verloren.

„Ja, und? Im Maxim laufen alte Horrorfilme. Heute Abend kommt *Gruft der Vampire*. Weißt du noch?" Sie lächelte zuckersüß.

„Natürlich weiß ich noch! Aber den hast du doch auf Video!"

„Na und? Wir werden bestimmt monatelang nicht mehr ausgehen, wenn die beiden erst da sind." Susanna klopfte sich auf den Bauch. Es war inzwischen eher so, dass sie wie sein Anhängsel wirkte statt umgekehrt.

Karens Widerstand schmolz. „Also gut. Wir fragen die Jungs, ob sie uns ihr Auto leihen. In den Smart passt du ja kaum noch."

Stefan und Frank wollten nicht mit, aber sie liehen ihnen immerhin ihr Fahrzeug, ein langstreckentaugliches BMW-Modell, das Frank wegen seiner Geschäftsreisen als Firmenwagen nutzen durfte.

Kurz darauf saßen die beiden Frauen Händchen haltend in dem kleinen Kino, das vom Ruhm seines anspruchsvollen, individualistischen Programms und der Bescheidenheit seines Besitzers lebte.

„Meine Güte, sind die Sitze unbequem! Das habe ich schon fast vergessen", seufzte Susanna. Sie brauchte eigentlich zwei der schmalen Plätze, weshalb sie in der ersten Reihe saßen. Und dann becircte die schöne Vampirin auf der Leinwand wieder eine schöne Prinzessin wie damals, als Karen Susanna kennen lernte.

„Jetzt habe ich's", sagte Susanna plötzlich mitten in einen Filmkuss hinein.

„Was?", flüsterte Karen.

„Wie sie es rauskriegt. Im Drehbuch. Die Kommissarin. Sie begegnet ihrer alten Schulfreundin, sie gehen Kaffee trinken, die Kommissarin erkundigt sich, ob sie was von dem Bauern weiß. Die Freundin will nicht reden, weil sie ja was mit dem Bauern hat. Aber dann sieht ihr die Kommissarin zu tief in die Augen. Sie können sich schon in der Schule sehr gemocht haben. Und vielleicht redet ihr außerdem der schwule Bruder noch ins Gewissen, mit dem sie spricht."

„Muss das sein? Das mit dem In-die-Augen-Sehen? Das ist doch Schmalz", flüsterte Karen.

„Trotzdem. Ich finde das gut."

„Dann ist die Schulfreundin doch bi."

„Na und?"

Jemand schimpfte lauthals: „Halten Sie doch endlich mal Ihren Mund!" Die Vampirin biss ihrem Opfer in den zarten Hals, Karen streichelte, von Erinnerungen verzückt, Susannas Hand. Sie küsste Susanna, und dann lief etwas Warmes plötzlich Susannas Bein herunter. Susanna erschrak. „Karen, es geht los!", sagte sie kein bisschen leise. „Wir müssen sofort in die Klinik."

„Das ist doch die Höhe!", fluchte jemand.

„Wirklich?", fragte Karen verdattert. Die feuchte Spur Susannas Beine hinunter beantwortete ihre Frage absolut eindeutig. „Los, komm! Raus hier! Kannst du gehen?"

Susanna stand auf, warf einen monumentalen Schatten auf die Leinwand, das Publikum protestierte, und dann ging sie unsicheren Schrittes an Karens Seite hinaus.

„Kannst du noch? Kommen sie schon?", fragte Karen besorgt.

Susanna verzog den Mund zu einem halben Lächeln. „Das geht nicht so schnell. Hast du den Koffer im Auto?"

„Mist. Der liegt im Smart."

Susanna winkte ab. „Du fährst nachher nach Hause, gibst das Auto ab und holst ihn. Klar? Und jetzt eine Plastiktüte. Oder wollen wir eine komplette Reinigung der Sitze dieses Luxusautos finanzieren?"

Aus ihrer Jackentasche zauberte Karen tatsächlich eine Tüte hervor, die wohl noch vom letzten Einkauf dort verblieben war. Sie breitete sie über den Sitz und half der leise stöhnenden Susanna in den Wagen. „Das war definitiv eine Wehe", sagte die eine Minute später, als der ziehende Schmerz nachließ.

Auf Karens Stirn erschienen Schweißperlen. „Schaffen wir es noch rechtzeitig?", fragte sie hektisch.

Susanna lachte. „Das kann Stunden dauern. Pass du bloß auf, dass du nicht bei Rot über eine Ampel fährst!"

Karen fühlte sich wie in der entscheidenden Phase eines Fußballspiels. An nichts anderes denken, nichts verkehrt machen. Sie ritt wie ein Surfer auf der grünen Welle und erreichte die Klinik in Rekordzeit.

Dort war man wesentlich weniger aufgeregt, schließlich kamen hier permanent Kinder zur Welt. Eine Schwester brachte Karen und Susanna auf ihr Zimmer, und dann wurde Susanna für den Kaiserschnitt vorbereitet. „Ich will aber dabei sein", sagte Karen.

„*Du* wolltest den Koffer holen!", erinnerte Susanna sie.

„Das mache ich nachher."

Die Schwester sah Karen lächelnd an. „Sie können gern mitkommen. Sie müssen nur einen Kittel und keimfreie Handschuhe überziehen und einen Mundschutz tragen."

„Aufgeregt?", fragte Karen, die sich in ihrer sterilen Kluft wie eine Heldin des Medizinbetriebs fühlte.

Susanna schüttelte den Kopf, dann stöhnte sie leise. Wieder eine Wehe. „Es ist ja gleich vorbei, viel merken werde ich davon wohl nicht", sagte sie, als sie wie ein grünes Monster, in sterile Tücher gehüllt, auf die Narkose wartete.

Sie sah jetzt aus wie die Frau in dem Werbefilm der ersten Klinik, fiel Karen auf. „Sei ganz ruhig, ich bin ja bei dir", sagte sie.

Susanna nickte, und dann bekam sie ihre Narkose.

„So, dann wollen wir mal!", sagte der Chirurg, ein mittelalter Mann mit zusammengekniffenen Lippen. „Brüder, zur Sonne, zur Freiheit!" Er zückte das Skalpell.

„Es sind aber ein Junge und ein Mädchen", korrigierte Karen, worauf sie einen merkwürdigen Blick kassierte.

Der Arzt begann, in Susannas Bauch zu schneiden. Ein Tropfen Blut quoll hervor. Karen sah, wie aus dem Tropfen mehrere wurden, die sofort eine Assistentin wegtupfte.

Dann kamen wieder rote Tropfen. Und noch mehr davon. Ihr wurde schlecht. Plötzlich drehte sich alles. Sie hielt sich am Operationstisch fest, aber ihre Beine gaben nach. Jetzt sah sie kein Rot mehr, sondern Schwarz.

Der Chirurg schüttelte den Kopf und rief nach einer Trage. „Wegschaffen", befahl er kurz angebunden, während er seelenruhig damit fortfuhr, Lars und Lisa ins Leben zu holen.

Stunden später lagen Karen und Susanna endlich mit ihren Neugeborenen im breiten Klinikbett ihres Entbindungsapartments. Ungläubig bestaunten sie die beiden Winzlinge. Sie lagen eng nebeneinander auf Susannas Brust, kleine Bündel Leben, immer noch etwas verschrumpelt und rotgesichtig, mit Köpfen, die gegenüber dem Rest des Körpers zu groß wirkten, aber das war normal. Karen und Susanna konnten sich nicht satt sehen. Jede Regung, jeder Atemzug war ein Wunder.

Manchmal bewegten die Babys suchend Arme, Beine oder den Kopf, als wüssten sie noch nicht so genau, was sie hier draußen mit ihren Gliedmaßen anfangen sollten. Manchmal schien es andererseits, als wüssten die beiden genau, was sie wollten, wenn zum Beispiel Lisas oder Lars' Mund sich zielbewusst um Susannas Brustwarze schloss.

Jede Falte, jede Geste, jede noch so winzige Eigenheit der Babys waren Karen und Susanna ungeheuer wichtig. Sie staunten, wie deutlich sich die beiden Kinder unterschieden: Lisa hatte hellrote Haare, Lars dunkle. Lars war etwas schwerer als Lisa, Lisa aktiver und wacher.

„Hat jemand aus eurer Familie hellrotes Haar?", fragte Karen.

„Keine Ahnung. Vielleicht ein entfernter Verwandter, von dem ich nichts weiß. Kann schon möglich sein", mutmaßte Susanna.

Obwohl sie sich beide vom ersten Moment an in ihre Kinder verliebt hatten oder vielleicht auch genau deswegen, waren die beiden Mütter zutiefst verunsichert. Schließlich wussten sie nicht, was all die merkwürdigen Geräusche und unsicheren Gesten bedeuteten, mit denen ihre Babys versuchten, sich mitzuteilen. Was wollten ihre Kinder sagen, wenn sie gluckten und schmatzten, ihre winzigen Hände auf- und zuklappten, ihren Kopf drehten oder wie wild strampelten? Hatten sie Hunger, suchten sie Gesellschaft oder wollten sie in Ruhe gelassen werden?

Karen ärgerte sich inzwischen, weil sie keines der vielen Bücher über Babypflege gelesen hatte, die sich monatelang auf dem Wohnzimmertisch gestapelt hatten. Wenn sie eines der Kinder auf dem Arm herumtrug – und sie liebte es, das zu tun –, wurde sie von der Angst gepeinigt, sie könnte einen verhängnisvollen Fehler begehen: Das Kind könnte ihr aus den Händen gleiten, sie könnte es zu fest halten und ihm damit wehtun. Und was, wenn sie das empfindliche Köpfchen, dessen Knochen wie bei allen Neugeborenen noch vollständig zusammenwachsen mussten, aus Versehen falsch anfasste und damit vielleicht das kleine Hirn beschädigte?

Am schlimmsten war die zweite Nacht nach der Geburt. Karen und Susanna hatten den Tag wieder in ungläubigem Staunen und ansonsten damit verbracht, die von den Schwestern regelmäßig ins Zimmer getragenen Mahlzeiten ratzekahl zu verzehren.

Es war ein besonders schöner Tag gewesen, denn irgendwann klappte Lisa ihre Augen auf, die von einem durchscheinenden Grün waren, und sah Karen und Susanna erstaunt an. „Sie erkennt dich noch nicht", sagte Susanna. „Auch wenn es so aussieht: Sie kann ihre Augen noch nicht einstellen."

„Das macht nichts." Karen lächelte selig in das Babygesicht.

Sie hatten, wenn sie gerade nicht die Babys bewunderten, ihre engsten Freunde, Karens Mutter und Clara Hartenstein verständigt und sich in den Glückwünschen von allen Seiten gesonnt. Stefan und Frank versprachen, demnächst zu kommen und den Koffer sowie eine Reihe anderer Dinge mitzubringen. Die Männer hatten inzwischen den Schlüssel zu der Wohnung von Karen und Susanna. Karens Mutter überschlug sich vor Begeisterung und gelobte sogar, sie werde demnächst die für sie lange und beschwerliche Zugreise nach München antreten, um ihre Enkel zu begutachten.

Dann kam die Nacht, und mit ihr das Geschrei. Lars und Lisa lagen in einem kleinen Doppelbett direkt neben dem von Karen und Susanna. Zuerst gluckten sie nur, dann schnauften sie, und dann erhob sich markerschütterndes, kreissägenartiges Gebrüll, von dem Karen den Eindruck hatte, es ziele direkt auf ihre strapazierten Nerven. Sie stöhnte und stand auf.

„Gib mir Lisa, vielleicht hat sie Hunger", sagte Susanna.

„Gut. Ich trage Lars derweil ein bisschen herum, bestimmt beruhigt er sich dann. Du kannst ihn danach anlegen."

Aber weder Füttern noch Tragen halfen. Die Kinder hatten inzwischen vom Schreien rote Gesichter.

„Guck mal, ob sie eine neue Windel brauchen", schlug Susanna vor.

Dienstfertig tauschte Karen die eindeutig trockenen Windeln aus. Doch das bewirkte rein gar nichts.

„Vielleicht haben sie Blähungen. Haben Babys nicht immer Blähungen?", mutmaßte Karen, inzwischen schon ziemlich verzweifelt. „Wir können ihnen ja mal den Bauch massieren!"

Karen und Susanna massierten die Bäuche ihrer Babys minutenlang in sanften, kreisenden Strichen, wie es Susanna gelesen hatte, und ernteten nur noch mehr Geschrei.

„Fiebrig sind sie nicht", versicherte Susanna, nun ernsthaft besorgt. „Ihre Köpfe fühlen sich absolut normal an."

„Und wenn sie nun eine andere, ernsthafte Krankheit haben?", fragte Karen erschrocken.

Susanna starrte alarmiert Karen an. „Meinst du, das könnte sein?"

„Was weiß ich?" Karen hatte sich noch nie in ihrem Leben so hilflos gefühlt.

„Wie lange schreien sie denn schon?"

„Keine Ahnung. Vielleicht eine halbe Stunde?"

„Gut, dann rufe ich jetzt die Nachtschwester. Das ist schließlich ein Notfall." Susanna drückte den roten Knopf direkt neben ihrem Bett.

Karen ließ sich mit dem schreienden Lars auf einen Stuhl sinken. Lisa krähte in Susannas Armen. „Jetzt müssen wir warten. Hoffentlich nicht so lange."

Kaum hatte sie sich niedergelassen, weinte Lars leiser. Am Ende schniefte er nur noch, gluckste ein paar Mal und schlief ein. Und Lisa? Lisa tat dasselbe. Der Sturm war vorbei.

„Was gibt's?", fragte die Nachtschwester und steckte den Kopf zur Tür herein.

Karen errötete. „Unsere Babys haben geschrien. Ohne jeden Grund. Bestimmt eine halbe Stunde lang. Dann haben sie plötzlich wieder aufgehört. Das wird doch nichts Schlimmes sein?"

Die Nachtschwester warf Karen einen erstaunten, etwas mitleidigen Blick zu. „Gewöhnen Sie sich dran. Neugeborene schreien eben ab und zu, ohne dass man genau weiß, was ihnen fehlt. Vielleicht ist ihnen die Welt einfach zu viel. Probieren Sie aus, was Ihnen einfällt, Blähungen, Hunger, Fieber und so weiter, und wenn das nichts hilft, dann nehmen Sie sie in den Arm, stopfen sich Ohropax in die Ohren, wenn es Ihnen zu laut ist, und warten eben, bis sie wieder aufhören. Irgendwann schlafen sie sowieso. Aufregen nutzt da gar nichts."

„Das sind ja herrliche Aussichten!", sagte Karen konsterniert. „Wir könnten sie glatt als Alarmanlage vermieten. Aber sie schreien ja nur, wenn sie wollen!"

Doch Susanna war schon eingeschlafen. Als Karen erst einmal in ihrem Bett lag, fielen auch ihr sofort die Augen zu.

Am nächsten Tag kamen als erste Besucherinnen Jessica und Jana. Sie brachten Blumen, schossen unzählige Fotos und konnten sich vor Begeisterung kaum beruhigen.

Dann meldete sich Marlene. Karen zog die Brauen hoch, als ihr klar wurde, wer da offensichtlich höchst amüsiert mit Susanna sprach. Susanna kicherte immer wieder in den Hörer. Als sie aufgelegt hatte, sagte sie: „Ich soll dir Grüße ausrichten. Sie kommt morgen früh hierher zum Filmen."

Karen schwieg und wünschte sich woanders hin. Sie und Marlene, gemeinsam vor Susannas Augen! Eine prekärere Situation konnte sie sich nicht vorstellen, obwohl doch das Techtelmechtel schon eine Weile her war. Susanna deutete das Schweigen als Zustimmung.

Doch alles lief besser, als Karen gedacht hatte. Marlene rauschte mit Kamera und Blumenstrauß herein, begrüßte Susanna überschwänglich, kitzelte die Babys unter dem Kinn und hüllte sich, was Karen anging, in absolute Sachlichkeit, als hätte sie niemals auch nur mit ihr geflirtet. Marlene konzentrierte sich so vollständig auf Susanna und die Babys, dass sich Karen vorkam wie ein wandelndes Luftloch.

Das fand sie ungerecht, denn schließlich klopfte ihr Herz beim Anblick der Filmerin noch immer einen halben Takt schneller, auch wenn sie nicht daran dachte, das Intermezzo von neulich zu wiederholen.

„Und jetzt hätte ich gern ein Statement der frisch gebackenen Co-Mutter", verlangte Marlene. Sie richtete das glotzäugige Objektiv auf Karen.

Karen, die gerade überlegte, ob Marlene wohl schon wieder eine andere hatte, wurde aus ihren Gedanken gerissen. Sie zwang sich zu einem gekünstelten Lächeln. In Wirklichkeit wäre sie am liebsten davongelaufen. „Ich bin wirklich sehr froh über Lars und Lisa", sagte sie. „Ich hätte nie geglaubt, dass Kinder so glücklich machen. Reicht das jetzt?"

Marlene nickte, und Karen stellte das Lächeln ab wie einen Wasserhahn.

„Karen ist ein bisschen angespannt, weil sie zu wenig schläft", sagte Susanna entschuldigend. „Die Babys halten uns nächtelang wach."

Marlene winkte ab. „Schon gut. Gleich könnt ihr euch ausruhen. Am Schluss hätte ich übrigens gern noch ein paar Aufnahmen, wenn ihr mit den Babys zu Hause seid."

„Natürlich, kein Problem! Ich freue mich schon!", frohlockte Susanna.

Nein, dachte Karen, nicht noch einmal so was. Das war einfach zu peinlich. Sie wartete, bis die Filmerin fort war, und baute sich dann vor Susanna auf. „Marlene mischt sich zu sehr in unser Leben", meckerte sie. „Diese Filmerei in den unmöglichsten Situationen! Ich brauche meine Privatsphäre!"

„Tatsächlich?" Susanna lächelte süffisant.

Karen fragte lieber nicht nach, was Susanna mit dieser Bemerkung meinte. Stattdessen griff sie nach Lars, machte kille, kille, worauf er entzückt Geräusche produzierte, und trug ihn im Zimmer herum.

Am frühen Abend kamen dann Frank und Stefan, um die Babys zu bestaunen.

Stefan war begeistert. Frank anscheinend nicht. Düster starrte er auf Lisa herunter. „Die hat ja rote Haare!", sagte er entgeistert.

„Was dagegen?", fragte Susanna leicht verärgert. „Gefallen sie dir nicht?"

„Doch, doch", erwiderte Frank bedrückt. „Ich glaube, wir müssen jetzt beichten. Oder, Stefan?"

Stefan räusperte sich. „Unsere Freundinnen werden entzückt sein." Er verschränkte die Arme und schaute zum Fenster hinaus.

„Lisas hellrote Haare ...", setzte Frank an.

Karen und Susanna warfen sich einen fragenden Blick zu. Dann sahen sie Frank an. Dann Lisa. Und dann wieder Frank.

„Soll das etwa heißen ...", begann Susanna, brachte den Satz aber nicht zu Ende.

„Ja." Frank nickte. „Genau das."

„Aber ...", stammelte Karen, die das Ganze noch immer nicht fassen konnte. „Aber das war so nicht abgesprochen!"

„Zwillinge waren auch nicht abgesprochen!", mischte sich Stefan ein.

„Also, das ist doch ...!" Susanna blieb das Wort im Hals stecken.

„Ehe ihr uns rauswerft, hört uns wenigstens an!" Frank stand traurig dreinschauend mit verschränkten Armen an der Wand, als könnte die ihm Schutz bieten.

Susanna setzte sich aufrecht. „Nur zu. Ich bin gespannt."

„Ich war eifersüchtig", sagte Frank zerknirscht. „Immer, wenn Frank im Bad verschwand und ... und Samen für euch produziert hat."

„Und? Was dann?", fragte Karen.

Frank erinnerte sich noch genau an seine unheilschwangere Stimmung am Abreisetag nach Griechenland. Er hatte genug gelitten, und entweder, es würde sich ab jetzt alles ändern, oder er müsste sich etwas einfallen lassen.

Er konnte kaum erwarten, dass sie ihr Hotelzimmer in Griechenland erreichten. „Ich muss mit dir reden!", sagte er zu Stefan, sobald sie miteinander allein waren.

„Ist was?" Stefan kramte gerade nichts ahnend die Flossen und die Badehose aus dem Gepäck. Draußen glitzerte verführerisch das Meer, und er wollte weiter nichts als so schnell wie möglich hinein. „Können wir doch auch heute Abend besprechen, Frankie", sagte er.

Doch Frankie schloss die Tür ab. Das sah nicht nach einem heiteren Nachmittag am Pool aus. „Können wir nicht."

Stefan runzelte die Brauen und verschränkte abwehrend die Arme. „Was ist denn bloß los, verdammt? Habe ich dir was getan?"

„Ich halte das nicht mehr aus!" Frank schluckte. Er würde jetzt nicht heulen, das fehlte gerade noch.

„Was denn überhaupt? Wird das hier ein griechisches Drama?" Stefan war ratlos und inzwischen ernsthaft böse. Er war nicht nach Griechenland gekommen, um sich zu streiten, er wollte sich erholen. Er musste sich sogar erholen, denn Unterrichten war anstrengend.

„Das Kinderprojekt. Diese ewige Wichserei im Badezimmer. Ganze Wochen keinen Sex, weil das Sperma ja unbedingt massenweise nach nebenan muss. Dieser ganze Mist. Ich halte es einfach nicht mehr aus!" Frank schlug mit der Faust an die Wand.

Stefan musterte ihn fragend. „Aber du bringst das Zeug doch immer lächelnd zu ihnen rüber, wenn ich damit aus dem Bad komme. Du hast kein Wort gesagt. Nichts. Nicht mal die kleinste Andeutung. Woher soll ich denn wissen, dass dir das alles auf die Nerven fällt?"

„Du solltest es ja nicht wissen. Ich habe gedacht, ich kann das, ich komme damit klar. Aber ich kann es nicht. Ich bin so verdammt eifersüchtig."

„Eifersüchtig auf einen Plastikpott? Das kann doch nicht dein Ernst sein!" Stefan ließ sich aufs Bett fallen, wo er mit hängenden Schultern saß und entgeistert seinen Freund anstarrte.

„Nein", sagte Frank. „Nicht auf den Plastikpott. Auf das ganze Ding. Dass du noch ein Kind kriegst, zum Beispiel. Dass ich eigentlich nur daneben stehe. Am Ende seid ihr alle verwandt, und ich bin das Anhängsel. Du hast drei Kinder, und ich hab keins."

„Jetzt verstehe ich gar nichts mehr. Du hast doch gar nicht gewollt! Sie haben dich doch gefragt, und du hast nein gesagt! Und du hast daran absolut nie was geändert!"

„Ich weiß. Und mir ging es dabei immer schlechter. So schlecht, dass ich neulich unterwegs fast in einem Darkroom gelandet wäre."

„Fast?"

„Fast. Ich bin gegangen. Ohne was zu machen."

Stefan schwieg und versuchte zu verarbeiten, was Frank ihm da berichtete. Er stand auf, ging zum Fenster und schaute zum Meer hinüber, aber das kam ihm nun nicht mehr so strahlend blau vor wie vorhin, sondern düster. Ein Abgrund, der alles verschlingen konnte. „Und was heißt das jetzt?", fragte Stefan schließlich. „Willst du Schluss machen oder was?"

„Es muss sich was ändern. Entweder wir hören mit dem Scheiß auf, oder wir machen es anders, oder ... oder ich haue ab."

„Du haust selbstverständlich nicht ab", sagte Stefan, umarmte Frank und steichelte sanft seinen Rücken. „Es wird uns schon was einfallen, das für uns beide in Ordnung ist."

„Wir haben dann beschlossen, dass wir nicht aufhören, sondern euch beide Samen spenden. Damit Frank auch eine Chance hat", erklärte Stefan.

„Und uns zu informieren, ist euch nicht eingefallen?" Susanna starrte von einem zum anderen.

„Wir ... wir wollten euch nicht enttäuschen, wir waren zu feige, es euch zu erklären, und am Ende hatten wir uns einfach dran gewöhnt", erklärte Frank. „Es wäre uns albern vorgekommen, nach drei Monaten noch damit anzurücken. Ich weiß, das war blöd."

„Außerdem ist bei euch ja auch nicht alles gelaufen wie geplant. Oder hatten wir Zwillinge abgesprochen?", warf Stefan zum zweiten Mal in die Debatte.

„Ich glaube, du spinnst! Es ist doch ein Unterschied, ob mein Körper ohne mein Wissen zwei Eizellen produziert oder ob ihr bei vollem Bewusstsein zusammen in die Röhre onaniert!" Susanna lief rot an vor Ärger.

„Wo du Recht hast, hast du Recht", konzedierte Frank.

Karen stand am Fenster und schüttelte den Kopf. „Verräter", murmelte sie. Sie fühlte sich in allen ihren Vorurteilen gegen schwule Männer, ja, gegen Männer überhaupt, bestätigt. „Wenn ihr mit der Situation nicht umgehen könnt, hättet ihr es ja nicht machen müssen!", sagte sie laut genug, dass Stefan und Frank es hören konnten.

„Stimmt haargenau. Dann wären Lisa und Lars jetzt nicht auf der Welt, keiner von beiden", konterte Stefan. „Wäre das besser?"

Susanna spürte die beiden Kinder an ihrer Seite. Es fühlte sich richtig an, dass sie dort lagen. Richtig und gut. Egal, wer zu ihrer Entstehung beigetragen hatte. Sie seufzte. „Natürlich nicht. Aber wir wissen jetzt nicht genau, von wem welches unserer Kinder ist", folgerte sie.

„Stimmt. Wahrscheinlich ist Lisa Franks Kind. Sie hat ja seine Haare. Und Lars stammt eher von mir ab. Genau weiß man es allerdings nicht", sagte Stefan.

„Umtausch ist aber nun mal ausgeschlossen." Frank grinste mit zusammengekniffenen Lippen. „Nur, falls ihr lieber doch kein Kind von mir gehabt hättet."

„Wer redet denn von Umtauschen? Ich hoffe trotzdem, ihr habt Verständnis dafür, dass wir diese Nachricht erst einmal verarbeiten müssen." Susanna ließ sich erschöpft in die Kissen sinken.

„Wir gehen ja schon." Stefan erhob sich. „Egal, was ihr jetzt von uns denkt: Ich finde die Kinder toll."

„Und ich erst", bestätigte Frank. „Ehrlich, heute würde ich gleich mitmachen."

Karen sah die Kinder an und dachte dasselbe. Aber da war diese riesige Wut. Etwa, weil ich jetzt die Einzige von uns vieren bin, von der keine Gene in Lars und Lisa stecken?, mutmaßte sie, um diese Idee sofort wieder zu verwerfen. „Es wird wirklich Zeit, dass ihr abhaut", sagte sie finster. „Ich bin total durcheinander."

Die beiden nickten bedrückt und verschwanden.

Karen und Susanna blieben allein zurück. „Was machen wir nun?", fragte Karen. „Wir waren ja so naiv! Diese gewissenlosen Typen! Ausgerechnet im Krankenhaus rücken sie damit heraus!"

„Hätten sie noch länger warten sollen?", fragte Susanna. „Wahrscheinlich haben sie gehofft, man merkt es gar nicht."

Susanna spielte mit den Händen von Lisa, die sich reflexartig schlossen, sobald man sie berührte. Erstaunt registrierte sie, dass sie die Eröffnung der beiden Männer gar nicht so sehr erschütterte. Natürlich, es war eine Überraschung, und es gab schönere Überraschungen, aber es gab bestimmt auch schlimmere. Sie konnte Franks Eifersucht verstehen, sie mochte beide Männer, und sie liebte die Kinder. Daran hatte sich nichts geändert.

„Ich glaube, ich kann ihnen nicht verzeihen. Sie sind so ... treulos!" Wie aufgezogen lief Karen im Zimmer auf und ab.

„Übertreib nicht!", sagte Susanna beruhigend. „Der Vater war uns doch von Anfang an nicht so wichtig. Du wolltest sogar anonymen Spendersamen! Frank kennen wir wenigstens."

„Aber wir hatten uns für Stefan entschieden. Franks Verhalten war unmoralisch! Und nur aus Eifersucht! Eifersüchtig auf ein Glasröhrchen! Lächerlich!"

Susannas Augen blitzten ärgerlich auf. Sie fand, Karen ging zu weit. „Erstens war es uns eigentlich egal. Frank oder Stefan, wir hätten sie beide genommen. Und zweitens war Frank nicht auf ein Glasröhrchen eifersüchtig, sondern darauf, dass Stefan mir ein Kind machen würde. Dass Stefan an was teilnehmen konnte, an dem er keinen Anteil hatte", korrigierte sie Karen. „Wie du, wenn ich das mal sagen darf."

„Was meinst du damit?" Karen musterte Susanna misstrauisch.

„Was ich damit meine? Denk mal nach! Ich sage nur: Marlene und Siegesfeier!"

Karen spürte, wie ihr das Blut ins Gesicht schoss. Plötzlich war alles wieder da: ihre lächerliche, quälende Eifersucht auf die Babys in Susannas Bauch, ihre Enttäuschung, weil Susanna sie niemals begleiten konnte, auch nicht zu den schönsten, wichtigsten Szene-Ereignissen, ihre Wut, weil Susanna sich noch nicht einmal für die Goldmedaille interessierte. Und dann Marlene mit ihrer braunen Haut im Sonnentop, lächelnd und verführerisch. Am liebsten wäre sie im Boden versunken vor Scham. „Woher …?", fragte sie tonlos.

„Eine SMS. Ich weiß nicht, von wem. Sie kam, während du damals weg warst. Gleich nach dem Anruf meiner Mutter, übrigens."

Karen erinnerte sich noch genau an Susannas schreckliche Verfassung, als sie von dem Fest zurückgekehrt war. An ihre seltsamen Fragen, an ihre Angst. Jetzt wurde ihr vieles klar. „Du hast das die ganze Zeit gewusst?", fragte sie fassungslos und fühlte sich schuldig.

Susanna nickte. „Es war kein schönes Gefühl. Wirklich nicht. Und deshalb finde ich, du solltest deine Wut auf Stefan und Frank zügeln! Frank war schließlich auch nur eifersüchtig!"

„Aber das ist was anderes", widersprach Karen kraftlos und senkte den Blick. „Ich habe schließlich kein Kind gemacht. Außerdem war es nur das eine Mal!"

„Für mich spielt das keine Rolle: Eifersucht ist Eifersucht. Sex ist Sex." Susanna musterte Karen nachdenklich, die nun zu Boden starrte. „Ich verstehe dich sogar ein bisschen. Du hattest plötzlich so viel Arbeit und Verantwortung, und da war die Schwangerschaft und die Aufmerksamkeit, die sie beansprucht, und dann kam Marlene. Sie ist sexy, und unser Sexualleben läuft seit Monaten auf Sparflamme. Aber doch nicht, weil ich dich nicht will!"

„Es tut mir Leid", sagte Karen zerknirscht. „Es tut mir wirklich sehr Leid."

„Hör auf mit dem Gejammer!", verlangte Susanna ungerührt, und dann lächelte sie. „Es hat dir sicher Spaß gemacht mit ihr. Wenigstens sind wir jetzt quitt."

„Quitt?" Karen schaute Susanna ratlos an.

„Genau. Ich kann mein schlechtes Gewissen endlich abstellen. Ich hatte nämlich auch mal eine kleine Affäre mit Marlene. Einen winzigen Seitensprung, sozusagen. Wie du. Nicht der Rede wert. Damals, als wir den ersten Film gedreht haben."

Susannas Mitteilung bohrte sich in Karens Bewusstsein wie ein Stachel. „Du hast mir nie davon erzählt!", sagte sie weinerlich.

„Du hättest dich nur aufgeregt, und es hat nichts bedeutet. Du warst ja so versessen auf Treue. Viel mehr als ich. Es ist nach einem Vierzehn-Stunden-Drehtag passiert, wir waren noch zu aufgedreht, um schlafen zu gehen, und dann sind wir halt im Bett gelandet."

Karen fand ihre Aversion gegen die Filmaufnahmen jetzt viel verständlicher als damals. Sie hatte also doch einen sechsten Sinn. Plötzlich musste sie grinsen. „Dann sind wir wirklich quitt."

„So würde ich das sehen. Und was Frank und Stefan angeht: Die sind auch nur Menschen wie wir und machen Unsinn wie wir. Zugegeben, ziemlich großen Unsinn. Aber wir mögen sie doch, und wir lieben die Kinder. Also ist es eigentlich egal."

„Egal?", echote Karen.

„Egal. Jedenfalls finde ich das. Und jetzt lass uns bitte aufhören zu streiten. Sonst versiegt noch meine Milch."

Plötzlich musste Karen lachen. Nein, dass Susannas Milch versiegte, die erst am Morgen eingeschossen war und nach der die beiden Kinder regelrecht gierten, wollte sie natürlich nicht. Weder wegen Marlene noch wegen Stefan oder Frank. „Also gut", sagte sie. „Ich werde versuchen, ihnen zu verzeihen. Übrigens, noch was: Es ist gemein, dass ich nicht mal stillen kann."

Susanna schickte ihr einen drohenden Blick. „Fang nicht schon wieder an! Es ist doch kein reines Vergnügen, sich die Brustwarzen zernagen zu lassen."

„Danach sieht es aber aus!", beharrte Karen schmollend.

Susanna tippte sich an die Stirn. „Du bist ja wie Frank: Wasch mir den Pelz, aber mach mich nicht nass! Wer stillen will, muss nun mal schwanger sein. Und das wolltest du nicht. Also hör jetzt auf, dich zu beschweren." Sie legte Lisa an. „Du kannst die Babys herumtragen, wenn sie gegessen haben, damit sie ihr Bäuerchen machen. Und ihnen Fläschchen geben, wenn sie nicht mehr die Brust kriegen. Oder du machst einfach auch noch ein Kind."

„Nicht schon wieder Samenspende-Sitzungen!", winkte Karen ab. „Jetzt ziehen wir erst mal diese beiden groß."

Während Karen und Susanna versuchten, sich in ihrer neuen Situation einzufinden, kurvte Ferdinand Hartenstein mit Clara, Jenny und seiner Mutter die Serpentinen zur Murnauer Rehabilitations-Klinik für Unfallopfer hinauf. Wieder einmal besuchten sie Alois Hartenstein, der dort noch immer versuchte, seine körperlichen Fähigkeiten zurückzugewinnen.

„Heute sagen wir ihm, dass er zwei neue Enkel hat", verkündete Clara entschlossen.

Franziska Hartenstein saß auf dem Rücksitz und zuckte bei diesen Worten zusammen. Sie hatte viel nachgedacht in letzter Zeit. Über Metzgers Franz und seinen Maik, über schwule Bürgermeister und über ihre Tochter Susanna, die ja eigentlich auch nichts anderes machte als all diese anderen. Wenn sie ehrlich war, war sie den verfahrenen Zustand, in dem sich die Beziehung zu ihrer Tochter befand, leid. Es war Zeit, sich mit der Situation und mit Susanna zu versöhnen. Aber sie wusste nicht, wie. Sie wusste noch nicht einmal, ob es überhaupt möglich wäre. Selbst dort anzurufen, verbaten ihr der Stolz und die Solidarität mit ihrem Alois, der schließlich wegen dieser Geschichte im Krankenhaus lag. Der erste Schritt musste von Susanna kommen, fand sie. Das war das Mindeste. „Aber Susanna hat uns noch nicht mal angerufen!", sagte sie nach vorne gerichtet.

„Das wird sie wahrscheinlich auch weiterhin nicht, wie die Dinge stehen", erwiderte Clara ärgerlich und beobachtete das Gesicht ihrer Schwiegermutter im Rückspiegel. „Wundert dich das etwa?"

Clara fühlte sich endlich stark genug, es mit Ferdis Mutter aufzunehmen. Seit Ferdi wieder bei ihr lebte, behandelte Franziska Hartenstein sie besser. Aber das reichte ihr nicht. Sie wollte, dass die Hartensteins auch Karen und die beiden neuen Enkel akzeptierten. Und sie würde nicht eher ruhen, bis sie dieses Ziel erreicht hatte.

Claras neuer, entschiedener Ton gefiel Franziska Hartenstein nicht besonders, andererseits war Clara das Tor zu Ferdi und vielleicht sogar zu Susanna. Sie wollte Ferdi nicht auch noch verlieren, so wie sie Susanna möglicherweise schon verloren hatte. Vielleicht aber auch nicht. Sie wusste es nicht, sie wusste eigentlich gar nichts, zum Beispiel auch nicht, was man in ihrer Situation tat, als Großmutter von zwei Enkeln, von deren Geburt man durch Dritte erfuhr. Also schwieg sie und lehnte sich zurück.

Alois Hartenstein stand derweil am Klinikportal und schaute die Straße entlang, wo gleich Ferdis Wagen auftauchen musste. Sein Sohn und Franziska besuchten ihn jedes Wochenende, und darüber war er froh. Bald würde er entlassen werden. Er war fast wieder der Alte, wenn man von einem leichten Zittern absah. Einen Tremor nannten es die Ärzte, und sie hatten angedeutet, dieser Tremor könne bleiben.

Hartenstein betrachtete immer wieder ungläubig seine Hände, die doch früher so ruhig gewesen waren, dass er auch das feinste Bauteil seiner Modelle sicher platzieren und verkleben konnte. Mit diesem verdammten Tremor wäre das unmöglich. Er seufzte. Den Modellbau konnte er sich abschminken, und das stimmte ihn traurig. Außerdem verunzierte seine Schläfe eine hässliche Narbe, da, wo der Flugzeugpropeller mit seinem Kopf kollidiert war, aber sie störte ihn nicht weiter. Als er Ferdis Wagen um die Ecke biegen sah, vergaß er seine Sorgen und winkte.

Jenny stieg als Erste aus dem Auto, lief mit ausgestreckten Armen auf Hartenstein zu und rief: „Opa, Opa, du hast zwei neue Enkel!"

Hartenstein spürte, wie sein Herz für einen Schlag aussetzte. So sehr er sich freute, Jenny, Ferdi, seine Frau und, ja, sogar Clara um sich zu haben, so sehr hatte er jeden Gedanken an Susanna bisher verdrängt. Er hatte die anderen nie nach ihr gefragt, weil ihn das schmerzte. Und sie hatten ihn damit verschont, als wäre es eine unausgesprochene Vereinbarung, seine Genesung nicht durch Erinnerungen an das, was vor seinem Unfall geschehen war, zu blockieren. Aber nun war die Schonfrist wohl vorbei.

„So?", sagte Hartenstein. Dann nahm er Jenny bei der Hand und wartete mit gemischten Gefühlen auf die anderen. Diese Eröffnung versprach nichts Gutes, zumindest aber keinen friedlichen, entspannenden Nachmittag, wie er ihn sich gewünscht hatte.

Die drei Erwachsenen begrüßten ihn, und dann schickte Clara Jenny in das Spielzimmer der Klinik. Murrend verschwand die Kleine. Clara wählte einen etwas abseits gelegenen Tisch in dem großen Café des Klinikums. Von dort oben sah man das ganze Murnauer Tal, und Hartenstein setzte sich so, dass er den Ausblick genießen konnte. Sonst, so fürchtete er, würde es heute wohl für ihn nicht viel zu genießen geben.

Clara setzte sich ihm gegenüber und sah ihn direkt an. „Du hast es ja schon gehört: Susanna und Karen sind jetzt Eltern."

„Ja, und?", fragte Hartenstein trotzig. „Sie hat mich hier nicht einmal besucht."

„Mich hat sie auch nicht angerufen", setzte Franziska Hartenstein hinzu.

„Die Kinder heißen Lars und Lisa. Es sind deine Enkel, falls ich dich daran erinnern darf."

Hartenstein kaute auf seiner Unterlippe und starrte zum Fenster hinaus. Er registrierte die schöne Landschaft nicht. Er dachte an seine schwarze Traumwelt, in der Susanna vorgekommen war. Natürlich, denn Susanna war seine Tochter, und er liebte sie, auch wenn er sie nicht verstand. Karen nicht. Karen war in seinem Leben überflüssig.

Franziska Hartenstein war plötzlich unendlich traurig. In diesem Moment begriff sie die Sinnlosigkeit der ganzen Situation. Sie verstand, dass sie, die beiden Alten, vor allem sich selbst verletzten. Meine Güte, zwei Enkel, die sie sich doch im Grunde so sehr wünschten, und sie würden sie niemals zu sehen bekommen, wenn sie so weitermachten! Eigentlich war das alles unsinnig, sie verstand es nicht, genauso wenig, wie sie Susannas Partnerwahl verstand. Aber welche Rolle spielte es schon, ob sie etwas verstand? In ein paar Jahren wäre sie tot, und dann würde ohnehin kein Mensch mehr danach fragen.

„Alois!", sagte sie bittend.

„Weißt du eigentlich, dass sie euretwegen monatelang liegen musste?", setzte Clara nach.

„Wie – liegen?", fragte Hartenstein ungehalten.

„Sie hätte fast ihre Kinder verloren nach diesem unglückseligen Besuch bei euch", sagte Clara und ließ die Augen ihres Schwiegervaters nicht los. „Wir haben es dir nur nicht erzählt, damit du dich nicht aufregst." Sie wusste, dass sie gnadenlos war, aber sie wollte es so. Dieser Moment war vielleicht die einzige Chance, Hartenstein davon zu überzeugen, dass er sich ändern musste, dass er sich unmenschlich verhielt und seine Haltung nicht dazu geeignet war, irgendjemanden glücklicher zu machen – sich selbst auch nicht.

„Kinder verloren?" Hartenstein fühlte sich plötzlich sehr alt, viel älter als die knapp siebzig Jahre, die auf ihm lasteten, so alt wie jemand, der bald sterben würde.

„Sie hatte Blutungen", sagte Clara ungerührt. „Deshalb ist sie dich auch niemals besuchen gekommen. Ihre Ärztin hat ihr jede Anstrengung verboten. Und daran hat sie sich gehalten."

„Und warum hast du mir das nicht gesagt?" Hartenstein starrte seine Frau an, als wäre sie ihm ein Rätsel.

„Ich wollte, dass du gesund wirst. Ich dachte ... ich ... ich finde das alles so schrecklich ..." Franziska Hartenstein weinte. Hastig fischte sie in ihrer Handtasche nach einem Taschentuch und wischte sich die Tränen ab. Sie hasste es, wenn Fremde sie heulen sahen.

Hartenstein starrte fassungslos und schweigend das Tischtuch an. Er wünschte sich, dass dieser Alptraum jetzt sofort aufhörte, aber Clara war noch nicht fertig.

„Wenn ihr Susanna liebt, akzeptiert endlich Karen und die beiden Kinder!" Clara knüllte ärgerlich ihre Papierserviette zusammen. „Was glaubst du, warum ich euch unser Geheimnis offenbart habe? Weil ich es nicht mehr ertragen habe, wie ihr sie behandelt habt. Und mich! Ihr seid so verdammt überzeugt davon, dass niemand gut genug für euch ist!"

Dicke Tränen tropften vor Alois Hartenstein auf die Tischdecke, wo sie kleine, feuchte Flecken hinterließen. Er wollte das nicht, er schämte sich sogar dafür zu heulen, weil Männer nun mal nicht heulten, aber es passierte einfach. Der Unfall hatte seine Widerstandskräfte geschwächt.

Ihm dämmerte, dass er an einem Scheideweg stand. Er musste wählen, welche Richtung er einschlagen wollte: Sein Stolz und die Tradition befahlen ihm, bei seiner Meinung zu bleiben, dass Lesben, Co-Mütter und Samenspender Dinge waren, die auf der Welt nichts zu suchen hatten. Sein Instinkt, leben und lieben zu wollen, verlangte etwas ganz anderes. Er dachte wieder an die Gesichter, die ihn durch seine lange Nacht begleitet hatten, an seinen Entschluss, diese vier unter keinen Umständen mehr loszulassen oder gar fortzujagen, an die Einsamkeit, an die Kälte und auch daran, dass seine Jahre gezählt waren.

Und dann war da auch noch Franziska, seine Frau, die anscheinend plötzlich alles ganz anders sah. „Alois", sagte sie, „ich will sie nicht verlieren. Vielleicht ist diese Karen ja gar nicht so schlimm. Wie Metzgers Maik. Ich finde, wir sollten zu ihr gehen."

„Du auch?", fragte er resigniert. Er warf ihr einen hilflosen Blick zu.

„Susanna wird wahrscheinlich nächste Woche aus der Klinik entlassen", sagte Clara einen Hauch freundlicher, und Alois Hartenstein nickte.

Wiedersehen

Als Karen und Susanna nach Hause zurückkehrten, erwartete sie ein triumphaler Empfang: Über dem Eingang prangte eine Girlande, die Betten waren frisch bezogen, und in der Küche hatten Timm und Mario ein Buffet mit italienischen Köstlichkeiten aufgebaut. Drinnen warteten Jana und Jessica, Clara Hartenstein, Ferdi und Jenny und natürlich Stefan und Frank nebst Stefans Kindern. Frank hatte tatsächlich Strampelhosen gestrickt: eine rote und eine gelbe. Außerdem waren einige Frauen aus der Lesbenmütter-Gruppe und von den Lila Sockers gekommen. Jana überreichte strahlend einen riesigen Fresskorb: „Damit ihr nicht so schnell einkaufen müsst!"

„Das ist alles viel zu viel!" Susanna ließ sich erschöpft aufs Sofa fallen. Sie hatte zum ersten Mal erlebt, wie mühselig es war, mit den Kindern die Treppe hinaufzusteigen.

„Keine Sorge! Ihr müsst euch um nichts kümmern. Wir dachten, wir bereiten euch zur Abwechselung einmal eine positive Überraschung!", beruhigte sie Frank. „Alles nur Plastikbesteck und Pappgeschirr. Unökologisch, aber dafür stopfen wir es nachher ganz elegant in die Mülltonne."

Karen lächelte. Sie hatte die beiden Männer am Tag nach ihrer Eröffnung angerufen und ihnen mitgeteilt, es sei alles halb so wild. Sie rege sich eben manchmal zu sehr auf. Was ihren Sinneswandel verursacht hatte, verschwieg sie. Das ging nur Susanna und sie etwas an. Der Anruf hatte sie viel Überwindung gekostet, aber jetzt war sie froh darüber.

Natürlich wollten sämtliche Gäste die Kinder bestaunen, allen voran Jenny und Stefans Söhne. „Wann können die mit mir spielen?", fragte Jenny. „Oder kriegen wir selber noch ein Baby?"

Clara lachte. „Wenn du ein bisschen Geduld hast, können wir sie vielleicht bald mal ausleihen", sagte sie. Dann zog sie Susanna zur Seite. „Übrigens, Alois geht es wieder besser. Er wird demnächst aus dem Krankenhaus entlassen."

Ein Schatten huschte über Susannas Gesicht. „Schön", sagte sie. Den Rest schluckte sie hinunter. Es war ein großer Schluck, der ihr quer im Hals steckte.

Clara musterte sie aufmerksam. „Ich habe mit ihm geredet. Du wirst sehen, er meldet sich irgendwann."

„Meinst du wirklich? Ich glaube nicht daran", sagte Susanna, obwohl ein verzweifelt hoffnungsvoller Teil ihrer Seele ihr stur das Gegenteil einredete.

Clara zuckte mit den Schultern. „Wenn er wirklich nichts tut, hat er einfach nicht verstanden, was im Leben zählt. Franziska will es jedenfalls."

„Tatsächlich?", fragte Susanna verblüfft.

„Ja. Das hat sie jedenfalls gesagt. Und er wird sich ihrem Wunsch nicht ewig verschließen, wenn er weiter anständig bekocht werden möchte." Sie kicherte.

„Und ich werde versuchen, ein netter Onkel zu sein!" Ferdinand grinste.

„Prima! Die Rolle des Manns im Haus ist ja bei uns nicht besetzt. Da passt das gut." Susanna freute sich. Also würde sie Ferdi vielleicht wieder näher kommen.

Als Timm mit Mario neben den Kinderbetten stand, in denen Lars und Lisa nun schliefen, sah er nachdenklich auf die beiden hinunter. „Eigentlich schade", sagte er dann.

„Warum schade?", fragte Susanna.

„Die hätten auch von mir sein können."

„Timm wäre sicher ein glänzender Samenspender – ich spreche aus Erfahrung!" Mario tätschelte den Hintern seines Freundes.

Karen hob abwehrend die Hände. „Danke, kein Bedarf! Nicht noch einer!"

„Was meinst du denn damit?", fragte Timm, erhielt aber keine Antwort.

Jana, die in der Nähe stand, spitzte die Ohren. „Heißt das, dass du dich prinzipiell für einen fordernden Job als Samenspender interessierst?", fragte sie mit Jägerinnenblick.

„Wer weiß", orakelte Timm. „Ich finde es jedenfalls momentan nicht mehr vollkommen unvorstellbar."

„Gib mir sofort deine Nummer!", sagte Jana und zückte einen Zettel.

„Nachher. Erst müssen wir noch etwas auspacken." Timm tat geheimnisvoll, ging hinaus und kam mit einer flachen Schachtel zurück. Er öffnete sie und zog ein Mobile heraus, an dessen Enden seltsame Papierfiguren schwebten. „Ein Vogel-Mobile, von Mario und mir eigenhändig gebastelt. Original Origami. Babys lernen angeblich mit so was schneller sehen."

„Ehrlich gesagt, ich finde, die angeblichen Vögel sehen eher aus wie Fledermäuse!", bemerkte Jana kichernd.

„Macht doch nichts, dann passen sie noch besser zu diesem Haushalt und seinen merkwürdigen Bewohnerinnen. Ich hole einen Hammer und nagle das Ding an die Decke." Schon war Timm verschwunden.

„Anscheinend werde ich meine Gruselfiguren nicht mehr los, nicht wahr, Tusnelda?" Susanna zog die Eule aus der Brusttasche ihrer weiten Stillbluse und grinste.

Dann klingelte es, und Marlene kam hereinspaziert. In der Hand trug sie einen riesigen Blumenstrauß, von der Schulter hing die Kameratasche.

„Du hier?", fragte Karen erstaunt. Man konnte nicht behaupten, dass sie begeistert war, Marlene zu sehen.

„Schlusseinstellung!", trompetete Marlene. „Die beiden Herren haben mich dankenswerterweise verständigt." Karen führte sie hinein.

Marlene filmte die Kinder im Bett, jeden einzelnen Partygast, das Buffet und die Girlande. „Und jetzt die beiden Mütter!", kommandierte sie.

Susanna griff nach Karen, Karen stellte sich neben Susanna auf und versuchte, locker in die Kamera zu lächeln. Dann war auch das überstanden.

Marlene lud sich in Rekordzeit einen großen Teller Antipasti auf. „Was macht eigentlich dein Drehbuch, Susanna?", fragte sie mampfend.

„Fast fertig, ich weiß jetzt, wie ich die Sache zu Ende bringe. Ist mir praktisch bei der ersten Wehe eingefallen. Du kannst mitnehmen, was ich schon geschrieben habe, und dann diskutieren wir, ob die Schlussidee gut ist, ehe ich sie hinschreibe."

„Her damit! Wo ist das Ding?"

Susanna verschwand kurz und kehrte mit einer Kladde zurück.

Marlene griff danach, verabschiedete sich flüchtig. „Wenn es gut ist, machen wir einen Spielfilm draus!", sagte sie, die Türklinke schon in der Hand.

„Du hast es aber eilig heute!", rief Karen ihr nach.

„Ich bin verabredet. Mit einer Dame." Marlene zwinkerte ihr zu, und dann war sie auch schon verschwunden.

Susanna grinste. „Wahrscheinlich wieder mal eine nette liierte Lesbe. Oder eine bisexuelle Ehefrau."

Karen guckte verdattert.

Dann fingen die Babys an zu krakeelen, und Clara drängte zum Aufbruch. „Ihr braucht jetzt sicher Ruhe", sagte sie zu Susanna und Karen. Das stimmte genau. Die übrigen Gäste verstanden den Wink und verschwanden einer nach dem anderen. Als Letzte gingen Stefan und Frank.

Auf der Schwelle drehte sich Frank noch einmal um. „An eurer Stelle würde ich schleunigst den Anrufbeantworter abhören. Er blinkt!"

Tatsächlich blinkte das rote Lämpchen. Karen drückte den Abhörknopf. Es meldete sich Fred. „Hallo Karen, ruf doch mal zurück! Ich glaube, ich hab was Spannendes für dich!", sagte er.

Karen erreichte Fred am nächsten Morgen im Laden.

„Ich habe endlich deinen Traumjob gefunden", krähte Fred in die Leitung.

„Tatsächlich? Wusste ich doch, dass du das beste Arbeitsamt für mich bist", strahlte Karen. „Erzähl, was ist das für ein Job?"

„Ein Kumpel hat drei kleine Sportläden. Er sucht jemanden, der bei ihm einsteigt und später, wenn er nicht mehr so viel arbeiten will, einen der Läden übernimmt. Als angestellter Geschäftsführer. Oder Geschäftsführerin. Und da, Lady, habe ich sofort an dich gedacht. Betriebswirtin, Sportfan, was will man mehr. Ich habe schon mit ihm gesprochen. Er ist interessiert. Jetzt liegt es an dir."

Karen strahlte. „Das ist ja super!"

„Und weißt du was? Er ist spezialisiert auf Fitnessgeräte. Kraftmaschinen, Laufbänder, Expander, Hanteln. Alles für den Kraftprotz mit Vereinsphobie."

„Du bist ein Schatz! Demnächst kommt ihr die Kinder ansehen, du und deine Freundin."

„Na klar! Sie sind also da! Herzlichen Glückwunsch", trompetete Fred. „Los, notieren! Seine Telefonnummer!"

Er diktierte Karen hektisch sieben Ziffern. „Lass mich wissen, was rausgekommen ist dabei! Ich muss auflegen. Der Abteilungsleiter schleicht sich an." Es knackte in der Leitung.

Karen saß benommen vor Begeisterung auf dem Sofa. „Ich steige in einen Fitnessladen ein!", berichtete sie Susanna. „Als zukünftige Geschäftsführerin. Also war es doch richtig, auf Fred zu zählen."

„Hast du den Job schon?", fragte Susanna irritiert.

„So gut wie", sagte Karen wie im Traum.

„Dann wäre ja deine Versorgung mit Fitnessgeräten endlich sichergestellt! Und das Beste ist, du könntest sie nach dem Ausprobieren wieder mit in den Laden nehmen." Susanna lächelte in sich hinein. Etwas Besseres konnte sie sich für ihre Freundin nicht vorstellen. Jetzt musste sie nur noch ihren zukünftigen Arbeitgeber von sich überzeugen.

Noch am selben Tag rief Karen Detlef Dorn an, den Besitzer der Trizeps-Kette, spezialisiert auf Kraftmaschinen und Fitnessgeräte für den Hausgebrauch. Sie verabredete sich für den nächsten Tag mit ihm. Am Abend darauf hatte sie eine neue Aufgabe.

Karen würde in einem Vierteljahr anfangen, als Halbtagskraft. „Bis dahin braucht ihr zum Eingewöhnen", hatte Dorn befunden. Karen hatte ihn rückhaltlos über ihre Familiensituation aufgeklärt. „Wenn du in ein paar Jahren voll einsteigst, sind die beiden ja schon groß genug für den Kindergarten", hatte er gesagt. Karens neuer Brötchengeber hatte selbst zwei kleine Kinder nebst berufstätiger Ehefrau und außerdem eine lesbische Schwester, die er sehr mochte. Vorurteile kannte er also keine.

Tatsächlich war das Leben mit den Babys gewöhnungsbedürftig. Nichts lief so wie früher. Den Tagesrhythmus bestimmten die kleinen Schreihälse. Für sie zählten hauptsächlich Schlafen und Essen, und zwar vorerst rund um die Uhr in einem unbarmherzigen Vier-Stunden-Takt. Doch während Susanna wie ein Automat schon beim kleinsten Schnaufen hellwach war, brauchte Karen viel länger.

„Macht nichts", tröstete Susanna sie. „Das sind die Hormone. Du kannst sie ein bisschen rumschleppen, wenn ich fertig bin." Karen war nun wirklich froh, dass sie noch nicht wieder arbeitete.

Neben dem gestörten Schlafrhythmus machte Susanna ihre Bauchnarbe zu schaffen. Sie durfte vorläufig weder zu schwer heben, noch Einkaufstaschen tragen oder sonstige anstrengende Arbeiten erledigen. Also wusch und kochte Karen, sie putzte, machte die Betten und kaufte ein. Wie vor der Entbindung, nur dass sie jetzt auch noch Berge von Papierwindeln heranschleppte.

„Wenn ich wieder arbeite, kommt eine Haushaltshilfe!", erklärte sie eines Tages kategorisch, als Susanna und sie erschöpft, aber glücklich vor dem Fernseher dösten. Die Babys hatten ausnahmsweise einmal keinen Hunger und lagen schläfrig in den Kissen. Es lief eine Familienserie.

Plötzlich bemerkte Karen, dass Susanna weinte. „Was ist denn?", fragte sie erschrocken.

„Ach, nichts", sagte Susanna und deutete auf den Bildschirm, wo sich entzückte Großeltern über ihre Enkel beugten.

Karen seufzte und nahm Susanna tröstend in den Arm.

„Ich weiß", sagte sie leise.

Es war ein Sonntagmorgen kurz vor Weihnachten. Karen saugte Staub. Während sie die Bürste über Holzdielen und Teppiche zog, dachte sie darüber nach, dass sie das nun nur noch ungefähr zwei Monate tun müsste. Dann war der erste März. Sie würde in ihre neue Arbeit einsteigen, und das Staubsaugen würde fortan eine Studentin erledigen, die sie über einen Zettel in der Mensa der hiesigen Universität gefunden hatte. Darauf freute sie sich schon.

Susanna steckte mit den Kindern im Schlafzimmer und stillte, was sonst. Karen fragte sich, woher all die Milchmassen kamen, die sang- und klanglos in den Babys verschwanden. Was mit ihnen geschah, war offensichtlich: Die Kinder wuchsen jeden Tag. Auch ihre Augen waren gefräßig: Mit nimmermüder Neugier verschlangen sie alle Eindrücke, die in ihr Blickfeld gerieten.

Karen überlegte schon eine Weile, wie sie und Susanna das Weihnachtsfest in diesem Jahr gestalten sollten. Seit Susannas Tränenausbruch vor dem Fernseher grübelte sie darüber nach. Es musste einen Weg geben, Susanna in den heiklen Tagen von dem nicht ausgestandenen Konflikt mit ihrer Familie abzulenken. Warum nicht wieder die Lesbenmütter-Gruppe einladen, dachte sie gerade, als das Telefon klingelte.

Karen schaltete den Staubsauger ab und ging an den Apparat. Beim vierten Klingeln, ein paar Sekunden, bevor der Anrufbeantworter angesprungen wäre, hob sie ab.

Am anderen Ende räusperte sich jemand. „Guten Tag. Hier ist Hartenstein. Alois Hartenstein. Ich hätte gern meine Tochter gesprochen."

Karen schluckte. Sie sagte lange nichts und dann: „Moment!" Wie betäubt ging sie zur Schlafzimmertür. „Susanna? Es ist für dich. Dein Vater."

Susanna sah sie erschrocken an. Dann gab sie Karen Lisa, die sie gerade gestillt hatte, und übernahm den Hörer.

Eigentlich müsste ich mich jetzt freuen, dachte sie. Aber sie spürte nichts dergleichen. Ihre Gefühle gehörten Lisa und Lars und Karen. Wo früher einmal die Liebe zu ihren Eltern genistet hatte, die Hoffnung, sie würden sie verstehen, oder die Angst, sie würden es nicht tun, war nur eine große, weite Leere zurückgeblieben.

„Hartenstein", meldete sie sich tonlos. Mehr bekam sie einfach nicht heraus. Ihre Kehle war wie zugeschnürt.

„Hier auch", sagte ihr Vater. Er schluckte und schwieg ebenfalls.

Susanna lauschte in dieses Schweigen hinein, das sich in der Leitung, die sonst vor Worten surrte, ausbreitete wie ein Niemandsland. In diesen Sekunden, in denen sie beide nichts sagten, geschah etwas Seltsames. Susanna sah sich als kleines Kind, wie ihre Eltern sie an die Hand genommen und ihr die Welt gezeigt hatten. Sie führten sie herum und erklärten ihr alles, was sie wissen wollte. Und nun, begriff sie, war sie es, die ihnen etwas Neues zeigen konnte, das durch sie in die Welt gekommen war. Nur sie konnte das, und ihre Eltern wollten es, sonst hätte ihr Vater nicht angerufen. Und wenn sie sich irrte? Dann konnte sie immer noch auflegen. Plötzlich war der Kloß in ihrem Hals verschwunden, und sie sagte: „Wollt ihr die Kinder sehen? Sie sind wirklich süß."

„Aber gern. Sehr gern sogar!" Alois Hartenstein war dankbar. Er hatte am anderen Ende mit sich gerungen und nicht gewusst, wie er seine Bitte formulieren sollte. Es war so einfach, aber er schaffte es nicht. Er hatte gewählt und sich gemeldet, und dann war es plötzlich aus.

Aber nun hatte Susanna ihm diese Aufgabe abgenommen. Plötzlich fühlte er sich wie von einer schweren Last befreit. Nicht nur, weil er seiner Gattin Franziska jetzt einen erfolgreichen Abschluss des kniffligen Vorhabens melden konnte. „Passt es euch nächstes Wochenende?", fragte er.

„Wir sind zu Hause. Gegen drei?"

„Gegen drei. Ich freue mich."

„Ich auch", sagte Susanna zu ihrem eigenen Erstaunen. Sie verabschiedeten sich und hängten ein.

Manchmal ist das Leben wie Modellbau, dachte Hartenstein, als er nach dem Telefonat am Fenster stand und in den Garten hinaussah. Man brauchte Geduld und Fingerspitzengefühl, bis alles zusammenpasste. Vielleicht hatte er deshalb so viele Stunden in seinem Keller gehockt und nun einen Tremor, damit er jetzt andere Dinge mit derselben Sorgfalt und Feinfühligkeit behandeln konnte wie früher seine Flugzeuge.

Susanna starrte derweil Tusnelda an, die einen neuen Standplatz neben dem Telefon gefunden hatte. „Ich fasse es nicht. Er hat es tatsächlich gemacht! Er hat mich angerufen! Was sagst du dazu?"

Tusnelda drückte ihre Begeisterung wie üblich durch Schweigen aus, aber beinahe meinte Susanna, das Eulentier hätte ihr glücklich zugelächelt.

Wie verabredet standen die Hartensteins am nächsten Samstag, bewaffnet mit einem riesigen Blumenstrauß, vor Karens und Susannas Tür. Susanna schluckte, als sie öffnete. Wer weiß, was passieren würde! Nach allem, was geschehen war, konnte man sich nicht sicher sein.

Aber Alois und Franziska Hartenstein lächelten sie nur freundlich und ein bisschen nervös an. „Herzlichen Glückwunsch euch beiden", sagte Alois Hartenstein und drückte seiner Tochter ein Küsschen auf die Wange, nachdem diese sich aus den Armen ihrer Mutter befreit hatte. „Wo ist denn deine ... Lebensgefährtin?", fragte er, wobei sich dieser Begriff für ihn noch immer sehr fremd anfühlte.

„Hier", sagte Karen. Sie stand im Flur und blitzte Alois Hartenstein kampflustig an.

Aber der lächelte weiterhin tapfer und streckte ihr die Hand hin. „Herzlichen Glückwunsch, Frau Küppers", sagte er. „Oder dürfen wir Sie Karen nennen? Ich meine, das würde uns freuen, wo wir ja schon länger ... verwandt sind."

Karen schluckte den Frosch im Hals hinunter. „Das ist schon in Ordnung", murmelte sie.

„Dann nennen Sie mich doch Franziska", setzte Frau Hartenstein nach und lächelte ebenfalls.

„Und wo sind jetzt die Babys?", fragte Susannas Vater.

„Lisa und Lars schlafen. Aber ihr könnt sie trotzdem ansehen."

„Nein, wie entzückend!", flüsterte Franziska Hartenstein. Sie fand Kleinkinder hinreißend, immer schon. Und zu ihrem eigenen Erstaunen war das bei diesen – mochte ihr Vater sein, wer er wollte – ganz genauso.

Alois Hartenstein beobachtete fasziniert die schlafenden Kinder. Sie waren so winzig, dass man sich beim besten Willen nicht vorstellen konnte, wie aus ihnen einmal erwachsene Menschen werden sollten, mit Macken und guten Seiten und in diesem Fall vielleicht mit einem Hartenstein'schen Dickschädel. Aber Susanna und Ferdi waren schließlich mal genauso klein gewesen.

„Na, ihr Wundertüten", murmelte er so leise, dass es keiner außer ihm verstehen konnte. „Ich hoffe, ich werde noch alt genug, um zu erleben, was in euch steckt!"

Susanna lehnte derweil am Türrahmen. Karen stand hinter ihr. „Man könnte sentimental werden", flüsterte sie in Susannas Ohr.

„Bitte nicht. Glücklich reicht vollkommen."

„Und? Bist du glücklich?"

Susanna nahm Karens Hand und hielt sie fest. „Sieht ganz so aus. Und du?"

„Blöde Frage!", sagte Karen. Dann küsste sie Susanna aufs Ohr.

Epilog

In makellosem Blau schwebt der Septemberhimmel über München. Viele Menschen sind unterwegs zum Oktoberfest, dessen Lärm sich weit über das Festareal ausbreitet. Wahnwitzige Fahrgeschäfte mit Zehnfach-Loopings, rasant beschleunigenden Hebe- und Senkvorrichtungen und sich wie irre um die unterschiedlichsten Achsen drehende Gondeln wetteifern um Aufmerksamkeit. Und jedes Fahrgeschäft spielt seine eigene, infernalisch laute Musik.

Alois Hartenstein hat in der Nähe geparkt. Nun sucht er den nächsten Durchgang. Seine Enkel wollen ins Gewimmel, das sich zwischen den Buden und Fahrgeschäften hindurchschiebt. An seiner rechten Hand zieht Lisa, der es wieder einmal nicht schnell genug gehen kann. Links hatte sich seine Frau eingehängt, und an deren freier Hand hält sich Lars fest.

Hartensteins sind geradezu vernarrt in ihre Enkel, so sehr, dass sie jede Gelegenheit nutzen, etwas mit ihnen zu unternehmen. Vor einer Stunde haben sie die beiden eingesammelt, und nun wollen sie mit den Kindern übers Oktoberfest bummeln. Sie haben sie bei diesen beiden netten Nachbarn, die Frank und Stefan heißen, abgeholt. Über deren Rolle stellen die Hartensteins inzwischen ihre ganz eigenen Vermutungen an, die sich vor allem an Lisas Haarfarbe entzünden. Die behalten sie freilich für sich.

Plötzlich bleibt Lars stehen. „Oma?", fragt er.

Frau Hartenstein sieht nach unten in das wache Gesicht des Jungen, dessen Züge, das bildet sie sich zumindest ein, denen ihres Mannes ähneln. „Was ist denn, Lars?"

„Habt ihr euch so lieb, wie Karen und Susanna sich lieb haben?"

Franziska Hartenstein räuspert sich und blickt hilfesuchend zu Alois Hartenstein hinüber. „Ich denke wohl schon", sagt sie.

„Aber Opa ist doch ein Mann!", entgegnet Lars.

„Ja, und? Ein Mann kann eine Frau mindestens so sehr lieb haben wie eine Frau!", sagt Alois Hartenstein nachdrücklich. Kinder konnten einen hilflos machen. Diese besonders. Was für Fragen sie stellten!

Jetzt fängt auch noch Lisa an. „Wenn ich mal jemanden lieb habe, muss das dann ein Mann oder eine Frau sein?", fragt sie.

Hartenstein seufzt und entschließt sich zu einer grundsätzlichen Darlegung. „Ich erkläre euch das. Kennt ihr Wundertüten?", fängt er an, um einen anschaulichen Vergleich zu wählen.

Die Kinder schütteln die Köpfe.

„Aber Alois! So was gibt es doch heute gar nicht mehr", sagt Franziska Hartenstein tadelnd. „Das heißt inzwischen Überraschungsei. Aber was willst du denn schon wieder mit deinen Wundertüten? Die haben doch nichts damit zu tun!" Sie findet, ihr Mann neigt zu merkwürdigen Vergleichen.

„Lass mich, ich erkläre ihnen das", beharrt Alois Hartenstein mit dem Ehrgeiz des Großvaters, dem Enkel beizubringen, wie die Welt sich dreht. „Also, stellt euch vor, euer Leben ist wie ein Überraschungsei."

„Wir dürfen keine Überraschungseier kaufen, weil man davon schlechte Zähne kriegt, sagt Karen." Lars sieht vorwurfsvoll zu Alois Hartenstein auf.

Hartenstein ist der Verzweiflung nahe. Ihm bricht der Schweiß aus. Es kann doch nicht so schwer sein, diesen Dreikäsehochs etwas zu erklären! „Das ist doch jetzt egal! Ein Überraschungsei ist im Prinzip dasselbe wie eine Wundertüte: Es steckt immer eine tolle Überraschung drin. Es gibt keine leeren Wundertüten und auch keine leeren Überraschungseier. Das ist es, worauf es ankommt. Aber man weiß nie, was in so einer Wundertüte steckt. Nur, dass es was Tolles ist. Und so ist das auch mit der Liebe."

„Ich glaube aber nicht, dass die Oma in einem Überraschungsei zu dir gekommen ist!" Lisa kichert. So dumm, dass man ihr alles weismachen kann, ist sie längst nicht mehr. Menschen passen nicht in Überraschungseier. Die sind viel zu klein. Das sieht sie ja immer im Supermarkt, wo die Dinger sich an der Kasse stapeln.

„Ach, Lisa!" Frau Hartenstein lächelt zu ihrer Enkelin hinüber. „So meint er das nicht. Er meint, dass es eine Überraschung ist, wen man liebt. Irgendwann steht so ein Mensch da, und dann weiß man es einfach."

„Genau so ist es!", sagt Hartenstein, der nun doch froh über die Unterstützung ist.

„Egal, ob es ein Mann oder eine Frau ist?", fragt Lars.

„Ja. So ist das. Egal, was es ist. Auch, wenn euch andere vielleicht etwas anderes erzählen", sagt er mit Bedacht. Hartenstein seufzt. Einerseits wegen dieser schlichten Tatsache und andererseits deswegen, weil er so lange gebraucht hat, sie anzuerkennen. Seine Enkel sollen es diesbezüglich einmal einfacher haben.

Dann richtet er sich auf und geht in die Richtung, in die die Kinder ihn ziehen: zur Achterbahn, dem verführerischen Duft von Bratäpfeln, Zuckerwatte, Hühnerbeinen und Fischsemmeln. Und vielleicht, denkt er insgeheim, vielleicht doch zu einem einsamen Wundertütenstand, der ihn irgendwo zwischen all dem Lärm an früher erinnern wird.

Pesto

In diesem Buch war so oft von Pesto die Rede, dass ich meinen Leserinnen und Lesern das Rezept nicht vorenthalten möchte:

Man nehme 80g Parmesan oder Pecorino (einen italienischen Käse), 25g Pinienkerne, 4 Töpfe Basilikum, 2 Knoblauchzehen, dazu 1/8 l Olivenöl, etwas Salz und Pfeffer.

Alles sehr fein hacken (das ist eine Aufgabe für Geduldige!). Dann mit der Hand oder im Mixer so lange pürieren und mit Öl strecken, bis eine glatte Paste entsteht.

Meist isst man dazu Linguine:

Reichlich Wasser erhitzen, einen Tropfen Olivenöl ins kochende Wasser geben und Nudeln dazutun. Kurz aufkochen lassen, dann herunterschalten und warten, bis die Linguine je nach Geschmack *al dente* oder weich sind. Linguine abgießen und zurück in den Topf füllen. Frisches Pesto untermischen. Essen. Dazu schmeckt ein guter, vorzugsweise italienischer Rotwein. Am nächsten Tag keine wichtigen Termine mit Nicht-Pesto-Essern vereinbaren!

Dank

Wie meist bei langwierigen Projekten haben viele dazu beigetragen, dieses Buch zu realisieren. Das fing schon mit der Recherche an: Einige lesbische Eltern berichteten mir offen von ihren Erfahrungen bei der Spermasuche, über Schwangerschaft und Elternschaft. Viele Männer erklärten mir, warum (selten) oder warum sie nicht (sehr häufig) Samen spenden würden. Mein Gynäkologe, Dr. Dieter Sauter, bestätigte, dass das verwegene Zwillingskonzept tatsächlich biologisch möglich wäre.

Besonders zu danken ist den Testlesern und Testleserinnen des Erstmanuskripts, denen ich wertvolle Anregungen verdanke. In alphabetischer Reihenfolge: Jürgen Eikenbusch, Georg Etscheid, Stephanie Gerlach, Jürgen Höfling, Dorothee Luther, Christine Meyne, Birgit Papacek, Christine Schäfer.

Stephanie Gerlachs Tochter Clara, die Stephanie zusammen mit Co-Mutter Barbara Stenzel aufzieht, hat mich unter anderem zum Schreiben dieses Buches motiviert. Wahrscheinlich weiß Clara gar nichts davon, denn sie ist noch nicht einmal in der Schule.

Jim Baker, der dieses Buch lektoriert und verlegt hat, bestärkte mich zusammen mit Ilona Bubeck zuerst darin, das immer noch umstrittene Thema Lesben und Kinder aufzugreifen, und half mir dann, den Text an vielen Stellen zu verbessern. Sein Lebensgefährte, Sergio Vitale, hat das (wie ich finde) wunderschöne orange Cover entworfen.

Der größte Dank gebührt meiner Lebensgefährtin Barbara Reiser, die achtzehn Monate lang ein ständig in den Bildschirm starrendes, häufig überarbeitetes und schlecht gelauntes Monster ertragen musste, mit dem ansonsten nicht viel anzufangen war.